Für meine Frau und meine Kinder.
Ihr seid meine Inspiration, mein Licht …
mein Leben.

A

Roland Hoffmann fühlte die feuchte Stelle zwischen seinen Beinen und schreckte hoch. Seine große Kaffeetasse, in Österreich liebevoll auch Häferl genannt, die er vor kurzem noch in seiner rechten Hand gehalten hatte, war umgekippt. Der Kaffee hatte sich seinen Weg über die schiefe Tischplatte des alten Schreibtischs gebahnt und war dann, wie es die Schwerkraft wollte, in seinem Schritt gelandet. Verdutzt starrte er auf seine linke Hand, in der sich noch immer der Donut befand, den er sich vorhin aus seiner Lunch-Box geholt hatte. Durch die Wärme seiner Hand waren die Zuckerglasur geschmolzen und die Finger klebrig geworden. Warum hatte er ihn nicht gegessen? Und aus welchem Grund war das Häferl umgefallen? War er nur unaufmerksam oder mal wieder in Gedanken versunken gewesen? Oder hatte er ein wenig gedöst oder sogar geschlafen? Der Kaffee war zum Glück bereits ausgekühlt und hatte seine besten Stücke nicht verbrüht. Sollte er tatsächlich geschlafen haben, dann für zehn, vielleicht fünfzehn Minuten. Er liebte seinen Kaffee stark, schwarz, ohne Zucker und vor allem heiß, nur nicht auf seiner Hose. Das hätte schmerzhaft enden können. Sein Blick fiel nun auf das auf dem Schreibtisch liegende Häferl mit der Aufschrift *The Last Perfect Man*. Es zeigte einen nur mit Unterhose bekleideten *Homer Simpson*, der sich mit der linken Hand am Hintern kratzte und in seiner rechten Hand ebenfalls ein Kaffeehäferl hielt. Seine Frau hatte es ihm letztes Jahr zu seinem 41. Geburtstag geschenkt. Sie hatte das Motiv wohl sehr witzig gefunden. Immerhin war er, wie sein Alter Ego auf dem Häferl, auch nicht gerade ein

Unterwäschemodel. Sein Körpergewicht hatte sich in den letzten fünfzehn Jahren um das statistische Kilogramm pro Jahr erhöht. Dadurch hatte sich sein früher noch sportliches Äußeres langsam aber sicher der Figur auf dem Häferl angeglichen, was bei seiner Körpergröße von gerade mal 170 Zentimetern nicht unbedingt vorteilhaft aussah. Wenigstens hatte er im Vergleich zum echten *Homer* noch mehr Haupthaar vorzuweisen, was angesichts dessen *zwei links, drei rechts*-Looks keine Kunst war. Doch auch bei Hoffmanns Haarpracht hatte der Zahn der Zeit genagt, und die Ära der Geheimratsecken war auch schon ein paar Jährchen her. Die früher kastanienbraune Farbe seines Haares versteckte sich immer mehr hinter der steigenden Zahl weißer Haare, sodass bereits der Grauton überwog.

Hoffmann lehnte sich zurück. Sein Blick fiel auf das verglaste Porträt des Wiener Bürgermeisters, der ein Grinsen wie nach dem zweiten Doppelliter Grünen Veltliner im Gesicht hatte. Als er sich in dem einigermaßen erkennbaren Spiegelbild betrachtete, kam er sich tatsächlich ein wenig wie *Homer* vor, vor allem mit dem in diesem Moment aufgesetzten dummen Gesichtsausdruck. „Wenigstens brauche ich noch ein paar Jahre, bis ich *dich* einhole“, sprach er das Porträt an und widmete sich dann dem Schreibtisch, der völlig mit Kaffee versaut war, von seiner Hose ganz zu schweigen. Auch das Hemd hatte etwas abbekommen, also musste er tatsächlich auf dem Tisch gelegen haben. Zum Glück hatte sein Kollege Heinz Hartl davon nichts mitbekommen, so schien es zumindest, denn er war nirgends zu sehen. Wo war er abgeblieben? Hätte er sich nur schnell einen Kaffee aus der Küche nebenan geholt, wäre er bereits wieder zurück gewesen. Eine Pinkelpause war da schon eher wahrscheinlich, oder er verband eine längere Sitzung mit einer seiner ausgedehnten Rauchpausen. Er war jedenfalls nicht der Typ, der sich eine Zeitung auf die Toilette mitnahm, geschweige denn ein gutes Buch, schon eher ein Pornoheft. Vielleicht ist auch *er* eingeschlafen, dachte Hoffmann, und ein Schmunzeln kam über seine Lippen. Allerdings war es nicht zum Lachen.

Schließlich hatten sein Kollege und er Nachtschicht, eine Mütze voll Schlaf war selbstverständlich nicht gestattet und hätte disziplinarrechtliche Folgen. Nebenbei wären sie das Gespött der ganzen Truppe. Das wäre ein Anblick: der eine mit versautem Gewand, heruntergelassener Kinnlade und Kaffee zwischen den Beinen, der andere mit versauten Gedanken, heruntergelassener Hose und die Hand zwischen den Beinen. In solchen Momenten kann man nur hoffen, dass keiner eine Kamera griffbereit hat. Beinahe immer hat jemand so ein Ding zur Hand. Sogar der Absturz der Concorde im Jahr 2000 war aus einem in der Nähe fahrenden Bus gefilmt worden. Auch das die Welt verändernde Ereignis des Einschlags des ersten Flugzeugs in den Nordturm des World Trade Centers wurde auf Zelluloid gebannt, von den Videos der zweiten Boeing 767 aus unzähligen Blickwinkeln ganz zu schweigen. Außerdem hat heutzutage beinahe jeder sein Smartphone dabei, das auch eine hochauflösende Kamera mit Videofunktion hat. Damit werden alle möglichen, wenn auch nicht gerade weltbewegende Ereignisse dokumentiert und, was noch viel schlimmer ist, postwendend in sozialen Medien gepostet. Etwas wehmütig dachte er an seine längst vergangene Jugend, in der es diesen ganzen technischen Schnickschnack noch nicht gegeben hatte und sie trotzdem oder vielleicht gerade deshalb ganz gut zurechtgekommen waren.

Hoffmann und sein Kollege hatten diese Samstagnacht die zweifelhafte Ehre, die Friedhofsschicht, wie sie es nannten, in der Polizeiinspektion Krottenbachstraße im 19. Wiener Gemeindebezirk Döbling zu verrichten. Die Nachtschichten, vor allem die Wochenenddienste, waren unbeliebt, dafür meistens ruhig, da dieser Bezirk zu den friedlicheren Gegenden Wiens zur Nachtzeit zählte, auch an den Wochenenden. Es hätte schlimmer kommen können, dachte er, die hätten mich auch nach Favoriten oder Meidling versetzen können, da will das Telefon vor allem in der Nacht gar nicht mehr aufhören zu klingeln. Früher hatten ihm diese Nachtschichten nichts ausgemacht, aber seit ein paar Monaten war er stolzer Vater von Zwillingen und wäre daher lieber zuhause bei ihnen und seiner Frau gewesen, auch wenn die beiden kleinen Schreihälse ihren Eltern neben den wunderschönen Momenten derzeit das Leben zur Hölle machten, vor allem nachts. Er hätte es auch positiv sehen können, dass er bei dieser Schicht endlich seine Ruhe hatte und anscheinend auch mehr Schlaf fand als zuhause, doch er hätte lieber seiner Frau zur Seite gestanden. Sie würde am nächsten Tag nicht nur körperlich, sondern auch nervlich am Ende sein. Für ihn würde dasselbe gelten, es sei denn, er würde sich noch so ein Nickerchen gönnen, oder gleich ein ausgedehntes, zwei bis drei Stunden dauerndes Schläfchen. Aber so gut er sich mit seinem Kollegen auch verstand, das hätte ihm Heinz nicht durchgehen lassen. Also verwarf er diesen Gedanken wieder und begann stattdessen, während er mit seinem Taschentuch notdürftig den Kaffee vom Tisch in den Abfalleimer wischte, über sein Dasein als Polizist zu sinnieren. Es war schon in Kindheitstagen sein Traumberuf gewesen, denn auch sein Vater war Polizist gewesen wie auch sein Großvater. Und auch wenn in vielen Krimiserien, vor allem in österreichischen Produktionen, Polizisten oft ein wenig unterbelichtet dargestellt werden, legten sie doch den bösen Jungs am Ende das Handwerk und standen als Helden da. Er dachte daran, dass er arbeitslos wäre, wenn sich alle an die Gesetze halten würden, aber darum brauchte man sich in Österreich nicht zu sorgen. Hier hat jeder seine eigene Vorstellung und Interpretation von Recht und Ordnung, basierend auf den wöchentlichen Crash-Kursen an der Stammtisch-Universität, die es flächendeckend in jeder einzelnen Gemeinde gibt. Neben den Fächern Politische Bildung und Straßenverkehrsrecht konnte man dort auch Zivilrechtskurse belegen und sich so zum wahren Rechtsexperten ausbilden lassen. Doch unverständlicherweise wird der Lehrplan dieser Hochschule nicht vom Bildungsministerium abgesegnet, und so kommt es immer wieder vor, dass die in einer Vielzahl von Abend- und Sonntagvormittag-Kursen in mehreren Semestern entwickelte und verinnerlichte Rechtsmeinung nicht der Interpretation der Verwaltungsbehörden, Polizei und Gerichte entspricht. Wie auch immer, nach all diesen Jahren musste er sich eingestehen, dass er sich seinen Traumjob so nicht vorgestellt hatte: tagsüber auf Streife ohne besondere Vorkommnisse, nachts den Hintern fett und die Bandscheiben schief sitzen. Es war vielen Idealisten vor ihm ähnlich ergangen, und er würde auch nicht der letzte gewesen sein. Die wahren Kriminellen schnappen, das war sein Traum, nicht das Regeln des Verkehrs beim Ausfallen von Ampeln, das Babysitten von komasaufenden Jugendlichen oder das Wegweisen Obdachloser von Plätzen, an denen sie unerwünscht waren. Oder Mitglied einer Spezialeinheit zu sein, doch dafür war er aufgrund seiner Rot-Grün-Schwäche, einer Spielart der Farbenblindheit, nicht tauglich. Nicht einmal für die Kriminalpolizei hatte es gereicht. Also musste er sich wohl oder übel damit abfinden, sein Leben als unterbezahlter Streifenpolizist zu fristen, bis ihn eines Tages ein durchgeknallter Junkie auf dem Karlsplatz oder die Langeweile dahinraffte. Er war von der Realität seines Jobs dermaßen desillusioniert, dass für ihn nur noch seine Familie zählte. Das Rauchen hatte er seiner Frau zuliebe schon vor Jahren aufgegeben, also blieb ihm noch ein letztes Laster, mit dem er als typischer Österreicher seinen Kummer bewältigen konnte: Er ertränkte ihn mit Bier, Wein oder mit einem Glas Single Malt Scotch, den gönnte er sich jedoch nur, wenn er frei hatte. Von anderen Kollegen wusste er, dass sie das eine oder andere Schlückchen vor ihrer Schicht nahmen, sozusagen prophylaktisch gegen die Schmerzen. Wenn das nicht reichte, veredelten sie ihren Kaffee mit billigem Whisky oder noch besser mit Wodka, von dem man angeblich keine verräterische Fahne bekommt. So weit wollte er es nicht kommen lassen, auch wenn ihm ab und zu danach war. Der gute Scotch wäre auch zu schade für den Kaffee gewesen.

Seine Gedanken schweiften wiederum zu seinem Kollegen. Wo war Heinz? Und aus welchem Grund war er selbst aufgewacht? Hatte es an dem vom Tisch tropfenden Kaffee gelegen oder doch an etwas anderem? In diesem Moment läutete das Telefon, möglicherweise handelte es sich bereits um das zweite Klingeln, und das erste hatte ihn geweckt. Nein, es musste ein weiterer Anruf sein. Immerhin waren ein paar Minuten vergangen, seit er hochgeschreckt war. Er blickte auf die billige Uhr, die an der Wand zu seiner Rechten hing. Es war bereits Sonntag, der 22. November, 1:05 Uhr, seine Schicht würde noch ein paar Stunden dauern. Mit diesem unangenehmen Geräusch war es um die erhoffte ruhige Friedhofsschicht geschehen. Wer erlaubte sich, ihn um diese Stunde zu stören? Er dachte zuerst an die betagte Frau Navratil, die wieder einmal wegen ihrer Katze anrief, die von ihrem abendlichen Spaziergang nicht zurückgekehrt war. Es konnte auch der zuverlässig allzeit betrunkene Herr Wagner sein, der in seinem *delirium tremens* so manch schräge Halluzination hatte, die er dummerweise jemandem mitteilen musste. Oder vielleicht war es die gute Frau König, ihres Zeichens Hausmeisterin in einem der unzähligen Gemeindebauten, die wieder einmal etwas Verdächtiges beobachtet hatte. Ja, in diesem Bezirk war, von den üblichen Wahnsinnigen des täglichen Lebens abgesehen, nicht viel los.

Hoffmann wollte um jeden Preis verhindern, dass ihn sein Kollege in dieser peinlichen Situation erwischte, er hätte ihn vor den anderen lächerlich gemacht. Zum Glück hatte Hoffmann stets eine Reservehose in seinem Spind. Er könnte sich umziehen und wäre im Nu wieder an seinem Platz. Etwas hielt ihn aber davon ab. Ach ja, das Telefon klingelte, und das zum wiederholten Mal. Auch wenn vielleicht wieder nur irgendein Irrer am Ende der anderen Leitung wartete, er musste nun mal abnehmen. Also legte Hoffmann den Donut zur Seite, wischte seine klebrige linke Hand in die ohnehin schon versaute Hose, räusperte sich und hob den Hörer ab.

„Polizeiinspektion Krottenbachstraße, Hoffmann, was kann ich für Sie tun?“ Diesen Satz konnte er bereits im Schlaf. Auch wenn es in diesem Bezirk eher ruhig zuging, hatte er ihn in den letzten sechs Jahren gefühlte dreitausend Mal von sich gegeben. So lange war er bereits auf diesem Revier. Und obwohl ihm selbstverständlich der Inhalt dieser Worte bewusst war, hatten sie für ihn bereits jede Bedeutung verloren, so oft hatte er sie schon ausgesprochen. Er hätte auch irgendein Kauderwelsch ins Telefon murmeln können, wenn er den Hörer vom mit Kaffeeflecken und Donutkrümeln übersäten Telefon abhob, es wäre ihm nicht aufgefallen. Warum sehen eigentlich die Telefone in sämtlichen Polizeiinspektionen in allen Bezirken in ganz Wien gleich aus, inklusive der Flecken, dachte er.

Vom anderen Ende der Leitung war nichts zu hören. Hoffmann drückte den Hörer gegen sein linkes Ohr, als ob das irgendetwas geändert hätte, wartete ein paar Sekunden und wiederholte seinen Satz. Jedoch herrschte wieder nur betretenes Schweigen. Das hätte ihm noch gefehlt, dass sich ein paar halbstarke Jugendliche nach einer Sauftour noch ein bisschen Spaß gönnen wollten. Wer wäre besser dafür geeignet als die allseits beliebten Gesetzeshüter. Es mochte sein, dass die Polizei nicht besonders angesehen war, vor allem, wenn in den Schlagzeilen so mancher seriöser Tageszeitungen von Ermittlungspannen in brisanten Fällen, ungerechtfertigtem Waffengebrauch oder Übergriffen auf Asylwerber zu lesen war. Etwas Respekt konnte man dennoch erwarten.

Hoffmann setzte sich also aufrecht hin und sprach nochmals in bestimmtem Ton in die Muschel: „Polizeiinspektion Krottenbachstraße, Hoffmann, ist da jemand dran?“

„Hallo?“, meldete sich endlich eine leise, jedoch unverkennbar aufgeregt wirkende Stimme, die Hoffmann aufgrund des Flüsterns noch nicht zuordnen konnte. Er tippte auf eine Frau, es konnte auch ein Kind sein. Egal wer es war, es konnte sich immer noch um einen Telefonscherz handeln. Er beschloss, genau hinzuhören und seinen Instinkt entscheiden zu lassen.

„Bitte, Sie müssen mir helfen!", meldete sich die Stimme erneut.

Hoffmann war nun sicher, eine Frau am Telefon zu haben. „Beruhigen Sie sich! Sagen Sie mir, wo Sie sind und was geschehen ist!" Er wartete auf eine Antwort, doch es herrschte nur Stille. Hoffmann wagte nicht zu atmen, um ja nichts zu überhören. Es war nun so ruhig im Raum, dass er sogar das Ticken der Uhr an der Wand vernehmen konnte. Es schien immer lauter zu werden und ließ ihn fast wahnsinnig werden. Minuten schienen zu vergehen, kein Geräusch, keine Silbe drang an sein Ohr.

Er dachte nun wieder an einen Scherzanruf, schüttelte den Kopf und seufzte. Nach ein paar Sekunden beschloss er aufzulegen, doch ehe er den Hörer vom Ohr nahm, hörte er die Stimme doch noch etwas sagen, jedoch nur sehr leise und in weinerlichem Ton: „Er bewegt sich nicht mehr, und ... da ist überall Blut. Ich glaube, ich habe ihn umgebracht."

Hoffmann war plötzlich hellwach. Das hörte sich nicht nach einem Scherz an. „Wer spricht da? Nennen Sie mir Ihren Namen und wo Sie sich befinden!" Gespannt wartete er auf eine Reaktion, aber er vernahm wieder nichts. „Hören Sie! Ich brauche Ihren Namen und Ihre Adresse." Wieder wartete er vergeblich auf eine Antwort, nur Totenstille am anderen Ende der Leitung. Dann wurde die Verbindung unterbrochen.

B

Barbara vernahm ein seltsames Geräusch. Sie öffnete langsam ihre Augen und richtete ihren Blick nach links. Im Zimmer war es dunkel. Es sah so aus, als wäre die andere Seite des Bettes leer. Sie drehte sich auf die Seite, streckte vorsichtig ihre rechte Hand aus und strich über das Bettlaken. Auf der linken Seite des Bettes lag niemand, sie war aber noch warm.

„Erik, bist du das?“, flüsterte sie.

„Entschuldige, habe ich dich geweckt?“, entgegnete Erik in schuldbewusstem Ton.

Barbara ertastete ihren Digitalwecker und drückte den Knopf für das Display. „Mein Gott, es ist noch vor fünf, du hättest auch noch eine Stunde schlafen können!“ Erik schmunzelte. Immer, wenn sie leicht genervt war, packte sie ihren Dialekt aus dem tiefsten Mühlviertel aus.

„Wollte ich ja, aber ich habe mich schon eine halbe Stunde lang herumgewälzt. Ich bin zu aufgeregt, um noch zu schlafen.“

„Das bist du seit Tagen. Du denkst nur noch an euren Ausflug.“

„Du weißt doch, dass mir viel daran liegt.“

„Aber musst du deshalb mitten in der Nacht aufstehen, noch dazu an einem Samstag?“

„Ich konnte eben nicht mehr schlafen. Und ich habe vergessen, die Kamera in meinen Rucksack zu packen.“ Jetzt hatte Barbara auch das Geräusch, das sie geweckt hatte, identifiziert. Es war der Reißverschluss des Rucksacks, den Erik geschlossen hatte. Sie tastete nach ihrer Nachttischlampe und schaltete das Licht an. Erik blickte in ein verschlafenes, mürrisches Gesicht. Seine Frau war zwar kein Morgenmuffel, aber am Wochenende so früh geweckt zu werden zauberte ihr eben kein strahlendes Lächeln auf die Lippen.

Er musste sie besänftigen, denn wollte er diesen besonderen Tag nicht mit einem Streit beginnen. „Entschuldige, meine Liebe, ich habe es eben vergessen. Sei nicht böse deswegen und schlaf weiter!"

Er beugte sich zu ihr hinunter, strich ihr über das zerzauste, dennoch wunderschöne lange schwarze Haar und gab ihr einen Kuss auf die Stirn. Das veränderte ihre Stimmung, und aus dem finsteren Gesichtsausdruck wurde der liebende und fürsorgliche Blick, den er viel lieber mochte. Für ihn würden Frauen immer ein Mysterium bleiben, doch er hatte in all den Jahren gelernt, wie er seine Frau in bestimmten Situationen behandeln musste, damit sich ihr Gemütszustand wieder besserte, sei es durch ein Kompliment, eine nette Geste, eine gute Flasche Wein, dann und wann half auch leidenschaftlicher Sex oder, wie soeben, zumindest ein Kuss, verbunden mit einer kleinen Streicheleinheit. Barbara strich ihm ebenfalls sanft durch sein kurzes braunes Haar.

Ihr Blick fiel auf das überdimensionale Pflaster auf Eriks linker Stirnhälfte. „Wie geht es übrigens deinem Kopf? Hast du trotzdem gut geschlafen?" Wenn sie ihre sanfte und fürsorgliche Stimme aufsetzte, gab sie ihre hinterwäldlerisch anmutende Ausdrucksweise zugunsten einer schon beinahe als Hochdeutsch durchgehenden Sprache auf. Erik liebte zwar ihren Dialekt mit den vielen Ausdrücken, die im städtischen Bereich kaum jemand verstand, doch er zog den weicheren Klang ihrer Stimme vor.

Trotz des angenehmen Gefühls ihrer gepflegten Hand in seinem Haar lächelte er etwas gequält. Am Donnerstagabend hatte er versucht, einen Koffer vom obersten Regal in der Garage zu holen. Dabei hatte ihn eine Kurzhantelstange, die auf dem Gepäckstück gelegen war, am Kopf getroffen und ausgeknockt. Nachdem er wieder zu sich gekommen war, hatte er die Wunde notdürftig versorgt, ein paar Schmerzmittel genommen und sich schlafen gelegt.

„Geht schon wieder", antwortete Erik, doch er wusste es besser. Sein Schädel brummte noch immer. Er hoffte, die Schmerzen würden später an der frischen Luft verschwinden. „Versuche noch etwas zu schlafen, ich rufe dich später an." Mit diesen Worten gab er Barbara noch einen zärtlichen Kuss, nahm seinen Rucksack, verließ das Schlafzimmer und schloss leise die Tür.

Wie jeden Tag verzichtete Erik auch heute nicht auf seine Morgentoilette, putzte seine Zähne und erfrischte sein Gesicht mit kaltem Wasser. Dann verließ er das Badezimmer und ging leise die offene Wendeltreppe hinab. In der Küche angekommen, gönnte er sich ein Glas Milch, füllte seine Trinkflasche mit frischem Wasser auf und nahm zwei Müsliriegel sowie die beiden Bananen, die er am Abend davor zurechtgelegt hatte. Er warf einen prüfenden Blick in seinen Rucksack: „Handtuch, Reserve-T-Shirt, Taschentücher, Sonnenbrille, Handy, Kamera", sagte er bestätigend zu sich selbst und packte Trinkflasche, Bananen und Riegel dazu. Dann begab er sich in das Vorzimmer, zog seine bequemen *Dudes* an, entnahm dem als Wanduhr getarnten Schlüsselkästchen den Autoschlüssel und ging in die Garage. Dort wartete schon sein treuer Weggefährte, ein monacoblauer BMW 525d. Erik öffnete die Fahrertür und nahm hinter dem Lenkrad Platz. Ein kontrollierender Blick nach rechts verriet ihm, dass er daran gedacht hatte, Bergschuhe und Wanderjacke bereits am Vortag im Wagen zu platzieren. Zufrieden öffnete er mit der Fernbedienung das Garagentor, steckte den Zündschlüssel ins Schloss, betätigte den Startknopf und lauschte dem schnurrenden Klang des 196 PS starken Sechszylindermotors. Er legte den Rückwärtsgang ein und setzte den Wagen vorsichtig zurück. Von draußen warf er noch einen kurzen Blick auf das schmucke Einfamilienhaus. Erik und Barbara hatten es vor acht Jahren gekauft und wohnten nun im oberösterreichischen Mühlviertel in einer Dreitausend-Seelen-Gemeinde, etwa fünfzehn Autominuten von der Landeshauptstadt Linz entfernt. Die beginnende Morgendämmerung, die ihn an die totale Sonnenfinsternis am 11. August 1999 erinnerte, erzeugte eine ganz spezielle Stimmung und ließ das Haus und seine Umgebung in einer besonderen Optik erscheinen, die er noch einen Augenblick genoss. Der wolkenlose Himmel versprach einen perfekten Tag, zumindest was das Wetter betraf. Erik seufzte, blickte in den Rückspiegel und fuhr rückwärts die Auffahrt hinunter bis auf die Siedlungsstraße. Dort hielt er erneut inne, öffnete sein Handschuhfach, entnahm daraus ein paar CDs, entschied sich für *Machine Head*, das sechste Studioalbum von *Deep Purple* und mit Track Nummer fünf für ein Stück Musikgeschichte. Dann legte er den ersten Gang ein und verließ die kleine Siedlung am Ortsrand zu einem der berühmtesten Gitarrenriffs aller Zeiten.

Noch eine Stunde früher an diesem Morgen war ein anderer Mann in seinen schwarzen Audi A6 neueren Baujahrs gestiegen. Während Erik sich seinen Weg durch die kurvenreichen Straßen Richtung Autobahn bahnte, war Pauls Ausgangspunkt eine 110 Quadratmeter große Penthouse-Wohnung im 17. Wiener Gemeindebezirk.

Erik und Paul kannten einander von Kindesbeinen an und waren seit dem Kindergarten die besten Freunde. Erik war neun Monate älter, also hatten sie nicht dieselbe Klasse besucht, was aber ihrer Freundschaft nie einen Abbruch getan hatte. Im Gegenteil: Sie verbrachten dafür einen Großteil ihrer Freizeit zusammen. Im Alter von acht Jahren drehte sich alles nur um Fußball. Den historischen Triumph Österreichs am 21. Juni 1978 in Córdoba hatten sie noch verpasst, dafür mussten sie die *Schande von Gijón* vier Jahre später auf dem uralten Schwarz-Weiß-Fernseher von Eriks Eltern ertragen. Zum Glück waren sie noch zu jung, um diese Farce der Österreicher und der Deutschen zu verstehen. Alle spielten sie in dieser Schmierenkomödie mit, alle bis auf einen, und der wurde von den beiden besonders angefeuert, er war ja auch der Einzige, der sich in der zweiten Spielhälfte auf dem Rasen noch bewegte.

Drei Jahre später, im Winter 1985, noch bevor ein 17-jähriger Rotschopf aus Leimen auf dem Heiligen Rasen von Wimbledon Tennisgeschichte schrieb, was zehn Jahre später auf der roten Asche in Paris auch einem Österreicher gelingen sollte, wurde die Hauseinfahrt kurzerhand zum Tennisplatz umfunktioniert. Die genauen Abmessungen waren dabei unwichtig, und eine durchhängende Kette musste als Netz ausreichen. Die damals hochmodernen Moonboots erfüllten die Funktion von Tennisschuhen. Schnee und Eis wurden mit Schneeschaufeln oder Spitzhacken entfernt, und denkwürdigen Matches stand nichts mehr im Weg, auch nicht die schon damals uralten Holzschläger und die nicht mehr ganz fabrikneuen Bälle, die nur noch in der Erinnerung ihre gelbe Farbe hatten.

Im Alter von dreizehn wurden auch andere, vor allem verbotene Dinge bedeutsam. Von den Eltern wurden Zigaretten „geborgt“, um gut verborgen im Wald ein paar Stunden im blauen Dunst zu schwelgen. Und in den heimatlichen Kühlschränken fehlte dann und wann das eine oder andere Bier.

Richtig interessant wurde es aber, als das andere Geschlecht in den Mittelpunkt rückte: Epochale Dialoge spielten sich ab, beispielsweise über das Aussehen der Mädchen anhand der allseits bekannten Bewertungsskala, oder wenn Wetten darauf abgeschlossen wurden, welche der jungen Damen auf die uralte Kunst des BH-Ausstopfens angewiesen waren, denn von revolutionären Accessoires wie *Wonderbra* oder *Push-Up* sollte man erst Jahre später hören. Manches Mal ging es auch um die Bewältigung des einen oder anderen Liebeskummers, was wiederum zum mysteriösen Bierschwund in den Kühlschränken der Eltern führte. Es war eine wundervolle Zeit, die beide nicht missen wollten. Doch wie es mit schönen Zeiten so ist, sie sind nicht für die Ewigkeit bestimmt.

Nach Abschluss der höheren Schule trennten sich ihre beruflichen Wege, als Paul wegen seines Architekturstudiums nach Wien zog und Erik in Salzburg Sprachen studierte. Auch wegen dieses Studiums legte Erik irgendwann seinen typischen Mühlviertler Dialekt ab und bediente sich meist einer gepflegteren Sprache.

Die anfangs noch regelmäßigen Treffen an den Wochenenden wurden mit der Zeit immer seltener und hörten schließlich auf zu existieren. Sie hatten zwar noch eine Zeit lang per SMS Kontakt, aber auch diese Kommunikationsquelle versiegte irgendwann.

Umso erfreuter war Erik, als Paul ihn vor sechs Jahren anlässlich Eriks Geburtstag anrief und einen Vorschlag machte, der sie wieder näher zusammenbringen sollte. Es sollte ein Geschenk sein, das man mit Geld nicht kaufen konnte und doch, gerade in unseren hektischen Zeiten, eines der wertvollsten Dinge ist, das man einander schenken kann: Zeit. Jedes Jahr würden sie einander zu den Geburtstagen einen Tag schenken, um gemeinsam etwas zu unternehmen. Worum es ging, war dabei sekundär. Wichtig waren die Zeit, die sie miteinander verbrachten, und die Gespräche, die sie dabei führten. Schließlich waren seit ihrem letzten Treffen mehr als drei Jahre vergangen. Da galt es viel aufzuholen.

Ihre erste Reise führte sie nach Garmisch-Partenkirchen zum Tennis-Daviscup. Schon während der Anreise nutzten sie die Gelegenheit, um die entstandenen Informationslöcher der letzten Jahre zu stopfen. Die Sportveranstaltung selbst war nebensächlich, und da Österreich damals wie beim Fußball bereits bessere Zeiten erlebt hatte, war gegen das andere Team kein Kraut gewachsen. Aber auch als Patrioten und ausgesprochene Tennisfans war ihnen die Niederlage gegen unseren Lieblingsnachbarn in diesem Fall gleichgültig, denn nach ein paar gemeinsamen Bierchen sah die Welt ohnehin rosig genug aus. Für den Abend hatten sie die richtige Garderobe im Gepäck, um ihr Glück im Casino zu versuchen. Paul bewies ein glückliches Händchen beim Roulette, daher war auch nach dem letzten *Faites vos jeux* die Nacht noch nicht zu Ende. Wie in jungen Jahren zischten sie in einer Diskothek am Rande der Stadt, an deren Namen sich beide am nächsten Morgen nicht mehr erinnern konnten, noch das eine oder andere Bierchen, bis sie schließlich vom Türsteher mehr unfreiwillig hinausbegleitet wurden.

Es war ein großartiger Auftakt zu einer beispiellosen Serie interessanter und aufregender Tage, Abende und Nächte. Neben Wellness stand auch der Besuch verschiedener Sportveranstaltungen und Kabaretts auf dem Programm. Einmal weiteten sie die gemeinsame Zeit zu einem verlängerten Wochenende aus und verbrachten vier Tage in Barcelona, genossen die Ramblas, die Tapas, den Strand und das Nachtleben und waren trotz Casinobesuches immer noch Eigentümer von Haus und Hof gewesen.

Paul und Erik hatten sich für diesen 26. September eine Wanderung zum Gipfel des Schafbergs vorgenommen. Erik hatte dieses eindrucksvolle Panorama schon einmal mit seiner Frau während eines Urlaubs in St. Wolfgang erlebt. Er war davon so fasziniert gewesen, dass er diese unvergleichliche Aussicht noch einmal erleben wollte, und zwar mit seinem besten Freund.

Doch dafür musste auch das Wetter mitspielen, und das konnte in einem Land wie Österreich zum Problem werden. In den Jahren davor war das Frühjahr einige Male vielversprechend gewesen: angenehme Temperaturen schon im März, dazu wenig Niederschläge. Das führte zwar bei den Landwirten fast wie aufs Stichwort zum „üblichen Gesudere", diesen Ausdruck verwendete ein früherer österreichischer Spitzenpolitiker, allerdings in einem anderen Zusammenhang. Beim Rest der arbeitenden oder auch nicht berufstätigen Bevölkerung fand dieses Wetter hingegen großen Zuspruch. Dann folgte oft die große Depression: verregnete Sommermonate, die einen sogar von der Polarnacht träumen ließen, auch ohne die *aurora borealis* zu sehen. Da blieb in manchem Jahr nur die Hoffnung auf einen, vor allem hierzulande Altweibersommer genannten, goldenen Herbst, in dem man bevorzugt Bergwanderungen ansetzt. Im Gegensatz zum Frühjahr ist der Untergrund aufgrund der bereits Monate zurückliegenden Schneeschmelze weniger rutschig, auch an sonnigen Tagen ist es nicht zu heiß, und die geringere Luftfeuchtigkeit senkt die Gewitterwahrscheinlichkeit.

In diesem Jahr verhielt es glücklicherweise anders: Sowohl das Frühjahr als auch der Sommer hatten fast perfektes Wetter geboten. Doch es kam auf diesen einen Tag im Herbst an.

In unseren modernen Zeiten ist eine Kommunikation auf viele verschiedene Arten möglich. Als Erik und Paul noch Kinder waren, war es üblich, sich persönlich zu treffen, wenn man etwas zu bequatschen hatte. Manchmal benutzte man auch das Festnetztelefon der Eltern, damals noch mit Wählscheibe. Seit Beginn des Mobiltelefonzeitalters war man flexibler. Man konnte nicht nur telefonieren, sondern auch Textnachrichten schreiben, was Paul ziemlich übertrieb. Es kam nur selten vor, dass er sich zu einem Telefonat herabließ.

Also war es wenig überraschend, dass Erik am Donnerstag eine SMS von Paul erhalten hatte: „Hallo Schnarchnase, bereit für Samstag? Treffen am HBf um 6:00, ich fahre.“ Mit dieser Anrede zog Paul Erik schon seit sie Kinder waren auf. Erik konnte sie nicht ausstehen und sich auch nicht mehr daran erinnern, wie Paul darauf gekommen war. Doch wie so manche andere Eigenheit verzieh ihm Erik auch diese und antwortete kurz und knapp mit einem *thumbs up*-Emoji.

Der Wetterbericht hatte spätsommerliche Temperaturen und wolkenlosen Himmel angekündigt. Das hat zwar in diesem Land, in dem Erik die Trefferquote der Meteorologen geringer einschätzte als den Alkoholgehalt eines vernünftigen Single Cask

Scotch, nicht viel zu bedeuten. Aber dieses Mal lag diese viel gescholtene Berufsgruppe goldrichtig, und der Bergwanderung stand nichts mehr im Weg.

C

Wenn zwei Menschen einander begegnen, ist damit in der Regel eine Begrüßung verbunden. Dabei gehen sie auf ganz unterschiedliche Weise vor: Manche geben einander die Hand auf die eher konventionelle, zurückhaltende Art, andere wiederum in freundschaftlicher Weise oder wie es auch Sportler tun, mit geänderter Handstellung, bei der sich die Hände in Brusthöhe begegnen, oft gefolgt von einem Schulterklopfer oder einer kurzen Umarmung. Viele überspringen den Händedruck und gehen gleich zu einer mehr oder weniger innigen Umarmung über, manches Mal gefolgt von einem Küsschen links, dann rechts, hin und wieder noch einmal links, ob mit Berührung oder ohne, wie dies bei Models oder in der sogenannten High Society üblich ist, vor allem bei letzterer ohne Umarmung. Schließlich gibt es Personen, die sich ohne jede Berührung nur verbal oder durch Gesten begrüßen. Die Kombinationsmöglichkeiten sind kurz gesagt beinahe unerschöpflich und alle Möglichkeiten der Begrüßung kaum zählbar. In Europa gibt es folgende Faustregel: Je weiter südlich, desto inniger ist die Begrüßung, da die Einwohner der nördlichen Länder als eher zurückhaltend und die Südländer als extrovertierter gelten.

Als sich die beiden an diesem Morgen kurz vor 6 Uhr auf dem Parkplatz beim Hauptbahnhof begegneten, Paul war überraschenderweise pünktlich, hätte man bei Anwendung dieser Regel darauf schließen können, dass sich hier zwei Sizilianer begrüßen, denn so innig hatten sich vorher wohl selten zwei heterosexuelle Männer begrüßt. Vor sechs Jahren hatten sie begonnen, ihre Freundschaft zu erneuern und es sogar geschafft, sie zu intensivieren. Sie trafen einander zwar nur zwei Mal pro Jahr, aber wenn es dann soweit war, schien es vollkommen zu sein. Fünf Monate war es her gewesen, dass sie einander zum letzten Mal sahen, doch gemessen an der Intensität ihrer Begrüßung hätte man meinen können, ein halbes Leben sei vergangen. Und dennoch waren sie einander so vertraut, als wären sie nie voneinander getrennt gewesen. Nichts und niemand würde es je schaffen, einen Keil zwischen sie zu treiben und diese enge Verbindung zu zerstören.

„Hast du schon gefrühstückt?", fragte Erik, nachdem sie ihre Umarmung gelöst hatten. „Wir könnten noch ins *Café de Paris* gehen."

„Nicht nötig, ich habe mir was eingepackt", antwortete Paul. Die Jahre in Wien hatten seiner Ausdrucksweise den typischen Wiener Touch verpasst und seinen Mühlviertler Dialekt beinahe völlig ausgelöscht.

„Ich habe mir auch etwas mitgenommen. Wir können ja im Auto frühstücken."

„Nur, wenn du die Reinigung zahlst. Ich weiß doch, wie ungeschickt du bist", zog Paul Erik auf.

„Abgemacht."

„Dann lass uns aufbrechen!" Ein Blick zum Himmel, den die beinahe abgeschlossene Morgendämmerung in ein sattes Blau getaucht hatte, versprach einen traumhaften Herbsttag, von dem beide möglichst viel genießen wollten. Sie stiegen ins Auto und verließen Linz Richtung Salzkammergut.

„*Café de Paris*, da klingelt doch was bei mir", überlegte Paul.

„Dein Gedächtnis funktioniert noch. Dort habe ich Barbara wieder getroffen", entgegnete Erik. „Eigentlich heißt es jetzt *Stellwerk*, aber für mich wird es immer das *Café de Paris* bleiben." Er und Barbara waren seit zehn Jahren ein Paar, vor neun Jahren hatten sie geheiratet. Ihre gemeinsame Geschichte hatte schon viel früher begonnen, im wahrsten Sinn des Wortes im Sandkasten. Später besuchten sie sogar dieselben Schulen, wenn auch nicht dieselbe Klasse, da Barbara zwei Jahre jünger war. Erik war insgeheim schon immer in sie verliebt gewesen, aber es wurde nie mehr als Freundschaft daraus. Es mochte daran liegen, dass er zu schüchtern war, ihr seine Liebe zu gestehen und befürchtete, zurückgewiesen zu werden. Vielleicht spürte er auch, dass sie sich zu noch älteren Jungs hingezogen fühlte. Nach der Matura trennten sich ihre Wege, als Barbara in Linz blieb, um Betriebswirtschaft zu studieren.

Es sollte beinahe sieben Jahre dauern, bis sie einander wiedersahen. Nach der Trennung von ihrem Lebensgefährten, wegen dem sie sogar kurzzeitig nach Innsbruck gezogen war, kehrte sie nach Oberösterreich zurück. Erik, der nach Abschluss seines Studiums wieder in Linz wohnte, verbrachte seine Mittagspause im *Café de Paris* mit einem kleinen Bier und einem gemischten Toast, von ihm gern Einser-Menü genannt. Barbara wollte nur einen *Coffee-to-go*, was damals in Linz außer bei einer bekannten Fast-Food-Kette nicht zu bekommen war. Obwohl immer in Eile musste sie sich also fünf Minuten Zeit für einen Cappuccino nehmen.

Manche behaupten, es gäbe keine Zufälle. Man könnte es auch eine Fügung des Schicksals nennen, dass sie ausgerechnet an Eriks Nebentisch Platz nahm. Anfangs bemerkten sie einander nicht. Erst als Barbara ihre Handtasche öffnete, darin nach ihrer Geldbörse kramte, die Tasche auf den Boden fiel und unzähliger Frauenkram im Lokal verstreut wurde, hob Erik seinen Kopf – er war nach dem Essen in seine Tageszeitung vertieft gewesen – und erkannte sie sofort. Sie hatte sich nicht sonderlich verändert, nur ihr Haar trug sie nun länger, glatt und in schimmerndem schwarz gefärbt. Ihrer unglaublichen Ausstrahlung konnten auch die zwei Kellner nicht widerstehen, als sie ihr zu Hilfe eilten, um ihre Habseligkeiten wieder aufzusammeln. Dann trat Erik vor sie, und nach ihrem kurzen ungläubigen Blick fielen sie einander ohne Worte in die Arme. Von diesem Zeitpunkt an waren sie unzertrennlich gewesen, und schon ein Jahr später waren sie verheiratet.

„Wie geht's deiner Barbara?", setzte Paul das Gespräch fort.

„Ach, immer dasselbe, sie geht ganz in ihrer Arbeit auf. Seit sie die Marketingabteilung des Konzerns leitet, ist sie viel unterwegs, auch an den Wochenenden, da bleibt nicht mehr so viel gemeinsame Zeit wie früher. Dafür habe ich mehr Freiraum."

„Für einen Jungen aus der Mühlviertler Gosse hast du es aber auch weit gebracht. Immerhin bist du Abteilungsleiter in einem Energieversorgungsunternehmen."

Paul zog Erik mit seiner einfachen Herkunft gerne auf. „Und vergiss nicht meine mit Gold nicht aufzuwiegende Arbeit für das Gericht, wenn ich helfe, die spanisch- und französischsprachigen Verbrecher ihrer gerechten Strafe zuzuführen."

„Bien sur, mon ami", bemühte sich Paul, sein dürftiges Französisch zum Besten zu geben. Er hatte das Gefühl, dass Erik ihm bei der Frage nach Barbara bewusst ausgewichen war, also wechselte er nach einem kurzen Blick auf das Pflaster auf Eriks Stirn das Thema. „Was hast du denn mit deinem Kopf angestellt? Sieht richtig übel aus. Warst du etwa im Ring mit *Mike Tyson*, oder hat dich Barbara beim Fremdgehen erwischt?" Er konnte sich ein hämisches Grinsen nicht verkneifen.

Da Erik durchaus bewusst war, dass er seinen kleinen Unfall zwei Tage zuvor ganz einfach vermeiden hätte können, überspielte er diese Peinlichkeit, indem er sich ein gequältes Lächeln entlockte. „Halb so wild, du solltest erst sehen, wie der andere aussieht", erwiderte er mit einem Zwinkern und wechselte seinerseits das Thema. „Entwirfst du eigentlich immer noch Villen und Apartmenthäuser für die High Society?" fragte er mit einem Augenzwinkern.

„Lenk ruhig ab, du wirst mir schon noch erzählen, wie das passiert ist."

„Vielleicht nach dem dritten Bier."

„Läuft sehr gut. Ich habe viele Aufträge, ein paar äußerst lukrative sind auch dabei. Mich selbständig zu machen war echt die beste Entscheidung, die ich je getroffen habe. Ist aber ziemlich stressig, da kann ich diesen Tag heute gut gebrauchen."

„Und wie läuft es mit Tamara?"

„Wegen der auch."

„Wieso, was ist passiert?"

„Ach nichts, sie war halt gestern ziemlich zickig. Bis morgen wird sie sich wieder beruhigt haben. Ich schätze, du kennst das."

„Ach, wir sind schon so lange zusammen. Ich glaube, sie hat bei mir das Nörgeln schon aufgegeben." Sie sahen einander an und mussten lachen.

Abgesehen davon schien Paul mit Tamara eine perfekte Beziehung zu führen. Bis dahin war es aber ein langer, wenn auch nicht besonders steiniger Weg gewesen. Denn Paul war im Gegensatz zu Erik in seiner Jugend ein richtiger Frauenheld gewesen. Bei einer Größe von 180 Zentimetern im zarten Alter von vierzehn Jahren, seiner sportlichen Figur und vor allem der seltenen Kombination aus pechschwarzem Haar und blitzblauen Augen, gepaart mit einem bei Jungen seines Alters sonst kaum zu findenden Charme, war ihm beim anderen Geschlecht früh und oft Erfolg vergönnt, und das genoss er nicht nur, sondern zelebrierte es förmlich. Schon damals hatte er unzählige Mädchen, von einigen klassischen One-Night-Stands auf diversen Rücksitzen bis zu Beziehungen, die immerhin ein paar Monate hielten, war alles dabei. Erik hingegen war bei Mädchen eher schüchtern und seine Erfolge dementsprechend an einer Hand abzuzählen. Zum Glück hatten sie bei Mädchen einen unterschiedlichen Geschmack, eine Rivalität in diesem Bereich wäre für ihre Freundschaft nicht förderlich gewesen. Nur einmal herrschte deswegen zwischen ihnen böses Blut. Aber dieses Problem wurde irgendwann mit einer Menge Bier weggespült.

Pauls Sturm-und-Drang-Zeit sollte viele Jahre dauern. Er war einer dieser *Fortunate Sons*, wie es *Creedence Clearwater Revival* in einem gleichnamigen Song so treffend beschrieben hatten. Geboren wurde er mit dem sprichwörtlichen silbernen Löffel im ... na ja, lassen wir das. Jedenfalls war Paul das einzige Kind wohlhabender Eltern, und sein Vater war engagiertes Mitglied einer einflussreichen Partei. Das hatte ihm nicht nur eine unbeschwerte Kindheit verschafft, in der es ihm an nichts gefehlt hatte, sondern öffnete ihm auch später so einige Türen und brachte ihn zu seiner atemberaubenden Penthouse-Wohnung.

Davor musste er während seines Studiums mit weniger Komfort auskommen, nämlich mit einer knapp vierzig Quadratmeter kleinen Bruchbude aus der Zeit vor dem – Erik hatte sich nie zu fragen getraut vor welchem – Krieg. Für die Miete musste er selbst aufkommen. Natürlich hätte sein Vater das Geld gehabt, um ihn völlig sorgenfrei durch das Studium zu bringen, doch Paul hatte während seiner vier Jahre in der Oberstufe des Gymnasiums mit seinem ausschweifenden Lebensstil, vor allem mit seinem umtriebigen Nachtleben, den Bogen überspannt. Von Natur aus mit einem hohen Maß an Intelligenz ausgestattet, waren die Volksschule und die Unterstufe des Gymnasiums für Paul ein Kinderspiel gewesen, aber ab fünfzehn zählten halt nur noch Mädchen und Partys. Die Noten verschlechterten sich dadurch rapide, sodass er das eine oder andere Mal nur mit Müh und Not den Aufstieg in den nächsten Jahrgang schaffte. Irgendwann riss die Sehne des Bogens, vielmehr der Geduldsfaden seines Vaters, und er stellte ihm die Rute ins Fenster: Entweder Paul würde sich zusammenreißen und die Schule mit Anstand abschließen, oder der Geldhahn würde ihm zugedreht werden. Er war also gezwungen, das süße Leben für bestimmte Zeit zurückzustellen und sich ausnahmsweise auf seine schulische Laufbahn zu konzentrieren. Die Matura bestand er schließlich mit ausgezeichnetem Erfolg. Sein Vater hatte ihm seine Eskapaden jedoch nicht ganz verziehen. Deshalb war Paul gezwungen, nach teils naheliegenden und teils kreativen Lösungen zu suchen, um sein Leben, und dazu gehörte eben auch die Miete, finanzieren zu können. Naheliegend war, sich einen Mitbewohner zu suchen. Da das Geld dennoch nicht reichte, sah er sich genötigt, einen Job anzunehmen. Er heuerte als Barkeeper in einer angesagten Wiener Bar an, womit er zwei Fliegen mit einer Klappe schlug. Erstens hatte er genug Geld für die Miete und seine sonstigen Ausgaben. Und zweitens hatte er bei diesem Job die Gelegenheit, die schönsten Frauen Wiens zu Gesicht zu bekommen und, was noch viel wichtiger war, auch kennenzulernen. Da man während des Studiums vor allem eines brauchte, nämlich Ablenkung vom Lernen, nützte Paul seine Arbeit, wöchentlich eine andere Frau aus dieser – oder einer anderen – Bar abzuschleppen. Zugegeben, er schaffte es nicht jede Woche, seine Erfolgsquote konnte sich dennoch sehen lassen. Sein Mitbewohner war zwar auch kein Kostverächter, aber die Regelmäßigkeit, mit der er von Pauls nächtlichen Liebesorgien wachgehalten wurde, ließ ihn vor Neid erblassen. Da er nun für seinen Lebensunterhalt zum größten Teil selbst aufkommen musste, verspürte Paul auch nicht den großen Druck, sein Studium schnell abzuschließen, er hätte es sonst zweifellos in der Mindeststudiendauer geschafft. So genoss er das süße Leben in vollen Zügen, wie in alten Zeiten.

Irgendwann, man konnte es kaum glauben, war diese Zeit tatsächlich vorüber. Noch vor dem Abschluss seines Studiums war er endlich seriös geworden. Das war vor elf Jahren, als er Daniela heiratete. Sie kannten einander davor nur kurz. Wie bei Erik und Barbara hatte sie die Liebe wie ein Blitz aus heiterem Himmel getroffen.

Das sollte auch so bleiben, bis zu jenem verhängnisvollen Novembermorgen vor drei Jahren. Daniela fuhr mit ihrem Wagen zur Arbeit. Wegen der Dunkelheit und des dichten Nebels herrschte schlechte Sicht. Ein alkoholisierter Lastwagenlenker geriet auf die Gegenfahrbahn, sie hatte keine

Chance und war auf der Stelle tot. Das allein wäre schon tragisch genug, aber Daniela trug ein Kind unter ihrem Herzen. Der Schmerz über den Verlust nicht nur seiner Frau, sondern vor allem seines ungeborenen Kindes, warf Paul völlig aus der Bahn. Er verließ wochenlang seine Wohnung nicht, und es hatte den Anschein, als würde er sich nie wieder davon erholen. Erik stand ihm so gut er konnte zur Seite, doch auch er konnte ihm die Last und den Schmerz nicht nehmen.

Man sagt ja, dass die Zeit alle Wunden heilt. Bei Paul benötigte sie ein wenig Hilfe, und sie trug einen klingenden Namen: Tamara. Vor etwa eineinhalb Jahren lernte Paul sie kennen. Er beschrieb sie als das komplette Gegenteil von Daniela, dennoch waren die beiden vom ersten Tag an wie Pech und Schwefel. Und es war auch Tamara zu verdanken, dass Paul wieder zu dem selbstbewussten, positiv denkenden Menschen wurde, der er vor diesem Schicksalsschlag gewesen war.

„Rate mal, welchen Song ich mir vor kurzem runtergeladen habe", nahm Paul nach einer Weile das Gespräch wieder auf.

„Keine Ahnung, da brauche ich schon mehr Anhaltspunkte", entgegnete Erik.

„Na gut, zwei Hinweise: 1990 und Headset."

Erik überlegte kurz, dann hellte sich sein angestrengter Blick auf. „Coole Sache, lass hören!"

Paul schaltete auf den im Wagen eingebauten MP3-Player um und startete den Song, der für beide mit vielen Erinnerungen verbunden war. Er stammte zwar ursprünglich aus dem Jahr 1981, doch die ihrer Meinung nach beste Version konnte man erst neun Jahre später bei dem bis dahin legendärsten Konzert im englischen *Knebworth* hören. Der Sänger betrat die Bühne und salutierte den geschätzt 120.000 Zuschauern, zu denen auch Erik und Paul zählten. Aus welchem Grund er ein damals noch eher unübliches Headset trug, konnten sie zu diesem Zeitpunkt nur erahnen. Dann setzte er sich auf den Bühnenboden und performte, vor allem von seinem Keyboarder und Gitarristen unterstützt, Refrain und Strophen. Gegen Ende der zweiten Strophe erhob er sich und stieg ein paar Stufen hoch, um sich seine Drumsticks zu nehmen und in einem unnachahmlichen Finale seinem ursprünglich erlernten Handwerk als Drummer nachzugehen. Mit dieser Version von *In The Air Tonight* hatte sich *Phil Collins* selbst übertroffen. Und als die beiden die ersten Akkorde vernahmen, war es so, als ob sie wieder Seite an Seite in diesem riesigen Park in der Nähe von London stünden.

Etwas später verließen Erik und Paul die Autobahn bei der Ausfahrt *Regau*. Dadurch wurden sie schon während der Fahrt in aller Früh mit einigen malerischen Ausblicken belohnt: mit dem Traunstein, der sich in der zu dieser Tageszeit noch glatten Oberfläche des Traunsees spiegelte, mit der Fahrt entlang des Sees bis nach Ebensee und sozusagen im Vorbeifahren noch mit der Kaiserstadt Bad Ischl.

Nach etwa eineinhalb Stunden erreichten sie ihr vorläufiges Ziel: St. Wolfgang.

Als Ausgangspunkt ihrer Wanderung wählten sie den Bahnhof der berühmten Zahnradbahn. Es gab auch noch andere Routen auf den Gipfel des Schafbergs, wie von Unterach am Attersee oder Winkl in der Nähe von St. Gilgen aus. Erik zog St. Wolfgang vor, da er den Ort von früheren Urlauben gut kannte und immer wieder gern ein paar Tage hier verbrachte. Wie viele andere war auch er bei seinem ersten Besuch auf dem Gipfel zu faul gewesen, um ihn zu Fuß zu erklimmen, und hatte die Zahnradbahn genommen. Er hatte es mit einem Gefühl von Nostalgie gerechtfertigt, auf diesem alten Eisenross zu reiten, auch wenn die schönste und bequemste Fahrt nicht das Gefühl ersetzen konnte, sich die Aussicht, die oben wartete, mit dem Vergießen von Schweiß verdient zu haben.

Der erste Teil des Wanderweges stellte sich als nicht besonders attraktiv heraus, er führte auf Asphalt aus dem Ort hinaus, vorbei an einigen älteren für das Salzkammergut typischen Häusern, die mit jeder vergangenen Minute immer dünner gesät waren, bis die beiden zu einer Gabelung kamen und ein Schild ihnen den Weg runter von der befestigten Straße auf einen Wanderweg, der den Namen verdiente, wies. So machte das Wandern gleich mehr Spaß: Matsch an den Schuhen, eine pittoreske Holzbrücke über einen Gebirgsbach und mäßig steiles Gelände durch den Wald. Die Atmosphäre hier war einfach unbeschreiblich: das Rauschen des Baches, Vogelgezwitscher, das Rascheln in den Bäumen, sogar das Klopfen eines Spechts konnte man vernehmen. Sie genossen diese idyllische Stimmung und verzichteten bewusst beinahe während der gesamten Zeit im Wald auf jegliche Konversation, nur um diese Momente der Ruhe nicht zu zerstören. Noch etwa eine Stunde würde es dauern, bis sie das dichte Gehölz hinter sich lassen würden, wenn sie das wegen der aufgehenden Sonne glitzernde Wasser des Wolfgangsees durch das Geäst der letzten Bäume erblicken würden. Andächtig und immer noch schweigsam wanderten sie den leicht ansteigenden Waldweg hinauf, bis sie schließlich aus dem Wald hinaustraten und sich der Wolfgangsee in seiner ganzen Pracht vor einer fast kitschigen Postkartenkulisse offenbarte. Beide hielten inne und betrachteten das langgezogene Gewässer, das in einer Weise funkelte, als wären abertausende von Sternen in ihm versunken, dazu die umliegenden Berge, die von der sich erhebenden Sonne angestrahlt wurden. Die Ruhe des Waldes und nun diese prächtige Aussicht vermittelten ihnen wieder ein Gefühl von Ausgeglichenheit und Freiheit, das ihnen der Alltag entrissen zu haben schien. Und aus diesen positiven Gedanken schöpften sie die Kraft für den weiteren Aufstieg.

„Was war nun gestern mit Tamara?“, eröffnete Erik nach dieser Zeit des Schweigens neugierig das Gespräch.

„Ach, eigentlich gar nichts“, versuchte Paul das Gespräch abzuwürgen.

„Komm schon, irgendetwas muss doch gewesen sein. Sonst lobst du sie nur in den höchsten Tönen."

Paul seufzte. „Was soll ich sagen? Manchmal hat sie es nicht leicht mit mir und ich nicht mit ihr."

„So billig kommst du mir nicht davon."

„Das ist der langen Rede kurzer Sinn. Sie ist schon eine außergewöhnliche Frau, sogar eine echte Traumfrau, aber sie treibt mich auch in den Wahnsinn."

„Das kenne ich doch von irgendwoher."

Paul musste lachen. „Das glaube ich dir. Mal ernsthaft, das waren doch großartige Zeiten damals: Wir sind von einer Bar zur anderen gezogen, haben ein paar Drinks gekippt und Mädchen aufgerissen. Alles war so einfach, ungezwungen, unverbindlich, auch der Sex."

„Bei mir war in der Regel nach den Drinks Schluss, die Mädchen hast meistens du mit nach Hause oder gleich auf dem Klo genommen."

„Du denkst bei Frauen einfach zu viel nach, das war schon früher so."

„Mag sein, man kann halt nicht aus seiner Haut."

„Der Punkt ist, die Frauen waren damals anders, ich meine, nicht so kompliziert."

„Du hast ihnen ja auch keine Zeit dafür gelassen."

Paul musste wieder lachen. „Kann schon sein, ich bin immerhin ganz gut damit gefahren. Bei Tamara und mir hat es auch so angefangen: Wir sind kaum aus dem Bett rausgekommen. Irgendwann verbringt man auch viel gemeinsame Zeit außerhalb des Schlafzimmers, und es wird eine richtige Beziehung."

„Das hört sich doch gut an."

„Schon, ich zweifle nur manchmal daran, ob ich der Typ dafür bin. Wir sind noch nicht einmal zusammengezogen, und trotzdem haben wir schon vom Heiraten geredet und..."

„Ihr wollt heiraten?", unterbrach ihn ein sichtlich überraschter Erik.

„Was soll ich sagen? Tamara kann sehr überzeugend sein", entgegnete Paul und zwinkerte.

„Wahrscheinlich bist du deshalb so nervös und redest so viel dummes Zeug."

„Vielleicht."

„Ich bin mir sicher, dass es so ist", munterte Erik Paul auf. „Gratuliere, mein Freund. Hätte nicht gedacht, dass du dich nochmal..." Erik unterbrach den Satz. Es war nicht seine Absicht gewesen, Paul an Daniela zu erinnern.

„Du meinst, dass ich noch einmal den Mut aufbringe zu heiraten?"

„So ähnlich wollte ich es wohl sagen. Entschuldige, ich wollte nicht..."

„Schon gut, ich komme mit der Erinnerung an Daniela inzwischen zurecht. Mit ihr hat es ja auch gut funktioniert, bis..." Paul schaffte es nicht, den Satz zu beenden. Er hatte seine Frau sehr geliebt, und ihr Tod und der seines ungeborenen Kindes hatten ihn beinahe zerstört. Auch wenn er es nicht zugegeben hätte, er war immer noch nicht völlig darüber hinweg. „Wie auch immer", fuhr er fort und überspielte gekonnt seine Nachdenklichkeit, „ich sollte mich an die guten Zeiten erinnern, an die alten, aber auch an heute und vor allem an Tamara. Schließlich habe ich alles nur ihr zu verdanken. Sie hat mich aus dem Sumpf meiner Depression gezogen. Ohne sie wäre ich heute nur noch ein Schatten meiner selbst. Ich hätte sicher mein Büro schließen müssen, wäre nur noch zu Hause gehockt und hätte mich wahrscheinlich zu Tode gesoffen. Irgendwann während dieser Phase fiel mir aber wieder der Lieblingsspruch meiner Mutter von *Oscar Wilde* ein. Du erinnerst dich?" Erik nickte. „Ich schaffte es tatsächlich, neuen Mut zu fassen und mich nicht völlig aufzugeben. Dann traf ich Tamara, und sie hat mein Leben wieder lebenswert gemacht. Dieser Spruch ist mittlerweile zu unserem gemeinsamen Lebensmotto geworden. Vielleicht sollte ich es mir nicht so zu Herzen nehmen, wenn wir uns mal streiten. Wer weiß, vielleicht bringt uns das am Ende noch näher zusammen."

„Das ist die richtige Einstellung. Ich freue mich jedenfalls sehr für euch." „

„Weißt du was? Ich werde das jetzt durchziehen: nicht nur die Hochzeit, sondern auch das Zusammenziehen. Gleich morgen werde ich sie fragen, ob sie ihre Wohnung aufgeben und zu mir in mein Penthouse ziehen möchte."

„Sie scheint wirklich eine interessante Frau zu sein. Ob sie mir auch gefallen würde?"

„Du weißt ja, dass wir uns bei Frauen nie in die Quere kommen. Deine Barbara ist ja ganz nett, aber sie wäre nichts für mich..." Das stimmte. Paul hatte nie besonderes Interesse an Barbara gezeigt. Die beiden mochten einander auch nicht besonders, woran auch immer das lag. Aber das hatte ihrer Freundschaft nie geschadet. „... und glaub mir: Tamara wäre eine Nummer zu groß für dich." Diese Äußerung war typisch für Paul und sein wieder gewonnenes Selbstbewusstsein. Erik antwortete nicht darauf. Hauptsache, Paul hatte die Kurve gekratzt und war nun wieder gut drauf.

Nach einer Weile hatten sie die Schafbergalm erreicht, eine Zwischenstation nicht nur für Wanderer, sondern auch der Zahnradbahn. Schon hier bot sich ihnen eine faszinierende Aussicht über die umliegende Berg- und Seenwelt. Die Alm wirkte beinahe kitschig mit ihren Almhütten und freilaufenden wiederkäuenden Kühen. Erik hielt diese pittoreske Landschaft mit dem Mondsee im Hintergrund auf einem Foto fest. Zum Glück hatte er seine Kamera nicht vergessen, mit dem Smartphone zu fotografieren wäre nicht dasselbe gewesen.

Der Rest des Weges führte sie über freies, etwas steileres Gelände. Die Sonne hatte bereits ordentlich Kraft und ließ die beiden in ihrem Schweiß baden. Das machte ihnen nichts aus, denn sie waren gut in Form. Paul hatte sogar mehrere Marathonläufe absolviert. Diese Referenzen konnte Erik zwar nicht vorweisen, aber als begeisterter Allroundsportler konnte er mit Paul locker Schritt halten. Auch die Zahnradbahn begegnete ihnen auf ihrem Weg noch zwei Mal, eine leere talwärts fahrende und eine bereits gut gefüllte Richtung Gipfel rumpelnde mit nicht so sportlichen Wanderern und Familien. Paul und Erik hingegen wollten sich die Aussicht vom Gipfel redlich verdienen. Und das Geld für den gesalzenen Tickettarif, das sie gespart hatten, würden sie nach Erreichen ihres Ziel in flüssigem Gold anlegen.

Nach einer weiteren knappen Stunde hatten sie die Bergstation der Zahnradbahn erreicht, der Schafberg war beinahe bezwungen. Von hier führte noch ein mittelsteiler Weg zum Gipfel. Erik wusste bereits, was ihnen bevorstand. Dennoch konnte er es kaum erwarten, dieses einzigartige Panorama wieder zu sehen. Er hatte Paul darüber im Unklaren gelassen, wie atemberaubend die Aussicht sein würde, deshalb war Erik besonders gespannt auf seine Reaktion. Wenige Minuten später war es soweit: Der absolut ungetrübte Sonnenschein und die glasklare, hunderte Kilometer reichende Sicht Richtung Norden erlaubten ihnen nicht nur, weit entfernte Berge zu erblicken. Viel beeindruckender waren die zahlreichen Seen, die sich schon vor Jahrtausenden hier im Salzkammergut gebildet hatten und ihnen nun einen unvergleichlichen Anblick boten. Der Attersee in seiner ganzen Pracht ließ wie sonst an keiner Stelle seine gewaltige Nord-Süd-Ausdehnung erkennen, der Mondsee, der sich wie ein Kätzchen an die umliegenden Berge angeschmiegt hatte und im Hintergrund der kleinere, vor allem wegen seiner Naturbelassenheit begehrte Irrsee, waren die Hauptattraktionen, auch ein paar kleine Seen konnte man erblicken. Diese Kombination aus den Seen und der umliegenden Berglandschaft, die aufgrund des Standes der Vormittagssonne auch ein abwechslungsreiches Licht-Schatten-Spiel bot, wirkte auf die beiden derart hypnotisierend, dass sie mehrere Minuten kein Wort sprachen und das Panorama genossen.

„Wo bekommt man denn hier anständiges Bier?", brachte es Paul nach ein paar Minuten auf den Punkt. „Die Terrasse dort drüben beim Gasthaus sieht ganz einladend aus."

„Gemütlicher wäre es etwas abseits. Ich kenne einen Platz, dort haben wir es schön ruhig, und es gibt ausgezeichnetes Bier zu einem vernünftigen Preis."

„Worauf warten wir noch?", forderte Paul ungeduldig, und sie machten sich auf den kurzen, aber lohnenden Weg. Etwas abgelegen vom Trubel des Gasthauses fanden sie einen unscheinbaren Verkaufsstand. Noch ehe sie ihn erreicht hatten, bestellte Erik lautstark zwei Biere. Und gefühlte zehn Sekunden, nachdem er bezahlt hatte, waren sie bereits geleert und wurde die zweite Runde bestellt.

„Lass uns doch rüber zum Gipfelkreuz gehen, dort ist jetzt noch kein Mensch", schlug Erik vor, nachdem sie angestoßen und das Bier angetrunken hatten.

„Gute Idee", willigte Paul ein, und die beiden Gipfelstürmer pilgerten mit ihrer Dose Bier in Händen los. Auf dem Weg kamen sie noch an einer malerischen Stelle vorbei, die den Endpunkt der Bergwanderung von Norden aus markierte und den klingenden Namen *Himmelspforte* trug. Eine mahnende Tafel warnte vor den Gefahren dieses Weges. Über einen kurzen felsigen Weg erreichten sie das hölzerne, 1986 errichtete Gipfelkreuz, und tatsächlich befand sich dort außer ihnen niemand, also Ruhe und Entspannung pur. Ihr Blick fiel auf ein etwa zwei Meter entferntes kleines Kreuz aus Metall, an dem eine Tafel angebracht war, die von einem tragischen Unglück eines damals 14-jährigen Mädchens an dieser Stelle im Jahr 1992 zeugte. Ihre gute Laune wurde dadurch für einen Moment gedämpft. Es erinnerte sie daran, dass wir alle nur eine bestimmte Zeitspanne auf diesem Planeten verweilen dürfen und nie wissen, wie lange diese sein würde. Nach diesem Augenblick der Nachdenklichkeit beschlossen sie, sich wieder den schönen Dingen des Lebens zu widmen. In diesem Moment waren das ein noch immer kühles Bier und ein Sonnenbad an einem gemütlichen Platz auf einem Felsen neben dem Gipfelkreuz.

„Ist ganz schön warm geworden", brach Paul das Schweigen, „ich bin völlig durchgeschwitzt."

„Geht mir auch so, lass uns das nasse Zeug loswerden." Sie entledigten sich der langen Hosenbeine ihrer Zip-Off-Wanderhosen, ihrer Jacken und Shirts, trockneten sich ab und zogen ihre Reserve-Shirts an. Mit dem neuen Frischegefühl schmeckte das Bier gleich noch besser. Nur schade, dass es nicht ewig kühl und vor allem voll blieb. Erik machte sich auf den Weg, um noch zwei weitere Biere zu besorgen. Als er zurückkehrte, erwartete ihn Paul bereits mit der Kamera in der Hand.

„Wäre doch ein idealer Ort für ein paar Fotos", wurde Erik begrüßt. Paul täuschte vor, ihm die Kamera zuwerfen zu wollen, zog aber im letzten Moment zurück.

Erik erschrak dennoch und verschüttete beinahe sein Bier. „Lass den Blödsinn!"

„Keine Angst um deine teure Kamera."

„Ich dachte eigentlich an das Bier", konterte Erik und warf Paul seine noch geschlossene Dose zu. Paul zögerte einen Moment, fing sie dann gekonnt mit der anderen Hand auf.

„Immer das Wesentliche im Auge behalten", grinste er.

„Gib sie mir lieber!", forderte Erik seine Kamera zurück. Paul übergab sie ihm und öffnete seine Dose. Ein lautes Zischen war zu hören, das Bier schäumte über, und er nahm einen kräftigen Schluck. Erik stellte seine Dose ab und machte die Kamera schussbereit. Paul positionierte sich beim Gipfelkreuz, nahm noch einen Schluck und anschließend seine gewinnendste Pose ein.

Erik drückte mehrere Male ab und machte zum Spaß Anweisungen wie ein Profifotograf, der ein Topmodel vor der Linse hatte. „Gut so, zeig mir, was du hast, jetzt die andere Seite, perfekt, nicht so ernst, mehr lächeln!" Paul hatte Gefallen an diesem Spiel gefunden, doch irgendwann musste er das Feld für Erik räumen, der nun an der Reihe war, Model zu spielen.

„Mal schauen, ob ich jemanden finde, der uns gemeinsam fotografiert", sagte Erik und blickte sich um, doch er konnte niemanden entdecken. „Egal, ich probiere es mit dem Selbstauslöser."

„Auf *dem* Untergrund?"

„Ich finde schon etwas." Auch für einen erfahrenen Hobbyfotografen wie Erik stellte es eine echte Herausforderung dar, auf diesem unebenen steinigen Boden die Kamera zu platzieren, doch nach ein paar erfolglosen Versuchen gelang es ihm. Er drückte den Knopf, und der Selbstauslösemechanismus wurde in Gang gesetzt, das bedeutete, ihm blieben noch zehn Sekunden. Erik beeilte sich, um sich rechtzeitig links neben Paul in Pose zu bringen. Die Kamera gab akustische Signale ab, die immer lauter wurden bei gleichzeitig verringertem Abstand zwischen den Tönen, bis schließlich ein kurzes Klickgeräusch das erfolgreiche Foto verkündete. Erik holte die Kamera, legte sicherheitshalber die Schlaufe um seine rechte Hand, prüfte die Qualität des Fotos und lächelte zufrieden.

Dann ging er zurück zu Paul, stellte sich rechts neben ihn und umarmte ihn mit seiner linken Hand. „Willst du das Foto mal sehen?"

„Na klar, hast du es auch ordentlich hinbekommen?" Es gab nur sehr wenige gemeinsame Fotos, die meisten aus ihrer Fußballzeit und auf Tennis-Mannschaftsfotos. Nun hatten sie ein aktuelles Foto, auf dem nur sie zu sehen waren, ein Foto sozusagen für die Ewigkeit. Die Zeit schien für einen Moment stillzustehen oder zumindest in Zeitlupe abzulaufen. Sie fühlten sich in dieser Umgebung frei wie ein Vogel. Die Tafel von vorhin hatte sie daran erinnert, wie vergänglich das Leben ist und wie sehr man jeden Moment auskosten sollte. Sie sahen einander in die Augen. Paul dachte an seine Tamara und dass er sich am nächsten Tag mit ihr versöhnen würde. Sämtliche

Sorgen in ihren Leben schienen hier und jetzt keine Rolle zu spielen.

„Urteile selbst!“ Erik streckte Paul die Kamera entgegen. Paul griff mit seiner linken Hand, mit der er sich am Gipfelkreuz festgehalten hatte, nach ihr. Erik versuchte, aus der Sicherheitsschlaufe zu schlüpfen, musste aber mit seiner linken Hand nachhelfen.

„Wie funktioniert denn das Ding?“, ärgerte sich Paul, der mit der Bedienung der Kamera nicht vertraut zu sein schien.

„Du kommst schon noch drauf“, grinste Erik. Der mittlerweile ungewohnte Bierkonsum und die Konzentration auf das störrische elektronische Gerät hatten Paul vergessen lassen, dass er das Gipfelkreuz losgelassen hatte und ihm auch Erik keinen Halt mehr bot. Und dahinter ging es viele hundert Meter steil, fast senkrecht bergab. Paul verlor auf dem unebenen Untergrund das Gleichgewicht und taumelte nach hinten. Mit seinen Armen rudernd versuchte er verzweifelt, sich noch am Gipfelkreuz oder an den Felsen festzuhalten, doch es gelang ihm nicht. Die Kamera flog durch die Luft und verschwand lautlos im Abgrund. Erik reagierte blitzschnell, klammerte sich mit der rechten Hand an einen Felsen, streckte seine andere nach Paul aus, konnte ihn gerade noch an dessen linker Hand packen und wurde von Pauls Gewicht zu Boden gedrückt. Paul hing nun mit seinem ganzen Körpergewicht an Eriks linker Hand und starrte ihn mit entsetzten Augen an.

„Bitte Erik, halt mich fest!“, flehte er in Todesangst. Er versuchte verzweifelt, mit seinen Beinen Halt an den Felsen unter ihm zu finden, um Erik zu entlasten und hochzuklettern, aber die Felswand war an dieser Stelle zu steil und zu glatt. Eriks Kräfte begannen zu schwinden, er schwitzte stark, sein Arm begann zu zittern. „Lass mich nicht fallen!“ Paul verlor den letzten Halt, er stürzte in die Tiefe und stieß einen gellenden, markerschütternden, nicht enden wollenden Schrei aus. Aus Eriks Sicht wurde Paul immer kleiner, bis nur ein winziger farbiger Punkt zu sehen war, der schließlich verschwand. Sein

Schrei, der immer leiser geworden war, verstummte. Erik starrte in den Abgrund. Ein leises „Tut mir leid, mein Freund“, kam über seine Lippen.

D

Erik lag regungslos auf dem steinigen Grund, seine rechte Hand umklammerte noch immer den Felsen. Er starrte ausdruckslos in den Abgrund und machte keine Anstalten, dies zu ändern, nicht einmal, als von allen Seiten Menschen herbeiströmten, die durch Pauls nicht zu überhörenden Schrei alarmiert worden waren. Sie fanden einen völlig apathischen und ins Nirwana blickenden Erik vor und bombardierten ihn mit Fragen. Er vernahm nur unverständliches Geschwafel wie das der Lehrer bei den *Peanuts*. Auch wenn er die Fragen verstanden hätte, wäre es ihm nicht möglich gewesen, auch nur eine davon zu beantworten, so durcheinander war er noch.

Das erste, das Erik verstehen konnte, war die Stimme eines Mannes, die zu den anderen Leuten sprach. „Lasst ihm doch Luft zum Atmen, Leute! Kommt schon, lasst ihn in Ruhe!" Jemand kniete sich zu ihm hin und legte die Hand auf seine Schulter. Erschrocken hob Erik den Kopf und drehte sich zu dem Mann um. Tränen waren seine Wangen hinuntergelaufen, und sein Gesicht war kreidebleich. „Kommen Sie, junger Mann, kommen Sie da weg!", sprach der Mann mit sanfter Stimme. Doch Erik war zu paralysiert, um sich auch nur einen Zentimeter zu bewegen. Auch auf die nächste Aufforderung reagierte er nicht. Der Mann sah die Zwecklosigkeit seines Unterfangens ein, also setzte er sich neben Erik und legte seine Hand schützend auf ihn. So sehr Erik Dankbarkeit dafür verspürte, dass sich dieser Fremde seiner annahm, er konnte ihm nicht länger in die Augen sehen. Er wendete seinen Blick ab und starrte in den scheinbar endlosen Abgrund des Schafbergs.

Man sagt, dass kurz vor dem Tod noch einmal das ganze Leben wie im Zeitraffer vor dem geistigen Auge abläuft. Erik wusste nicht, ob Paul das erlebt hatte. Während er weiter in die Tiefe starrte, blickte er auf sein gemeinsames Leben mit Paul zurück, zum Beispiel als sie einander zum ersten Mal getroffen hatten. Erik war fünf, Paul vier Jahre alt. Paul hatte sich auf dem örtlichen Kinderspielplatz die einzige funktionstüchtige Schaukel geschnappt und war nicht bereit, sie Erik zu überlassen, auch nicht, nachdem er schon zehn Minuten darauf gewartet hatte. Erik verlor damals die Geduld, stellte sich neben die Schaukel und fing sie im Vorbeischwingen ab. Paul verlor den Halt und fiel mit dem Kopf voraus in den weichen Sand. Es folgte eine Keilerei, wie man sie im Kindergartenalter noch nicht erlebt hatte. Paul bewies große Raufqualitäten, war aber Erik körperlich unterlegen. Schließlich musste Pauls Mutter, die ein wenig abseits gestanden und sich eine ihrer zwanzig täglichen Glimmstängel gegönnt hatte, einschreiten und die beiden Kampfhähne trennen. Auf den ersten Blick schien das natürlich kein guter Start für eine über dreißig Jahre währende Freundschaft zu sein. Dennoch waren sie seit diesem Tag wie Pech und Schwefel gewesen.

Erik sah, wie sie gemeinsam Radfahren lernten, auf dem schlecht gepflegten Rasen des Schulsportplatzes Fußball oder im Winter in der Hauseinfahrt Tennis spielten, wie sie im Wald die von Pauls Mutter „geliehenen“ Zigaretten rauchten und die ersten Erfahrungen mit dem anderen Geschlecht machten, und ihre gemeinsamen Unternehmungen der letzten Jahre. Mit dieser letzten Erinnerung wurde ihm schwarz vor Augen, sein Kopf sank auf den Felsen nieder, und er verlor das Bewusstsein.

Als Erik wieder die Augen öffnete, war er an einem anderen Ort. Sein Blick fiel auf das Bett, in dem er lag: ein mäßig bequemes Einzelbett mit weißem Laken und einer dünnen Decke mit weißem Bezug. Er fühlte das Kissen, das viel zu weich und zu niedrig war, kein Vergleich zu seinem Nackenstützkissen, das er seit einigen Jahren zu Hause verwendete. Der Raum war klein, an die zwölf Quadratmeter, und spartanisch eingerichtet. Neben dem Bett befand sich ein kleiner Tisch mit quadratischer Fläche, an diesen war ein Stuhl gerückt. Über dessen Lehne hing fein säuberlich seine Kleidung. Er erblickte ein altes Waschbecken samt schlecht geputztem Spiegel, das wie das ganze Zimmer nicht nach Luxus aussah. Erik richtete sich langsam auf und sah sich weiter um. Eine Wanduhr, die ihm die Zeit verraten hätte können, konnte er nicht entdecken, und eine Armbanduhr trug er schon viele Jahre nicht mehr. Das einzige Fenster des Zimmers war mit geschlossenen, jedoch nicht völlig abdunkelnden Jalousien versehen. Es fiel gerade so viel Licht ins Zimmer, dass er die ganzen Einzelheiten hatte erkennen können. Dennoch hatte er keine Ahnung, wo er sich befand. Draußen war es noch hell, oder konnte er so lange weggetreten gewesen sein, dass bereits der nächste Tag begonnen hatte? Erik fühlte sich schwindlig, doch er beschloss, vorsichtig aufzustehen. Er stellte seine Beine auf den Boden und erhob sich langsam. Sie fühlten sich an wie Pudding. Irgendwie schaffte er es zum Waschbecken und riskierte einen Blick in den Spiegel. Jemand hatte das Pflaster von der Wunde an seiner Stirn entfernt. Nicht nur wegen dieser Blessur sah er ganz schön fertig aus, also wusch er sein Gesicht und versuchte, sich dadurch zu erfrischen. Nach und nach kam die Erinnerung zurück: der Aufstieg auf den Gipfel des Schafberges mit seinem besten Freund und die Erkenntnis, dass er den Abstieg, wie auch immer er ihn bewältigt hatte, ohne Paul angetreten war. Erik senkte den Kopf und schüttelte ihn. Konnte das wirklich passiert sein? Wie hatte es nur dazu kommen können? Sein Blick fiel auf seine Hände. Finger und Handfläche seiner rechten Hand waren abgeschürft, als er sich damit an den Felsen geklammert hatte. Auch sein linker Unterarm wies Kratzspuren auf, was von Pauls verzweifeltem Versuch zeugte, sich an Erik festzuhalten.

Erik vernahm ein leises Klopfen und drehte seinen Kopf in die Richtung, aus der er das Geräusch vernommen hatte, reagierte aber sonst nicht darauf. Es war von der Tür gekommen. Das Klopfen wurde wiederholt. Wer konnte das sein? Vor allem wusste er noch immer nicht, wo er sich befand. Ihm war zwar etwas mulmig zumute, aber dieser Jemand würde ihn vielleicht darüber aufklären.

„Herein!“, meldete er sich kurz und knapp. Die Tür wurde langsam geöffnet. Ins Zimmer trat eine Frau mittlerer Größe und schlanker Statur, etwa Ende dreißig, sie trug ihr langes mittelbraunes Haar hochgesteckt, eine Polizeiuniform und hatte eine ernste Miene aufgesetzt.

„Guten Morgen. Wenn Sie so freundlich wären, mich zu begleiten?“

„Einen Moment. Wollen Sie mir nicht zuerst sagen, wo ich bin?“

„Entschuldigen Sie, erinnern Sie sich noch an die gestrigen Ereignisse?“, fragte die Dame vorsichtig.

Erik wurde nun bewusst, dass tatsächlich schon der nächste Tag angebrochen war. „Ich bin mir nicht ganz sicher“, antwortete er zögernd.

„Erinnern Sie sich daran, dass Sie gestern auf dem Schafberg waren?“

„Ja, daran erinnere ich mich.“

„Sie wurden auf dem Gipfel ohnmächtig, man brachte Sie vorsorglich zum Arzt. Nachdem er Sie durchgecheckt hatte, hat er Sie in diesem Nebenzimmer zur Beobachtung einquartiert.“

„Weshalb hat mich nicht der Arzt geweckt, sondern eine Polizistin?“

Die Dame schien auf Eriks Frage nicht antworten zu wollen, denn sie reagierte mit einer Gegenfrage. „Geht es Ihnen gut?“

„Es geht so.“

„Haben Sie noch irgendeine Erinnerung daran, was geschehen ist, ich meine dort oben auf dem Gipfel, bevor Sie ohnmächtig wurden?“, fragte die Polizistin nochmals vorsichtig, um sicher zu gehen, dass sie Erik nicht mit Tatsachen schockierte, an die er sich nicht mehr erinnerte.

„Ich hoffe immer noch, dass ich das nur geträumt habe", entgegnete Erik traurig.

„Wenn Sie von Ihrem Freund reden, muss ich Ihnen leider mitteilen, dass Sie nicht geträumt haben." Erik senkte wieder den Kopf. Das war der letzte Strohhalm gewesen. Die letzte Hoffnung war dahin, dass er sich die schrecklichen Ereignisse des Vortages nur eingebildet hatte oder sie nur Albträume gewesen waren.

„Auf die Gefahr, mich zu wiederholen: Aus welchem Grund sind Sie hier?"

„Die örtliche Polizei ermittelt wegen dieses Vorfalls."

„Entschuldigung, was meinen Sie?"

„Na ja, die Umstände sind noch nicht geklärt. Die Befragung der Personen, die wir beim Gipfelkreuz angetroffen hatten, hat keine Erkenntnisse gebracht, niemand hat etwas gesehen. Daher hatten wir gehofft, Sie könnten Licht in die Angelegenheit bringen. Aber ich habe schon zu viel gesagt. Darf ich Sie also ersuchen, mich zu begleiten? Mein Kollege möchte Ihnen ein paar Fragen stellen. Ziehen Sie sich am besten an!" Sie schmunzelte.

Erst jetzt bemerkte Erik, dass er die ganze Zeit in der Unterwäsche vor der Polizistin gestanden hatte, doch das war in diesem Moment die geringste seiner Sorgen. „Entschuldigen Sie. Selbstverständlich helfe ich Ihnen, so gut ich kann. Ich brauche nur einen Moment."

„Ich warte draußen", entgegnete die Polizistin, verließ das Zimmer und schloss die Tür.

Erik begann zu überlegen. Was gab es denn an diesem Vorfall, wie es die Dame bezeichnet hatte, zu untersuchen? Hatte die Polizei etwa den Verdacht, dass Erik Schuld daran hatte? Oder war es reine Routine? Er würde es bald genug erfahren. Würde es ihm so ergehen wie *Josef K.* in *Franz Kafkas* Romanfragment *Der Prozess*? Ging er nur mal kurz zur Polizei wegen einer

Aussage und würde nie wieder ein freier Mann sein? Wenigstens würde *er* den Grund erfahren, weshalb er eingekerkert werden würde. Um die Polizistin nicht zu lange warten zu lassen, wischte er diese Gedanken beiseite, nahm seine Sachen von der Stuhllehne und kleidete sich rasch an. Er kramte in seinen Taschen und fand sein Mobiltelefon. Ein kurzer Blick darauf verriet ihm, dass es tatsächlich bereits Sonntag war, und zwar 7:40 Uhr.

Neuer Tag, neues Glück, dachte er, atmete tief durch, öffnete die Tür und verließ den Raum. Die Polizistin hatte direkt vor dem Zimmer gewartet. Hat sie mich etwa bewacht, kam Erik als erstes in den Sinn.

„Ich habe mich Ihnen noch gar nicht vorgestellt“, setzte die Polizistin das Gespräch fort: „Inspektorin Sandra Schuster, ich werde Sie zum Posten begleiten. Meinem Kollegen habe ich bereits telefonisch Bescheid gegeben, er wartet auf uns.“

„Dann bringen wir's hinter uns“, antwortete Erik, dem immer noch nicht wohl bei der Sache war, aber er versuchte, sich nichts anmerken zu lassen.

Sie verließen das Gebäude. Es handelte sich um eines der vielen alten, vermutlich unter Denkmalschutz stehenden Gebäude St. Wolfgangs. Erik mochte dieses Fleckchen Erde wegen seines besonderen Flairs. Er war immer gern hierher gereist, doch während sie durch die Straßen gingen, hatte dieser Ort für ihn jeden Reiz verloren. Wenn er ihn nur so schnell wie möglich verlassen könnte. Nie wieder würde er zurückkehren, durch diese Straßen schlendern, die Souvenirgeschäfte besuchen und eine dieser schönen schwäbischen Kuckucksuhren erstehen. Vor allem würde er unter keinen Umständen noch einmal den Schafberg hinaufsteigen, das schwor er sich in diesem Moment. Für ihn würde es von nun an immer nur diese eine Erinnerung in Verbindung mit St. Wolfgang geben, und die würde ihn bis an sein Lebensende verfolgen.

„So, hier sind wir." Mit diesen Worten wurde er aus seinem inneren Schwur gerissen. Sie standen vor dem Gebäude, in dem sich das Polizeirevier befand. Die Inspektorin hielt Erik die Tür auf, wohl ein Zeichen der neuen Emanzipation. Sie betraten einen Gang, der nur durch das Tageslicht, das durch die geöffnete Tür drang, beleuchtet wurde. Die Tür fiel hinter ihnen ins Schloss, und sie standen in völliger Dunkelheit. Erik konnte sich nicht orientieren. „Einen Moment, ich werde Licht machen", sagte Schuster.

„Ich danke Ihnen. Sie kennen ja den Weg. Für mich wäre es schon schwieriger gewesen." Schuster betätigte einen Schalter und drei Neonröhren bemühten sich anzuspringen, was zwei von ihnen auch nach wenigen Sekunden gelang. Die vorsintflutlichen Röhren gaben nicht nur ein unangenehmes surrendes Geräusch, sondern auch ein dermaßen grelles Licht von sich, dass Erik blinzeln musste. Er senkte den Blick, um nicht geblendet zu werden.

„Kommen Sie hier entlang!", forderte ihn Schuster mit bestimmtem Ton auf. Sie ging den Gang entlang, Erik folgte ihr bis zur dritten Tür rechts. Auf dem Türschild war „RevInsp Ernst Schneider" zu lesen.

Erik schmunzelte. Zwei gute alte ehrwürdige Handwerksberufe, nicht zu vergleichen mit dem Berufsstand des Polizisten, dachte er und hoffte, sein Schmunzeln wurde nicht bemerkt, denn die Situation war alles andere als komisch. Schuster klopfte kurz und öffnete die Tür, denn sie wurden ja erwartet. Erik betrat den Raum nach ihr. Der Revierinspektor, ein Mann von etwa vierzig Jahren, schlank, mit schwarzem, kurzem Haar, eine Erscheinung, die Erik an seine Zeit beim Bundesheer erinnerte, saß an seinem Schreibtisch.

Als er die beiden sah, stand er auf und begrüßte Erik. „Guten Morgen. Ich hoffe, wir haben Sie nicht zu früh geweckt." Schneider war fast einen Kopf größer als Erik. Beinahe ehrfürchtig starrte er diesen Hünen an, der ihn so höflich, ja fast beinahe zu höflich begrüßt hatte. Er hoffte, dass dies nicht den

Beginn von dem beliebten Spiel *Good Cop, bad Cop* bedeutete, denn er hatte keine Lust, eine Hauptrolle darin zu spielen.

„Ihnen auch einen guten Morgen, Herr Revierinspektor. Keine Sorge, ich war schon wach."

„Das sieht ja übel aus", spielte Schneider auf Eriks Kopfwunde an, „geht's denn schon wieder?"

„Das, äh, ist nicht von gestern, bloß eine kleine Auseinandersetzung mit meiner Hantel vor ein paar Tagen. Ist nicht mehr schlimm."

„Stimmt, die Wunde sieht nicht mehr ganz frisch aus."

Was sollte die Fragerei wegen seiner Kopfwunde? Glaubte er etwa, Paul hätte sie ihm in einem Streit zugefügt, und Erik hätte ihn daraufhin in den Abgrund gestoßen? Er musste vorsichtig sein, sollte jemand versuchen, ihm etwas anzuhängen. Ein ungutes Gefühl überkam ihn, nicht nur wegen der Situation, in der er sich befand. Er hatte vergessen, beim Waschen seines Gesichts auch einen Schluck Wasser zu trinken. Sein Befinden erinnerte ihn an das nach einer durchzechten Nacht, nicht wegen der Kopfschmerzen, die erträglich waren, sondern wegen des schalen Geschmacks in seinem Mund und der darin vorherrschenden Trockenheit, die es mit der Wüste *Gobi* aufnehmen konnte.

„Könnte ich bitte ein Glas Wasser haben?", fragte er höflich.

„Selbstverständlich, nehmen Sie doch erst mal Platz!", lud ihn Schneider ein und rückte einen Stuhl zurecht.

„Danke sehr", entgegnete Erik und setzte sich.

„Sandra, hol dem Herrn doch ein Glas Wasser!" Schuster verschwand wortlos durch eine Tür. „Sie haben ja gestern eine Menge mitgemacht, Herr..."

„Ach, nennen Sie mich doch einfach Erik!", unterbrach ihn Erik. „Wenn Sie mich mit meinem Nachnamen ansprechen, denke ich, mein Vater sitzt neben mir, und Sie meinen ihn."

„Es ist zwar bei uns nicht üblich, aber wenn Sie es wünschen."

„Ich danke Ihnen."

„Die Formalitäten können wir später erledigen. Lassen Sie uns doch *in medias res* gehen!"

Erik war überrascht, von einem Polizisten eine so gewählte Ausdrucksweise zu vernehmen. Er hatte es also nicht mit irgend so einem Sesselfurzer zu tun, der gerade klug genug gewesen war, die Matura zu machen, um auf die Polizeischule gehen zu können. Nein, dieser Mann hatte sich neben dem üblichen Polizeikram auch noch anderes Wissen angeeignet, zumindest ein juristisches Grundwissen. Oder er hatte einfach ein Faible für Latein, aber wer hat das schon. Erik durfte also die Intelligenz dieses Gesetzeshüters nicht unterschätzen. Er beging diesen Fehler selten bei einem Gegner, ob in sportlicher, beruflicher oder sonstiger Hinsicht.

„Gestern haben wir noch mit Ihrer Frau telefoniert", setzte Schneider das Gespräch fort, „die Nummer befand sich in Ihrer Kurzwahlliste, ich hoffe, es macht Ihnen nichts aus. Da wir sonst keinen Anhaltspunkt hatten, haben wir uns erlaubt, Ihr Telefon zu befragen." Inzwischen war Schuster mit dem Glas Wasser zurückgekehrt. Sie stellte es vor Erik auf dem Tisch ab und setzte sich an ihren Schreibtisch.

Erik bedankte sich, nahm einen kräftigen Schluck und wandte sich wieder Schneider zu. „Ich muss zugeben, dass ich mein Telefon nur ungern aus der Hand gebe, geschweige denn, jemanden darin herumstöbern, um nicht zu sagen herumspionieren lasse, aber ich denke, unter diesen Umständen war Ihr Handeln gerechtfertigt."

„Ich danke Ihnen für diese Nachsichtigkeit. Auch in Österreich benötigen wir grundsätzlich einen Beschluss, wenn wir zum Beispiel die Daten eines Handys auswerten. In diesem Fall bestand kein dringender Tatverdacht, also wäre die Durchsuchung rechtlich problematisch gewesen. Aber wir haben auch kein Beweismaterial gegen Sie gesammelt, sondern nur versucht, Ihre Identität festzustellen." Erik fiel ein Stein vom Herzen, als er die Wortfolgen „kein dringender Tatverdacht" und „kein Beweismaterial gegen Sie gesammelt" vernahm, denn er hatte tatsächlich befürchtet, als Tatverdächtiger vernommen zu werden. Aber was nicht war, konnte ja noch werden.

Er beschloss, sehr höflich und kooperativ zu bleiben und stets auf der Hut zu sein. „Wie gesagt, ich habe nichts zu verbergen. Deshalb danke ich Ihnen sogar, dass Sie meine Frau kontaktiert haben."

„Ich hoffe, Sie können mir bestätigen, was sie mir erzählt hat."

„Das hängt davon ab, was das war."

Schneider überlegte kurz. „Gehen wir zunächst einen Schritt zurück. Erzählen Sie mir, was Sie von gestern noch wissen!"

„Also, wir sind gestern von Linz aus aufgebrochen, um auf den Schafberg zu wandern."

„Nennen Sie uns den Namen aller Personen, die an der Wanderung teilnahmen!"

„Wir waren nur zu zweit unterwegs, Paul und ich."

„Paul ... und weiter?"

„Steiner, Paul Steiner."

„Wo wohnt Herr Steiner?"

„In Wien, im 17. Bezirk, die genaue Adresse weiß ich nicht auswendig, da müsste ich in meinem Handy nachsehen." Erik zückte sein Mobiltelefon und rief Pauls Kontakt auf. Nach ein paar Sekunden schüttelte er den Kopf. „Tut mir leid, ich habe keine Adresse gespeichert. Ich kann Ihnen die Nummer seiner Eltern geben, die können Ihnen sicher weiterhelfen." Erik machte eine kurze Pause. „Mein Gott, seine Eltern, die wissen es ja noch gar nicht." Erik vergrub sein Gesicht hinter seinen Händen.

„Ist im Moment nicht so wichtig, Sie können uns die Nummer nachher geben", versuchte Schneider Erik zu beruhigen. „Was genau wissen seine Eltern noch nicht?"

Erik wurde kreidebleich. Was war das für eine Frage. Hatten sie Paul etwa noch nicht gefunden? War das Gelände an der Nordseite des Schafbergs zu unwegsam? War er vielleicht noch am Leben? Oder wussten die Polizisten noch nicht, was da oben passiert war?

„Na ja, wir haben eben den Schafberg bestiegen, haben ein paar Bier getrunken, beim Gipfelkreuz Fotos gemacht, und dann ist es passiert."

„Was genau ist passiert? Woran erinnern Sie sich?"

„Paul ist irgendwie gestolpert oder ausgerutscht. Jedenfalls hat er den Halt verloren und ist abgestürzt."

„Sie sagen also, dass Ihr Freund, Paul Steiner, abgestürzt ist."

„Ich dachte, das wüssten Sie schon" zeigte sich Erik verwundert.

„Die Aussagen der anderen Personen waren nicht sehr ergiebig. Die meisten haben nur von einem lauten Schrei berichtet. Also wissen wir wenig bis gar nichts. Wir haben aber vermutet, dass es wieder mal jemanden erwischt hat. Bis jetzt haben wir aber keine Leiche gefunden. Es kommt vor, dass Menschen so einen Absturz überleben, weil sie in einer Baumkrone landen oder sonst einfach irrsinnig viel Glück haben. Das bedeutet, es könnte sein, dass er irgendwo hilflos liegt oder herumirrt."

Eriks Augen wurden immer größer. „Sie meinen, es besteht die Möglichkeit, dass Paul noch lebt?"

„Das wollte ich damit sagen, auch wenn die Chancen gering sind. Wo genau ist Ihr Freund abgestürzt?"

„Wir standen direkt beim Gipfelkreuz, als Paul den Halt verlor."

„Direkt beim Gipfelkreuz", murmelte Schneider und schlug vor Ärger mit der flachen Hand auf den Tisch. „Verdammt, ich hatte gehofft, dass wir doch einmal einen retten können, der von da oben runterfällt."

„Hört sich so an, als hätten Sie noch eine Rechnung mit dem Berg offen."

„Das gehört nicht hierher, doch Sie haben recht." Schneider senkte kurz den Blick. Sein professionelles und scheinbar emotionsloses Auftreten hatte plötzlich Risse bekommen. Auch ihn verband ein Ereignis mit diesem Berg, das ihn traurig und hilflos zurücklies. Eine eigenartige Stille erfüllte den Raum. Erik wollte dazu nichts mehr sagen und blickte zu Schuster. Sie schien Bescheid zu wissen und schüttelte kurz den Kopf. Nach einigen Sekunden hatte sich Schneider wieder gefasst: „Kommen wir nun zu dem, was uns Ihre Frau berichtet hat. Wie standen Sie zu dem, sagen wir, Verschollenen?“

„Er ist mein bester Freund, und zwar seit unserer Kindheit“, sagte Erik mit überzeugendem Ton. „Diese Wanderung war ein Geburtstagsgeschenk. Wir sehen uns nicht mehr so oft, weil wir einfach zu weit voneinander entfernt wohnen. Deshalb unternehmen wir zu unseren Geburtstagen etwas gemeinsam.“

„Ist schon schwierig, eine Freundschaft bei der Distanz aufrechtzuerhalten.“

„Bei den heutigen Möglichkeiten der Kommunikation nicht wirklich, man sieht einander halt nicht so oft. Worauf wollen Sie hinaus?“

„Ist irgendetwas vorgefallen?“

„Können Sie das konkretisieren?“

„Ich meine, ist zwischen Ihnen da oben auf dem Gipfel etwas passiert?“

„Wir haben vielleicht bei den hohen Temperaturen ein wenig zu viel und zu schnell Bier getrunken, das war’s auch schon.“

„Weichen Sie mir aus?“

„Nein, aus welchem Grund sollte ich das tun?“

„Sagen *Sie* es mir! Jedenfalls haben Sie meine Frage nicht beantwortet.“

„Entschuldigen Sie, ich habe Sie wohl missverstanden.“

„Dann werde ich mich mal klar ausdrücken: Gab es Streit zwischen Ihnen?“

„Wie kommen Sie darauf?“

„Ganz einfach: Sie behaupten, Sie seien die besten Freunde, auch wenn Sie einander kaum sehen, das passt irgendwie nicht zusammen.“

„Sie müssen das ja nicht verstehen, aber so ist es eben. Wir haben in unserer Kindheit und Jugendzeit so viel zusammen erlebt, so etwas schweißt zusammen und bleibt auch erhalten, wenn man einander nicht mehr so oft trifft."

„Kommen Sie schon, irgendetwas gibt es immer, sogar bei besten Freunden."

„Nicht in den vergangenen zwanzig Jahren, unser letzter Streit lässt sich zurück auf unsere Jugendzeit datieren", entgegnete ein nun sichtlich entrüsteter Erik. „Wir haben uns danach nicht mehr oft genug gesehen, um zu streiten. Das soll nicht heißen, dass wir sonst einen Grund dazu gehabt hätten."

„Ich verstehe. Was würden Sie dazu sagen, wenn es einen Zeugen gäbe, der aussagt, Sie beide hätten einen heftigen Streit gehabt, und zwar kurz bevor Ihr Freund abgestürzt ist?" Erik traute seinen Ohren nicht. Was sollte das für ein Zeuge sein? Beim Gipfelkreuz hatte er niemanden gesehen.

Er musste ruhig bleiben, um nicht verdächtig zu erscheinen. „Dann würde ich sagen, dass sich derjenige geirrt haben muss oder absichtlich eine Falschaussage gemacht hat, denn das ist nicht passiert."

„Sind Sie absolut sicher? Sehen Sie sich doch Ihre Hände an!"

„Ich bin sicher. Erstens weiß ich genau, dass wir keinen Streit hatten, und zweitens haben wir da oben nicht viel miteinander gesprochen, sondern nur das eine oder andere Bier gekippt und ein paar Fotos gemacht. Ihr Zeuge benötigt also ein Hörgerät, eine Brille oder beides. Meine Hände sehen deshalb so aus, weil ich mich mit einer Hand an einen Felsen geklammert habe, sonst wäre ich auch abgestürzt. Und die Kratzspuren an meinem linken Unterarm stammen von Paul, als er versucht hat, sich an mir festzuhalten. Glauben Sie mir, ich fühle mich mies genug, weil ich es nicht geschafft habe, ihn raufzuziehen." Es folgte eine kurze Pause. Erik war gespannt, wie Schneider auf seinen kleinen Ausbruch reagieren würde. Hatte er sich dadurch verdächtig gemacht? Würde ihm Schneider nun einen cholerischen Charakter unterstellen? Würde er nun behaupten, am Tag zuvor war es genauso gewesen, dass er die Beherrschung wegen irgendeiner Kleinigkeit verloren hatte, und dass er deshalb Paul hinuntergestoßen hatte? Schneider blickte kurz zu seiner Kollegin, seufzte kurz und wandte sich wieder Erik zu.

„Ich muss mich bei Ihnen entschuldigen und Ihnen gleichzeitig danken", sagte er in ruhigem Ton.

Erik starrte ihn ungläubig an. „Wie soll ich das jetzt verstehen?"

„Ganz einfach, Sie haben mir soeben das bestätigt, was ich schon von Ihrer Frau gehört habe. Das macht meine Arbeit einfacher."

„Sie meinen..."

„Es gibt keinen Zeugen, der einen Streit beobachtet hat. Ich wollte nur ein wenig auf den Busch klopfen, nachdem Ihre Frau gemeint hat, Sie hätten eine wesentlich engere Bindung zu Herrn Steiner als zu ihr. Das klang beinahe zu perfekt und ziemlich unglaubwürdig, also dachte ich, Ihre Frau wusste vielleicht von Spannungen zwischen Ihnen und Ihrem Freund und wollte Sie schützen, wenn die Polizei bei ihr nachfragt. Daher habe ich einfach ein wenig nachgestochert und Sie provoziert. Verzeihen Sie mir!"

Erik atmete innerlich tief durch. „Sie sind mir ja einer. Ich dachte schon, als nächstes sperren Sie mich wegen diesen unbewiesenen Anschuldigungen ein."

„Nein, nein, davon sind wir weit entfernt." In diesem Moment klingelte das Telefon. „Ach Sandra, nimmst du bitte ab? Wir sind noch nicht ganz fertig."

Schuster hatte an der Vernehmung nicht aktiv mitgewirkt, aber Erik hatte bemerkt, dass sie nur alibimäßig irgendeinen unwichtig wirkenden Papierkram nebenbei verrichtet hatte. Er war sicher, dass sie in Wahrheit jedes Wort der beiden mitverfolgt hatte und sich genauso wie ihr Kollege auf die Vernehmung konzentrierte. Nun wurde sie zumindest von diesem Telefonat abgelenkt.

Schneider wandte sich wieder Erik zu. „Ich danke Ihnen Erik, Sie haben uns wirklich sehr geholfen. Ich verstehe, dass es schmerzlich für Sie gewesen sein muss, über den gestrigen Tag zu sprechen."

„Ist schon gut, aber tun Sie das bitte nie wieder, mich so zu erschrecken!"

„Keine Angst, das mache ich sonst nur bei den bösen Jungs. Bleiben Sie noch kurz für die Formalitäten: Name, Geburtstag, Wohnadresse und so weiter, dann können Sie gehen." Mit diesem Worten übergab er Erik ein Formular und einen dieser billigen Kugelschreiber aus Kunststoff.

Nun mischte sich Schuster, die das Telefonat beendet hatte, ins Gespräch: „Noch einen Moment. Können Sie uns noch eine Personenbeschreibung von Paul Steiner geben?"

„Er ist etwa 185 Zentimeter groß, schlank, so an die 75 Kilogramm schwer, hat schwarzes, kurz geschnittenes Haar, blaue Augen..."

Schuster unterbrach ihn: „Können Sie sich erinnern, welche Kleidung er gestern trug?"

„Moment, lassen Sie mich nachdenken. Er trug halbhohe braune Wanderschuhe, eine schwarze Wanderhose und eine hellblaue Funktionsjacke."

„Danke, das reicht mir schon."

„Warten Sie! Wir haben uns beim Gipfelkreuz wegen der hohen Temperaturen umgezogen, also trug er die Hose kurz und ein weißes T-Shirt, die Jacke hat er ausgezogen."

„Das wird uns weiterhelfen."

„Sie werden mir doch Bescheid geben, wenn Sie ihn finden?", fragte Erik.

„Das werden wir", antwortete Schneider knapp. Erik füllte das Formular aus und bemerkte, dass die beiden Polizisten leise Informationen austauschten. Er ließ sich nichts anmerken, womöglich sprachen sie auch über etwas ganz anderes.

Als er das Ausfüllen beendet hatte, legte er Formular und Kugelschreiber auf den Tisch und erhob er sich von dem Stuhl, der ihm aus den verschiedensten Gründen unbequem gewesen war. „Ich werde dann mal gehen."

„Einen Moment noch, Erik!" Erik erschrak innerlich.

Was wollten die beiden denn jetzt noch von ihm? „Ja bitte?"

„Meine Kollegin hat doch eben telefoniert."

„Und weiter?"

„Eine Gruppe von Wanderern ist gerade auf dem Weg zum Gipfel. Die sind da auf etwas gestoßen, besser gesagt, auf jemanden." Eriks Herz pochte plötzlich bis zum Hals. Hatten Sie Paul gefunden? War er tot, oder hatte er den Sturz tatsächlich überlebt?

„Nun reden Sie schon weiter!", forderte Erik Schneider auf, ihn nicht weiter auf die Folter zu spannen.

Schneider zögerte kurz: „Wie soll ich es sagen? Sie haben eine Leiche gefunden, und Ihrer Beschreibung der Kleidung zufolge handelt es sich um Paul Steiner. Es tut mir leid, Erik." Erik sank wieder auf den Stuhl nieder und bedeckte sein Gesicht mit den Händen. Schneider ging zu ihm und legte seine Hand auf Eriks Schulter.

E

Erik öffnete zaghaft die Augen, er hatte tief und fest geschlafen. Etwas hatte ihn geweckt. War es seine Frau gewesen, die sich an ihn gekuschelt hatte? Früher hatte sie das beinahe jeden Morgen gemacht. Wenn sie vor ihm erwachte, begann sie sich an ihn zu schmiegen und mit der Hand sanft über seinen Körper zu streicheln. Davon wurde er schon nach wenigen Sekunden geweckt. Wie sie ihn mit ihren zarten, gepflegten Händen berührte, war sehr angenehm, sogar erregend. Sie begann ihn zu küssen, manchmal zuerst bei einem Ohrläppchen, weiter beim Hals über seine Schultern, seine Brust, den Bauch, bis sie schließlich zwischen seinen Beinen war. Ihre weichen Lippen umschlossen sanft sein bestes Stück und liebkosten es. Dann setzte sie sich auf ihn und begann, sich langsam und mit rhythmischen Bewegungen so richtig in Stimmung zu bringen. Dabei beugte sie sich ein wenig nach vorne, ihr Gesicht hinter ihren langen schwarzen Haaren versteckt, und stützte sich mit ihren Händen auf seiner Brust ab. Anfangs war nur ein leises, mit ihren Bewegungen synchrones Stöhnen zu hören. Danach steigerte sie langsam die Frequenz, und ihr Stöhnen wurde lauter. Sie richtete sich auf, warf ihr Haar zurück, ihr Gesicht war von einem lustvollen Ausdruck erfüllt, ihre Augen geschlossen. Während ihre Stöße immer heftiger wurden, lehnte sie sich zurück, sodass er immer tiefer in sie eindrang. Sie schien immer mehr die Kontrolle zu verlieren, denn ihre Bewegungen, auch mit ihrem Kopf, wurden immer wilder, ihr zuvor schon lautes Stöhnen mutierte zu einem unkontrollierten lustvollen Schreien, das Bett begann förmlich zu beben und seine Position im Raum zu verändern. Mit letzter Kraft versetzte sie ihm noch die ultimativen Beckenstöße und explodierte förmlich. Während auch er kam, dachte er mit einem Lächeln auf den Lippen daran, dass sie ein neueres Haus mit guter Schallisolierung hatten, damit die Nachbarn nicht gleich Alarm wegen Mordverdachts schlugen oder sich an ihrem Liebesspiel im wahrsten Sinne des Wortes belustigten. Sie ließ sich auf ihre Seite des Bettes fallen, kuschelte sich gegen seinen Körper und genoss die Ruhe nach dem Sturm.

So oder ähnlich war es zu Beginn ihrer Ehe oft gewesen, doch nicht in letzter Zeit. Wenn er darüber nachdachte, störte es ihn nicht besonders, denn über die Jahre hatte er immer mehr die Lust daran verloren, mit ihr zu schlafen. Es lag nicht daran, dass sie ihr gutes Aussehen verloren hatte, denn sie achtete auf ihr Äußeres und lebte, abgesehen vom gelegentlichen Alkoholkonsum, der in Österreich ohnehin zum Kulturgut und Grundnahrungsmittel zählt, gesund und war daher immer noch sehr attraktiv, auch das eine oder andere Kilogramm mehr an ihren Hüften passte zu ihr. Aber aus irgendeinem Grund empfand er nicht mehr so viel für sie.

Jedenfalls hatte sich Barbara an diesem Morgen nicht an ihn gekuschelt und ihn dadurch geweckt. Sie war bereits aufgestanden. Erik warf einen Blick zum Fenster, die Sonne war bereits aufgegangen, und einzelne Strahlen hatten sich den Weg durch die nicht ganz geschlossenen Rollläden gebahnt. Sein Blick fiel auf den Digitalwecker auf dem Nachtkästchen. Er zeigte 9:55 Uhr an. Erik hörte, wie eine Tür zugeschlagen wurde. Vermutlich hatte ihn ein ähnliches Geräusch aus dem Schlaf gerissen. Egal, inzwischen war er hellwach.

Die Schlafzimmertür öffnete sich, und Barbara trat ein. „Erik, du solltest aufstehen, noch eine Kleinigkeit essen und dich dann anziehen. Wir wollen doch nicht zu spät kommen." Erik zog sich die Decke über den Kopf. Er wollte nicht aufstehen, nicht heute, und das hatte nur bedingt damit zu tun, dass er die halbe

Nacht wach gelegen war und zu wenig Schlaf gefunden hatte. Nein, es würde einfach kein guter Tag werden, denn er würde seinem besten Freund die letzte Ehre erweisen. In ihm stieg ein mulmiges Gefühl auf. Er wollte nicht zu dieser Trauerfeier gehen, denn er fürchtete, seine anderen Freunde und Pauls Eltern würden ihm Vorwürfe machen, ihm die Schuld an seinem Tod geben. Da half es auch nichts, dass die polizeiliche Untersuchung Erik entlastet hatte. Pauls Leiche war untersucht worden. Er musste durch den Aufprall nach hunderten von Metern übel zugerichtet gewesen sein. Es wäre unmöglich gewesen, die Wunden als Spuren einer Auseinandersetzung zu deuten. Auch die Kratzer an Eriks Händen waren für die Polizei plausibel gewesen und hatten keinen Hinweis darauf geliefert, dass ihn Schuld am Tod seines Freundes traf. Revierinspektor Schneider hatte ihn am Donnerstag angerufen und ihm mitgeteilt, dass auch weitere Zeugen nichts ausgesagt hatten, was Erik verdächtig erscheinen ließ. Von den Personen, die ihn nach dem Absturz beim Gipfelkreuz fanden, hatte niemand etwas beobachtet. Der Bierverkäufer hatte ausgesagt, dass Erik und Paul besonders gut, beinahe zu gut gelaunt gewesen waren. Und nach Barbaras Auskunft und einer Nachfrage in Pauls sonstigem Freundeskreis war auch für die Ermittler geklärt, dass die beiden die besten Freunde gewesen waren. Die Polizisten hatten also am Ende nicht den geringsten Anhaltspunkt gehabt, um Erik irgendein Verschulden zur Last zu legen, also wurde die Akte schon ein paar Tage später als tragischer Unfall geschlossen.

Vor dem Gesetz war Erik also unschuldig. Wenn man aber in so einem Kaff im Mühlviertel aufwächst, zählt das nicht viel. Erik erinnerte sich an seine Kindheit zurück, als ein Freund beim Spielen am Fluss ausgerutscht war und sich dabei ein Bein gebrochen hatte. Ein anderes Mal war ein Klassenkamerad beim Schikurs zu nah auf ihn aufgefahren, hatte abrupt und unkontrolliert abgebremst und sich beim Sturz das Schlüsselbein gebrochen. In diesen Fällen konnte es nicht sein, dass der Verletzte allein verantwortlich gewesen war. Nein, jemand anderer musste die Schuld dafür tragen. Erik hatte damals sehr darunter gelitten, er war nicht selbstbewusst genug gewesen, um das einfach an ihm abprallen zu lassen oder sich zu wehren. Auch hier sagte ihm seine Erfahrung, dass die Entlastung durch die polizeiliche Ermittlung für Pauls Freunde und Angehörige nicht viel bedeuten würde. Sie würden ihm allein die Schuld zuschreiben, denn *er* hatte Paul auf diese Bergtour mitgenommen und war für ihn verantwortlich gewesen.

Nachdem Erik sich gezwungen hatte, aufzustehen und eine Kleinigkeit zu frühstücken, begab er sich ins Badezimmer. Während er seine Zähne putzte, sich rasierte und duschte, suchte er fieberhaft nach einer Ausrede, um nicht zu dieser Beerdigung gehen zu müssen. Welche Gründe ihm auch immer in den Sinn kamen, sie waren alle unbrauchbar. Nach minutenlangem Kampf mit sich selbst kam er zum Ergebnis, dass es erst recht wie ein Schuldeingeständnis wirken würde, wenn er nicht hinginge. Es sprachen immerhin auch ein paar Gründe dafür hinzugehen, einer davon war, von Paul Abschied zu nehmen. Also blieb ihm nichts übrig, als all seinen verbliebenen Mut zusammen zu nehmen, in seinen schwarzen Anzug zu schlüpfen und sich seinem Schicksal zu fügen. Er steckte noch Taschentücher und seine Sonnenbrille in die Innentasche des Sakkos und verließ das Haus.

Barbara wartete bereits im Wagen, da er sie gebeten hatte, für einen Moment allein sein zu dürfen. In dieser schweren Stunde war sie sehr verständnisvoll und stand ihm bei. Sie schien Erik immer noch zu lieben, auch wenn ihr nicht entgangen war, dass es in ihrer Beziehung nicht mehr so gut lief. Die Zeit hatte seine Liebe zu ihr verblassen lassen, doch an diesem Tag wollte er ihr das Maß an Zuneigung zuteilwerden lassen, das sie verdient hatte.

Während sie zur Kirche fuhren, lenkte er sich mit schöneren Gedanken ab. Er dachte zurück an das letzte Mal, als sie miteinander geschlafen hatten. Es war drei Tage vor diesem verhängnisvollen 26. September gewesen. Sie hatte sich besonders bemüht, ein schönes Abendessen zu zaubern, hatte eine Flasche hervorragenden Wachauer Rieslings aus Dürnstein, dem Ort, in dem sie vor neun Jahren geheiratet hatten, eingekühlt und ihre besten Gläser ausgewählt. Der gebratene Lachs auf Tagliatelle hatte ausgezeichnet gemundet und perfekt mit dem Wein harmoniert. Dennoch war das Dessert in Form des Sex nicht das Sahnehäubchen gewesen, da die dafür notwendigen Gefühle nicht mehr in der Intensität vorhanden waren, um die gleiche Vollkommenheit und Harmonie zu erreichen wie der Lachs und der Riesling davor.

Einen Parkplatz auf dem Marktplatz des kleinen Ortes zu ergattern erwies sich als ein Ding der Unmöglichkeit, also mussten sie sich mit einer Abstellmöglichkeit zufriedengeben, die ein wenig abgelegener war und ihnen noch einen kurzen Fußmarsch bescherte. Für einen derartigen Anlass und die Jahreszeit wäre nebeliges oder regnerisches Wetter passend gewesen. Dennoch schien es trocken zu bleiben, die Sonne hatte sich nur hinter ein paar Wolken versteckt. Für Erik war es nun die letzte Gelegenheit, doch noch umzukehren, um sich nicht all den Leuten, die ihn verurteilen würden, stellen zu müssen. Die Überwindung war groß. Nach einem lauten Seufzer, gefolgt von tiefem mehrmaligem Durchatmen, stieg er aus dem Wagen aus und begab sich mit Barbara an seiner Seite auf dem Weg zur Kirche.

Sie waren spät dran, beinahe alle Trauergäste hatten sich schon vor der Leichenhalle versammelt. Die beiden großen Torflügel waren weit geöffnet und gaben bereits von weitem den Blick auf den opulent geschmückten Sarg und die trauernde Familie frei, die von zahlreichen kondolierenden Personen umringt wurde. Erik hielt sich bewusst im Hintergrund, denn er befürchtete nicht nur Schimpf und Schande, sondern auch Mistgabeln, Fackeln, fliegende Steine, Tomaten, faule Eier, vielleicht würden sie ihn auch Teeren und Federn oder hatten sich noch Schlimmeres ausgedacht. Doch zu seiner Überraschung war nichts davon zu sehen oder zu spüren. Er wurde dem Anlass angemessen, doch für die Umstände recht herzlich begrüßt, mit Handschlag, oft gefolgt von einem Schulterklopfer oder einer Umarmung. Damit hätte er niemals gerechnet. Er war davon so überwältigt, dass ein paar Tränen seine Wangen hinunter liefen. Mit einem Gefühl der Erleichterung, dass er mutig genug gewesen war, hier aufzutauchen und sich den anderen Trauernden zu stellen, ansonsten hätte er nie erfahren, dass sie ihm keinerlei Schuld an dem gaben, was Paul zugestoßen war, mischte er sich mit seiner Frau unter die übrigen Trauergäste.

Die Wolken verdeckten die Sonne noch immer, und es herrschte kühles Wetter. Die Kirchturmuhr schlug insgesamt sechs Mal, was Punkt 14 Uhr bedeutete. Die Gespräche verstummten, und die Anwesenden starrten gebannt auf die Leichenhalle. Pauls Eltern nahmen die letzten Kondolenzbekundungen entgegen. Erik schloss sich vorerst nicht an, denn Ministranten und Pfarrer gesellten sich bereits zu ihnen. Er würde es später nachholen. Nur etwas, vielmehr jemand fehlte bei diesem Bild. Es war seine Lebensgefährtin, die er nicht erblicken konnte. Er hatte sie zwar noch nie zu Gesicht bekommen, aber alle Personen in der Leichenhalle waren ihm persönlich bekannt, also konnte sie nicht darunter sein. Aus welchem Grund war sie nicht anwesend? Paul hatte nie erwähnt, ob er Tamara seinen Eltern je vorgestellt hatte. Vielleicht hatte er das ja, und die Eltern hielten nicht viel von ihr und wollten sie nicht dabeihaben. Das hatte Paul trotz der vielen Erzählungen ausgespart, möglicherweise gab es einen triftigen Grund dafür. Er beschloss, nicht weiter darüber nachzudenken.

Eine eigenartige Stille hüllte den Friedhof ein, so als wäre es mitten in der Nacht, und keine lebende Seele wäre anwesend. Diese Stille wurde durch ein unangenehmes Pfeifen unterbrochen. Es stammte vom Mikrofon des Pfarrers, das schlecht eingestellt zu sein schien, was eine Rückkopplung verursachte. Noch ein kurzes Räuspern war zu hören, und der

Geistliche begann mit seinen einleitenden Worten. Wie aufs Stichwort kämpfte sich die Sonne hinter den Wolken hervor, so als wollte sie dem Verstorbenen noch ein letztes Mal scheinen, in jener Stunde, die sein lebloser Körper über der Erde verbrachte. Trotz Anfang Oktober waren ihre Strahlen von solcher Intensität, dass man glaubte, es wäre noch immer Sommer.

Der Einzug in die Kirche ging langsam und schwermütig vonstatten, passend zur Musik der örtlichen Blaskapelle. Buchstäblich der ganze Ort war auf den Beinen, um einem ihrer beliebtesten Söhne die letzte Ehre zu erweisen. Die Kirche platzte aus allen Nähten, selbst an Erntedankfesten, zu Weihnachten und Ostern fanden sich nicht so viele Menschen hier ein. Viele standen in den Gängen, da es unmöglich war, noch einen Sitzplatz zu ergattern. Darum ging es auch nicht. Sie alle wollten sich nur von Paul verabschieden, da sie es zu seinen Lebzeiten nicht mehr vermocht hatten. Bis heute hatte Erik für derartige Trauerfeierlichkeiten nicht das Geringste übriggehabt. Er hatte sich sogar erfolgreich vor diversen Begräbnissen gedrückt, nur um dieses Brimborium nicht miterleben zu müssen. Nur als sein Großvater zu Grabe getragen wurde, hatte er teilgenommen, da war er gerade vier Jahre alt gewesen und hatte die Bedeutung des Todes noch nicht richtig verstanden. Pauls Beerdigung hingegen empfand er als würdevoll und bedeutend. Sie schweißte die Menschen in der Kirche zusammen, wie es irgendein anderer Anlass kaum vermochte. Erik wünschte, eines hoffentlich noch weit entfernten Tages, wenn sein letztes Stündlein geschlagen hätte, auch so verabschiedet zu werden. Der Sarg war geschlossen und neben dem Altar aufgebahrt. Der Maskenbildner hatte sicher gute Arbeit geleistet, dennoch wäre den Angehörigen und Freunden der Anblick nicht zumutbar gewesen. Was für ein Schock musste es für die Wanderer gewesen sein, als sie Pauls zerschmetterte Leiche fanden. Sie würden diesen Moment ihr Leben lang nicht vergessen, so wie sich Pauls Gesichtsausdruck, als er Erik aus der Hand geglitten und von dem tiefen Abgrund verschlungen worden war, in sein Gehirn eingebrannt hatte. Angeblich fällt der Abschied Familienmitgliedern leichter, wenn er von Angesicht zu Angesicht erfolgt, doch in diesem Fall war es wohl besser, sich an Paul so zu erinnern, wie sie ihn das letzte Mal gesehen hatten. Erik verzichtete darauf, eine Trauerrede zu halten. Unter anderen Umständen hätte er sich geehrt gefühlt, doch er hätte auch nach dem unerwarteten Trost der Anwesenden nicht die Kraft dafür gehabt. Er überließ diese Ehre Pauls Vater und Christian, einem guten Freund. Deren Worte waren wie erwartet sehr persönlich und berührend. Auch der Pfarrer las nicht stur aus seinem Buch vor und gab irgendwelche vorgefertigten Texte in monotonem Klang von sich, sondern fand auf Paul zugeschnittene Worte. Wenn Erik an seinen Religionslehrer zurückdachte, der auch das Amt des Pfarrers im Ort bekleidete und am liebsten noch auf Latein gepredigt und gelehrt hätte, stimmte ihn das wegen seines nicht nur deshalb negativen Verhältnisses zu Geistlichen und allgemein zur Kirche wieder versöhnlich.

Wenig später verließ die Trauergemeine die Kirche und begab sich wieder zum Friedhof, um den Sarg in die letzte Ruhestätte hinabzulassen. Die Wolken hatten wieder die Oberhand gewonnen, und es hatte leicht zu regnen begonnen. Die stickige Atmosphäre in der Kirche hatte ihm kaum Luft zum Atmen gelassen, die kühle Herbstluft war ihm also willkommen und wirkte befreiend. Dennoch überkam Erik das plötzliche Gefühl, diesen Ort auf der Stelle verlassen zu müssen. Er wusste nicht genau, ob es eine unsichtbare Macht war, die ihn wegzog oder ob die gedrückte Stimmung ihn vertrieb. Jedenfalls hielt er es keine Sekunde länger am Grab seines besten Freundes aus und beschloss deshalb sich zu absentieren. Er achtete darauf, dies ohne viel Aufsehen zu tun. Da er sich bereits während der Grabzeremonie wie auch während des Gottesdienstes dezent im Hintergrund gehalten hatte, fiel ihm das nicht besonders schwer.

Niemand schien ihn zu beachten, auch seine Frau nicht, was ihm in diesem Augenblick mehr als recht war. Während er, seinen Kopf gebeugt und tief in sich versunken, auf dem Weg zurück zu seinem Wagen war, schien etwas unverhofft diesen grauen, traurigen Tag zu überstrahlen. Was auch immer es war, es brachte ihn dazu stehen zu bleiben, seinen Kopf zu heben, und in eine bestimmte Richtung zu sehen. In etwa zwanzig Metern Entfernung erblickte er eine Erscheinung. Es war ihm nicht möglich, seine Augen davon abzuwenden. Eine Frau, schlank und etwa 175 Zentimeter groß, die inklusive überdimensionalem Hut ganz in schwarz gekleidet war, stand auf dem Marktplatz. Sie wirkte etwas verloren, während sie in ihrer kleinen, eleganten, ebenfalls schwarzen Handtasche kramte und anscheinend Probleme hatte, ihre Autoschlüssel zu finden. Erik blickte sich um. Barbara hatte seine Abwesenheit offenbar noch nicht bemerkt, oder sie war ihm zumindest nicht gefolgt. Also hatte er Zeit, hilfsbereit und vor allem neugierig wie er war, der Dame bei ihrem Problem zu helfen. Er ging zielstrebig, jedoch langsam auf sie zu, um sie nicht zu erschrecken.

Es handelte sich um eine kleine, ruhige Gemeinde mit knapp zweitausend Einwohnern, von denen sich wahrscheinlich alle, die sich dazu körperlich in der Lage fühlten, jetzt auf dem Friedhof befanden. Hier war auch sonst nicht viel los, wenn nicht gerade der letzte Tag vor einem verlängerten Wochenende oder den Oster- oder Weihnachtsfeiertagen war und die Leute das Bedürfnis hatten, die Regale im einzigen Lebensmittelgeschäft zu plündern. Dann war der Marktplatz ähnlich wie an diesem Tag mit Autos zugepflastert, und es herrschte reges Treiben. Das war in diesem Moment anders. Vom Friedhof her war nichts zu hören. Das Geräusch von Eriks Schuhen auf dem regennassen Asphalt übertönte den leichten Regen.

Als Erik in die Nähe der Frau kam, drehte sie sich plötzlich zu ihm um und starrte ihn entgeistert an. Auch Erik erstarrte, er wusste nicht genau, aus welchem Grund. War es ihre Reaktion oder ihre unvergleichliche Erscheinung, ihre Augen, die eine fast unbeschreibliche Farbe hatten, ihr nicht enden wollendes, blondes, leicht gewelltes Haar? Vielleicht war es eine Kombination aus allem. Das schlechte Gewissen plagte ihn, an so einem Tag solche Gedanken zu haben, aber noch nie in seinem Leben hatte er eine so wunderschöne Frau gesehen. Selbst die Damen in Unterwäschekatalogen und diesen Zeitschriften, in denen die Reichen und Schönen, vor allem Filmstars, abgebildet waren, konnten ihr nicht das Wasser reichen. Sie überstrahlte das schlechte Wetter und all die Trauer, die diese Gemeinde an diesem Tag zu ertragen hatte.

Es gibt viele Orte, an denen man äußerst attraktive Damen erwarten würde: in Diskotheken, auf angesagten Partys, auf Bällen, sogar auf Weinverkostungen war ihm die eine oder andere Schönheit untergekommen, aber auf Beerdigungen? Das heißt, vor vielen Jahren gab es noch eine Situation, in der er nie gewagt hätte, davon zu träumen, dass er eine unglaublich schöne Frau treffen würde: Er war ein Milchbübchen von neunzehn Jahren gewesen und wollte seine erste Wohnung, genauer seine Studentenbude besichtigen. Eine Vermieterin à la *Emma Pohl* hatte er erwartet, also eine ältere Dame, die man in manchen Kreisen wenig liebevoll als alte Spinatwachtel bezeichnen würde. Weit gefehlt: Damals öffnete ihm ein etwa 25-jähriger Sonnenschein die Tür, sodass ihm sein Mund im wahrsten Sinne des Wortes offen stehen blieb. Sie hatte schulterlanges, glattes und pechschwarzes Haar. Ihr völlig naturbelassenes makelloses Gesicht wurde von den glühendsten blauen Augen gekrönt, die er bis dahin gesehen hatte. Sie trug ein für die damalige Zeit modernes bauchfreies weißes Top, unter dem sich ein Paar wohlgeformte Brüste abzeichneten, denen die Schwerkraft noch nicht viel anhaben konnte, dazu ausgewaschene hellblaue Jeans und keine Schuhe. Er musste sie wortlos einige Sekunden angestarrt haben, was ihm im Nachhinein eindeutig peinlicher war als ihr. Jedenfalls wurde die Wohnung zur völligen

Nebensache, er besichtigte stattdessen lieber die Vermieterin, oder besser gesagt, deren Tochter. Langer Rede kurzer Sinn: Er nahm die Wohnung, das Mädchen war leider nicht Teil davon. Seine Einladung zu einem Kaffee hatte sie zwar nett, aber dennoch abgewiesen. Damals hatte er noch nicht genug Selbstbewusstsein, um einen zweiten Versuch zu wagen, das sollte noch eine gewisse Zeit dauern.

Schon interessant, wie das Gedächtnis funktioniert, dachte er, während er noch immer die Frau anstarrte, die nun vor ihm stand. Es fühlte sich wie eine Ewigkeit an, bis er es zustande brachte, seinen Mund zu öffnen und zu ihr zu sprechen.

„Entschuldigen Sie!“, begann er vorsichtig. „Ich wollte Sie nicht erschrecken. Kann ich Ihnen irgendwie helfen?“

„Danke. Ich konnte meine Schlüssel für einen Moment nicht finden, aber hier sind sie.“ Die Dame hielt einen Bund mit sechs Schlüsseln in ihrer rechten Hand. Sie hatte hochdeutsch geantwortet, doch die Sprachfärbung hatte sie als Wienerin entlarvt, zumindest musste sie schon seit etlichen Jahren dort wohnen. Er hatte erlebt, wie ein paar seiner Freunde nach Wien gezogen waren und sich diesen seiner Meinung nach unsäglichen Dialekt und so manch unsympathische Ausdrucksweise angeeignet hatten. Doch bei dieser Dame störte ihn dies seltsamerweise nicht.

Erik wusste nicht, wie er das Gespräch fortsetzen sollte, also begann er mit etwas Offensichtlichem. „Sie sind wohl nicht von hier?“

„Nein, ich bin aus Wien.“

„Ein weiter Weg für eine Beerdigung“, stellte Erik mit Blick auf ihr geschmackvolles schwarzes Kleid fest. Die Frau senkte den Kopf, die Bemerkung war ihr offenbar unangenehm oder erinnerte sie schmerzlich daran, aus welchem Grund sie den langen Weg angetreten war. „Entschuldigen Sie meine Neugier, wie standen Sie zu Paul?“, hakte Erik nach. Noch während diese

Worte über seine Lippen kamen, erahnte er ihre Antwort bereits. War *sie* es etwa?

Die Frau hob langsam ihren Kopf, und Erik sah, dass ihr Tränen über das Gesicht liefen. „Wir sind, ich meine, waren verlobt." Erik erschrak innerlich, obwohl er diese Antwort vorhergesehen hatte, doch es gelang ihm, seine Reaktion zu verbergen. Es fiel ihr offensichtlich schwer, Pauls Tod zu akzeptieren, da sie anfangs noch in der Gegenwartsform von ihm gesprochen hatte.

„Darf ich mich vorstellen? Mein Name ist Erik. Paul und ich waren sehr gute Freunde. Mein herzlichstes Beileid." Er fand es unangebracht, schon jetzt damit herauszurücken, dass er im Zeitpunkt seines Todes an seiner Seite war, auch wenn er vermutete, dass sie es ohnehin wusste.

„Ich bin Tamara. Mein Beileid auch für Sie. Paul hat einige Male von Ihnen gesprochen. Dann sind *Sie* das also, mit dem er all diese Ausflüge gemacht hat." Sie machte eine kurze Pause. „Das bedeutet, dass Sie auch bei ihm waren, als..." Es war ihr unmöglich, den Satz zu vollenden. Sie senkte ihren Kopf, als ob sie Eriks Anblick nicht ertragen konnte, wenn sie daran denken musste, dass er der letzte Mensch war, der ihren geliebten Paul lebend gesehen hatte. Erik konnte ein leises Schluchzen vernehmen. Zuvor hatte Tamara sehr gefasst gewirkt, doch der Gedanke, dass nun ausgerechnet er vor ihr stand, bewirkte, dass sie ihrer Trauer freien Lauf ließ. Ihr Schluchzen wandelte sich zu einem heftigen Weinen. Sie schien den Boden unter den Füßen zu verlieren und taumelte, doch Erik reagierte sofort und fing sie auf. Paul hatte viel von ihr erzählt, doch nun hatte diese Frau auch ein Gesicht, und zwar ein wahrhaft schönes, und das trotz oder vielleicht gerade wegen der Tränen und des verlaufenen Mascaras. Ob es diese Schönheit war oder ihre Zerbrechlichkeit, er fühlte sich zu dieser Frau hingezogen, auch wenn er sich in diesem Moment dafür hasste, an etwas Derartiges zu denken. Erik half ihr auf.

„Verzeihen Sie mir, das hatte ich nicht beabsichtigt", versuchte er sich zu entschuldigen.

„Nicht doch, es war ja nicht Ihre Schuld", war ihre doch überraschende Antwort. „Wären Sie so nett, mich loszulassen? Ich möchte nun gerne nach Hause fahren und habe noch einen langen Weg vor mir." Erik war nicht aufgefallen, dass er sie noch immer festhielt.

„Selbstverständlich", antwortete er und kam ihrer Bitte nach. Tamara betätigte den Knopf für die Zentralverriegelung an ihrem Autoschlüssel, den sie noch immer in ihrer rechten Hand hielt, und die Türen eines wunderschönen schwarzen BMW-Cabrios mit Hardtop, der ihrer Schönheit würdig und beinahe ebenbürtig war, wurden entriegelt. Hastig öffnete sie die Fahrertür, stieg ein und schloss sie ohne ein weiteres Wort. Sie fühlte sich an diesem Ort verständlicherweise nicht mehr wohl und wollte ihn so schnell wie möglich verlassen, denn sie steckte den Schlüssel ins Zündschloss und betätigte den Anlasser, ohne sich vorher anzuschnallen.

„Bitte warten Sie!", rief Erik und klopfte sanft an die Seitenscheibe. „Kann ich Sie wiedersehen?" Er konnte es selbst nicht glauben. Am Tag des Begräbnisses seines besten Freundes versuchte er, sich mit dessen Verlobter zu verabreden. Er musste noch etwas hinzufügen, um nicht einen falschen Eindruck zu erwecken. „Ich meine, wenn Sie mal jemanden zum Reden brauchen, jemanden, der weiß, was Sie durchmachen." Er griff in die linke Innentasche seines Mantels und zog eine seiner Visitenkarten heraus, die er immer bei sich hatte. „Ich möchte mich nicht aufdrängen, aber rufen Sie mich doch bitte an, wenn Ihnen danach ist!" Tamara hatte ihn mit traurigen Augen angeblickt, als er ihr dieses Angebot gemacht hatte. Nun wendete sie sich ab und senkte ihren Blick. Sie schien nachzudenken. War er zu direkt gewesen, und hatte sie ihn in Verdacht, sie tatsächlich angebaggert zu haben? Oder dachte sie nur ernsthaft darüber nach, seine Karte zu nehmen? Sie zögerte einen Augenblick. Dann betätigte sie den elektrischen

Fensterheber der Fahrerseite, griff durch das offene Seitenfenster nach der Visitenkarte und legte sie auf die Mittelkonsole.

„Mal sehen. Danke nochmals für Ihre Anteilnahme“, antwortete sie. Sie wirkte sehr niedergeschlagen.

Erik hatte das Gefühl, sie noch aufmuntern zu müssen. „Kopf hoch! Denken Sie daran: Am Ende wird alles gut, und wenn es noch nicht gut ist, dann ist es noch nicht das Ende.“ Tamara rang sich ein gequältes Lächeln ab. Mittlerweile hatte sie ihr Bordcomputer mit einem nervigen Piepton darauf aufmerksam gemacht, dass sie sich noch nicht angeschnallt hatte. Sie legte daher den Gurt an, den ersten Gang ein und fuhr zügig davon. Der starke Motor des BMW durchdrang die nach Beendigung des Gesprächs wieder eingetretene Stille. Erik stand nur da und blickte dem Wagen noch eine Weile nach, obwohl er bereits nach wenigen Sekunden hinter einer Kurve verschwunden war.

Erik hatte keine Ahnung, wie lange er dort gestanden hatte, als ihn ein Ruf aus seiner Trance riss. Er vernahm seinen Namen, jemand hatte ihn gerufen. Es war Barbara. Hoffentlich hatte sie ihn nicht zusammen mit dieser Frau gesehen. Barbara konnte unglaublich eifersüchtig sein, das konnte ganz schön ausarten. Neben dem Verdacht auf bleibende Hörschäden durch ihr Geschrei wurde auch so manch schönes Stück aus Porzellan oder Glas Opfer ihrer Eifersuchtsanfälle. Glücklicherweise ließ sie sich immer wieder beruhigen, bevor sie völlig außer Kontrolle geriet. Schon öfter hatte sie Zweifel gehabt, ob er ihr treu sein würde. Doch Erik war in all den Jahren standhaft geblieben, und ihre Befürchtungen und Verdächtigungen waren völlig grundlos gewesen, zumindest bis heute. Hätte sie die beiden zusammen beobachtet, hätte sie vermutlich bemerkt, dass sich Erik zu Tamara hingezogen fühlte. Es wäre zumindest schwierig gewesen, es vor ihr, die ihn so gut kannte wie sonst niemand, zu verbergen.

„Da bist du ja, wo bist du gewesen?“, fragte sie ihn mit ruhigem, aber bestimmtem Ton.

„Ich konnte es nicht mehr ertragen und musste ein wenig allein sein. Deshalb habe ich eine Runde um den Marktplatz gedreht“, antwortete er allgemein und unverfänglich. Er musste unter allen Umständen vermeiden, Tamara zu erwähnen. Ansonsten wäre er Barbaras Eifersucht ausgeliefert gewesen, erst recht, wenn sie erfahren sollte, dass er sich mit ihr treffen wollte. Das wäre das Ende ihres edlen Meißener Porzellanservices gewesen.

„Ich verstehe das“, gab Barbara einen kurzen Kommentar ab. Er war dankbar, dass sie nicht weiter nachbohrte. Vielleicht hätte er sich noch verraten. Barbara konnte gut Dinge aus ihm herauslocken, vor allem wenn sie spürte, dass es da noch etwas anderes gab. Doch dieses Mal war die Situation zu seinem Glück nicht verdächtig genug gewesen.

F

Die nächsten Tage und Wochen waren schwierig für Erik. Er musste versuchen, die Ereignisse auf dem Schafberg zu verarbeiten. Es soll helfen, mit jemandem darüber zu sprechen, mit einem guten Freund, seiner Frau, einem Psychiater. Erik hatte noch andere Freunde, aber nicht das Bedürfnis, mit einem von ihnen über Paul zu reden. Und Seelenklempner hasste er wie die Pest. Die sollten einem helfen, seine Probleme zu bewältigen und sich wieder besser zu fühlen, aber meist erreichten sie nur das Gegenteil: Die Probleme werden nicht gelöst oder werden durch neue ersetzt, und am Ende fühlt man sich noch mieser. Auch mit seiner Frau konnte oder wollte er nicht darüber sprechen. Pauls Tod hätte sie noch enger zusammenschweißen sollen, aber er hatte eher das Gegenteil bewirkt. Vielleicht lag es auch an seiner Begegnung mit Tamara, an die er seitdem oft denken musste. Was die Arbeit anlangte, hatte ihn sein Chef mehrmals gebeten, ja fast schon gedrängt, sich ein paar Tage frei zu nehmen, um den Kopf wieder frei zu bekommen, aber was sollten ein paar Tage schon bewirken? In seinem Inneren herrschte ein völliges Durcheinander. Dieses Tohuwabohu zu ordnen würde Wochen und Monate dauern, also konnte er genauso gut in der Arbeit vor sich hinvegetieren. So sehr er seine Arbeit früher geliebt hatte, so wenig bedeutete sie ihm in diesem Moment. Wie ein Zombie saß er in seinem Büro und bekam kaum mit, was um ihn herum geschah. Zwei Wochen waren seit der Trauerfeier vergangen. Erik fand sich wie so oft an einem Montagmorgen an seinem Schreibtisch wieder.

Schon früher hatte sich seine Motivation an Montagen in Grenzen gehalten, aber seit diesem verhängnisvollen Samstag vor drei Wochen fühlte sich irgendwie jeder Tag wie ein Montag an. Passend dazu hing ein Bild an der Wand seines Büros. Es war vielleicht nicht mehr ganz seinem Alter gemäß, aber sowohl diese Cartoon-Figur als auch deren Vorlieben begleiteten ihn schon seit seinen Kindertagen, als er zum ersten Mal einen *Garfield*-Comic in die Finger bekommen hatte. Das Bild zeigte dieses verfressene Fellknäuel, kurz zuvor musste ihn ein Teller mit einer ganzen Bananencremetorte getroffen haben, denn sie lief ihm noch übers ganze Gesicht, und in der Sprechblase war der oft strapazierte Ausspruch „I hate Mondays!" zu lesen. Nicht nur dieses Motto hatte Erik mit diesem Kater gemeinsam, sondern auch die Vorliebe für Lasagne oder allgemein gutes Essen, am besten begleitet von einem Glas Wein. Genau das hatte er, wie in den vergangenen zwei Wochen, als primäres Ziel des Vormittags: das Erreichen des heiß ersehnten Mittagessens, der Höhepunkt seiner Arbeitstage. Bis dahin musste er noch einige Zeit überbrücken. Ein Blick auf seinen Monitor verriet ihm, dass es gerade mal 9:03 Uhr war. Ansonsten war darauf nur sein persönlich gewähltes Hintergrundbild zu sehen, das die Inkastadt *Machu Picchu* zeigte, nicht die allgemein bekannte Ansicht mit dem auffällig geformten *Huayna Picchu* im Hintergrund, sondern eine seltene von eben diesem Felsen aus. Dieses Foto stellte ein gutes Beispiel dafür dar, dass etwas aus einem geänderten Blickwinkel völlig anders aussieht. Es erinnerte ihn daran, dass auch er versuchen sollte, manche Dinge aus einer anderen Perspektive zu betrachten. Vielleicht würde ihm das aus seiner Lethargie helfen. So weit war er in diesem Moment noch nicht, dafür wäre derzeit noch mehr nötig als eine Fotografie auf seinem Monitor, aber es war zumindest ein Denkanstoß. Er versuchte, sein Dasein eines Scheintoten mit ein wenig Leben zu erfüllen und den Vormittag mit zumindest ein paar Kleinarbeiten zu überbrücken. Auch das Telefon hatte heute noch kein einziges Mal geklingelt. Vielleicht fing seine

Sekretärin alle Telefonate ab, womöglich herrschte auch nur die vielzitierte Ruhe vor dem Sturm. Egal, er hoffte auf einen ruhigen, ereignislosen Montagvormittag im Büro.

Erik arbeitete in einem geräumigen Eckbüro im sechsten Stock eines Gebäudes mit beeindruckender Glasfassade, dadurch genoss er eine großartige Aussicht nach Norden und Osten, in seinem Fall auf den Volksgarten, das Musiktheater und den Pöstlingberg, dem Wahrzeichen von Linz. Man konnte darüber diskutieren, ob er eines Wahrzeichens würdig war wie der Stephansdom, das Atomium oder der Eiffelturm. Für ihn war es aber immer wieder ein schöner Anblick, und er fühlte sich privilegiert, diesen auch während der Arbeit genießen zu dürfen. Gerade an Tagen wie diesen gönnte er sich ein längeres Päuschen von seiner Arbeit. Er schwenkte den Drehsessel nach rechts, sein Blick glitt nochmals über sein Motto-Bild, weiter auf das benachbarte Bürogebäude und endete beim Pöstlingberg. Erik lehnte sich zurück, und sein moderner mit Wippfunktion ausgestatteter Stuhl gab entsprechend nach. Er streckte sich, gähnte und fixierte einen Punkt auf dem Postkartenmotiv, bis es vor seinen Augen verschwamm. Auch dieser Anblick konnte ihn heute weder ermuntern noch erheitern. Die Bilder vor seinem geistigen Auge ließen ihn nicht zur Ruhe kommen: Paul, der vor seinen Augen abstürzte, die traurige wunderschöne Tamara in ihrem schwarzen Kleid, die in ihrem Cabrio aus seinem Blickfeld verschwand. Würde er sie je wiedersehen? Den Versuch, sie über Pauls Eltern ausfindig zu machen, empfand er als unpassend. Es hätte auch nichts gebracht, zu Pauls Wohnung zu fahren, da Tamara noch nicht bei ihm gewohnt hatte. Außerdem kannte er nur ihren Vornamen, der zwar in Österreich eher selten ist, aber ohne Nachnamen glich das dennoch der Suche nach der sprichwörtlichen Nadel im Heuhaufen. So schwer er sich das eingestehen konnte, er hatte es nicht in seiner Hand sie wiederzusehen. Erik gab einen deprimierten tiefen Seufzer von sich, den vermutlich auch seine Sekretärin im Vorzimmer vernehmen konnte, und blickte weiterhin ohne besonderes Ziel und in Gedanken versunken aus dem Fenster.

Aus diesem Zustand riss ihn ein unangenehmes, wohl bekanntes Geräusch. Er hatte wieder nicht daran gedacht, endlich den Klingelton seines Mobiltelefons zu ändern. Vor etwa vier Monaten hatte er ihn eingestellt, weil er ihn an das Klingeln der alten Telefone mit Wählscheibe erinnerte, so wie seine Eltern früher noch eines gehabt hatten. Anfangs hatte er dieses nostalgische Geräusch besonders gemocht, denn es handelte sich nicht um irgendeinen heute noch aktuellen und morgen schon wieder vergessenen Song aus den Charts, aber jetzt ging es ihm bereits dermaßen auf die Nerven, dass er das Telefon am liebsten jedes Mal, wenn es klingelte, gegen die Wand geschleudert hätte. Abgesehen davon, dass er in den letzten Wochen andere Sorgen gehabt hatte, hatte er noch keinen besseren Klingelton auf seinem Handy gefunden, und er hatte auch keine Lust auf einen Download von einem der unzähligen Anbieter im Internet.

Sein Handy lag wie üblich auf dem Schreibtisch zu seiner linken, also drehte er seinen Stuhl in diese Richtung, richtete sich auf und warf einen Blick darauf, um die Nummer oder den Namen des Anrufers zu erkennen. Es erschien kein Name auf dem Display, also handelte es nicht um einen seiner zahlreichen Kontakte. Es wurde eine Festnetznummer mit Wiener Vorwahl angezeigt. Erik überlegte. Er kannte kaum jemanden in Wien. Der eine oder andere aus seinem Heimatort hatte zwar die Flucht in die Hauptstadt angetreten, aber von denen hatte er geraume Zeit nichts gehört. Und den letzten seiner Wiener Kontakte hatte er vor zwei Wochen beerdigt. Außerdem benutzten alle seine Freunde und Bekannten nur noch Mobiltelefone. Vor zehn Jahren war das anders gewesen, da hatte noch nicht jeder so ein Gerät, aber heutzutage kam das nicht mehr vor. Selbst er hatte sich vor ein paar Jahren eines aufschwatzen lassen, und zwar von seiner geliebten Frau, wahrscheinlich damit er immer für sie erreichbar war, um ihn aus der Arbeit zu reißen und ihm ihre täglichen Erlebnisse und den Klatsch der ganzen Nachbarschaft und ihrer Mutter zu berichten. Vor einem Jahr hatte er sich sogar ein Smartphone zugelegt, und zwar eines mit hochwertigem Gehäuse aus Aluminium der besonders prestigeträchtigen Marke, über die *Forrest Gump* gesagt hatte, es sei „irgendetwas mit Obst". Er musste zugeben, dass so ein Gerät auch seine Vorteile hatte, nicht nur die zahlreichen kurzweiligen Spiele, mit denen man sich die Zeit vertreiben konnte, vor allem langweilige Montagvormittage im Büro. Doch selbst dazu hatte er in den letzten Wochen keine Lust gehabt. Seine zwingende und brillante, ja beinahe des Bewohners der 221B Baker Street in London würdige Schlussfolgerung bestand also darin, dass es sich nur um ein geschäftliches Anliegen handeln konnte. Dafür hatte er in diesem Moment oder auch später an diesem Tag kein Interesse, also beschloss er, nicht ans Telefon zu gehen, denn es kam ihm fast hoch bei dem Gedanken, in seiner Stimmung noch mit irgendeinem Wiener Bazi übers Geschäft reden zu müssen. Das Telefon klingelte ein viertes Mal. Erik verfluchte erneut seinen Klingelton und bereute es, dass er sein Handy nicht lautlos gestellt hatte. Ein fünftes und ein sechstes Klingeln waren zu hören. Früher hatte er noch seine Mailbox aktiviert, die Anrufer nach dem fünften Klingeln dazu verdammte, nach der Ansage einer nicht besonders sexy klingenden Damenstimme auf ein digitales Band zu sprechen. Hätte er sie nur nicht deaktiviert. Dieser Anrufer war jedenfalls sehr hartnäckig und offenbar ein Unbekannter, denn alle, die Erik kannten, würden nach spätestens zehn Sekunden auflegen, weil sie wussten, dass er sein Mobiltelefon, so wie es sich zumindest seine Frau vorstellte, stets bei sich hatte und den Anruf schon nach ein- oder höchstens zweimaligem Klingeln entgegennahm. Mangels aktivierter Mailbox blieb ihm weiter nur die Freiheit, den Anruf zu ignorieren. Noch während er diesen Gedanken zu Ende dachte, traf es ihn wie ein Blitz aus heiterem Himmel.

Symbolträchtig gab er sich mit seiner linken Hand einen Klaps auf die Stirn: „Ich Idiot", sagte er leise zu sich. Er stürzte sich auf sein Telefon und wischte hastig über die grüne Schaltfläche.

„Hallo?", meldete er sich, ohne seinen Namen zu nennen. Es konnte immer noch ein Mitarbeiter eines Call-Centers sein, der ihm irgendwelche unwichtigen Fragen zu Problemen stellte, die ihn nicht interessierten, oder jemand, der ihm ein Los der nord-, süd-, ost- oder westdeutschen Klassenlotterie andrehen wollte, oder noch schlimmer, ein Bediensteter eines Meinungsforschungsinstituts. Es graute ihm bei dem Gedanken an diese möglichen Gesprächspartner. Durch sein Bauchgefühl war aber seine Neugier geweckt worden. Er hatte sich entschlossen, den Anruf entgegenzunehmen, auch wenn er die Identität des Anrufers nicht kannte, also musste er mit den Konsequenzen leben, wer auch immer sich am anderen Ende der Leitung befinden würde. Seine Intuition, vielmehr ein Wunschgedanke, hatte ihn gezwungen, zum Telefon zu greifen, selbst wenn nur eine winzige, mikroskopisch kleine Chance bestand, dass sich sein Wunsch erfüllte.

„Erik, sind Sie es?", hörte er eine weibliche, unsicher wirkende, doch wesentlich angenehmere Stimme als die auf der Mobilboxansage fragen.

„Ja", antwortete er knapp. Die Chancen stiegen, immerhin sprechen Mitarbeiter von Meinungsforschungsinstituten und ähnlichen biblischen Plagen ihre Opfer nicht so familiär an.

„Hier spricht Tamara." Diese drei Worte zauberten Erik ein Lächeln ins Gesicht, die Depression war wie weggeblasen. „Wir haben uns vor ein paar Wochen nach der Beerdigung kennengelernt." Als wenn er diesen Satz benötigt hätte, um sich an sie zu erinnern. „Ich hatte das Gefühl, Sie anrufen zu müssen. Vor allem wollte ich mich noch einmal für meine Unhöflichkeit entschuldigen. Sie waren so nett und hilfsbereit, und ich habe Sie im wahrsten Sinne des Wortes im Regen stehen lassen."

„Ich bitte Sie, Ihre Entschuldigung ist nicht notwendig. Sie waren angesichts der Umstände höflich genug."

„Sie sind zu freundlich. Ich danke Ihnen für Ihr Verständnis. Wenn es Ihnen nichts ausmacht, möchte ich gleich *in medias res* gehen..."

In medias res, wiederholte er in seinen Gedanken. Das war ein ziemlich geschwollener Ausdruck, den üblicherweise nur Juristen verwenden und vor drei Wochen auch Revierinspektor Schneider gebraucht hatte, aber das zeugte von einem gewissen Bildungsniveau, was er wiederum sehr reizvoll empfand. Er kannte genug dieser Püppchen, die zwar nett anzuschauen waren und für eine Nacht einen gewissen Reiz gehabt hätten, bevorzugte aber Frauen, die noch mehr zu bieten hatten als ihre äußeren Reize.

„... und ich möchte auf ihr nettes Angebot zurückkommen, wenn es noch gilt", fuhr Tamara fort.

„Selbstverständlich gilt das noch. Ich würde mich freuen, wenn Sie es annehmen."

„Mein Boss schickt mich am Donnerstag für zwei Tage nach Linz. Da ich dort niemanden kenne und ich auf Ihrer Karte lesen konnte, dass sie dort arbeiten, dachte ich, wir könnten uns nach meinem Geschäftstermin treffen und einen Tee trinken oder Essen gehen." Erik machte innerlich einen Luftsprung. Erlebte er diesen Moment gerade wirklich, oder handelte es sich nur um eine Halluzination? Nein, es war Wirklichkeit, Tamara hatte sich tatsächlich bei ihm gemeldet. Sein Herz pochte bis zum Hals, er durfte ihr das keinesfalls zeigen, glücklicherweise konnte sie ihn in diesem Moment nicht sehen. Er musste seine Begeisterung verbergen.

„Das hört sich gut an", versuchte Erik, so sachlich wie möglich zu bleiben, „wo werden Sie absteigen?"

„Im Hotel *Schillerpark*. Kennen Sie das?" Erik schmunzelte, denn man musste sich in Linz nicht besonders gut auskennen, um dieses Hotel zu kennen. Aber sie war offensichtlich noch nie hier gewesen und konnte es dadurch nicht wissen.

Schön sachlich bleiben und nicht zu viele Emotionen zeigen, dachte er, beschloss zu antworten und einen Vorschlag zu machen, denn er wollte sich nicht nur auf einen Tee oder sonst irgendein Getränk mit Tamara treffen. Wenn er schon die Gelegenheit hatte sie wiederzusehen, wollte er möglichst viel Zeit mit ihr verbringen, und da bot es sich an, Option zwei zu wählen. „Das kenne ich. In der näheren Umgebung gibt es ein paar ausgezeichnete Restaurants, wir können aber auch im Hotel essen."

„Essen wir doch im Hotel!"

„Soll ich Sie abholen?"

„Treffen wir uns am besten im Lokal."

„Welche Zeit wäre Ihnen recht?"

„Sagen wir 19 Uhr, dann habe ich noch Zeit, mich umzuziehen und frisch zu machen." Sie wollte offensichtlich nicht im Business-Look ausgehen, sondern sich umziehen, vielleicht in etwas Eleganteres schlüpfen. Das würde der Verabredung einen privateren Charakter verleihen, und der Gedanke gefiel ihm.

„Das passt mir sehr gut, ich werde einen Tisch reservieren, wenn das für Sie in Ordnung ist."

„Danke sehr. Bis Donnerstag." Erik wollte noch so etwas wie „Ich freue mich schon darauf, Sie wieder zu sehen" sagen, aber das hätte ihn verraten, also verkniff er es sich im letzten Moment.

Ein kurzes „Bis Donnerstag" brachte er noch über seine Lippen. Dann wurde die Verbindung unterbrochen.

Erik schaffte es gerade noch, sein Telefon halbwegs sanft auf dem Schreibtisch abzulegen. Dann atmete er tief durch und sank auf seinen Stuhl nieder. Das Gespräch hatte ihn viel Kraft gekostet, obwohl es nur wenige Minuten gedauert hatte. In seiner Arbeit musste er sich auch oft verstellen. Das fiel ihm wesentlich leichter, denn wie er sich bei geschäftlichen Telefonaten verhalten musste, damit er erreichte, was er wollte, hatte er bereits im kleinen Finger. Nicht so bei diesem Gespräch. Er konnte sich nicht erinnern, wann sein Puls seine Schlagadern dermaßen strapaziert hatte, oder vielleicht doch. Es war bei ihrem ersten Treffen nach der Beerdigung gewesen. Offenbar löste diese Frau etwas bei ihm aus, das er seit seinen Jugendjahren nicht mehr erlebt hatte. Aufgrund seiner Schüchternheit, vor allem was Mädchen anbelangte, war ihm beinahe jedes Mal das Herz in die Hose gerutscht, wenn er eines angesprochen hatte. Diese fehlende Lockerheit hatte auch dazu geführt, dass er sich oft genug eine Abfuhr geholt hatte, was nicht gerade zur Stärkung seines Selbstbewusstseins führte. Das änderte sich erst im Alter von achtzehn Jahren an dem Abend, an dem er seine erste feste Freundin kennengelernt hatte. Die hatte ihn nämlich selbst angemacht, und so war es einfach wie selten zuvor für einen Mann gewesen, zum Zug zu kommen. Denn diese junge Dame hatte nicht nur bildlich dafür gesorgt, dass ihm der Knopf aufgegangen war. In den immerhin fünfzehn Monaten, in denen sie zusammen gewesen waren, hatte er ein gesundes Maß an Selbstvertrauen entwickelt, das ihm auch bei seinen späteren Eroberungen behilflich sein sollte. Doch nun sah er sich wieder in jene Zeit zurückversetzt, in der er als verunsicherter Teenager sein Glück beim weiblichen Geschlecht versucht hatte. Irgendetwas hatte diese Frau an sich, das ihm die Selbstsicherheit nahm und ihn verwundbar machte. Was immer es war, er konnte es kaum erwarten das herauszufinden. Er würde sich gut vorbereiten, um einen optimalen Eindruck bei ihr zu hinterlassen, denn er wollte sie nicht nur dieses eine Mal wiedersehen.

Der Montag war damit schon gelaufen, am liebsten hätte er sich den Rest des Tages und der Woche Urlaub genommen, da er sich ohnehin nicht mehr auf etwas anderes konzentrieren hätte können als auf das bevorstehende Treffen in drei Tagen. Aber gewisse Dinge mussten noch erledigt werden, um den Kopf ausreichend frei zu bekommen. Er beschloss daher, sich zusammen zu reißen, die nächsten Tage noch durchzuhalten, das Nötigste zu arbeiten und dafür den Donnerstagnachmittag frei zu nehmen. Als erstes rief er seine Sekretärin. Das konnte er bequem von seinem Schreibtisch aus durch Drücken einer vorprogrammierten Telefontaste tun.

„Hallo Erik“, meldete sie sich.

„Sabrina, ich benötige am Donnerstagnachmittag Urlaub. Bist du so nett und erledigst den Papierkram für mich?“

„Mache ich gerne, Erik. Was soll ich dem Direktor sagen?“

„Sag ihm einfach, ich hätte was Dringendes zu erledigen, das reicht ihm völlig.“

„In Ordnung, ich sage es ihm. Sonst noch etwas?“

„Das wäre alles, danke Sabrina.“ Er betätigte wiederum den Knopf seines von ihm liebevoll *Bat-Phone* genannten Telefons, dem er nicht nur wegen der leuchtend roten Farbe diesen Namen gab, sondern auch, weil es sich um seinen heißen Draht zu seiner Sekretärin handelte.

Sabrina war Anfang dreißig, 170 Zentimeter groß, sehr schlank, hatte langes, dunkelbraunes glattes Haar und sehr dunkle, beinahe schwarze Augen. Sie beherrschte ihren Job wie keine andere. Erik konnte sie nicht nur mit Schreibarbeiten, sondern auch mit komplexen, schwierigen und vor allem unangenehmen Aufgaben betrauen, die sie stets schnell und zuverlässig erledigte. Außerdem kümmerte sie sich um viele Kleinigkeiten, die er früher selbst machen hatte müssen, weil er sie keinem anderen zutraute oder zumuten wollte. Im Gegensatz zu anderen Kolleginnen, die auf jede so winzige Kleinigkeit gereizt reagierten, wenn sie ihre Tage hatten oder wenn es gerade im Privatleben nicht gut lief, blieb Sabrina auch in diesen Situationen immer freundlich und bei der Sache. Mit externen Anrufern und Besuchern sprach sie meist hochdeutsch, in den Unterhaltungen mit ihm verwendete sie aber ihren unverkennbaren Dialekt aus dem oberen Mühlviertel, der sie noch sympathischer machte. Daneben fand er sie auch noch äußerst attraktiv. Das machte es schwierig, bei ihr objektiv zu bleiben, denn sie kleidete sich noch dazu sehr vorteilhaft und sexy, ohne dabei den Eindruck zu erwecken, sie hätte noch einen nächtlichen Nebenjob. Manches Mal hatte er sich bei der Vorstellung ertappt, wie es wäre, sie nach Dienstschluss in sein Büro zu bitten, ihr – je nachdem, wie nötig er es hatte – die Bluse aufzuknöpfen oder aufzureißen, ihre wohlgeformten Brüste freizulegen, um sein Gesicht darin zu vergraben, ihr daraufhin den Rock hochzuschieben und es ihr auf dem Schreibtisch nach allen Regeln der Liebeskunst zu besorgen. Das waren Fantasien, die er das eine oder andere Mal hatte. Doch er hatte zu viel Achtung vor ihr, um seine Träume in die Wirklichkeit umzusetzen oder es nur zu versuchen. Er konnte seine Position nicht derart missbrauchen, denn er wusste, dass sie ihn gut leiden konnte und zu ihm aufblickte. Vielleicht fühlte sie sich sogar zu ihm hingezogen und würde seinen Annäherungsversuchen nachgeben. In einem anderen Leben oder zumindest unter anderen Bedingungen wäre es ihm sehr gelegen gekommen, eine so interessante Frau näher kennen zu lernen, aber auch sie war verheiratet. Ein paar Monate zuvor hatte sie ihm im Vertrauen erzählt, dass auch bei ihnen nach einigen Jahren die Luft aus der Beziehung raus gewesen war und sie einige Probleme gehabt hatten. Vor ein paar Jahren hatte sie sich auf eine Affäre mit einem jüngeren Mann eingelassen. Ihr Mann war dahintergekommen, und nachdem er beteuert hatte, dass er ihr verzeihen und nun wieder alles gut zwischen ihnen werden würde, hatte sie sich entschlossen, die Affäre zu beenden, bei ihrem Mann zu bleiben und an ihrer Ehe zu arbeiten. Bei all ihrer Professionalität erahnte er, dass sich hinter ihrem fröhlichen Wesen der Schmerz und der Frust einer noch immer unglücklichen Ehe und einer unerfüllten Liebe verbargen. Ihren Mann Martin kannte er nur flüchtig, mochte ihn aber vom ersten Moment an nicht. Er hielt ihn für einen Proleten, viel zu primitiv, um eine Frau wie Sabrina verdient zu haben. Es schien ihr damals schwer gefallen zu sein, mit einem Mann über ihre privaten Probleme zu reden, vor allem mit ihm als ihrem Vorgesetzten, denn sie wollte ihre Sorgen zu Hause lassen und ihn und ihre Arbeit nicht damit belasten. Aber Sabrina hatte

Vertrauen zu Erik. Er war davon überzeugt, dass Martin nicht wusste, was er an seiner Frau hatte. Noch während diese Gedanken durch seine Gehirnwindungen sausten, realisierte er die Parallelen zu ihm und erkannte, dass er im Grunde keinen Deut besser war als Martin. Auch Erik hatte eine immer noch attraktive Frau an seiner Seite, die er nicht mehr zu schätzen wusste, denn er hatte Fantasien vom Sex mit seiner Sekretärin und sich noch dazu mit einer anderen Frau verabredet. Von Sabrina unterschied ihn aber, dass er nicht untreu geworden war, denn Gedanken sind nun mal frei. Doch seine Tagträume, die meist sexueller Natur waren, wurden spürbar stärker, das Verlangen immer größer, und er wusste nicht, wie lange er noch widerstehen konnte. Bis jetzt hatte er eine weiße Weste: keine Affäre, kein One-Night-Stand, nicht einmal ein Ausrutscher ins Rotlichtmilieu, was ein paar Kollegen für eine Grauzone hielten. Er hatte bislang immer das getan, was anständige Männer in dieser Situation tun: Er schloss die Augen und bumste seine Frau, und wenn sie nicht zur Verfügung stand, holte er sich unter der Dusche gepflegt einen runter. Das war immer noch besser, als seine Frau mit einer anderen zu betrügen. Aber bei solchen Gedanken: Wer war er, den ersten Stein zu werfen? Er besann sich und war froh, Sabrina damals lediglich freundschaftlich und mitfühlend in den Arm genommen und sie getröstet zu haben, und machte sich widerwillig an die Arbeit.

Sich den Nachmittag freizunehmen stellte kein Problem dar. Wie Erik es gegenüber Sabrina vorhergesagt hatte, war es seinem Vorgesetzten ziemlich egal, aus welchem Grund er nicht zur Arbeit erschien, vor allem, weil er um Eriks Situation wusste und noch vor kurzem selbst wünschte, dass er sich Zeit nehmen sollte, um das Erlebte zu verarbeiten. Weit größere Schwierigkeiten bereitete ihm das Finden einer Ausrede für seine Frau, damit sie ihn donnerstags nicht oder erst sehr spät erwartete. Am besten erschien der Vorwand eines Geschäftsessens. Sonst hatte er bei diesen kleinen Unwahrheiten seiner Frau gegenüber oft seinen Freund Ronald, mit dem er dann und wann das eine oder andere Fläschchen Wein öffnete und auch leerte, herangezogen. Das Problem war, dass Barbara diesen Freund persönlich kannte, daher wollte er ihn in einer solch pikanten Angelegenheit nicht ins Spiel bringen. Es wäre immer noch möglich, dass sie ihn später nach diesem Abend fragte und Ronald sich verplapperte. Immerhin ging es hier um keine Kleinigkeit. Erik traf sich mit einer anderen Frau. Da konnte er keinen Mitwisser gebrauchen, denn möglicherweise würde er es für den Fall der Fälle nicht schaffen, diese Frau von der vielzitierten Bettkante zu stoßen. Tamara war nicht nur atemberaubend schön, sondern hatte etwas an sich, dem er sich kaum entziehen konnte, dieses *je ne sais quoi*, wie es die Franzosen auszudrücken pflegen. Das Wichtigste für ihn war, dass Tamaras Anruf seine Stimmung derart verbessert hatte, dass er nicht nur den restlichen Arbeitstag gut gelaunt war, sondern sich auch vornahm, mit seiner Frau, die es in letzter Zeit nicht leicht mit ihm gehabt hatte, einen schönen Abend zu verbringen. Also griff er zum Telefon.

„Hallo Erik, ist etwas passiert?“, meldete sich Barbara.

„Was sollte denn passiert sein?“

„Normalerweise rufst du tagsüber nicht aus dem Büro an, also was ist los?“ Offenbar kannte sie ihn noch besser, als er gedacht hatte.

„Ach, eigentlich nichts Besonderes, ich wollte dir nur sagen, dass ich heute früher nach Hause komme. Wir könnten uns etwas kochen und eine Flasche Wein aufmachen.“

„Du scheinst ja gut gelaunt zu sein.“

„Ja, mir gehts besser, ich denke es ist Zeit, mit dem Trübsal blasen aufzuhören.“

„Ich bin ab fünf zu Hause, was hättest du denn gerne?“

„Ein Steak wäre fein, und suche ein gutes Tröpfchen aus, es ist Zeit, meine Wiederauferstehung zu feiern.“

„Du hörst dich wirklich ganz anders an als noch am Morgen. Was immer geschehen ist, freut mich, dass du besser drauf bist.“

Glücklicherweise wusste Barbara nichts von dem Grund für Eriks gute Laune, sie hätte sich sonst nicht darüber gefreut. „Ich freue mich auf dich“, ergänzte sie zweideutig.

„Ich mich auch, bis später“, entgegnete Erik und legte auf.

Der Abend war ganz nach Eriks Wünschen verlaufen. Barbara hatte sich tatsächlich über das gemeinsame Dinner gefreut. Zu oft arbeiteten sie unterschiedlich lange, sodass sie während der Woche nur selten zu zweit zu Abend aßen. Dieses Mal hatte sie sich mit ihrem Steak selbst übertroffen.

„In einem Haubenlokal isst man nicht so gut wie bei dir“, lobte Erik seine Frau, „und den Wein hast du auch perfekt ausgewählt.“ Erik schenkte zuerst Barbara noch ein Glas von dem ausgezeichneten *Blaufränkisch L1* vom Weingut Lang ein und gönnte sich selbst den letzten Schluck.

„Danke, Erik. Freut mich, dass es dir geschmeckt hat.“ Barbara war tatsächlich eine ausgezeichnete Köchin, auch wenn sie nicht gerne kochte. Aber sie wusste, dass sie Erik damit eine Freude machte. Das waren die Momente, in denen ihm wieder einfiel, aus welchen Gründen er sich in diese Frau verliebt hatte und ihn sein Gewissen plagte, dass er sich in letzter Zeit nicht mehr so um sie bemüht hatte, wie sie es verdiente, und was noch viel schlimmer war, seit Wochen an eine andere Frau denken musste. Machte ihn das zu einem schlechten Menschen, oder war er nur ein Mann, mit dem hin und wieder die Fantasie durchging?

Noch bevor er seinen Gedanken zu Ende gesponnen hatte, fiel ihm auf, dass Barbara ihn von der anderen Seite des Tisches in einer Weise ansah, die er in letzter Zeit zwar nur selten bemerkt hatte, dafür umso besser kannte. Wenn er an die Ereignisse des heutigen Tages und das dadurch verursachte Hochgefühl dachte, kam ihm das sehr gelegen. Immerhin saß ihm seine immer noch begehrenswerte Frau gegenüber, die ihn mit ihren Blicken betörte. Er fühlte, wie seine Hose eng zu werden schien, also zögerte er nicht, stand langsam auf und ging zu ihr. Er nahm ihre Hand, führte sie zur Wohnzimmercouch, legte sie behutsam auf den Rücken und begann sie zu küssen. Auch wenn Barbara ihn mit ihren Blicken animiert hatte, war sie doch überrascht, dass er darauf wie erhofft reagiert hatte, und sie erwiderte seine Küsse. Es folgte eine leidenschaftliche Knutscherei, wie er sie seit seiner Jugend auf dem Rücksitz des alten Fußballmannschaftsbusses nicht mehr erlebt hatte. Der war wegen eines kaputten Türschlosses stets unversperrt auf dem Schulparkplatz gestanden. Es war der ideale Ort für Jugendliche ohne Führerschein gewesen, um ein halbwegs gemütliches Plätzchen für ein Schäferstündchen zu finden. Wahre Orgien, die eines *Caligula* würdig gewesen wären, hatten sich dort abgespielt. Man hätte damals den Bus stundenweise vermieten sollen, dann wäre der Sportverein zumindest finanziell gut dagestanden, wenn auch die sportlichen Leistungen zu wünschen übriggelassen hatten.

Beide hatten sich durch diese wilden Küsse richtig heiß gemacht. Barbara ließ von Erik ab, öffnete sein Hemd und begann, ihn am Hals und auf der Brust zu küssen. Sie löste den Gürtel, öffnete Knopf und Reißverschluss der Hose und zog sie ihm aus, ebenso seine Boxershorts, was sich als gar nicht so einfach herausstellte, denn sein Penis war bereits steinhart. Sie umschloss ihn mit ihren weichen Lippen und verwöhnte ihn. Schon lange war sie nicht mehr so leidenschaftlich gewesen. Er wusste nicht, wie ihm geschah. In diesem Moment war alles wieder so wie früher: die Harmonie, die Leidenschaft, alles schien vollkommen zu sein. Er schloss die Augen, genoss den Augenblick und fühlte sich wohl wie selten zuvor. Ich habe doch ein gutes Leben, dachte er, warum sollte ich das für ein Hirngespinst riskieren? Wie konnte ich auch nur daran denken, sie zu betrügen? Er hob seinen Kopf und öffnete die Augen, um es noch mehr genießen zu können, wenn er Barbara beobachtete, wie sie ihm den besten Blow Job seines Lebens verpasste. Doch anstatt der langen schwarzen glatten Haare sah er nur blonde, leicht gewellte Haare und ein Gesicht, das sich in den letzten Wochen in sein Gedächtnis gebrannt hatte. Es war nicht seine Frau, die es ihm so gut besorgte, sondern Tamara, die vor ihm kniete und ihn völlig um den Verstand brachte. Erschrocken schrie er auf, setzte sich auf und wendete sich ab.

„Was ist los, Liebling, war ich nicht sanft genug?" Erik wendete sich der Stimme zu. Vor ihm kniete eine verwunderte halbnackte Frau mit langen ... schwarzen Haaren.

„Nein, das war so gut, ich kann es nicht erwarten, in dir zu sein", versuchte Erik die Situation zu retten.

„Ich möchte dich auch sofort in mir spüren", entgegnete Barbara, entblößte ihren Körper, legte sich neben ihm auf die Couch, spreizte ihre Beine und gab den Blick auf ihren gepflegten Schritt frei. Erik nahm diese Einladung nur zu gerne an. Als er in sie eindrang, musste er sich zusammenreißen, um nicht auf der Stelle zu kommen, es schien bereits eine Ewigkeit her zu sein, seit sie miteinander geschlafen hatten, und so unbeschreiblich fühlte es sich auch an. Er biss sich auf die Lippen, um sich abzulenken, hielt kurz inne, um sich wieder zu kontrollieren und begann, Barbara mit langsamen und rhythmischen Bewegungen zu bearbeiten. Sie war durch das Vorspiel ebenso erregt worden und war wunderbar feucht. Bei jedem Stoß stöhnte sie leise und lustvoll, drückte ihr Becken sanft gegen seines und erhöhte dadurch seinen Genuss noch mehr. Er fühlte, wie er immer mehr die Kontrolle verlor, aber das machte ihm nichts aus. Schon lange hatte er den Sex nicht mehr so genossen, er schloss die Augen und ließ sich immer mehr von seiner Lust treiben. Ihre Körper verschmolzen immer mehr zu einer feuchten verschwitzten Einheit und die Laute, die sie von sich gaben, bezeugten ihre unbändige Lust. Das Stöhnen der beiden wurde immer lauter, seine Stöße wurden immer heftiger. Ihr ganzer Körper bebte, und Erik wusste, dass es bei ihr gleich so weit war. Er öffnete die Augen, denn er wollte sie in ihrer größten Verzückung sehen, das würde auch ihm den Rest geben. Vor ihm lag ein vor Erregung pulsierender schlanker Körper, sein Blick fiel auf ihre wohlgeformten Brüste, den schlanken langen Hals, den sinnlichen Mund, aus dem das lustvolle Stöhnen ertönte, sodass sich auch Erik nicht mehr zurückhalten konnte und unter lautem Stöhnen kam. Im selben Moment blickte er in ihr Gesicht, in die ihn anfunkelnden ... blau-grün-grauen Augen und auf ihr blondes Haar. Eriks Stöhnen wurde durch einen Schrei des Erschreckens abgelöst. Sein Gehirn hatte ihm vorgegaukelt, er würde auf Tamaras Körper liegen und es ihr besorgen, er schien vollkommen machtlos dagegen zu sein. Erik schloss seine Augen wieder, schüttelte kurz den Kopf und wagte dann, sie wieder zu öffnen. Verdutzt blickte er nun einer entspannten und zufriedenen Barbara in die Augen.

„Erik, du warst unglaublich, was ist nur heute los mit dir? Ich glaube, ich koche morgen Abend wieder für dich.“

Es schien, als hätte Barbara von dem Streich, den sich Eriks Gehirn mit ihm erlaubt hatte, nichts bemerkt, also ließ er sich nichts anmerken. „Für mich war es auch der Wahnsinn.“

„Komm, lass uns ins Bett gehen, ich bin komplett erledigt. Wir können morgen alles aufräumen.“

„Ja, gehen wir schlafen.“

Barbara nahm Erik an der Hand, und beide gingen, wie Gott sie schuf, hoch ins Schlafzimmer. Im Bett kuschelte sich Barbara noch fest an Erik. „Halt mich noch ein bisschen! Dann werde ich sicher gut schlafen.“ Sie schien seit langem wieder glücklich zu sein, das wollte ihr Erik natürlich nicht nehmen, immerhin liebte er sie noch. Dennoch konnte er nicht ignorieren, was in den letzten Minuten geschehen war. Es schien, als hätte sich Tamara in seinem Verstand eingenistet und würde seine Gedanken bestimmen. Er wusste nicht, was er davon halten sollte, denn irgendwie machte es ihm Angst, auf der anderen Seite empfand er es als äußerst aufregend. Barbara war bereits eingeschlafen, doch Erik lag noch eine Weile wach und dachte daran, was diese Woche, vor allem der Donnerstag, bringen würde.

G

Den ganzen Vormittag lang saß Erik wie auf Nadeln in seinem Büro. Die Zeit schien nicht vergehen zu wollen, sein Monitor zeigte 11:19 Uhr an. Noch etwas mehr als eine halbe Stunde musste er totschlagen, bis es *high noon* schlagen würde und er das Büro verlassen konnte. Diese Nacht hatte er zwar gut geschlafen, aber seit dem Aufwachen war seine Nervosität mit jeder Minute spürbar gestiegen. Dabei fühlte er sich die letzten beiden Tage so entspannt wie selten zuvor. Am Montag hatte er einen dieser selten gewordenen schönen Abende mit seiner Frau verbracht. So lang waren sie einander nicht so nahe gewesen, auch wenn in seinen Gedanken noch eine dritte Person beteiligt war. Und mit der hatte er eine Verabredung zum Abendessen. Er konnte es kaum erwarten. Der Abend mit seiner Frau, aber vor allem die Vorfreude auf den heutigen Abend, hatten Dienstag und Mittwoch wie im Flug vergehen lassen, sogar seine Arbeit hatte er mit einem verloren geglaubten Enthusiasmus erledigt. Nun war dieses großartige Gefühl einer wachsenden, schier unerträglichen Anspannung gewichen. In der Hoffnung, sie würde eine spätere Uhrzeit anzeigen, blickte er auf die Wanduhr in seinem Büro. Zu seinem Leidwesen war es auch dort erst 11:20 Uhr, und was noch schlimmer war, der Sekundenzeiger schien rückwärts zu laufen. Keine Minute länger hielt er es in diesem Büro aus, er musste auf der Stelle an die frische Luft, vielleicht würde es ihm dort gelingen, einen klaren Kopf zu bekommen. Er nahm sein Handy, das vor ihm auf seinem Schreibtisch lag, sprang von seinem Bürosessel auf und ging zur Garderobe. Von dort holte er sein anthrazitfarbenes Sakko, das er für diesen Abend noch hatte reinigen lassen, und zog es an. Es passte gut zu dem weißen Hemd und den dunkelblauen Jeans, die er trug, und erschien ihm für den Anlass angemessen. Er nahm seine Umhängetasche aus braunem Büffelleder und hängte sie über die linke Schulter. Es handelte sich um seine absolute Lieblingstasche, in der er seine wichtigsten Utensilien wie sein Mobiltelefon und die Brieftasche aufbewahrte. Dann verließ er das Büro.

„Sabrina, ich werde doch früher gehen als geplant“, meldete er sich bei seiner Sekretärin ab. Sabrina nickte ihm zu.

„Schönen Tag, Erik!“, rief sie ihm nach, aber Erik hatte die Tür bereits hinter sich geschlossen, er konnte innerhalb dieser Mauern kaum noch atmen. Wenig später verließ er das Gebäude und atmete ein paar Mal tief durch, das half. Er musste auf andere Gedanken kommen, also beschloss er, mal wieder durch die Innenstadt zu schlendern, ohne besonderes Ziel, einfach nur um zu sehen, wohin es ihn verschlagen würde. Lange war es her, dass er sich dafür Zeit genommen hatte.

Sein erster Weg führte ihn durch die kleine grüne Oase in der Nähe des Hauptbahnhofs, den erst vor kurzem neu gestalteten Volksgarten, angefangen von den Parkbänken, dem Kinderspielplatz, der Bepflanzung bis zu den nun asphaltierten Wegen. Erik hatte den Park hinter sich gelassen und die Goethekreuzung erreicht. Von hier aus folgte er der Landstraße. Selten hatte er so viel Zeit gehabt, um auf die vielen Kleinigkeiten zu achten, die man hier entdecken konnte: Entlang dieser Einkaufsstraße gab es neben einigen neueren viele alte, schön restaurierte Gebäude zu bestaunen, darunter ein paar Kirchen, auf die er aber weniger Wert legte. Mit jedem Schritt fühlte er sich besser, es war eine gute Idee gewesen, das Büro früher zu verlassen.

Ein Blick auf sein Handy verriet ihm, dass es 11:40 Uhr war. Zeit, einen Happen essen zu gehen, dachte er. An der Mozartkreuzung nahm er die Rudigierstraße und bog schließlich in die Herrenstraße ein. Sein Ziel war ein kleines italienisches Restaurant. Früher hatte er öfter dort gegessen, und heute passte es gut. Er betrat das Lokal, und die Eigentümerin begrüßte ihn auf eine Weise, als wenn sie ihn wiedererkannt hätte. Es konnte auch einfach ihre Art gewesen sein, wie sie alle Gäste begrüßte. Erik erkundigte sich höflich, ob noch ein Tisch frei sei. Die Eigentümerin führte ihn zu einem kleinen Tisch in einer Ecke des Lokals. Er nahm Platz und bestellte ein Glas Chianti. Dann warf er einen Blick auf die Speisekarte und entschied sich rasch für Tagliatelle mit Gorgonzolasauce. Während er auf das Essen wartete, dachte er wieder an Tamara. Er malte sich aus, wie es wäre, ihr in wenigen Stunden gegenüber zu sitzen, worüber sie sich unterhalten würden, wie der Abend verlaufen und wie er vor allem enden würde. Während er sich die verschiedenen Szenarien vorstellte, wurde er plötzlich unsanft aus seinem Tagtraum gerissen, denn die Kellnerin setzte ihm unter lautem Scheppern des Tellers sein Essen vor. Erik bedankte sich mit einem kurzen *Grazie* und genoss sein Essen, wiederum in Gedanken an den kommenden Abend versunken.

Eine halbe Stunde später verließ Erik das Lokal und setzte seinen Spaziergang durch die Innenstadt fort. Der Chianti hatte ausgezeichnet gemundet und ihn entspannt, das verlangte nach mehr. Zum Glück kannte er das eine oder andere Lokal, wo man guten Wein auch glasweise bekam. Vor allem hatte er die Topadresse in der Arkade am Taubenmarkt im Sinn. Dort konnte man – selbstverständlich gegen Einwurf größerer Münzen – eine ausgezeichnete Auswahl an nicht nur österreichischen Weinen verkosten. Mit ein wenig Glück würde er einen der wenigen Sitzplätze im Lokal ergattern, vielleicht sogar den einzigen kleinen Tisch am Fenster, mit dem er die eine oder andere Erinnerung verband.

Ein paar Minuten später betrat er die Vinothek, ein kurzer Blick verriet ihm, dass ihm Fortuna hold war. Er war der einzige Kunde und nahm seinen Fensterplatz ein. Heute befand sich die Eigentümerin, etwa 165 Zentimeter groß, schlank, schwarzes nackenlanges Haar und in dezentem schwarz gekleidet, im Lokal. Sie musste an die 50 Jahre alt sein, die ihr aber nicht anzusehen waren. Nur an ihren Namen konnte er sich nicht mehr erinnern, zu lange war er nicht mehr hier gewesen. Er erinnerte sich daran, dass er früher fast jeden Donnerstagabend hier verbracht hatte. Obwohl es immer schöne und teilweise feucht-fröhliche Abende gewesen waren, erfüllte ihn diese Erinnerung auch mit viel Schmerz. Denn Paul war nicht der einzige Freund, der vor seiner Zeit von ihm gegangen war.

„Grüß dich Erik", begrüßte ihn die Eigentümerin.

Glücklicherweise fiel ihm in diesem Moment wieder ihr Name ein, es wäre sonst doch etwas peinlich gewesen, wenn sie sich sogar an seinen erinnern konnte. „Hallo Susi."

„Ist ja ganz schön lange her."

„Stimmt, das liegt aber nicht an dir oder dem Lokal."

„Woran dann?"

Erik wollte eigentlich nicht darüber sprechen, doch er hatte das Thema durch seine freundlich gemeinte, aber unüberlegte Äußerung selbst provoziert. „Du erinnerst dich vielleicht noch an den Freund, mit dem ich meistens hier war."

„Natürlich, ihr seid immer genau hier gesessen, wenn es nicht zu voll war."

„Er ist leider vor ein paar Jahren gestorben."

„Das ist ja schlimm, was ist denn passiert?"

„War ein Herzinfarkt."

„In dem Alter?"

„Er hatte kurz davor eine Grippe. Kann sein, dass er sie nicht auskuriert hat. Und dann ist er während der Arbeit umgekippt, und es war nichts mehr zu machen." Erik seufzte bei diesen Worten und Gedanken an seinen Freund. „Und ohne ihn waren die Besuche einfach nicht mehr dieselben, daher war ich seitdem nicht mehr hier."

„Das verstehe ich, umso schöner, dass du heute mal wieder hier bist. Was hättest du denn gerne? Das erste Glas geht auf mich."

„Danke, das ist wirklich nicht nötig."

„Ich bestehe darauf."

Erik warf einen Blick auf die Tafel, auf der mit Kreide das Angebot der Woche geschrieben stand. Die Auswahl konnte sich nach wie vor sehen lassen: sechs Weiß- und fünf Rotweine aus den verschiedenen Weinbauregionen Österreichs und zwei internationale Rotweine. Die Preise hatten auch angezogen, doch das war ihm heute ohnehin egal, nicht nur, weil der Wein auf Kosten des Hauses ging.

„Ich werde mal den *Bärnreiser* probieren, den hatte ich schon lange nicht mehr", entschloss er sich zielsicher.

„Bist du mittlerweile auf österreichische Weine umgestiegen?" Erik blickte Susi verwundert an. Sie hatte tatsächlich ein außerordentliches Gedächtnis. Vor all diesen Jahren hatten sein Freund und er inländische Weine nur gestreift und waren immer wieder bei den schweren Rotweinen aus *Down Under* oder Kalifornien gelandet. Sein Geschmack hatte sich mittlerweile in eine andere Richtung entwickelt. Ihn wunderte nur, dass Susi sich daran noch erinnern konnte. Wie viele tausend Kunden mussten in der Zwischenzeit die Vinothek besucht haben. Dennoch konnte sie sich noch an seine Vorlieben erinnern. Das musste eine besondere Gabe sein. Oder hatte sie vor allem bei ihm darauf geachtet? Womöglich hatte sie mehr in ihm gesehen als nur einen Kunden, dem sie fast jede Woche ein paar Gläser einschenkte? Er fand sie jedenfalls sehr attraktiv, und wenn er sie näher betrachtete, kam ihm unweigerlich die viel zitierte Parallele zum Wein in den Sinn: je älter, desto besser.

„Dass du das noch weißt", antwortete er knapp.

„Ist wahrscheinlich so eine Gabe", entgegnete Susi und stand auf, um den Wein zu holen.

Erik schmunzelte, da genau das einer seiner Lösungsansätze war, oder er hatte mit seiner anderen Vermutung recht gehabt, und sie wollte sich nicht verraten. Kurz darauf erschien sie wieder mit der Flasche und zwei Gläsern und setzte sich.

„Ist heute noch nichts los, ich werde mir auch einen gönnen", meinte sie und schenkte den Wein ein.

„Gut so, allein trinken macht hässlich."

„Das wollen wir nun wirklich nicht. Zum Wohl!" Sie zwinkerte ihm zu.

„Auf *dein* Wohl! Danke für die Einladung."

Als Erik die Vinothek verließ, zeigte die Uhr bereits 15:15 Uhr. Die Zeit war wie im Flug vergangen, zu gut hatte er sich mit Susi unterhalten. Sie waren immer wieder kurz ins Gespräch gekommen, wenngleich sie immer wieder auch andere Gäste zu bedienen gehabt hatte. Am Ende hatte er fast drei Stunden dort verbracht. Zum Glück hatte er dort nur zwei Gläser getrunken, sonst wäre er nicht mehr bereit für den so wichtigen Abend gewesen. Vor allem hatte er erreicht, was er wollte: Er hatte einen klaren Kopf bekommen. Der Weinkonsum und ein paar Stunden, in denen er mal nicht an Tamara denken musste, hatten ihn lockerer werden lassen. Er beschloss, noch einen kurzen Spaziergang zu machen, um den Alkohol abzubauen. Der nächstgelegene Park, der sogenannte Bauernberg, befand sich nur wenige Minuten entfernt. Im Sommer des letzten Jahres hatte er mit ein paar Freunden dort gegrillt, ein paar Bierchen gezwitschert und einen sehr gemütlichen Abend verbracht. Heute schien ein Tag der schönen, aber auch schmerzlichen Erinnerungen zu sein. Im Park angekommen genoss er die Ruhe und das herbstliche Farbenspiel der Blätter, es war der ideale Ort, um sich für den Abend vorzubereiten. Worüber würde er mit Tamara sprechen, welches Thema sollte er besser vermeiden? Würde sie überhaupt kommen? Was wäre, wenn sie ihre Meinung geändert hatte und sich nicht mehr mit ihm treffen wollte? Diese negativen Gedanken brachten ihn nicht weiter, also beschloss er, positiv zu denken und daran zu glauben, dass alles gut laufen würde.

Die Sonne war bereits untergegangen, Eriks Handy zeigte 17:30 Uhr an, er hatte also noch Zeit. Wieder auf der Mozartkreuzung angekommen, sah er sich um. Sein Blick fiel auf die Buchhandlung, eine gute Gelegenheit, mal wieder in ein paar Büchern zu schmökern. Die meisten in seinem Bekannten- und Freundeskreis lasen nur noch eBooks. Er selbst war in dieser Hinsicht altmodisch, es war doch etwas anderes, ein richtiges Buch in Händen zu halten, das Papier zu fühlen und die Seiten umzublättern, dieses Gefühl vermochte ein elektronisches Gerät nicht zu ersetzen. In diesem Laden konnte man noch tausende dieser hoffentlich niemals aussterbenden Gattung finden. Er betrat das Gebäude und konnte sich schon am Eingang von der unglaublichen Vielfalt der angebotenen Druckwerke überzeugen. Es würde Tage dauern, einen Blick auf alle zu werfen, aber das hatte er auch nicht vor; nur ein wenig schmökern und vielleicht das eine oder andere Buch erstehen. Es war schon einige Zeit her, dass er sich für ein Buch begeistern hatte können. Zu viel Zeit hatte er in der Arbeit vor seinem Monitor gesessen, als dass er danach oder an Wochenenden noch Lust gehabt hätte, seine Nase noch in ein Buch zu stecken. Er hatte es vorgezogen, diese Zeit anderweitig zu verbringen, sei es in der Natur bei einem Spaziergang oder einem lockeren Geländelauf. Manchmal spielte er noch Tennis, wenn auch nicht mehr so oft wie früher. Er verbrachte gerne Zeit auf der Terrasse auf seinen gemütlichen Gartenmöbeln bei einem Glas Wein, den Sonnenuntergang betrachtend. Oder er ließ sich wie Millionen andere Österreicher abends vor dem Fernseher nieder in der Hoffnung, das Programm würde eines Tages besser werden. Nein, da blieb kein Platz für ein gutes Buch, vielleicht würde ihn der heutige Besuch animieren, nicht nur ein Buch zu kaufen, sondern es auch zu lesen. Er schlenderte durch den Verkaufsraum und blieb an einem Regal stehen, in dem

Kriminalromane angeboten wurden. Es handelte sich um sein Lieblingsgenre. Er liebte die Klassiker von *Agatha Christie* wie *Mord im Orient-Express* oder *Tod auf dem Nil*, die er bisher nur in Bild und Ton genossen hatte, anstatt den Roman zu lesen, obwohl ihm bewusst war, dass Filme in der Regel nur einen gut gemeinten Versuch darstellten, die Handlung und Komplexität einer Romanvorlage wiederzugeben, ob es sich nun um die Werke *Agatha Christies*, *Umberto Ecos* Meisterwerk *Der Name der Rose* oder die diversen Romane von *Dan Brown* handelte, man hätte die Liste beinahe endlos fortsetzen können.

Trotz aller guten Vorsätze verließ Erik etwa eine Stunde später den Laden ohne ein Buch, sein Fokus war nun auf etwas anderes gerichtet. Die Dämmerung hatte bereits eingesetzt. Erik machte sich auf den Weg zum Restaurant. Für den Fall, dass Tamara früher erschien und um sich im Restaurant zu akklimatisieren, hatte er den Tisch bereits für 18:30 Uhr reserviert. Am Eingang wurde er von einem äußerst gut gekleideten Herrn mittleren Alters nach seiner Reservierung gefragt und zu seinem Tisch geleitet. Erik hoffte, dass man seinem am Telefon geäußerten Wunsch entsprechen würde und er einen Tisch in einer ruhigeren Ecke zugewiesen bekam, denn er hasste es, mitten im Lokal zu sitzen, er fühlte sich dann wie *Steve Martin* im Film *The Lonely Guy*, von den an den Nachbartischen sitzenden Menschen regelrecht umzingelt, beobachtet und belauscht. Wahrscheinlich war er nur ein wenig paranoid, aber so hat halt jeder seinen Tick. Der Herr zeigte ihm einen sehr schön gedeckten Tisch in einer Ecke, und Erik war erleichtert. Der Platz glich beinahe einem Séparée, dennoch hatte er, wenn er seinen Stuhl richtig positionierte, einen guten Überblick über das Lokal und den Eingang. Er bedankte sich höflich für den guten Tisch und nahm Platz. Da es erst früh abends war, befanden sich nur wenig Gäste im Restaurant. Das war ihm nur recht, denn die Akustik in diesem Lokal empfand er als unterdurchschnittlich, was eine gepflegte Konversation bei gutem Besuch fast unmöglich machte. Zum Glück sollte die Verabredung bereits früher beginnen als zur ständig in amerikanischen Filmen verwendete Standarduhrzeit für das Dinner, nämlich 20 Uhr. Im Gegensatz zu seiner Jugend- und Studentenzeit war er nämlich keine Nachteule mehr und daher froh, noch vor Mitternacht ins Bett zu kommen. Für so einen bedeutenden Abend hätte er natürlich eine Ausnahme gemacht, vor allem, wenn er gut verlaufen würde, doch das waren ungelegte Eier, über die man zwar nachdenken konnte, aber eben nicht gackern sollte.

Ein Blick auf sein Smartphone verriet ihm, dass es 18:38 Uhr war. Tamaras Pünktlichkeit vorausgesetzt hatte er noch genug Zeit um sich vorzubereiten. Er blickte sich um. Seit seinem Umbau vor ein paar Jahren wirkte das Restaurant heller und der Raum größer. Aus den gut verborgenen Lautsprechern konnte man leise Jazzmusik hören, die er jedoch nicht zuordnen konnte. Jedenfalls war sie weit von der Genialität eines *Miles Davis* oder *Charlie Parker* entfernt. Die braunen Sitzbänke aus Leder und die seiner Meinung nach nicht dazu passenden Sitzbezüge der Stühle waren zwar nicht nach seinem Geschmack, ebenso der gemusterte Teppich, dafür machten die großen runden Deckenleuchten einiges her. Doch am Ende war entscheidend, dass Speis und Trank seinen Erwartungen entsprachen, und was das betraf war er hier noch nie enttäuscht worden. Auch die Sanitäranlagen waren zum Glück Teil der Renovierung gewesen. Einige andere Restaurants hatten darauf verzichtet. Deren Toiletten erinnerten ihn an *the worst toilet in Scotland* aus dem Film *Trainspotting*. Das waren keine stillen Örtchen, an denen man gerne und vor allem länger als nötig verweilte, es sei denn, man trug am Oberarm eine gelbe Schleife mit drei schwarzen Punkten, litt an einer schlimmen Verkühlung oder hatte ein ähnliches Bedürfnis wie *Ewan McGregor* auf seinem Gang zur Toilette im Film. Erik schmunzelte bei dem Gedanken an diese Szene, die es schaffte, eine seltene Mischung von Heiterkeit und Ekel hervorzurufen.

Personal war auch kaum zu sehen. Wenigstens erkundigte sich der einzige Kellner, den er die erste Viertelstunde zu Gesicht bekam, ob er bereits etwas zu trinken bestellen mochte, was er dankend ablehnte. Er wollte Tamara nicht zu erkennen geben, dass er sich bereits eine gewisse Zeit vor ihr im Lokal eingefunden hatte, was sie unschwer an dem halb leeren Glas erkannt hätte. Das heißt, er hätte es rechtzeitig vor ihrem Eintreffen leeren müssen, was später bei der Rechnung auffallen hätte können. Oder er hätte nicht davon trinken dürfen und vortäuschen müssen, das Getränk erst kurz zuvor geordert zu haben, was wiederum unhöflich gewesen wäre, da er nicht auf sie gewartet hatte. Erik versuchte, entspannt zu bleiben, beschloss sich zu gedulden und die Bestellung später gemeinsam aufzugeben. Äußerlich wirkte er ruhig und souverän. In seinem Inneren sah es freilich völlig anders aus. Schließlich war es vielleicht eine einmalige Gelegenheit, sich mit Tamara zu treffen. Jetzt, da sie sich ihm bot, wollte er sie optimal nützen. Ihm blieb immer noch Zeit, sich auch innerlich zu sammeln, damit seine Nervosität nicht alles zerstörte. Wenn er seine Chance vergeigte, würde er sich das nie verzeihen. Heute hatte er die Möglichkeit, in seinem Buch des Lebens ein neues Kapitel aufzuschlagen. Alle Gedanken, die ihm durch den Kopf rasten, versuchte er so gut es ging zu ordnen.

Noch fünf Minuten. Das dachte Erik zumindest. Die Tür zum Restaurant, die sich seit seinem Eintritt nicht mehr bewegt hatte, wurde geöffnet. Zuerst konnte er nicht erkennen, wer das Lokal betrat, denn der Eingangsbereich befand sich zu weit entfernt, und draußen herrschte bereits völlige Dunkelheit. Doch als die Tür vollständig geöffnet wurde, erkannte er sie. Trotz gedämpfter Beleuchtung schien es, als umgäbe sie ein besonderer Glanz, so als wäre soeben ein Astralwesen in den Raum geschwebt, das von einer speziellen Aura umgeben war. Erik spürte, wie sich seine Augen immer weiter öffneten, so als wollte er jedes Detail mit ihnen einfangen. Ihr blondes Haar trug sie dieses Mal glatt. Sie legte ihren eleganten schwarzen Mantel beim Eingang ab, sodass er, noch bevor sie den Tisch erreichte, noch mehr von ihr zu Gesicht bekam. Sein Blick fiel auf ihre überdimensionale schwarze Handtasche, dann auf ihr Outfit, ein enganliegendes schwarzes halblanges Kleid mit Spaghettiträgern, das seiner Meinung nach zu sexy für einen Geschäftstermin war, sie hatte sich also für das Abendessen tatsächlich noch umgezogen. Ihre Figur zeichnete sich darunter gut sichtbar ab, ihrem Körper wurde auch das viel strapazierte Attribut perfekt nicht annähernd gerecht. Die paar Männer im Lokal, auch die in Begleitung ihrer Frauen oder Freundinnen waren, hätten sich sofort nach ihr umdrehen müssen, was sie unverständlicherweise unterließen. Ihre geschätzten 175 Zentimeter waren optimal auf etwa 60 Kilogramm aufgeteilt. Dennoch war sie keines dieser dürren Gerippe, die auf den Laufstegen dieser Welt überteuerte Kreationen aus Stoffen aller möglichen Materialien zur Schau stellten. Sie hatte eine schlanke, sportliche Figur mit den Rundungen an den richtigen Stellen. Ihre Beine schienen unendlich lang zu sein und endeten mit grazilen Füßen, an denen sie elegante, ebenfalls schwarze High Heels trug, für die man wahrscheinlich einen Wochenlohn hinblätterte. Diese Frau wusste, wie sie ihre Vorzüge zur Geltung bringen konnte. Auch das nötige Kleingeld dafür schien ihr nicht zu fehlen. Hatte Paul sie dermaßen beschenkt, gab sie ihr gesamtes Geld nur für Schuhe und Kleidung aus, oder hatte sie einfach einen guten Job, der ihr das ermöglichte? Egal, sie sah jedenfalls absolut umwerfend aus.

Tamara hatte sich dem Tisch bereits bis auf wenige Schritte genähert. Erik hatte bewusst einen neutralen Gesichtsausdruck aufgesetzt, um sich nicht zu verraten. Erst jetzt wagte er sie anzulächeln, bewusst zurückhaltend. Sie hatte beim Eintritt ins Lokal eher ernst geblickt und ein wenig gestresst gewirkt. Nun erwiderte sie sein Lächeln, ebenfalls auf eine schüchtern Art, was sie nur noch interessanter machte. Er konnte nun ihr Gesicht besser erkennen. Ihr Lächeln gab den Blick auf ihre strahlend weißen Zähne frei, wie man sie sonst nur bei Hollywoodstars sieht, zumindest nach der zahntechnischen Korrektur. Ihre blau-grün-grauen Augen, die ihn bereits beim Begräbnis verzaubert hatten, hatten nichts von ihrer Mystik verloren. Ein leichter Schimmer in den Augen entlarvte sie als Trägerin von Kontaktlinsen. Tja, die gepflegte Eitelkeit, dachte er. Sie schienen nicht gefärbt zu sein, also war diese einzigartige Augenfarbe tatsächlich natürlich. Ihr Make-Up war äußerst dezent, sie benutzte keinen Lippenstift, auch Puder konnte er nicht erkennen. Dennoch war ihr Teint perfekt, wenn auch etwas blass. Sie musste seit Pauls Tod viel Zeit im Inneren verbracht haben, vermutlich hatte sie sich sogar regelrecht in ihrer Wohnung verbarrikadiert, wenn sie nicht arbeitete. Oder sie hatte sich ganz in ihre Arbeit gestürzt, um von ihrem Verlust abgelenkt zu sein. Was immer es war, auch diese noble Blässe tat ihrer Ausstrahlung keinen Abbruch. Nur die Augen wurden durch Kajal und Lidschatten betont, was diese noch unglaublicher machte. Noch bevor sie den Tisch erreicht hatte, erhob sich Erik höflich von seinem Stuhl, um sie zu begrüßen. Wie oft war er diesen Moment und die folgenden im Geist durchgegangen, um den Abend vorteilhaft für ihn zu gestalten. Doch in diesem Augenblick fühlte er sich wie in den Sekunden, bevor der Professor in der Schule und auf der Universität die Aufgaben für die Tests, Schularbeiten und Klausuren austeilte. So viel hatte er gebüffelt, sich die Nächte um die Ohren geschlagen, bis sein Gehirn zu platzen schien, doch kaum hatte er im Klassenzimmer oder Hörsaal Platz genommen, schien alles wie weggeblasen. Sein Kopf war leer gewesen. Dieses Gefühl hatte er seit dieser Zeit nicht mehr gehabt, bis zu diesem Augenblick. Was immer er geplant und sich ausgemalt hatte, es war alles weg.

„Guten Abend“, begann er wenig originell die Konversation, von der er hoffte, dass sie sein Leben veränderte.

„Guten Abend, Erik“, erwiderte Tamara.

„Nehmen Sie doch Platz!“ Erik rückte ihr einen Stuhl zurecht.

„Danke, sehr aufmerksam“, war Tamara angetan von Eriks Charme. Sie setzte sich. Erik half ihr, den Stuhl an den Tisch zu rücken, und nahm wieder seinen Platz ein. Sein Blick streifte nun über ihre Hände. Auch ihre Fingernägel waren sehr gepflegt, offensichtlich hatte sie kürzlich ein Nagelstudio aufgesucht, denn bei ihrer ersten Begegnung war ihm an ihrer rechten Hand aufgefallen, dass sie nach ihrem schweren Verlust dem Nägelkauen verfallen war. Doch das hatte sie offenbar wieder aufgegeben, also schien es ihr besser zu gehen. Der kleine weiße Streifen an ihrem linken Ringfinger verriet ihm, dass sie ihren Verlobungsring seit kurzem nicht mehr trug. Ihre Ohrläppchen waren durchstochen, sie trug also regelmäßig Ohrringe, aber nicht heute. Vielleicht waren sie ein Geschenk von Paul gewesen, und sie wollte den Schmuck nicht tragen, wenn sie mit einem anderen Mann zum Dinner verabredet war. Oder sie vermied es wie bei dem Ring, durch das Tragen ständig an Paul erinnert zu werden.

„Schön, dass Sie gekommen sind“, setzte Erik fort.

„Freut mich auch, Sie wieder zu sehen. Ich war bei unserem ersten Treffen doch ein wenig kurz angebunden. Dafür wollte ich mich heute revanchieren und mir bewusst mehr Zeit nehmen, um mit Ihnen zu sprechen.“

„Wenn man an die Umstände denkt, waren Sie weder abweisend noch unhöflich. Ich kann gut nachvollziehen, was Sie durchmachen mussten und wie es Ihnen ging. Freut mich auch, dass wir heute nochmals in aller Ruhe reden können.“ Ein Kellner hatte sich zwischenzeitig dem Tisch genähert.

„Darf es schon etwas zu trinken sein?“, fragte er höflich.

„Könnten Sie mir bitte die Weinkarte bringen?“, entgegnete Erik.

„Für mich bitte nur ein stilles Mineralwasser“, gab Tamara ihre Bestellung auf.

„Sehr wohl, ein stilles Mineralwasser und die Weinkarte“, wiederholte der Kellner.

„Mögen Sie auch Wein?“, versuchte Erik das Gespräch in Gang zu bringen.

„Sogar sehr, aber ich habe großen Durst. Ich würde das erste Glas auf einen Schluck leeren und wäre bald keine gute Gesprächspartnerin mehr. Also werde ich zuerst das Essen bestellen und dann einen passenden Wein dazu.“ Erik war erstaunt über Tamaras Vorgangsweise. Er selbst machte es in der Regel auch so. Als wären die drei Gläser Wein noch nicht genug gewesen, wollte er mit einem Aperitif-Achterl seine Nervosität ablegen und hoffte, in der Weinkarte einen brauchbaren Gelben Muskateller, bevorzugt aus der Südsteiermark, zu finden.

Andererseits wollte er auch nicht als Alkoholiker dastehen, also schwenkte er um. „Gute Idee, lassen Sie uns zuerst sehen, was die auf der Speisekarte haben.“ Der Kellner war mittlerweile mit der Weinkarte, zwei Speisekarten und dem Mineralwasser zurückgekehrt. „Bringen Sie mir bitte auch so eines!“, bestellte Erik nun auch etwas Antialkoholisches. Beide begannen, die Speisekarte zu studieren. Eriks Blick fiel sofort auf die vernünftige Auswahl an Fischgerichten. Er hatte zwar erst am Abend zuvor eine gebratene Lachsforelle genossen, aber er liebte Fisch, und so beschloss er, auch an diesem Abend dabei zu bleiben. Zunächst fand er den beinahe auf jeder Karte enthaltenen Zander, auch eine Forelle, gebraten oder „Müllerin“, war im Angebot. Die gebackene Scholle betrachtete er als Beleidigung und eines Restaurants wie diesem unwürdig. Doch was er dann las, ließ ihm das Wasser im Mund zusammenlaufen, denn so etwas hatte er seit seinem Urlaub an der Algarve vor fünf Jahren nicht mehr gespeist: Goldbrasse. Er beschloss, die Gelegenheit beim Schopf zu packen, denn diesen Fisch fand man selten auf einer Speisekarte in dieser Gegend. Nach einem kurzen Blick zu Tamara, die noch in die Karte vertieft war, schlug er die Weinkarte auf und suchte nach einem passenden Weißwein. Einige Weinexperten raten bei Goldbrasse zu Riesling oder reifem Chardonnay oder

Weißburgunder. Erik bevorzugte jedoch Grünen Veltliner. Diese Rebsorte wurde seiner Meinung nach von den meisten Weintrinkern unterschätzt. Für einen Großteil der Österreicher diente sie lediglich dazu, mit Mineralwasser gespritzt zu werden. Er hingegen betrachtete sie als besonders vielseitig und hochwertig, sei es als frischer, fruchtiger Terrassenwein, als kräftiger, im Eichenfass gelagerter edler Tropfen für besondere Stunden oder eben als idealer Speisenbegleiter. Ein kurzes Studium der Weinkarte ließ ihn den idealen Wein finden, den Grünen Veltliner *Ried Längen* vom Weingut *Prechtl* aus Zellerndorf im Weinviertel.

Erik hob seinen Blick und betrachtete die noch immer in die Karte vertiefte Tamara. Wie wunderschön sie war. Ihr Haar hing ihr ins Gesicht, sodass er es kaum sehen konnte, aber sie strahlte dennoch oder gerade deshalb etwas aus, das er bei einer Frau noch nie zuvor gesehen hatte.

„Ich denke, ich habe meine Wahl getroffen", unterbrach Tamara Eriks innerliche Schwärmerei, „und Sie?"

„Heute war es ausnahmsweise einfach", entgegnete Erik und reichte Tamara die Weinkarte, die dankend abwinkte:

„Können Sie mir nicht einen Rotwein zu Lamm empfehlen?"

„Einen Moment." Erik schlug die Weinkarte erneut auf und las nach. Nach etwa einer Minute intensiven Studiums hatte er sich zu einer Antwort durchgerungen. „Wenn Sie österreichischen Wein bevorzugen, empfehle ich den *Cablot* vom Weingut *Gager*. Wenn es etwas Internationales sein darf, gäbe es auch einen Syrah aus dem *Cornas*."

„Sie scheinen ja ein echter Weinkenner zu sein."

„Nicht wirklich", fühlte sich Erik geschmeichelt, „sagen wir einfach, ich habe mich in den letzten Jahren ganz schön durchgekostet."

„*Cablot* hört sich nicht besonders österreichisch an."

„Das ist eine Cuvée aus Cabernet Sauvignon, Cabernet Franc und Merlot, wie ein *Bordeaux*, aber eben aus Österreich", antwortete Erik prompt, ohne noch einmal einen Blick auf die

Karte werfen zu müssen, immerhin kannte er diesen Wein sehr gut. Dadurch wirkte er wie ein Sommelier, was ihm nur recht war, immerhin wollte er sie ja beeindrucken.

„Das hört sich gut an, ich werde ihn nehmen." Erik gab dem Kellner ein Zeichen. Der erschien prompt und nahm die Bestellung der beiden auf. Erik überließ es Tamara, ihre Bestellung selbst zu tätigen, das hielt er für angebracht in der heutigen Zeit. Der Kellner notierte alles sorgfältig auf einem kleinen Notizblock. Viele Restaurants hatten bereits auf elektronische Geräte umgestellt, Erik mochte diese altmodische Art lieber. Nun konnte er sich wieder ganz Tamara widmen, die bereits einen großen Schluck ihres Mineralwassers genommen hatte, sie hatte mit ihrem Durst nicht übertrieben.

„Also, was führte Sie heute nach Linz?", fuhr Erik die Konversation fort und nahm ebenfalls einen Schluck Wasser.

„Ich arbeite für einen großen Mobilfunkanbieter im Marketing und halte heute und morgen ein Seminar für Mitarbeiter außerhalb Wiens. Ich mache das jetzt seit etwa sechs Jahren. Anfangs war ich immer sehr nervös, vor so vielen Menschen zu sprechen. Dann habe ich mir angewöhnt, mir die Teilnehmer in Unterwäsche vorzustellen, und vorbei war es mit meiner Nervosität." Erik, der gerade einen Schluck Mineralwasser genommen hatte, hätte sich bei dieser Bemerkung beinahe verschluckt, was auch Tamara nicht verborgen blieb. „Das war nur ein Scherz", ergänzte sie.

Erik war erstaunt über Tamaras Humor. Darauf war er nicht gefasst gewesen, hatte immer noch einen verdutzten Gesichtsausdruck und konnte nichts Vernünftiges erwidern. „Jedenfalls habe ich mittlerweile diese Vorträge liebgewonnen und freue mich jedes Mal darauf. Ist jedenfalls besser, als immer nur im Büro zu hocken", setzte Tamara fort. Erik lauschte gespannt jedem ihrer Worte. Ihre Stimme klang noch viel angenehmer ohne die veränderte Modulation beim Telefonieren. Er wusste zwar von Paul, welchen Job sie hatte, aber er empfand es als gute Gelegenheit, das Gespräch am

Laufen zu halten. „Man glaubt gar nicht, wie viele Mitarbeiter es in den ganzen Stores in Österreich gibt. Alle müssen jedes Jahr eine Schulung machen, um mit den neuesten Wünschen der Firmenleitung bestens vertraut zu sein. Sie glauben gar nicht, welche großartigen Einfälle dem Vorstand jedes Jahr in den Sinn kommen.“ Tamara verdrehte die Augen, um ihre Einstellung dazu kundzutun. „Für diese Schulungen wird nicht nur viel Zeit, sondern natürlich auch eine Menge Geld investiert. Verstehen Sie mich nicht falsch. Wenn diese Schulungen nicht wären, hätte ich diese interessante berufliche Abwechslung nicht. Vom ökonomischen Gesichtspunkt her ist das Ganze doch eher übertrieben. Letztlich wird es wieder auf den Kunden übergewälzt.“ Erik hatte genug vom beruflichen Grund ihres Erscheinens in Linz gehört. Abgesehen vom Benutzen eines Mobiltelefons hatte er für diese Branche nicht so viel übrig, dass er mehr als notwendig darüber erfahren musste.

Also versuchte er, das Gespräch in eine andere Richtung zu lenken, jedoch nicht ohne sich noch einen kleinen Seitenhieb zu gönnen. „Bei der SIM-Pauschale hat man uns Kunden auch ganz schön ein Ei gelegt. Die wollen uns doch tatsächlich einreden, dass es dafür irgendeine Gegenleistung gibt.“

„Genauso funktioniert das in der Branche. Die kleinen Anbieter müssen darauf achten, die Kosten niedrig zu halten, um konkurrenzfähig zu sein. Das bedeutet oft, dass Mitarbeiter gekündigt werden müssen. Oder man kann aufgrund seiner Marktstellung einfach so neue Gebühren einführen, ohne dass es einem schadet, und die anderen ziehen mit. So kann man, Absprache hin oder her, die Kunden ganz schön schröpfen. Die Mobilfunkbranche war dabei schon immer recht kreativ. Wenn ich ehrlich bin, kann ich mich damit nicht identifizieren. Ich würde das anders angehen.“ Tamara machte eine kurze Pause, um wieder einen Schluck Mineralwasser zu nehmen und das Wort an Erik weiter zu geben. „Womit verdienen Sie Ihre Brötchen?“

„Ich arbeite auch in einer Branche, die den Kunden immer mehr das Geld aus der Tasche zieht."

„Dann sind Sie wahrscheinlich Versicherungsmakler, Banker oder, wie nennt man die ganz windigen ... Hedge-Fonds-Manager?" Sie schmunzelte, um der Frage die Ernsthaftigkeit zu nehmen, sollte sie tatsächlich ins Schwarze getroffen haben. Offenbar hatte ihr Paul nichts über seinen Job erzählt, warum sollte er auch. Schließlich hatten die beiden andere Sachen zu besprechen als Eriks Arbeit oder seine Ehe. Das hoffte er auch, denn es wäre für seinen Plan äußerst unvorteilhaft, wenn sie Genaueres über sein Privatleben gewusst hätte. Er musste davon ausgehen, dass sie zumindest wusste, dass er verheiratet war. Es wäre also unklug zu behaupten, er sei gänzlich ungebunden.

Aber er konnte die Wahrheit zu seinen Gunsten modifizieren und würde schon die richtigen Worte finden, wenn die Zeit reif wäre. „Nicht ganz, ich arbeite für ein in Linz ansässiges Energieversorgungsunternehmen. Wir geben zwar wie die Mobilfunkanbieter den Kunden auch was für ihr Geld, aber ehrlich: In den letzten Jahren haben wir die Kosten sogar senken können und fahren trotzdem die Preise hoch. Der Grund liegt woanders: Wir wissen, dass unser gesamtes Leitungsnetz in fünfzehn bis zwanzig Jahren veraltet ist, insbesondere die Erdkabelleitungen im Mittelspannungsbereich. Es wird Millionen kosten, sie auszutauschen. Da hat das Unternehmen beschlossen, das notwendige Kleingeld schon jetzt anzusparen."

„Wenn man es genau nimmt, baut meine Branche hier auch vor, mit dem Unterschied, dass Reparaturen nur in Ausnahmefällen durchgeführt werden. Meistens erfolgt eine Umrüstung auf eine neue Technologie, und da werden in der Regel nur die Antennen ausgetauscht." Tamara machte eine kurze Pause. „Dennoch liebe ich meine Arbeit, auch wenn mir nicht immer gefällt, was der Vorstand verlangt. Mögen Sie ihre Arbeit?"

„Früher schon, allerdings muss ich gestehen, dass ich diese Arbeit nicht als meinen Lebensinhalt sehe. Ich verdiene halt einen Großteil meines Geldes damit. Seit meiner Schulzeit habe ich auch ein Faible für Chemie, aber meine wahre Leidenschaft gilt und galt schon immer den Sprachen. Daher arbeite ich nebenbei als Dolmetscher für die Gerichte und manchmal auch für private Auftraggeber."

„Das hört sich auch viel interessanter an. Welche Sprachen sprechen Sie denn?"

„Englischdolmetscher gibt es zu viele, daher habe ich mich auf Spanisch konzentriert, und das eine oder andere Mal werde ich auch für Französisch herangezogen. Etwas Exotischeres habe ich mir noch nicht angeeignet, dafür komme ich in den meisten Ländern ganz gut durch."

„Das ist beeindruckend. Abgesehen von meinem passablen Englisch kann ich auf Spanisch gerade mal nach der Toilette fragen und etwas zu essen bestellen." Erik schmunzelte und dachte daran, dass sie sicher auch in Französisch sehr gut war, aber das betraf eine andere Kategorie.

„Glauben Sie mir, das ist wesentlich mehr, als die meisten Menschen auf Spanisch können", lenkte er von seinen schmutzigen Gedanken ab. „Wenn man nicht gerade dolmetscht, hat man in Österreich nicht viele Möglichkeiten, die Sprache anzuwenden, außer man geht in die Weinhandlung in der Nähe des Taubenmarkts. Daher fahre ich beinahe jedes Jahr einmal nach Spanien, um sozusagen an der Quelle in Übung zu bleiben. Waren Sie schon öfter in Spanien?"

„Ich war schon einige Male dort, anfangs mehr auf den Inseln. Wenn ich ehrlich bin, mag ich das Festland mehr, vor allem Barcelona. Ich finde, es ist die perfekte Stadt, man hat dort einfach alles: ein besonderes Flair, gutes Essen, einen Wahnsinnsstrand und zum Shoppen ist es einfach nur genial. Es ist beinahe wie..." Tamara hatte, während sie von Barcelona sprach, einen sehr glücklichen Gesichtsausdruck. Sie schien diese Stadt tatsächlich zu lieben. Aber das Lächeln verflog genauso rasch, wie es gekommen war und ihre Stimme versagte. Sie senkte ihren Blick und Erik bemerkte, dass Tränen über ihre

Wangen liefen. Er wusste genau, was los war, zog es aber vor, kein Wort zu sagen und reichte ihr, nachdem er feststellen musste, keine Taschentücher bei sich zu haben, seine Serviette. „Ich danke Ihnen", sagte sie mit erstickter Stimme. „Es ist nur so: Ich war letztes Jahr mit Paul dort und verbinde daher mit dieser Stadt auch Erinnerungen an ihn, so geht es mir bei fast allen Dingen und Erlebnissen der letzten eineinhalb Jahre."

„Sie brauchen sich nicht zu rechtfertigen, ich verstehe Sie sehr gut. Ich verbinde auch sehr viele Dinge in meinem Leben mit ihm." Tamara blickte zu Erik. Trotz ihres traurigen Gesichtsausdrucks und der verlaufenen Wimperntusche war sie immer noch wunderschön. Diese Verletzlichkeit machte sie nur noch schöner. „Danke Erik. Ich kann gut verstehen, warum Paul Sie als seinen besten Freund betrachtet hat."

„Wollen Sie sich frisch machen? Da drüben rechts wäre die Damentoilette."

„Eine gute Idee, ich bin gleich wieder da", nahm sie den Vorschlag dankend an und verschwand mit ihrer Handtasche Richtung Toilette.

Diese Pause konnte Erik gut gebrauchen. Der Smalltalk über ihre Jobs hatte ein paar Minuten gedauert, das war aber nur belangloser Tratsch gewesen. Worüber sollte er sich noch mir ihr unterhalten? Von Marketing hatte er nicht viel Ahnung, abgesehen davon, dass es ihn nicht interessierte, so viel wusste er schon von Barbara. Ach ja, Barbara. Sollte Tamara nach ihr fragen, musste er eine Geschichte auf Lager haben. Den Ehering hatte er in weiser Voraussicht abgelegt, die verräterische weiße Stelle am rechten Ringfinger würde ihn dennoch als verheiratet und als Lügner entlarven, es sei denn, er hätte eine Story parat, die sowohl das Fehlen des Rings als auch die weiße Stelle erklären würde. Er hatte sich viel für den heutigen Abend überlegt, doch an diese wichtige Sache hatte er nicht gedacht. Tamara würde jeden Moment zurückkehren, er musste sich rasch etwas einfallen lassen. Er konnte Barbara eine Affäre andichten, das wäre ein guter Grund, den Ring abzunehmen und sie zu verlassen. Damit wäre er fein raus, und Tamara hätte eventuell sogar Mitleid mit ihm. Aber das wäre zu dick aufgetragen gewesen. Getreu seinem üblichen Motto *Keep it simple* entschied er sich für eine neutralere Variante, eine Geschichte ohne konkrete Schuldzuweisungen. Zufrieden über diese bessere Lösung nahm er einen kräftigen Schluck Wasser, gerade rechtzeitig, denn Tamara kam in diesem Moment zurück.

„Das war sehr rücksichtsvoll von Ihnen“, bedankte sie sich. „Damit meine ich auch, dass Sie nicht erwähnt haben, wie furchtbar ich aussah und meine Schminke verlaufen war.“

„Keine Ursache, wie gesagt, ich kann gut nachempfinden, wie es Ihnen geht.“

„Jedenfalls geht es schon wieder. Den Wein könnte ich aber gleich gebrauchen.“ Erik winkte den Kellner herbei und sagte ihm Bescheid, dass sie beide Gläser Wein gerne sofort und nicht erst als Speisenbegleitung hätten. Der Kellner nickte und verschwand wieder.

„Wenn es nicht zu schmerzhaft für Sie ist, würde ich gerne erfahren, wie Sie Paul kennen gelernt haben. Er hat nur erzählt, dass es im Frühjahr letzten Jahres war, und Sie haben das vorhin bestätigt.“ Das stimmte sogar. Paul hatte oft über Tamara gesprochen, allerdings nie über die genauen Umstände ihrer ersten Begegnung. Vielleicht hatte nicht *er* sie erobert, sondern möglicherweise war es genau umgekehrt? Das wäre zumindest unüblich für Paul gewesen.

„Nein, ist es nicht. Das erzähle ich Ihnen gerne: Mir ging es gerade schlecht, weil ich mal wieder an den falschen Kerl geraten war, der nur darauf aus war, na ja, Sie wissen schon. Meine Freundin Cora geht gern auf Vernissagen, ich weiß nicht, ob sie wegen der Kunst hingeht oder wegen der Künstler. Jedenfalls schleppte sie mich an einem Abend im März letztes Jahr kurzerhand mit, da sie nur ungern allein ausgeht und ihre andere Freundin, die sie üblicherweise für diese Auftritte missbraucht, mit Grippe im Bett lag. Wir fuhren in eine Straße im vierten Bezirk, die ich noch nicht kannte. Ich hatte keine großen Erwartungen an den Abend. Sie hatte mich damit geködert, dass es auf dieser Veranstaltung gratis Sekt gab, und wenn es mir nicht gefallen sollte, ich mich immer noch betrinken konnte. Daher hatte ich nicht viel zu verlieren. Wir erschienen also bei der Vernissage. Die beiden dafür genutzten Räume waren viel zu groß für die paar Gemälde und Skulpturen, die man bestaunen konnte. Als wir ankamen, waren gerade einmal zehn, zwölf Leute da. Meine schlimmsten Erwartungen hatten sich erfüllt, also zögerte ich nicht und steuerte den gut gekleideten Herrn an, der ein Tablett voller Gläser trug, die mit meiner flüssigen Rettung gefüllt waren. In den nächsten zehn Minuten gönnte ich mir gleich drei davon und war entsprechend besser gelaunt. Ich musste mich jetzt nur noch zusammenreißen, um nicht irgendwelche abfälligen Bemerkungen über die furchtbaren Bilder und Statuen abzugeben. Nachdem ich mir das vierte Glas gekrallt hatte, stellte ich mich an einen dieser Stehtische und verhielt mich vorerst ruhig. Mittlerweile waren einige Personen mehr erschienen, und ich nutzte die Gelegenheit, mir die Leute anzusehen. Ich bewunderte die Garderobe der weiblichen Besucher: Welchen Mut mussten sie aufgebracht haben, um so etwas Scheußliches zu tragen. Ich hatte wenigstens ein elegantes Abendkleid an, aber was mir da unterkam, kann man kaum beschreiben. Es ist halt wie bei der Kunst und generell beim Geschmack: Es lässt sich nicht darüber streiten. Aber ich schweife ab."

Der Kellner hatte inzwischen die beiden Gläser Wein serviert. Beide nahmen ihr Glas und wussten nicht recht, ob sie auf etwas oder jemanden anstoßen sollten. Sie sahen einander kurz in die Augen und verzichteten schließlich darauf, deuteten das Anstoßen lediglich an und kosteten den Wein.

„Sie haben den Wein wirklich perfekt für mich ausgewählt", machte Tamara Erik ein Kompliment.

„Freut mich, dass er Ihnen zusagt", gab sich Erik bescheiden.

„Wie schmeckt Ihnen den Weißwein?"

„Es ist einer meiner Lieblingsveltliner, ich sage Ihnen: eine Offenbarung. Ich könnte Ihnen fünf Minuten über diesen Wein erzählen, aber ich möchte Sie nicht mit Fachausdrücken und langweiligem Weinliebhabergequatsche langweilen."

„Und dafür danke ich Ihnen", entgegnete Tamara augenzwinkernd und lächelte. Dieses Lächeln hätte beinahe die Sonne wieder aufgehen lassen, es war einfach unwiderstehlich. Er musste dennoch cool bleiben.

„Erzählen Sie doch weiter!"

„Wo war ich? Genau, ich hatte Ihnen von den modischen Fehltritten der Damenwelt erzählt. Dann gesellte sich ein Mann zu mir an den Tisch und fragte mich, worüber ich mich so amüsiere. Offensichtlich hatte man es mir auch äußerlich angesehen, dass ich mich über die Outfits der Damen innerlich schiefgelacht hatte, also klärte ich ihn auf. Er meinte, er sei froh, dass es nicht wegen der Ausstellungsstücke gewesen sei, denn der Künstler sei ein guter Freund von ihm. Ich gestand ihm, dass ich die Exponate auch nicht besser fand als die Kleider und es keinen Unterschied gemacht hätte, wenn man diese Fetzen in einen Bilderrahmen gespannt hätte. Erwartet hatte ich einen bitterbösen Blick, aber genau das Gegenteil geschah: Er lächelte mich an und meinte, dass es dem, was er selbst über die Bilder dachte, ziemlich genau entsprach, er hätte es nur nicht so treffend ausdrücken können. Dann stellte er sich vor, und wir plauderten noch eine Weile, tranken einige Gläser und landeten schließlich in einem Taxi zu seiner Wohnung. Sie halten mich jetzt sicher für eine Schlampe."

„Erstens denke ich, dass Sie mir keine Rechenschaft schuldig sind, und zweitens wäre ich sicher nicht der Richtige, um hier den ersten Stein zu werfen", entgegnete Erik und zwinkerte. Er hatte es nur selten geschafft, am ersten Abend eine Frau ins Bett zu kriegen. Vielleicht war er nicht der Typ dafür, oder er hatte einfach nicht genug Ausstrahlung, um bei Frauen das Bedürfnis zu erwecken, sich gleich beim ersten Treffen von ihm flach legen zu lassen. Von Männern, die nur darauf aus waren, möglichst viele Frauen so schnell wie möglich ins Bett zu bringen, hielt er nicht besonders viel, ebenso von Frauen, die gleich beim ersten Mal aufs Ganze gingen. Das alles konnte Tamara nicht wissen, und er musste es ihr nicht auf die Nase binden. Er hatte seine konservativen Ansichten mit zunehmendem Alter ein wenig gelockert und war zumindest so weit, dass er nicht alle über einen Kamm scherte, schon gar nicht, wenn es sich um Tamara handelte. Bei ihr würde er alles akzeptieren.

„Paul hat nie erwähnt, wie verständnisvoll und einfühlsam Sie sind“, setzte Tamara fort.

„Ich hoffe, er hat auch nicht das Gegenteil behauptet.“

„Nein, keine Angst, so viel hat er nicht von Ihnen erzählt.“ Erik atmete innerlich durch. Hätte sie mehr von ihm gewusst, müsste er sehr vorsichtig sein, damit seine Tarnung nicht aufflog, denn immerhin war er weit davon entfernt, ihr die reine Wahrheit und nichts als die Wahrheit zu erzählen, und Gott würde ihm sicher nicht dabei helfen. „Ich hoffe, Ihre Frau weiß zu schätzen, dass sie so einen Mann hat.“ Mit dieser Fortsetzung des Gesprächs hatte Erik allerdings nicht gerechnet. Zwar hatte er erwartet, dass sie über seinen Familienstand informiert war, aber dass sie mit so einem Kompliment aufwarten würde, ließ ihn erröten.

„Ich danke Ihnen“, antwortete er zunächst knapp, um gleich nachzusetzen, „bedauerlicherweise tut sie das nicht, wir leben getrennt.“ Das war seine Story: Tamara einfach so nebenbei mitzuteilen, dass er zwar verheiratet, aber nicht vergeben war. So konnte er den fehlenden Ring und die verräterische weiße Stelle am Ringfinger erklären, falls sie ihn danach fragen sollte. Wenn er es auch nicht beabsichtigt hatte: Durch ihre Vorlage hatte er eine kleine Schuldzuweisung angedeutet, nicht zu viel und nicht zu wenig.

„Das tut mir leid“, bemerkte Tamara, der dieses Thema peinlich zu sein schien und es nicht vertiefen wollte.

„Das muss es nicht", beruhigte sie Erik. Wie aufs Stichwort erschien der Kellner mit dem Essen. Beide Gerichte sahen sehr köstlich aus, und man isst immerhin auch mit den Augen. Beide begannen wortlos zu speisen.

Nach ein paar Minuten brach Erik das Schweigen: „Wie ist Ihr Lamm?"

„Vorzüglich, ich muss zugeben, so gut habe ich in Wien selten gegessen, vor allem kein Lamm. Und der Wein passt wirklich hervorragend dazu, das gibt noch einen Stern extra. Wie schmeckt Ihnen der Fisch?"

„Aus meiner Sicht ist es das Beste, was das Meer zu bieten hat, vor allem in Kombination mit diesem Wein. Es ist nur schade, dass man Goldbrasse bei uns sehr selten bekommt, die könnte ich jede Woche essen."

Den Rest des Essens verbrachten die beiden in ihr Gericht vertieft. Manchmal riskierte Erik einen kurzen Blick zu Tamara, um sie zu beobachten. Jede ihrer Bewegungen wurde von einer gewissen Anmut begleitet, auch bei so etwas banalem wie essen. Wie er selbst nahm auch sie immer wieder einen kleinen Schluck Wein nach einem Bissen, was ihm ein Schmunzeln entlockte. Offenbar schätzte sie Wein als Speisenbegleitung ebenso wie er.

„Möchten Sie noch Tee oder eine Nachspeise?" fragte Erik, als sie am Ende des Hauptganges angelangt waren, noch bevor der Kellner die Gelegenheit dazu hatte.

„Nein, danke. Diese Portion war mehr als ausreichend und, wie gesagt, ausgezeichnet. Aber ich nehme gern noch ein Glas von dieser Cuvée."

„Das Essen war wirklich exzellent. Ist eine Weile her, dass ich hier war, deshalb bin ich froh, dass die Qualität immer noch passt. Wissen Sie was? Jetzt habe ich auch Lust auf Rotwein und werde gleich eine Flasche *Cablot* bestellen. Sie müssen doch heute nicht mehr Auto fahren?"

„Nein, muss ich nicht." Erik gab dem Kellner wiederum ein Zeichen und orderte eine Flasche, die auch nach kurzer Zeit serviert wurde. Der Kellner verstand sein Handwerk, zeigte Erik zunächst die Flasche und entledigte sich dann gekonnt der Kapsel durch Verwendung eines Kapselschneiders. Mit einem zweistufigen Korkenzieher entfernte er den hellen, langen Naturkork, der von guter Qualität zu sein schien, was keine Selbstverständlichkeit ist. Danach roch er kurz daran, um einen Korkfehler auszuschließen. Er bot dies auch Erik an, der dankend ablehnte, und schenkte eine Kostprobe ein. Erik verzichtete auf ein übertriebenes Prozedere, wie es viele Weinkenner zelebrierten, um Tamara nicht zu verstören. Er hob sein Glas, schwenkte es, prüfte kurz das Bouquet, nahm einen Schluck und nickte dem Kellner zu. Der schenkte Tamara ein und Erik nach, stellte die Flasche ab und verschwand in Richtung Bar.

„Lassen Sie uns auf Paul trinken!“, schlug Erik nun den zuvor nicht gewagten Trinkspruch vor. Tamara nickte. „Auf Paul! Er war der Beste und ist uns viel zu früh voraus gegangen“, brachte Erik den Toast aus. Die Gläser trafen leicht klirrend aufeinander, und beide nahmen einen ordentlichen Schluck.

Den Rest des Abends sprachen sie über ihre liebsten Erinnerungen an Paul. Erik war überrascht, wie gefasst, gut gelaunt, ja fast leidenschaftlich Tamara wirkte, als sie ihm ihre Erlebnisse näherbrachte. Zu Beginn des Abends hatte sie beim Gedanken an Barcelona noch geweint, doch je später die Stunde wurde, umso gelöster wurde sie, was vermutlich auch an den Gläsern Wein lag, die sie nach und nach tranken. Schließlich bestellte Erik noch eine zweite Flasche, denn dieser Wein war ebenso gut wie die Geschichten, die sie einander erzählten. Und so verging die Zeit wie im Flug.

Nach Erreichen des Bodens der zweiten Flasche und der gefühlt vierzigsten Geschichte wechselte Erik das Thema. „Sie nächtigen also hier im Haus?“

„Ja, Zimmer 302. Ich werde mich jetzt dorthin zurückziehen, es ist spät geworden, und ich muss morgen früh raus."

„Darf ich Sie noch zu Ihrem Zimmer begleiten?"

„Sehr gerne." Abgesehen von ihnen und dem Kellner, der schon ziemlich gelangweilt wirkte, war das Restaurant bereits menschenleer. Erik warf einen flüchtigen Blick auf sein Smartphone, die Uhr zeigte beinahe Mitternacht. Sie bezahlten und erhoben sich von ihren Stühlen. Die drei Stockwerke hätten sie vermutlich noch zu Fuß geschafft, dennoch entschieden sie sich für den Aufzug. Auch im Hotel herrschte Stille. Sie waren die einzigen, die den Lift nahmen. Im dritten Stock angekommen, ließ Erik Tamara galant den Vortritt. Während des gesamten Weges hatten sie kein Wort gewechselt. Als sie die Zimmertür erreicht hatten, begann Tamara in ihrer Handtasche zu kramen. Sie schien plötzlich aus irgendeinem Grund nervös zu sein, da sie planlos darin herumwühlte.

„So was Dummes, ich kann den Zimmerschlüssel nicht finden, ist aber auch eine Unordnung hier drin", meinte sie und rang sich ein Lächeln ab, um diese für sie peinliche Situation aufzulockern. Erik entgegnete nichts darauf. Eine Antwort wie „Das kenne ich" empfand er als unpassend, auch wenn er selbst eine Umhängetasche trug. Er beschränkte sich daher darauf, höflich zu lächeln. Nach etwa einer Minute zog Tamara schließlich den Zimmerschlüssel, vielmehr eine moderne Keycard, aus ihrer Handtasche. „Da ist sie ja. Ich muss mir dringend eine übersichtlichere Tasche zulegen", kommentierte sie den Fund und lächelte. Sie steckte die Karte in den Schlitz, ein grünes Licht verriet, dass sie akzeptiert wurde, und Tamara öffnete die Tür. Sie betrat das Zimmer, hielt inne, drehte sich um und warf ihm einen schüchternen und doch verführerischen Blick zu. „Danke für den wunderschönen Abend", sagte sie mit sanfter Stimme.

„Auch ich fand den Abend sehr schön", entgegnete Erik und ging einen Schritt Richtung Zimmer. Noch bevor er es betrat, ging auch Tamara einen Schritt auf ihn zu. Sie trafen genau an der Schwelle aufeinander und ihre Hände berührten einander. Erik blickte Tamara tief in die Augen, die so unwiderstehlich funkelten wie die Sterne in einer wolkenlosen Nacht. Dieses Strahlen verschwand, aber nur, weil sie langsam die Augen schloss. Sie neigte ihren Kopf ein wenig nach vorne. Auch Erik tat das gleiche und hoffte, dass auch ihre Lippen zueinander finden würden. Wie wenn sie es hundert Mal geprobt hätten, berührten sich ihre Lippen, und die beiden begannen, einander innig zu küssen. Erik konnte sein Glück kaum fassen. Er hoffte, dass dieser Kuss nie enden würde.

Was dann geschah, war merkwürdig: Trotz des Kusses hörte er Tamaras Stimme, die zu ihm sprach, und zwar sehr deutlich. „Entschuldigen Sie, Erik, ist etwas nicht in Ordnung mit Ihnen?“ Erik konnte sich das nicht erklären. Ihre Lippen berührten einander und doch war es ihr möglich, ihm diese eigenartige Frage zu stellen. Was sollte denn mit ihm nicht in Ordnung sein? Hatte sie das Gefühl, dass mit dem Kuss etwas nicht stimmte, dass er abgelenkt war? Oder mochte sie die Art, wie er küsste, nicht? Was sollte er erwidern? Und wie zum Henker konnte sie so klar sprechen? „Erik, fehlt Ihnen etwas?“ Erik musste ihr antworten, also öffnete er zunächst zaghaft die Augen. Tamara hatte sich zu ihm vorgebeugt und seine Hand berührt. Er erschrak innerlich. Seine Fantasie hatte ihm einen Streich gespielt, denn sie saßen noch immer im Restaurant am Tisch. Es war doch zu schön gewesen, um wahr zu sein. „Erik, geht es Ihnen auch wirklich gut?“

„Selbstverständlich, ich bin nur schon ein wenig müde. Aber das liegt nicht an Ihnen, es war nur ein anstrengender Tag im Büro.“

„Ja, es ist spät geworden. Ich werde besser schlafen gehen. Mein Seminar beginnt morgen um neun.“

„Gut, lassen Sie uns aufbrechen! Darf ich Sie noch zu Ihrem Zimmer begleiten?“

„Sehr gerne, ich wohne im vierten Stock und gehe gern zu Fuß, denn ich mag Aufzüge nicht besonders. Schaffen Sie das noch?“ Tamara lächelte, offensichtlich sollte die letzte Bemerkung eine humorvolle Anspielung auf sein Blackout von vorhin sein.

Erik erwiderte das Lächeln. „Für den fünften Stock hätte es wahrscheinlich nicht mehr gereicht.“ Sie waren die beiden letzten Gäste. Erik signalisierte dem letzten verbliebenen Kellner, die Rechnung begleichen zu wollen, und wandte sich wieder Tamara zu. „Gestatten Sie, dass Sie heute mein Gast sind?“

„Ausnahmsweise“, entgegnete sie, „ich zahle meine Rechnungen normalerweise lieber selbst, aber wir befinden uns sozusagen auf Ihrem Territorium, und da dürfen Sie bestimmen.“ Sie lächelte wiederum. Offensichtlich genoss sie es, ihn auf den Arm zu nehmen. Welche Frau würde eine Einladung zum Abendessen ausschlagen? Erik mochte diese Art von Humor. Er fand, dass dieses Attribut bei Frauen zu selten vorhanden war, und wenn doch, wurde es unterbewertet. Wenn er darüber nachdachte, war auch seine Frau früher sehr humorvoll gewesen, was er an ihr geliebt hatte, aber sie schien ihn wie ihr sonniges Gemüt über die Jahre verloren oder zumindest tief in ihrem Innern vergraben zu haben.

Schließlich kam der Kellner, und Erik beglich die Rechnung. Ganz schön gesalzen, dachte er, aber für den Abend angemessen. Es war tatsächlich spät geworden, sein Smartphone zeigte 23:35 Uhr. Sie verließen das Restaurant. Auch im Hotel war abgesehen von ihnen keine Menschenseele mehr unterwegs. Sie erklommen die vier Stockwerke über die großzügige Treppe. Seit dem Verlassen des Restaurants hatten sie kein Wort gewechselt. Erik hatte dafür einen guten Grund. Er malte sich aus, ob die Szene an der Türschwelle so ablaufen würde, wie er sie sich zuvor vorgestellt hatte. Mit der Abweichung bezüglich des Fahrstuhls konnte er gut leben. Vielleicht würde sie ihn sogar ins Zimmer bitten, und wer weiß, was dann passieren würde. Aber warum schwieg sie? Hatte sie ähnliche Gedanken wie er? Überlegte Sie, wie sie ihn verführen konnte, ohne als Flittchen dazustehen? Wenn sie ihn loswerden hätte wollen, hätte sie die Begleitung zum Zimmer dankend ablehnen und sich bereits im Restaurant verabschieden können. So viele Fragen und noch mehr Antwortmöglichkeiten. Schließlich erreichten sie den vierten Stock und kamen vor Zimmer Nummer 405 zum Stehen. Tamara griff gezielt in ihre Handtasche und zog die Keycard heraus. Erik staunte. Seine Fantasie hatte ihn zumindest in diesem, wenn auch unwichtigen Punkt enttäuscht. Tamara öffnete die Tür und betrat das Zimmer. Erik dachte schon, sie würde ihm die Tür ohne weiteres Wort vor der Nase zuschlagen. Doch sie drehte sich doch noch um und senkte kurz ihren Blick. Dann sah sie ihn mit ihren strahlenden Augen an und trat einen Schritt auf ihn zu.

„Ich danke Ihnen für den schönen Abend“, sagte sie in sanftem Ton und gab ihm einen Kuss auf die linke Wange. Erik hatte sich zwar etwas anderes gewünscht oder erhofft, doch es war ein Anfang.

„Auch ich fand den Abend sehr schön“, entgegnete Erik wortgleich zuvor wie in seiner Einbildung, „vielleicht können wir das mal wiederholen.“ Erik hatte diesen Satz nicht geplant, aber der Verlauf des Abends machte ihm Hoffnung auf mehr. Am heutigen Abend war nicht mehr zu holen, also hoffte er auf eine zweite Chance und auf ein Wiedersehen.

„Wer weiß, vielleicht haben Sie mal in Wien zu tun. Rufen Sie mich doch einfach an!“ Das genügte ihm, sein Abend war damit gerettet. Er hatte die Chance gewahrt, sie noch einmal zu treffen, zumindest theoretisch.

„Das mache ich“, entgegnete er knapp, um nicht zu euphorisch zu wirken. „Schlafen Sie gut!“, fügte er noch hinzu.

„Danke, Sie auch“, antwortete Tamara und schloss die Tür. Erik drehte sich um und trat seinen Heimweg an, mit einem breiten Grinsen auf seinem Gesicht.

H

Erik überlegte, sich ein Hotelzimmer zu nehmen, denn er hatte an diesem Tag und Abend einige Gläser Wein gekippt und hätte eigentlich nicht mehr Auto fahren dürfen. Dann hätte er aber Barbara gegenüber Erklärungsbedarf gehabt. Denn auch wenn er sich nach der Arbeit mit einem Freund traf, trank er in der Regel nicht so viel, dass er nicht noch fahren hätte können, und er wollte die Geschichte, die er ihr auftischen musste, so einfach wie möglich halten. Denn sie neigte dazu, alles zu hinterfragen und Erik hinterher zu spionieren in der Hoffnung, ihn bei einer Ungereimtheit oder Lüge zu ertappen. Dazu gehörten neben inquisitionsartigen Verhören, die eines *Bernardo Gui* würdig gewesen wären, sich sein Mobiltelefon zu schnappen und seine Aktivitäten zu überprüfen, eine besondere Unart, wie er fand, auch wenn er nichts zu verbergen gehabt hätte. Denn sein Handy gehörte zu seiner Privatsphäre, die auch seine Frau zu respektieren hatte. Wie viel Zeit hatte er schon darauf verwendet, ihr das klar zu machen oder es zumindest zu versuchen. Aber da stieß er auf taube Ohren. Ihre Kontroll- und Eifersucht erlaubten es ihr nicht, in dieser Angelegenheit rational zu bleiben. Tamaras Anruf vom Montag hätte er noch erklären können, wenn er auch über den Inhalt hätte lügen müssen. Schließlich hatte er öfter mit Leuten aus Wien zu tun. Aber es war noch einfacher, den Anruf zu löschen oder noch besser, die Nummer unter einem männlichen Pseudonym abzuspeichern, was er auch tat.

Also ging Erik das Risiko ein und fuhr mit dem Wagen nach Hause, was sich mit der beträchtlichen Menge Wein intus als nicht ganz einfach herausstellte. Nachdem er den BMW mit einiger Mühe in der Garage abgestellt hatte, verteilte er seine Kleidung im Wäschekorb, putzte seine Zähne und nahm noch eine Dusche, um nicht zu riskieren, dass Barbara den Duft einer anderen Frau an ihm bemerkte. Darauf bedacht, sie nicht zu wecken, schlich er ins Schlafzimmer und legte sich ins Bett. Dann lag er noch eine Weile wach und ließ den Abend Revue passieren bis zu dem Kuss auf die Wange. Die Erinnerung daran ließ ihn schließlich zufrieden einschlafen.

Am nächsten Morgen saß Erik bestens gelaunt in seinem Büro. So gut wie in dieser Nacht hatte er schon seit Jahren nicht mehr geschlafen. Die ständig in seinem Kopf kreisenden Gedanken an den Abend davor zauberten einen zufriedenen Ausdruck auf sein Gesicht. Zugebenen, es war nicht ideal gelaufen, denn dafür hätte ihn Tamara mit auf ihr Zimmer nehmen und weiß Gott was mit ihm anstellen müssen. Aber er hatte den Abend mit einer nicht nur sehr attraktiven, sondern auch intelligenten und humorvollen Frau verbracht. Auch wenn es offiziell kein Rendezvous gewesen war, durfte man sich von einem ersten Date nicht mehr erwarten, außer es geht beiden nur um das eine. Diese Frau hatte etwas Besonderes an sich, das ihn magisch und unweigerlich anzog. Er musste sie unbedingt wiedersehen. Am liebsten hätte er sofort zum Hörer gegriffen, aber was hätte sie von ihm halten sollen, wenn er gleich am nächsten Tag anrief. Nein, er musste sich noch gedulden, auch wenn er sich ertappte, dass seine Finger alle paar Minuten wie von Geisterhand ihr Pseudonym im Telefon suchten und erst kurz vor dem Anruf die Vernunft siegte. Wegen der fehlenden Produktivität der letzten Wochen war einiges an Arbeit liegen geblieben, also beschloss er, sich zur Abwechslung darauf zu konzentrieren, auch wenn ihm das gerade heute nur selten gelang, zu oft schweiften seine Gedanken ab zu dem Abend davor und zu Tamara.

Als er am späten Nachmittag zuhause ankam, bemerkte er, dass er allein war. Er nutzte diese angenehme Stille und ließ sich mit einem tiefen Seufzer auf der einladenden Wohnzimmercouch nieder. Wie schön wäre es, wenn Tamara nun an seiner Seite liegen würde. Er würde seinen Kopf zu ihr drehen und beginnen, sie zärtlich zu küssen. Dann würde er mit seinen Händen ihren gesamten Körper streicheln, sie langsam ausziehen und sich auf sie legen. Ihre Körper würden ineinander verschmelzen, und nachdem sie beide den besten Sex ihres Lebens gehabt hätten, würden sie erschöpft niedersinken. All das geschah aber nur in seiner Vorstellung. Erik ertappte sich, wie seine linke Hand in seine Hose wanderte und er sich berührte. Er knöpfte sie auf, um mehr Platz zu haben und begann, es sich selbst zu besorgen.

Plötzlich vernahm er das Geräusch der sich öffnenden Haustür. So ein Mist, dachte er, Barbara gönnt mir auch gar nichts. Er zog schnell die Hand aus der Hose und knöpfte sie wieder zu. Noch immer in Gedanken an Tamara wollte er sich aber so schnell nicht geschlagen geben. Er hatte eine Idee, nicht besonders originell, doch wirkungsvoll, so hoffte er zumindest.

„Hallo, Schatz!“, rief er seiner Frau zu.

„Hallo!“, hörte er Barbara erwidern. Er vernahm Trittgeräusche, die ihm verrieten, dass sie zu ihm ins Wohnzimmer unterwegs war. Die Tür öffnete sich, und sie betrat das Zimmer. Er betrachtete sie genauer als sonst. Auch wenn Barbara mittlerweile nicht mehr so schlank war wie früher, fand er ihren Körper immer noch attraktiv, ihr hübsches mädchenhaftes Gesicht ließ sie um einige Jahre jünger wirken, und ihre sinnlichen Lippen waren nicht nur zum Küssen gut zu gebrauchen. Aber Tamara konnte sie nicht das Wasser reichen.

„Setz dich doch zu mir!“, ergriff er die Initiative, ohne sich mit unnötigem Smalltalk aufzuhalten. Barbara entsprach seiner Bitte kommentarlos, was ihm sehr entgegen kam. Erik verlor keine Zeit und kuschelte sich an sie. Barbara war irritiert, offenbar hatte Erik diese Seite an sich in letzter Zeit nicht oft gezeigt.

„Was ist denn heute los mit dir?“, fragte sie.

„Nichts Besonderes, ich habe dich nur vermisst und bin froh, dass du da bist.“ Barbara verzichtete auf einen weiteren Kommentar, sondern genoss diese ungewohnten Berührungen. Er streichelte ihr über den Kopf, die Schultern, ihre Brüste und begann sie zu küssen, erst zurückhaltend, dann immer leidenschaftlicher. Barbara war überrascht von Eriks offensiver Verführung, aber auf eine sehr angenehme Art. Je leidenschaftlicher seine Küsse wurden, umso mehr wurde auch sie erregt. Erik schmiegte sich so eng an sie, dass sie seine Erektion spüren konnte. Im nächsten Moment öffnete er ihre Hose und zog sie ihr mit einem Ruck aus, etwas sanfter ging er mit ihrem schwarzen Tanga um, um danach seinen Kopf zwischen ihren Beinen zu vergraben und sie dort zu küssen. Sie stöhnte auf, als er seine Zunge ins Spiel brachte und streichelte seinen Kopf, als wollte sie ihn bei seinen Liebkosungen unterstützen. Erik hob seinen Kopf ein wenig, um einen Blick auf seine Frau zu erhaschen, aber sein Gehirn spielte ihm wie schon ein paar Tage zuvor einen Streich. Er erblickte nicht Barbaras Gesicht und ihr langes schwarzes Haar, sondern das engelsgleiche Gesicht von Tamara und ihr blondes Haar. Doch während ihn diese Halluzination beim ersten Mal noch beinahe um den Verstand gebracht hatte, war sie ihm dieses Mal mehr als willkommen, denn nun konnte er sich ihr ganz hingeben und es ihr nach allen Regeln der französischen Kunst besorgen. Er senkte den Blick wieder und sah Tamaras lusterfülltes Gesicht nun vor seinem geistigen Auge. Barbaras Beckenbewegungen und ihr immer lauter werdendes Stöhnen verstärkten seine Fantasie noch. Früher war das für Erik nur ein kurzes Vorspiel gewesen, doch dieses Mal nahm er sich Zeit, denn er wollte es spüren, es hören, wie sie zum Höhepunkt kam, das würde seine Erregung und seinen Genuss nur noch mehr erhöhen. Daher legte er sich so richtig ins Zeug, und Barbara wusste nicht, wie ihr geschah. Das hatte sie in den letzten Jahren nicht erlebt, dass es ihr Erik so gut machte. Und als sie dachte, es könne nicht mehr intensiver werden, drang Erik noch mit zwei Fingern in sie ein, was ihre Lust noch steigerte. Sie begann auch für ihn spürbar zu beben, und er steigerte die Frequenz, mit der er sie verwöhnte. Ein paar Sekunden konnte sich Barbara noch zurückhalten, dann konnte Erik spüren und vor allem hören, wie es ihr kam.

Erik hatte Barbaras Pulsieren, Stöhnen und ihren Orgasmus noch viel mehr genossen, denn er hatte die ganze Zeit nur an Tamara gedacht. Das hatte ihn dermaßen erregt, dass er beinahe selbst gekommen wäre. Während Barbara sich schwer atmend von ihrer Eruption erholte, küsste er sich zwischen ihren Beinen hoch zu ihrem Bauch. Ihre Bluse war im Weg, also öffnete er sie mit einem kräftigen Ruck, und sämtliche Knöpfe sprangen ab. Normalerweise hätte ihn Barbara dafür getadelt, aber nicht in dieser Situation. Ihren BH öffnete er vorsichtiger und schloss seine Augen wieder, um die Illusion aufrechtzuerhalten, und küsste sich ihren Oberkörper hoch, über ihre Brüste bis zu ihrem Hals. Er berührte ihre Lippen und küsste sie noch leidenschaftlicher als zuvor. Barbara wusste, dass Erik sie gleich nehmen würde, aber auch sie wollte noch mehr, nicht wissend, was in Erik vorging.

Erik ließ kurz von Barbara ab, nahm sie an der Hand und warf ihr einen eindeutigen Blick zu. Als sie sich von der Couch erhob, packte er sie ohne Vorwarnung mit beiden Händen an ihrem Gesäß, sie schlang ihre Arme um seinen Hals. Er trug sie ins Esszimmer zu dem großen Esstisch und legte sie vorsichtig darauf ab. Voller Erwartung legte sie ihre Beine um seine Schultern. Seine Erektion war nun so gewaltig, dass sie, als er in sie eindrang, laut aufstöhnte und auch er kurz vor der Explosion stand, doch er wollte es noch ein wenig auskosten und seine Fantasie noch zu einem vollkommenen Abschluss bringen. Erik spürte, dass er das Unvermeidliche nicht mehr lange hinauszögern konnte, die Erregung war einfach zu stark. Während er Barbara mit harten, rhythmischen Stößen bearbeitete, schloss er für einen Moment die Augen, um sie danach wieder zu öffnen. Vor ihm lag die überirdische Tamara in ihrer ganzen Pracht, die wohlgeformten Brüste, das wunderschöne lustvoll verzerrte Gesicht und die mittlerweile wild zerzauste nicht weniger sexy blonde Mähne. Auch wenn er nur in seiner Einbildung mit ihr schlief, war dieser Moment für ihn real genug und das machte ihn absolut perfekt, er konnte sich ihr nun völlig hingeben. Mit letzter Beherrschung und Energie versetzte er ihr die ultimativen Stöße, dann zerriss es ihn völlig, er schrie seine Lust hemmungslos heraus und sank vollkommen erschöpft nieder.

Erik rang nach Luft und war desorientiert, so unglaublich war es gewesen. Barbara schmiegte sich an ihn. In seiner Vorstellung umarmte ihn aber Tamara, und daher fühlte er sich glücklich wie selten zuvor in seinem Leben.

I

Das ganze Wochenende hatten ihn die Gedanken an diesen großartigen Sex nicht mehr losgelassen. Seine Halluzination hatte so real gewirkt, dass er sie immer wieder durchlebte. Es hatte ihn fast wahnsinnig gemacht. Jeden Tag wollte er Tamara anrufen, um sich mit ihr zu verabreden, doch sein letzter Rest von Verstand mahnte ihn zur Geduld. Und Barbara war seit Freitag bestens gelaunt, sie hatte es anscheinend genauso dringend gebraucht wie er. Gott sei Dank ahnte sie nichts. Wie viele Tage würde er sich noch zurückhalten können, bevor er Tamara anrief? Er beschloss, noch bis Mitte der Woche zu warten. Dann wären seit ihrem Treffen sechs Tage vergangen, sechs Tage, in denen er zum Glück nur sprichwörtlich auf Nadeln gesessen hatte.

Und nach endlos scheinendem Warten war er gekommen, dieser Mittwoch. Erik saß in seinem Büro. Er hatte seine Sekretärin gebeten, ihn die nächste halbe Stunde nicht zu stören. Nachdem er sein Smartphone zur Hand genommen hatte, rief er Tamaras Pseudokontakt auf, atmete tief durch und tippte mit dem Finger auf ihre Telefonnummer, um sie anzurufen. Er hielt das Telefon an sein Ohr und wartete. Es klingelte: einmal, ein zweites und ein drittes Mal. Keine Antwort. Erik schüttelte enttäuscht den Kopf. Wollte sie nicht mit ihm sprechen? Hatte er letzten Donnerstag seine einzige Chance vertan? Würde er sie nie wiedersehen? Es klingelte ein viertes Mal. Erik nahm sein Telefon vom Ohr weg und wollte gerade auflegen, da vernahm er plötzlich ein leises „Hallo?“. Eriks Puls schnellte in die Höhe, aber er wollte nach außen entspannt wirken, was ein Ding der Unmöglichkeit war.

„Hallo Tamara, hier spricht Erik“, begann er unverfänglich.

„Erik, was für eine nette Überraschung“, entgegnete Tamara in erfreutem Ton, „was kann ich für Sie tun?“ So viele Antworten hätte er geben können, zum Beispiel wie verrückt er nach ihr war, dass er ihr am liebsten die Kleider vom Leib reißen würde, dass er ständig nur noch an sie denken konnte, kaum essen und schlafen konnte, weil es ihn innerlich zerriss, diese endlos lange Zeit von ihr getrennt gewesen zu sein, und noch einiges mehr, aber nichts von dem konnte er ihr sagen, nicht einmal, wie sehr er ihr gemeinsames Abendessen genossen hatte und er sie einfach wiedersehen musste.

„Ich habe am Freitag einen geschäftlichen Termin in Wien und habe vor, dort zu übernachten.“ Das war das einzige, dass ihm einfiel und nicht zu aufdringlich wirkte.

„Tut mir leid, ich kann Ihnen keinen Schlafplatz anbieten, so gut kennen wir uns noch nicht.“

„Sie haben mich missverstanden, ich würde Sie doch niemals um so etwas...“ Während er diese Worte sprach, hörte er schon ein leises Lachen am anderen Ende der Leitung.

„Lassen Sie sich nicht aufziehen! Mir war schon klar, dass Sie entweder bei Verwandten, einem Freund oder in einem Hotel absteigen.“

„Tja, Sie haben das schon glaubwürdig rübergebracht und mich reingelegt, mein Kompliment. Ich fahre am Sonntag weiter, um ein paar Tage im Burgenland zu verbringen, weniger Wellness und dafür mehr Wein. Den Tag dazwischen würde ich gerne nutzen, um mir mal wieder Wien anzusehen.“ Eine Pause folgte. Erik wusste selbst nicht, ob er auf eine Reaktion wartete oder ob ihm in der Zwischenzeit die richtigen Worte einfielen. Da vom anderen Ende der Leitung keine Antwort kam, musste er wohl oder übel weitersprechen. „Und da ich Sightseeing nicht gerne allein mache, dachte ich, Sie hätten vielleicht Zeit und

Lust, mir Gesellschaft zu leisten.“ Es folgte wieder eine Pause von einigen Sekunden. Erik überlegte kurz, ob er noch irgendetwas vergessen hatte. Wie schwer war ihm dieser letzte Satz gefallen, diese Bitte an sie, ihn zu begleiten. Alles würde nun von ihrer Antwort abhängen. Seine Nervosität stieg mit jeder Sekunde des Schweigens. War er zu offensiv gewesen? Waren seine Absichten zu einfach zu durchschauen? Sie würde ablehnen, ganz sicher, denn sie wäre noch nicht so weit. Erst musste sie ihren Verlust verarbeiten, bevor sie sich wieder mit jemandem treffen würde, und sei es nur ein zwangloser Tag in Wien. Das Abendessen wäre zwar ganz nett, aber nur eine einmalige Sache gewesen. Eriks Zuversicht sank ins Bodenlose. Er beschloss, ihr eine Ausrede zu ersparen. „Entschuldigen Sie, Tamara. Ich wollte Sie mit dieser Einladung nicht überfallen. Ich dachte nur...“

„Sie haben mich tatsächlich ein wenig überrascht“, unterbrach ihn Tamara, „ich war darauf nicht gefasst, aber ich habe am kommenden Samstag tatsächlich nichts vor, ich begleite Sie gerne.“ Erik machte innerlich einen Luftsprung. Nur zehn Sekunden zuvor war er völlig geknickt gewesen, da er glaubte, seine Chancen auf ein Wiedersehen wären auf null gesunken. Nun hatte sie tatsächlich zugesagt, das war einfach unglaublich. Er zwang sich, diese überschwängliche Freude nicht zu zeigen.

„Ich war ewig nicht mehr auf dem Naschmarkt. Hätten Sie Lust, dorthin zu gehen? Wir könnten auf den Flohmarkt und später einen Happen Essen gehen“, schlug Erik vor.

„Hört sich gut an.“

„Ist Ihnen 9 Uhr zu früh?“

„Nein, das passt mir gut, ich stehe auch an den Wochenenden zeitig auf.“

„Treffen wir uns an der U-Bahnstation Kettenbrückengasse?“

„Ich bin beeindruckt. Sie kennen sogar die Station auswendig.“

„Das war es aber auch schon mit meinen Wiener U-Bahn-Kenntnissen. London kenne ich besser.“

„London machen wir eine Woche später, okay? Ich denke für Wien sollte man sich schon einen ganzen Tag Zeit nehmen.“

„Noch einmal legen Sie mich nicht rein.“

„Sie lernen schnell, das gefällt mir. Dann bis Samstag.“

„Bis Samstag“, antwortete Erik und legte auf.

Er konnte es kaum glauben. Schon in drei Tagen würde er Tamara wiedersehen. Natürlich würden sich diese drei Tage wie Wochen anfühlen, aber sie würden vergehen. Durch welches Wellenbad der Gefühle war er in den letzten Minuten gegangen: Nervosität, Hoffnung, Zuversicht, Entmutigung, Erlösung, alles Worte, die nur annähernd beschreiben, was er ertragen musste. Selbst *Dante* hatte während seiner Reise in der *Divina Commedia* nicht so viel Leid zu Gesicht bekommen. Doch am Ende hatte Erik, nachdem er durch die Hölle und das Fegefeuer gegangen war, die Chance ins Paradies einzuziehen. Er würde alles dafür tun, sie zu nutzen.

J

Gut gelaunt wie selten zuvor saß Erik am nächsten Tag in seinem Büro. Die Arbeit ging ihm leicht von der Hand, denn die Vorfreude auf Samstag war groß. Nichts würde ihm diesen Tag vermiesen können.

Sein Smartphone war lautlos gestellt. Dennoch sah er aus den Augenwinkeln, wie sich das Display eingeschaltet hatte und ein eingehender Anruf gemeldet wurde. Er warf einen flüchtigen Blick darauf und konnte die Nummer nicht gleich zuordnen, also richtete er sich auf, um genauer nachzusehen. Eine Festnetznummer mit Linzer Vorwahl erschien auf dem Display, eine kurze Suche in seinem Gedächtnis ergab keinen Treffer. Ihm war die sechsstellige Nummer nicht bekannt. Erik schloss daraus, dass sie zu keiner größeren Firma gehörte, die meist vierstellige Nummern hatten. Dazu wurde entweder auch die Durchwahl angezeigt, die aber meist mehr als zwei Stellen hatte, oder eine Null am Ende. Es musste sich um eine Privatnummer handeln. Seine Freunde und Bekannte in Linz konnten es nicht sein, die verwendeten nur noch Mobiltelefone. Normalerweise beantwortete er keine Anrufe, wenn er die Nummer nicht kannte. Aber dieses Mal verleitete ihn etwas, vielleicht seine Neugier oder seine Intuition, zum Telefon zu greifen und den Anruf anzunehmen. Erik meldete sich mit einem bloßen „Hallo?“, denn er wollte dem vermeintlich Unbekannten seinen Namen nicht preisgeben, und wartete auf Antwort.

„Es hat mich ein wenig Zeit gekostet, Sie zu finden“, sprach eine ihm unbekannte männliche Stimme in perfektem

Hochdeutsch, jedoch mit der typischen österreichischen Sprachfärbung zu ihm.

„Sie müssen sich verwählt haben“, entgegnete Erik.

„Das glaube ich nicht, Erik“, war aus dem Telefon zu vernehmen. Erik stockte der Atem. Woher kannte der Anrufer seinen Namen? „Ich habe Ihnen etwas zu sagen, und ich möchte, dass Sie mir genau zuhören.“

„Ich denke, Sie verschwenden Ihre, und was noch viel wichtiger ist, meine Zeit“, konterte Erik, der nicht gewillt war, sich in die Defensive drängen zu lassen, und lehnte sich entspannt zurück.

„Warum so abweisend? Hören Sie sich doch erst einmal an, was ich Ihnen zu erzählen habe, ohne mich gleich abzuwürgen!“

„Warum sollte ich? Sie haben sich noch nicht einmal vorgestellt, stellen aber schon Forderungen. So läuft das bei mir nicht.“ Es folgten ein paar Sekunden Stille.

„Nennen Sie mich einfach Egon! Ich verspreche Ihnen, es wird Sie interessieren.“

„Warum sind Sie da so sicher?“

„Weil es doch um die Himmelspforte geht.“

Erik zögerte kurz, richtete sich wieder auf und war plötzlich ganz Ohr. „Na gut, Sie haben meine Aufmerksamkeit.“

„Ich denke, wir haben eine Sache gemeinsam“, fuhr der Mann am anderen Ende der Leitung in geheimnisvollem Ton fort. Es folgte eine Pause, denn beide warteten, dass der andere etwas hinzufügte oder entgegnete.

Schließlich brach Erik das Schweigen. „Entschuldigen Sie, Egon. Ich kenne zwar jetzt Ihren Namen, aber ich wüsste nicht, was wir gemeinsam hätten.“

„Sie haben wie ich jemanden verloren, und zwar am selben Ort und Tag wie ich.“ Erik fühlte sich zunehmend unwohl. Was wollte dieser Fremde von ihm?

Egon hatte ihn auf eine beunruhigende Weise neugierig gemacht, doch Erik wollte sich auf keine Spielchen einlassen. „Ich habe nicht die geringste Ahnung, wohin dieses Gespräch führen soll. Weder weiß ich, wer Sie sind noch woher Sie meine Nummer haben. Ich weiß aber, dass ich das Telefonat jetzt beenden werde."

„Das würde ich an Ihrer Stelle lassen", entgegnete die Stimme am anderen Hörer in bestimmtem Ton, „hören Sie einfach zu!" Es folgte eine kurze Pause, als ob Egon darüber nachdachte, wie er fortsetzen sollte. „Es ist schon fast vierzig Jahre her, aber ich erinnere mich, als ob es gestern gewesen wäre. Mein bester Freund Roman und ich sind von Unterach aus auf den Schafberg gewandert. Wir hatten das letzte schwere Teilstück bis zu diesem schmalen Durchgang, der Himmelspforte, geschafft. Dann haben wir uns ein Bier gegönnt und uns in der Wiese unterhalb des Gipfelkreuzes ausgeruht. Dann ist Roman auf die blöde Idee gekommen, ein paar Fotos von mir zu machen, und ist dem Abgrund zu nahe gekommen. Er hat das Gleichgewicht verloren und ist abgestürzt." In Erik kamen Erinnerungen hoch, die er am liebsten tief in sich verschlossen hätte, doch sie hatten sich zu tief eingeprägt. Auch Paul und er waren an dieser malerischen Stelle vorbeigekommen, und nicht weit davon entfernt und wenig später geschah die Tragödie.

Er war den Tränen nahe, riss sich aber am Riemen, antwortete ruhig und mitfühlend und gab sich unwissend. „Es tut mir sehr leid wegen Ihres Freundes, aber ich verstehe nicht, was das mit mir zu tun haben soll."

„Nun ja, auch Sie haben dort oben Ihren Freund verloren."

„Ja, auch er...", Erik benötigte eine kurze Pause, um den Satz zu vollenden, „... ist in den Abgrund gestürzt. Ist es notwendig, dass Sie mich daran erinnern? Es ist schon schwer genug für mich, damit zurecht zu kommen. Warum quälen Sie mich?"

„Der Tod Ihres Freundes macht Ihnen wohl schwer zu schaffen? Ich denke, ich kann Ihnen helfen, sich von dieser Last zu befreien. Wir sollten uns bald treffen, um darüber zu sprechen."

„Ich wüsste nicht, wie mir das Gespräch mit Ihnen helfen sollte, das schaffe ich schon allein."

„Darum geht es auch nicht." Erik war verwundert. „Ich werde Ihnen alles erklären, aber nicht am Telefon, sondern wenn wir uns treffen, und zwar an einem öffentlichen Ort, am besten im Volksgarten. Ich kann ihn gut erreichen, und Sie arbeiten in der Nähe."

„Woher wissen Sie, wo ich arbeite? Und woher habe Sie meine Nummer?"

„Sie sind ein bedeutender Mann, Erik, zumindest in Ihrer Firma, bedeutend genug, dass Ihr Foto und Name in der Zeitung abgedruckt waren. Der Rest war einfach."

„Warum sollte ich Sie treffen wollen?"

„Weil ich Ihnen eine Geschichte erzählen werde, die von Ihrer Version abweicht." Erik war über diese Aussage erstaunt und beunruhigt zugleich. „Habe ich Sie nun doch ein wenig neugierig gemacht?"

Erik wusste nicht, wie er darauf reagieren sollte. Er musste Zeit gewinnen, um seine Gedanken zu ordnen. Also beschloss er, vorerst auf die Forderung des Anrufers einzugehen. „Na gut Egon, ich werde mir Ihre Geschichte anhören."

„Wir treffen uns morgen um 16 Uhr im Volksgarten. Ich werde auf einer Parkbank sitzen und eine blaue Baseballkappe tragen."

Erik brauchte mehr Zeit. Da kam ihm sein geplanter Trip nach Wien gelegen. „Ich muss morgen dienstlich übers Wochenende nach Wien. Es geht frühestens am nächsten Montag."

„Also gut, dann Montag", murrte die nun hörbar genervte Stimme ins Telefon, „seien Sie pünktlich! Ich werde es sein." Mit diesen Worten unterbrach Egon die Verbindung.

Erik atmete tief durch und ließ sich wieder in seinen Bürostuhl zurückfallen. Unzählige Gedanken rasten durch seinen Kopf: Wer war der mysteriöse Anrufer, was hatte er vor, womit wollte er ihn konfrontieren? Seine Ausdrucksweise und Wortwahl zeugten von einer gewissen Bildung und Intelligenz. Erik musste also mit Bedacht handeln, denn er hatte es mit Sicherheit nicht mit einem Dummkopf zu tun. Er würde ein paar Tage Zeit haben, darüber nachzudenken, und die würde er auch benötigen. Doch zunächst stand sein Treffen mit Tamara an, und das hatte absolute Priorität für ihn. Es war wahrscheinlich seine letzte Gelegenheit, ihr näher zu kommen. Also beschloss er, seine volle Aufmerksamkeit auf Wien und Tamara zu legen. Der Anrufer konnte und musste warten.

K

Erik hatte sich für diesen Tag viel vorgenommen. Entsprechend dem Motto der *Dead Poets Society* im gleichnamigen Film wollte er *den Tag nutzen*, um Tamara näher zu kommen. Die Notlüge mit dem Geschäftstermin war notwendig gewesen. Hätte sie gewusst, dass er nur ihretwegen in die Hauptstadt kam, wäre das zu aufdringlich und offensichtlich gewesen. So musste er halt einen Tag bis zu seinem angeblichen Kurzurlaub im Burgenland sinnvoll nützen, und da drängte sich eine Besichtigung Wiens geradezu auf. Die Weinreise passte auch perfekt, um seiner Frau dieselbe Geschichte aufzutischen, nur hatte er einfach die Tage angepasst. Barbara würde ihn sogar nicht vor Montagnachmittag zurückerwarten und ihn wahrscheinlich auch nicht anrufen, da sie wusste, dass er im Urlaub gerne ungestört war. Sie war zwar grundsätzlich misstrauisch und eifersüchtig, aber was hätte sie machen sollen? Sollte sie ihm immer, wenn er sich mit irgendwelchen Leuten traf oder für ein Wochenende in ein Weinanbaugebiet reiste, eine Szene machen? Sie hatte ebenfalls genug Hobbies, die ihn nicht interessierten, und auch er gab ihr genug Freiraum dafür. Ihr waren dann doch die Zeit und die Luft zu schade, um ständig zu nörgeln oder zu diskutieren. Mit dem Alibi und der glaubwürdigen Geschichte hatte er somit den Grundstein gelegt.

An diesem Samstagmorgen war Erik schon um 5:30 Uhr aufgestanden und hatte einige Zeit auf seine Morgentoilette verwendet, denn er wollte nicht wie ein *Clochard* auftreten. Er hatte sein Portemonnaie und das Mobiltelefon in seine Umhängetasche gepackt und war gegen 6:15 Uhr mit dem Auto aufgebrochen, um rechtzeitig am Treffpunkt zu sein. Nicht auszudenken, wenn er in einen Stau geraten wäre. Seine Geschichte von dem erfundenen Geschäftstermin wäre aufgeflogen, und das konnte er nicht riskieren. In der Stadt selbst bewegt man sich ohnehin am besten per U-Bahn, es sei denn, man ist masochistisch veranlagt. Erik war zwar stauerprobt, doch die Linzer Staus waren harmlos gegenüber jenen in Wien. Jedes Mal, wenn er die eine oder andere Viertelstunde auf dem Weg zur Arbeit verlor, zauberte ihm das alles andere als ein Lächeln ins Gesicht. Wenn er allerdings die Verkehrsmeldungen für Wien im Radio hörte, konnte er ganz gut damit leben. An einem frühen Samstagmorgen waren aber Verzögerungen eher unwahrscheinlich. Die Morgendämmerung hatte den Himmel bereits in ein tiefes Blau gefärbt, es würde also ein strahlend sonniger Tag werden, keiner dieser deprimierenden nebelverhangenen Herbsttage. Es würde sein Tag werden, davon war er überzeugt.

Erik stellte seinen Wagen in der Park & Ride-Anlage in Hütteldorf ab. Von dort konnte er mit der U4 direkt die zehn Stationen bis zur Kettenbrückengasse fahren. Als er den Fahrschein für die U-Bahn löste, warf er einen Blick auf sein Smartphone. Es war erst 8:15 Uhr, er würde also überpünktlich am Naschmarkt eintreffen. Die U-Bahn war zu diesem Zeitpunkt noch nicht besonders stark frequentiert, was ihm sehr gelegen kam. Er litt zwar nicht an Klaustrophobie, doch die Menschenmassen in öffentlichen Verkehrsmitteln, bei Konzerten und ähnlichen Veranstaltungen brachten ihn an den Rand einer Panik, ein Glück also, dass ihm dieser Stress heute erspart blieb. Etwa zwanzig Minuten später war er an der Station Kettenbrückengasse angelangt und verließ die U-Bahn. Anstatt die Rolltreppe zu nehmen, erklomm er voller Vorfreude und Energie die Treppe.

Oben angekommen bemerkte er, dass er noch Zeit hatte, um sich mit der ungewohnten Umgebung ein wenig vertraut zu machen, denn es war lange her, dass er den Flohmarkt und den Naschmarkt besucht hatte. Zu seiner Linken erstreckte sich der Flohmarkt über die geschätzte Größe eines Fußballfeldes. Hunderte Tische waren in Reihen aneinandergestellt, sodass gerade noch genügend Platz blieb, um an ihnen zu stöbern und in zweiter Reihe durchzugehen. Es herrschte reges Treiben. Der Markt hatte seine imaginären Pforten geöffnet, noch bevor der Morgen gegraut hatte, und die wahren Schnäppchenjäger waren bereits vor der Morgendämmerung unterwegs gewesen, mit Taschenlampe und einem gut sortierten Bündel Geldscheine bewaffnet, stets auf der Jagd nach dem ultimativen Fund, einem Kleinod, das jemand auf seinem Dachboden oder in seinem Keller gefunden hatte, ohne jede Ahnung, welche Kostbarkeit er da vor sich hatte. Diese kleinen Schätze bereiteten die größte Freude. Schmerzhaft wurde es, wenn der Eigentümer gut über den Wert Bescheid wusste und man ein paar grüne Scheinchen los wurde, um die begehrten Stücke endlich sein Eigen nennen zu können. Erik selbst hatte von einigen Jahren ein Bild mit einem seiner Lieblingsmotive erworben: eine aus dem 17. Jahrhundert stammende Landkarte. Sie war zwar noch nicht so exakt in der Darstellung, doch das machte gerade den Reiz einer solchen Karte aus. Wenn man die technischen Möglichkeiten von damals berücksichtigt, stellte es sogar eine großartige Leistung dar. Dann gab es noch die Wühltische, auf denen entweder der allerletzte Schrott feilgeboten wurde oder so manche unredlichen Besitzer ihre Beute der letzten Wochen an den Mann bringen konnten. Ein befreundeter Jurist hatte Erik vor kurzem erzählt, dass es tatsächlich schon vorgekommen war, dass jemand sein Autoradio oder seine Uhr auf einem dieser Tische wiederentdeckt hatte. Was konnte man da tun? Sich an die Polizei wenden wäre eine Möglichkeit. Bis die sich allerdings zum Flohmarkt bequemt hätte, wäre der Dieb über alle Berge gewesen, und freiwillig hätte er das schöne Stück auch nicht rausgerückt. Also blieb nur die Alternative, sich sein Eigentum selbst zurück zu holen, was unter diesen Umständen auch erlaubt ist. Nur ist halt in so einem Fall hilfreich, wenn man beweisen kann, dass einem das Teil gehört, sonst konnte es unangenehm werden. Für Erik würde die Juristerei immer ein spanisches Dorf bleiben, aber sie hatte natürlich auch ihren Reiz. Denn das Wissen um seine rechtlichen Möglichkeiten in den unterschiedlichen Bereichen des täglichen Lebens war schließlich von Vorteil.

Die Sonne hatte sich inzwischen über die umliegenden Häuser erhoben und begann Erik zu wärmen. Wie schon den ganzen Herbst erreichten die Temperaturen auch heute ein unübliches Hoch, was Erik nur gelegen kam. Immerhin würden die beiden einige Zeit im Freien verbringen, und das machte natürlich mehr Spaß, wenn nicht nur die Begleitung, sondern auch das Wetter stimmte. Sein Handy zeigte jetzt 8:48 Uhr an. Sein Blick schweifte auf die andere Seite des großen Platzes, an der sich der Naschmarkt befand, eine einzigartige Mischung aus Obst- und Gemüseständen, Fleisch- und Käse-Theken, Tee-Bars, zum Teil hervorragenden Restaurants und anderen Gelegenheiten, um sein hart verdientes Geld unter die Leute zu bringen. Erik konnte es kaum glauben, wie viele Menschen dort um diese Zeit bereits unterwegs waren. In einer Stunde würden sich noch um einige mehr ihren Weg zwischen den Verkaufsständen und Geschäften bahnen. Wenn er sich dann inmitten dieser Massen befinden würde, würde das wieder diese typischen Beklemmungen auslösen. Erik beschlich ein mulmiges Gefühl. Noch während er versuchte, sich auf andere Gedanken zu bringen, berührte ihn jemand an der linken Schulter.

„Guten Morgen, Erik." Er drehte sich um. Da stand sie, angesichts der milden Temperaturen mit einem leichten Mantel und gemütlich wirkenden Wildlederstiefeln bekleidet. Auch sie musste mehr als ein paar Minuten im Badezimmer verbracht haben, denn sie sah wieder atemberaubend aus, ohne übermäßig gestylt zu sein. Ihr Haar wirkte frisch gewaschen, war wieder leicht gewellt und verströmte einen betörenden Duft. Ihre Augen hatte sie dezent hervorgehoben, auf Puder und Lippenstift verzichtete sie wie bei ihrem ersten Treffen. Sie schien gut gelaunt zu sein, denn sie strahlte mit der Sonne um die Wette. Oh Mann, dieses Lächeln, dachte er. Wie gerne würde er ihr nicht antworten, sondern seine Lippen auf ihre legen.

„Hallo Tamara, Sie sind wie immer überpünktlich", versuchte er, ein erstes harmloses Kompliment loszuwerden.

„Wissen Sie, ich möchte nicht ein Klischee bedienen und ständig zu spät kommen, also plane ich immer fünf bis zehn Minuten ein." Erik fand diese Einstellung bemerkenswert. Wie oft waren Barbara und er zu spät gekommen, weil sie sich ihre Haare unbedingt noch waschen, aber nicht föhnen, sondern lufttrocknen lassen musste, oder sonst im Badezimmer mit irgendeinem Frauenkram herumtrödelte. Andererseits machte sie sich auch für ihn zurecht, also wollte er sich nicht zu oft beschweren. „Wie lief Ihr Geschäftstermin?" Ach ja, der nicht stattgefundene Termin. Was sollte er denn darüber sagen?

„Ist alles gut gelaufen", antwortete er unverbindlich, „die Einzelheiten erspare ich Ihnen, ich möchte Sie nicht langweilen."

„Danke, sehr rücksichtsvoll", antwortete Tamara schelmisch lächelnd. Es schien ihr tatsächlich gut zu gehen. Hatte sie Pauls Tod bereits überwunden? Oder lag es gar an ihm? Egal, er würde im Lauf des Tages versuchen herauszufinden, woran er bei ihr war. Im Moment war er froh, dass sie einander in dieser großen Stadt gefunden hatten.

Sie schlenderten zunächst ohne große Worte zu wechseln durch die engen Reihen des Flohmarkts. Es tummelten sich bereits eine Menge Leute, weshalb es sich als schwierig erwies, sich den Weg durch die Massen zu bahnen. Sie ließen die Stände mit den teils unappetitlichen Second- oder Third-Hand-Klamotten im wahrsten Sinne des Wortes links liegen und warfen nur einen flüchtigen Blick auf die gebrauchten Autoradios, wobei Erik bei dem Gedanken an die Geschichte seines Juristenfreundes schmunzeln musste. Bei einem der DVD-Stände blieben sie kurz stehen, nur um zu bemerken, dass die angebotene Ware nicht nur gebraucht, sondern im Vergleich zu diversen Online-Shops auch noch teurer war, also würde auch dieser Händler mit ihnen kein Geschäft machen. Ein paar Schritte weiter befanden sich ein paar Tische mit durchaus interessanten Altwaren wie Spiegeln, die angesichts der Optik ihrer Rahmen noch aus der Kaiserzeit zu sein schienen, altes Silberbesteck, Bügeleisen, die man noch mit Kohlen befüllen musste und noch mehr ähnlicher Kram. Erik hätte sich dieses alte Zeug niemals gekauft, doch diese Gegenstände hatten einen gewissen Charme. Es führte ihm vor Augen, wie bequem doch das moderne Leben im Vergleich zu jenem der Menschen vor ein- oder zweihundert Jahren war. Zwar hatte auch die sogenannte gute alte Zeit etwas für sich, denn damals ging es nicht so hektisch zu, aber für den Großteil der Menschen hatte die heutige Zeit mehr Wohlstand zu bieten.

Die Gegenstände auf dem nächsten Tisch weckten schon eher sein Interesse. Es handelte sich um optische Geräte aus Messing oder einem anderen glänzenden Metall wie kleine und größere Fernrohre, Ferngläser und, auch sein Lieblingsgerät war darunter: ein Sextant. Bei vielen seiner Bekannten brachte dieses Wort ein Schmunzeln hervor, da sie es eher mit einer liebestollen weiblichen Verwandten in Verbindung brachten als mit dem, was es wirklich war, nämlich ein altes nautisches Navigationsgerät. Er selbst wusste zwar nicht, wie man es bediente, aber schon seit einigen Jahren träumte er davon, sich so ein Teil zuzulegen, und sei es nur als Staubfänger auf einer Kommode. In Barcelona hatte er auf einem Flohmarkt ein sehr schönes Exemplar entdeckt, vor allem wegen des Gewichts hatte er damals auf einen Kauf verzichtet. Doch nun schien er ein sehr gut erhaltenes, vermutlich voll funktionstüchtiges Gerät vor sich zu haben, und es zog ihn in seinen Bann. Natürlich war dessen Schönheit nicht mit der seiner Begleiterin zu vergleichen, aber es war sozusagen die Tamara unter den Sextanten, mit einer passenden, innen mit blauem Samt ausgekleideten Schatulle aus Holz.

„Wie viel wollen Sie dafür haben?“, gab er sich zielstrebig gegenüber der Verkäuferin, einer Dame von etwa 55 Jahren, schlecht gekleidet, mit zerzaustem Haar, was entweder auf ein frühes Aufstehen oder generell mangelnde Pflege schließen ließ. Auch wenn sie gerade keine Zigarette in ihrer Hand hielt, konnte er an ihren verfärbten Fingern erkennen, dass sie starke Raucherin war. Entweder das oder der morgendliche Alkoholentzug mochte auch der Grund für ihre zittrigen Hände sein.

„110 Euro“, war die knappe und wenig erfreuliche Antwort.

Erik begann nun zu pokern. „Das Teil ist ja ganz nett, aber der Preis ist doch stark übertrieben. Bei einem Tisch weiter vorne habe ich ein ähnliches Gerät für 70 Euro gesehen. Wissen sie was? Ich gebe Ihnen 75 Euro, ich denke, das ist ein fairer Preis.“

„Unter 100 Euro geht nichts, sonst mache ich damit noch Verlust“, kam prompt und in unverkennbarem Wiener Dialekt die gut einstudierte Antwort, die auch zur Standardtaktik von Gebrauchtwagenhändlern zählte und hier wie dort nicht der Wahrheit entsprach. Aber er war sich des objektiven Werts dieses Sextanten sehr wohl bewusst, und noch viel mehr des Liebhaberwerts, den er für ihn hatte.

„Weiter als 85 kann ich nicht gehen, sonst nehme ich den anderen“, bot Erik nun an, der zwar grundsätzlich gern handelte, allerdings nicht wie *Graham Chapman* in *Monty Pythons Life Of Brian* von *Eric Idle* auf dem Basar in eine sinnlose lang andauernde Diskussion über die Notwendigkeit des Feilschens hineingezogen werden wollte. Die Verkäuferin überlegte ein paar Sekunden. Sie schien zu glauben, dass Erik es ernst meinte. Ihre Forderung war überzogen, gleichzeitig konnte sie nicht wissen, dass Erik geblufft und er kein günstigeres Gerät entdeckt hatte.

Zähneknirschend nahm sie den Sextanten vom Tisch, packte ihn in die Schatulle und gab ein mürrisches „Na gut, dann 85 Euro", von sich. Erik zückte seine Geldbörse. Da er diesen Leuten nicht genug vertraute, um ihnen mehr Geld als nötig zu geben, tat er so, als müsste er sein letztes Geld zusammenkratzen. In Wahrheit ging es ihm darum, den Betrag genau abzuzählen.

„50, 70, 80, 82, 84, 85 Euro", zählte er der Frau die Scheine und Münzen nacheinander in die Hand, um weitere Missverständnisse auszuschließen. Mit anhaltendem mürrischem Gesichtsausdruck, den sie oft geübt haben musste, übergab sie ihm wortlos die Schatulle mit dem begehrten Gegenstand. Erik lächelte zufrieden und packte sie in seine Umhängtasche, in der gerade noch Platz dafür war. Tamara hatte die Transaktion schweigend und doch mit Interesse verfolgt. Er hatte nicht die beste und eine nicht besonders ausgeklügelte, aber immerhin erfolgreiche Taktik gewählt.

„Wissen Sie, so etwas habe ich schon lange gesucht", klärte Erik Tamara auf.

„Sie freuen sich ja beinahe wie ein Zehnjähriger, der endlich statt seinem Kinderfahrrad ein richtiges Mountainbike bekommen hat."

„Das ist durchaus vergleichbar, auch wenn ich sogar bis vierzehn mit meinem alten Drahtesel herumgurken musste. Jedenfalls denke ich, dass heute schon zwei Dinge perfekt funktioniert haben, und das ist doch ein guter Start in den Tag."

„Und was war das Zweite?"

„Immerhin haben wir uns in dieser Menschenmenge an der Station getroffen und können nun gemeinsam den Tag genießen", versuchte Erik wieder ein verstecktes Kompliment anzubringen.

Tamara drehte den Kopf auf eine schüchterne Art zur Seite. „Sie haben schon recht, es ist gar nicht so einfach, sich hier zu verabreden, vor allem, wenn man einander nicht gut kennt."

„Ich denke, das werden wir heute schon ändern", antwortete Erik spontan und hoffte, damit nicht zu direkt gewesen zu sein oder etwas Intimes angedeutet zu haben. Tamara antwortete nicht darauf, und sie gingen weiter.

Nach wenigen Minuten standen sie wieder vor einem Tisch, auf dem diverse alte Gegenstände aus Metall angeboten wurden, und Tamaras Interesse war geweckt.

„Sehen Sie, Erik, das muss heute auch mein Glückstag sein", war sie plötzlich ganz aus dem Häuschen.

„Ich kann Ihnen nicht ganz folgen."

„Sehen Sie sich diese großartigen Fensterbeschläge an! Die suche ich schon seit Monaten. Wissen Sie, ich habe eine Altbauwohnung mit sehr hohen und noch viel älteren Fenstern. Über die Jahre ist ein Beschlag nach dem anderen gebrochen. In normalen Geschäften bekommt man sie nicht mehr. Jetzt finde ich sie ausgerechnet hier und heute. Das ist einfach zu schön, um wahr zu sein." Erik konnte zwar Tamaras Euphorie nicht teilen und fand sie ziemlich überzogen. Er freute sich dennoch mit ihr und für sich selbst, denn damit hatte der Tag für beide gut begonnen, und das konnte nur ein gutes Omen für den weiteren Verlauf sein. Die nächsten fünfzehn Minuten verbrachte Tamara damit, jeden einzelnen Fensterbeschlag auf dem Tisch genauestens unter die Lupe zu nehmen, ob er auch ihren hohen Ansprüchen genügte. Erik hielt sich so wie Tamara zuvor im Hintergrund und beobachtete sie interessiert. Wie akribisch sie vorging. Jedes Detail der Beschläge war von Bedeutung, nicht nur das Material und die Farbe, sondern vor allem die Form und der Zustand wurden genau begutachtet. Als sie den Stand verließen, hatte Tamara etwa ein Dutzend dieser antik wirkenden Gegenstände erworben und mehr dafür ausgegeben als Erik zuvor für den Sextanten. Er ersparte sich einen Kommentar, obwohl er der Meinung war, dass es sich um einen absolut überteuerten Kauf gehandelt hatte. Aber immerhin hatten beide etwas gefunden, was sie sich schon lange gewünscht hatten.

Sie schlenderten noch eine Weile über den Flohmarkt. Die original amerikanischen Autonummernschilder waren wie immer einen Blick wert. Allerdings war auch der Preis ziemlich gesalzen, daher ließ Erik die Finger davon. Noch leichter fiel ihm, die in Massen angebotenen Kleidungsstücke und Accessoires zu ignorieren, die entweder von schlechter Qualität, Fälschungen oder einfach nur hässlich waren. Es erinnerte ihn an die jährlich stattfindenden Kirtage in seiner Heimatgemeinde, bei denen die Verkäufer auch ähnlichen Schund feilgeboten hatten, ebenso wie das minderwertige Kinderspielzeug und die zu süßen Schaumrollen. Aber es war schließlich eine der wenigen Attraktionen im Ort gewesen, und so ging man vor allem als Kind gerne hin, um wenigstens irgendetwas zu erleben, und am Ende hatten diese Kirtage ihren Zweck erfüllt. Auch der Flohmarkt war jedenfalls einen Besuch wert gewesen. Sie verließen ihn Richtung Naschmarkt, wo sich zwar nicht weniger Menschen tummelten, dafür aber andere Sinne geweckt wurden.

„Was halten Sie von einer Tasse Tee?", fragte Erik. „Wenn ich mich recht erinnere, gibt es da vorne einen gut sortierten Teeladen."

„Den gibt es tatsächlich, und ich liebe Tee."

„Dann lassen Sie uns keine Zeit verlieren!", spornte Erik sie an, und sie bahnten sich den Weg durch die Massen und kamen nach ein paar Minuten an. Sie hatten Glück, um diese Zeit hatten nur wenige Menschen Lust auf Tee, das machte die Atmosphäre um einiges gemütlicher. Die beiden sahen sich um, welche Auswahl der Laden zu bieten hatte. Nach einigen Minuten entschied sich Erik für Grünen Tee, während Tamara einen erlesenen Geschmack hatte und einen *Oolong* aus China wählte. Die ruhige Umgebung wirkte derart ansteckend, dass sie auf jegliche Unterhaltung während des Teegenusses verzichteten.

„Was machen wir als Nächstes?“, setzte Tamara die Konversation fort, nachdem sie die Teestube verlassen und sich wieder ins Getümmel geworfen hatten.

„Sie sind heute meine Fremdenführerin“, entgegnete Erik, „ich werde hingehen, wohin Sie mich führen.“

„Sie gehen dieses Risiko tatsächlich ein?“, zwinkerte ihm Tamara zu.

„Das tue ich“, antwortete Erik betont entschlossen.

„Genießen wir noch den Naschmarkt und gehen danach etwas essen. Weiter vorne gibt es ein gutes chinesisches Restaurant. Sie mögen hoffentlich chinesisches Essen?“

„Sogar gerne“, übertrieb Erik. Zumindest Tamara schien es sehr zu mögen, also sollte es ihm recht sein.

Ohne sich zu hetzen, schlenderten sie die Gassen des Naschmarkts entlang und kamen gegen 11:20 Uhr beim Restaurant an. Es war noch früh fürs Mittagessen, also hielt sich hier der Andrang in Grenzen. Beide entledigten sich ihrer Mäntel. Eriks Blick fiel auf Tamaras eng anliegende blaue Jeans, ihre schwarze Bluse und das, was sich darunter abzeichnete. Sie konnten ihren Platz frei wählen und nahmen einen eher abgelegenen Tisch am Fenster. „Das ist ja wirklich ein gemütliches Plätzchen“, lobte Erik das Ambiente des Lokals und Tamaras Auswahl.

„Ich mag dieses Lokal sehr“, antwortete Tamara, „es wirkt richtig ursprünglich asiatisch, das ist eine Seltenheit, deshalb komme ich so oft es geht hierher.“ Ein kleiner, schlanker Chinese erschien, legte zwei Speisekarten auf den Tisch und fragte sie in äußerst unverständlichem Deutsch nach ihrem Getränkewunsch. Beide bestellten und hofften, dass er genug verstand, um das Richtige zu bringen. In der Zwischenzeit stöberten sie in der umfangreichen Speisekarte. Als der Kellner wieder erschien und ihnen glücklicherweise die richtigen Getränke brachte und diese nur den falschen Personen zugeteilt hatte, wählte Erik wie sonst auch, wenn er in einem solchen Restaurant aß, Frühlingsrollen als Vorspeise und als

Hauptgericht Schweinefleisch nach Szechuan-Art, da konnte nach seiner Erfahrung nicht viel schief gehen. Tamara hingegen war einfallsreicher und bestellte eine für ihn unaussprechliche Vorspeise, dazu Acht Schätze, die Erik zumindest kannte, aber nicht besonders mochte, und zusätzlich noch, man mochte es kaum glauben, Oktopus in süß-saurer Soße. Erik war froh, dass er sich seelisch noch einige Minuten auf diesen grauenhaften Anblick vorbereiten konnte, denn allein die Vorstellung, dass diese Spezialität ohne Vorwarnung auf seinem Tisch serviert wurde, löste bei ihm das Gefühl aus, als müsste er sein Innerstes nach außen kehren, um bei einer gewählten Sprache zu bleiben. Aber es war schließlich ihre Sache, womit sie sich den Magen verdarb. Vielleicht schmeckte dieser Minikrake auch besser als er aussah? Er wollte es an diesem Tag nicht herausfinden.

Die Vorspeisen waren offensichtlich vorbereitet gewesen, denn sie wurden innerhalb von zwei Minuten serviert. Zum Glück war noch nichts Ekliges dabei, und die Frühlingsrollen schmeckten lecker. Auch Tamara schien ihre Vorspeise zu genießen. Ihr Angebot, davon zu kosten, lehnte Erik aber dankend ab.

„Das hat wirklich ausgezeichnet geschmeckt", versuchte er die ins Stocken geratene Konversation wieder zu beleben.

„Fand ich auch. Ich muss Sie übrigens vorwarnen. Sie müssen wissen, ich habe einen recht gesegneten Appetit, und wenn ich nicht ausreichend zu essen bekomme, kann ich unausstehlich werden."

„Ich bin weit entfernt von einem Schock. Im Gegenteil: Ich finde es besser, wenn Frauen essen, was sie wollen und glücklich dabei sind, anstatt ständig auf Diät und dabei todunglücklich zu sein. Mich wundert nur, dass Sie es schaffen, dennoch so schlank zu bleiben." Dieses Kompliment musste er an dieser Stelle einfach anbringen, vielleicht hatte sie genau das provoziert.

„Danke, sehr freundlich von Ihnen", wurde es auch prompt gewürdigt, „ich denke einfach, eine Mischung aus guter Veranlagung und viel Bewegung macht es sogar einfach.

Schließlich gibt es genug Möglichkeiten, ordentlich Kalorien zu verbrennen", fügte sie zwinkernd hinzu. Dieses Zwinkern und die Art, wie sie den letzten Satz ausgesprochen hatte, ließ Erik aufhorchen. Meinte sie tatsächlich das, was auch ihm in den Sinn gekommen war? Sie schien nicht besonders verklemmt zu sein. Das gefiel ihm. Er hatte die Nase voll von den frigiden Mädchen und Frauen, von denen er genug kennengelernt hatte. Während er noch über ihre Anspielung nachdachte, erschien bereits der Kellner mit ihren Hauptspeisen. Der Oktopus sah tatsächlich nicht so schlimm aus wie erwartet, zumindest würde sein Magen es aushalten, solange nicht *er* ihn essen musste.

Sein Schweinefleisch schmeckte vorzüglich, und auch Tamara schien mit ihrer Wahl zufrieden zu sein. „So wie Sie auf meinen Teller starren, sollte man annehmen, dass Sie entweder mit mir tauschen wollen oder sich davor ekeln."

„Sie haben mich durchschaut", fühlte sich Erik ertappt, „der Oktopus sieht besser aus als er sich angehört hat."

„Und er schmeckt wirklich außergewöhnlich, das müssen Sie kosten!" Erik hatte das Gefühl, sich auf der Stelle übergeben zu müssen nur bei dem Gedanken daran, dieses schleimige Ding in seinen Mund zu nehmen.

„Danke, nein wirklich, das ist nicht notwendig", rang er sich ein gequältes Lächeln ab.

„Doch, Sie wissen nicht, was Sie verpassen."

„Es gibt gewisse Grenzen", versuchte Erik sich aus dieser Situation zu befreien.

„Das sehe ich anders. Bei der Vorspeise sind Sie mir noch durch die Lappen gegangen, aber jetzt müssen Sie da durch. Ich insistiere!" Die Art, wie sie gekonnt Fremdwörter einsetzte, imponierte ihm, doch dieses glitschige Ding zu kosten würde zu weit gehen. Er hatte seinen Magen nun so weit im Griff, dass er das bereits Gegessene darin behalten würde. Allerdings würde er für nichts garantieren können, wenn er von diesem schwabbeligen Etwas kosten würde.

„Ich weiß nicht recht."

„Aber ich. Vertrauen Sie mir, Sie werden es nicht bereuen.“ Erik verzog das Gesicht. „Also gut, machen wir es interessanter“, erhöhte Tamara den Einsatz, „wenn Sie den Oktopus kosten, haben Sie was gut bei mir.“ Wie gerissen sie war, sie schien genau zu wissen, dass Erik dieser Verlockung nicht widerstehen können würde, auch wenn ihr nicht bewusst war, welchen Gefallen er dafür einfordern wollte.

„Dann bringen wir es hinter uns“, erwiderte er tapfer.

Tamara gab eine kleine Portion auf ihre Gabel und führte sie an Eriks Mund. Er zögerte, nahm aber den Bissen an und begann, langsam und mit skeptischem Blick darauf herum zu kauen. Tamara beobachtete ihn aufmerksam. Nach ein paar Sekunden hellte sich sein Blick auf: „Das schmeckt wirklich außergewöhnlich, und sogar außergewöhnlich gut. Ich muss mich für Ihre Hartnäckigkeit bedanken.“ Und er musste dieses Mal nicht einmal lügen, was er ohne mit der Wimper zu zucken getan hätte.

„Gern geschehen. Sie sind nicht der Erste, dem es so ging. Und ich habe sie alle eines Besseren belehrt“, erwiderte Tamara triumphierend.

„Ich muss sagen, dass ich noch nie so gut asiatisch gespeist habe“, resümierte Erik nach seinem letzten Bissen und nachdem er sich den Mund mit der Serviette abgewischt hatte.

„Freut mich sehr, dass es Ihnen geschmeckt hat“, entgegnete Tamara, „das Essen hier ist eben noch typischer für China, als man es in den meisten anderen chinesischen Restaurants bekommt. Dort hat man sich schon sehr den europäischen Bedürfnissen und Gewohnheiten angepasst.“

„Nach diesem Genuss muss ich sagen, es ist schade, dass es nicht mehr dieser Lokale gibt. Das war wirklich eine Offenbarung“, übertrieb Erik, um seine Begeisterung auszudrücken. Tamara nickte und lächelte kurz, um ihm zu signalisieren, dass sie seinen wenn auch übertriebenen Enthusiasmus zu schätzen wusste.

„Lassen Sie uns gehen!“, eröffnete sie nach einer kurzen Gesprächspause. „Ich möchte gerne noch ein paar Schritte laufen, mal sehen, wo es uns hinführt.“

„Gute Idee! Ein Verdauungsspaziergang wird uns guttun.“ Erik signalisierte dem Kellner mit einer typischen Handbewegung, die Rechnung begleichen zu wollen.

„Darf ich Sie einladen?“, wendete er sich Tamara zu.

„Das ist wirklich nicht nötig, es freut mich, dass Sie dieses Risiko eingegangen und mich hierher begleitet haben.“

„Vielleicht war es mein kulinarisches Risiko, aber zugleich auch eine Erfahrung, die ich nicht missen möchte. Oder denken Sie, ich hätte Sie nicht wiedersehen wollen, wenn mir das Essen nicht zugesagt hätte?“ Erik ließ keine Gelegenheit aus, seine dezenten Andeutungen und Komplimente anzubringen. Tamara durfte sie nicht in den falschen Hals bekommen, sonst könnte diese Taktik auch das Gegenteil bewirken. Er musste ihre Reaktion auf jede einzelne seiner Äußerungen genau beobachten, um weiterhin auf dem richtigen Weg zu bleiben.

„Wenn Sie an einem anaphylaktischen Schock draufgegangen wären, wäre das nun wirklich schade gewesen“, reagierte Tamara schlagfertig, „ich hätte nicht nur das Essen selbst bezahlen, sondern auch den Rest des Tages auf Ihre Gesellschaft verzichten müssen.“ Erik konnte sich an diese Art von Humor gewöhnen. Mittlerweile hatte der Kellner ihren Tisch erreicht und die Rechnung darauf abgelegt. Tamara reagierte schneller als Erik und gab dem Kellner einen 50-Euro-Schein. „Danke, es stimmt so.“ Sie wandte sich Erik zu und beugte sich nach vorne. „Mein Territorium, meine Regeln“, erinnerte sie ihn. Der Kellner bedankte sich mit einem freundlichen Kopfnicken und verließ den Tisch.

„Sie sind ja richtig großzügig“, bemerkte Erik.

„Ich bin der Meinung, dass Trinkgeld nichts Selbstverständliches ist, aber für eine außergewöhnliche Leistung kann man sich auch erkenntlich zeigen.“ Erik hatte nie genau über dieses Thema nachgedacht. Tatsächlich gibt man ständig Trinkgeld, ohne sich darüber Gedanken zu machen, ob es der Empfänger auch verdient hatte. Es war zu einer üblichen Begleiterscheinung geworden, den Betrag auf den nächsten Euro oder mehr aufzurunden. Er hatte sich damit arrangiert und sich nicht näher damit auseinandergesetzt, doch ihm gefiel Tamaras differenzierte Betrachtungsweise.

Sie verließen das Lokal Richtung Osten und genossen die frische Luft, soweit das in Wien möglich ist, und schlenderten scheinbar ziel- und wortlos umher, nicht ohne sich dann und wann einen Blick zuzuwerfen und einander zuzulächeln. Wie gern hätte Erik seine Hand ausgestreckt, Tamaras Hand ergriffen und sie näher zu sich gezogen, aber das wäre verfrüht gewesen. Sie waren gerade erst dabei, einander kennenzulernen, also ließ er es. Er beschloss stattdessen, das Gespräch wieder aufzunehmen.

„Es ist schön hier, wo sind wir?“, eröffnete er allgemein und unverfänglich.

„Im 1. Bezirk, wir haben soeben die Ringstraße überquert“, klärte ihn Tamara auf.

„Sie müssen verzeihen. Wenn man von Linz nach Wien kommt, fühlt man sich wie ein Landei. Linz ist vergleichsweise überschaubar.“

„Ich kann Sie gut verstehen“, beruhigte ihn Tamara, „anfangs dachte ich auch, dass ich mich in diesem Labyrinth nie auskennen werde, aber schon bald hat man einen guten Überblick über die wichtigsten Orte. Der Rest ergibt sich mit der Zeit. Wenn Sie wollen, zeige ich Ihnen ein paar meiner Lieblingsorte.“

„Sehr gerne. Wie ich schon sagte, sind Sie heute meine Fremdenführerin, und ich folge Ihnen überall hin.“

Tamara lächelte ihn an. „Na dann los!“ Sie nahm seine Hand und zog ihn sanft zu sich. „Ich werde Ihnen was zeigen“, fügte sie zweideutig hinzu. Erik lächelte zurück und ließ sich führen.

Die nächsten Stunden vergingen wie im Flug. Tamara zeigte Erik neben ein paar Orten, die er bereits von früheren Besuchen kannte, ein paar wirklich schöne und eher unbekannte Stellen, die er noch interessanter und erinnerungswürdiger empfand. Erst als das Tageslicht langsam aber sicher flacher wurde und die Dämmerung einsetzte, bemerkten sie, dass seit ihrem Aufbruch am frühen Nachmittag mehrere Stunden vergangen waren.

„Sightseeing macht hungrig, finden Sie nicht?“, eröffnete Tamara das Gespräch.

„Bin ganz Ihrer Meinung, und ich verdurste. Das müssen zehn Kilometer gewesen sein.“

„Kommen Sie schon, Sie sind doch ein sportlicher Typ“, munterte ihn Tamara auf. Erik hätte nun eine Anspielung auf ihren gut trainierten Körper und damit ein weiteres Kompliment loswerden können, doch er verzichtete darauf, es wäre zu offensiv gewesen.

„Es geht“, erwiderte er stattdessen, „aber ich bin kein Triathlet. Sie hingegen scheinen das öfter zu machen“, schwächte er das Kompliment geschickt ab.

„Ich halte mich schon fit, vor allem versuche ich, nicht zu träge zu werden und mich viel zu bewegen.“ Nur zu gerne hätte er mit ihr ein paar gemeinsame Bewegungen ausgeführt, die nicht nur gesund waren, sondern auch ziemlich viel Spaß machten, doch er ersparte sich lieber die Bemerkung, die ihm schon auf der Zunge lag.

„Das ist nicht zu übersehen“, entschied er sich, allgemein und dennoch höflich zu antworten, „aber das mit dem Verdursten habe ich ernst gemeint. Lassen Sie uns was trinken gehen!“

„Einverstanden. Ich kenne ein nettes Lokal gleich um die Ecke.“

Tamara hatte nicht untertrieben. Gleich in der nächsten Seitenstraße befand sich ein von außen eher unscheinbares Café, das Erik an ein französisches Bistro erinnerte. Die Fassade bestand aus dunklem Holz und sehr alten, einfach verglasten Fenstern mit Holzrahmen und hatte schon bessere Zeiten erlebt. Aber gerade dieser rustikale und abgewohnte Stil verlieh dem Gebäude schon auf den ersten Blick einen gewissen Charme.

Erik öffnete die Tür und hielt sie für Tamara auf, sodass sie zuerst eintreten konnte. Sie quittierte diese höfliche Geste mit einem schüchternen Lächeln. Das Interieur passte zum äußeren Eindruck: massive dunkle Holzmöbel in rustikalem Stil waren scheinbar ohne Ordnung in dem eher kleinen Raum verteilt, von der Decke hingen schmiedeeiserne mehrstrahlige Lampen, in denen sich noch klassische Glühbirnen befanden, was im Zeitalter der LED-Lampen eine Seltenheit darstellte und einen richtig nostalgisch werden ließ. Erik vernahm den während des zweiten Weltkriegs entstandenen Klassiker *La Mer* von *Charles Trenet*, der Jahre später von *Bobby Darin* und sogar von *Robbie Williams* gecovert wurde, aus den Lautsprechern und ließ diese angenehme Atmosphäre wortlos auf sich wirken.

„Ma chère Tamara!“, unterbrach eine unerwartet laute französische Stimme die wohltuende Stille. Ein Mann, etwa 180 Zentimeter groß, schlank, im Nacken kurzes, oben längeres schwarzes Haar, das er zu einem Mittelscheitel gekämmt hatte, ging auf sie zu. Passend zur Sprache hatte er noch einen leicht gezwirbelten Schnurrbart und war genauso gekleidet, wie man sich einen Kellner in einem französischen Bistro vorstellte: eine schwarze Hose mit Trägern, dazu ein schwarz-weißes, längsgestreiftes Hemd. Das war für Erik beinahe zu kitschig, um wahr zu sein.

„Salut François!“, rief Tamara dem Mann zu.

„Du warst ja seit Wochen nicht mehr hier“, wechselte der offensichtlich auch des Deutschen mächtige François die Sprache, ohne dabei den für Franzosen typischen Akzent zu verlieren.

„Ich hatte viel um die Ohren“, entgegnete ihm Tamara ausweichend. Erik merkte sofort, dass sich ihre Stimmung schlagartig gedämpft hatte. Er vermutete, dass sie letztes Mal mit

Paul hier zu Gast gewesen war und sich aufgrund François' Anmerkung daran erinnert hatte.

Intuitiv nahm Erik Tamara an der Hand und versuchte ihre schmerzlichen Gedanken zu unterbrechen. „Setzen wir uns doch!“

„Gut“, erwiderte Tamara leise. Auch dem Kellner blieb die Stimmungsänderung nicht verborgen. Er verzichtete jedoch darauf nachzufragen. Erik führte Tamara zu einem Tisch am Fenster, rückte ihr einen Stuhl zurecht und nahm selbst Platz.

François näherte sich ihnen. „Was darf ich euch bringen?“

„Für mich einen Café au lait“, antwortete Tamara wie in Trance.

„Für mich auch“, ergänzte Erik kurzer Hand, um den Kellner loszuwerden, und François entfernte sich. Erik wendete sich nun Tamara zu. „Wenn Sie möchten, können wir auch wieder gehen.“

„Danke, es geht schon wieder. Mir ist nur vorhin klar geworden, dass ich am 25. September hier einen Kaffee getrunken habe ... mit Paul. Das war unser letzter gemeinsamer Abend, und...“ Ihre Stimme wurde erstickt von ein paar Tränen.

„Sie müssen nicht darüber reden, wenn es zu schwer ist.“

„Ach Erik, Sie sind so nett und verständnisvoll. Ich habe das gar nicht verdient.“

„Wie meinen Sie das?“

„An dem Abend haben wir uns hier gestritten.“

„Na und, das kommt doch in der besten Beziehung vor.“

„Schon, aber damals benahm ich mich wie ein selbstsüchtiges Miststück. Ich wollte ihn davon abhalten, mit Ihnen auf diesen Berg zu gehen.“

„Hätten Sie es nur getan, dann wäre er jetzt noch bei uns.“

„Sie haben zwar recht, aber das ist nicht der Punkt. Ich wollte, dass er mich Ihnen vorzieht und das Wochenende mit mir verbringt. Verstehen Sie? Ich habe es ihm nicht vergönnt, diesen einen Tag mit jemand anderem zu verbringen.“

„Auch das ist doch nicht so schlimm, sondern ganz natürlich, wenn man jemanden liebt.“

„Aber ich habe es übertrieben. Ich war eifersüchtig, ein Wort ergab das andere, und ich sagte ihm, er müsse sich entscheiden, entweder für Sie oder für mich.“ Erik war nun doch sehr erstaunt über diese Entwicklung des Gesprächs. Tamara hatte Paul tatsächlich ein Ultimatum gestellt. Wie so oft in der realen oder der Literaturgeschichte musste eine Entscheidung zwischen zwei Menschen getroffen werden, für den einen und gegen den anderen: *Christine Daaé* musste sich zwischen ihrem Verlobten *Raoul Vicomte de Chagny* und dem Phantom entscheiden, *Ingrid Bergman* hatte die Wahl zwischen *Humphrey Bogart* und dem anderen Typen zu treffen, wie hieß der noch gleich, *Victor Laszlo*, nein, das war die Filmfigur, *Paul Henreid* war der Name des Schauspielers. Auch *Kaiser Franz Josef* musste zwischen seiner Mutter *Sophie* und seiner *Sisi* wählen, und in *Trainspotting* musste *Tommy* zwischen seiner Freundin und dem Besuch eines *Iggy Pop*-Konzerts wählen. Auf die Frage seines Kumpels, wie er sich denn entschieden hätte, antwortete er nur, dass er das Ticket bereits bezahlt habe. Das ist wahre Liebe.

Doch zurück zur Realität: Paul hatte tatsächlich nicht klein beigegeben, sondern ihre gemeinsame Bergwanderung seiner geliebten Tamara vorgezogen. Erik kannte Paul gut genug um zu wissen, dass er einen starken Willen hatte, den er auch durchzusetzen vermochte, nur wenn es um seine Tamara ging, zog er doch öfter den Schwanz ein. Jetzt, wo Erik sie kennengelernt hatte, verstand er auch warum. Man konnte sich ihr einfach nicht entziehen, einmal in ihrem Bann, würde sie einen nie wieder loslassen, beinahe wie ein Fluch, nur positiv besetzt. François hatte inzwischen die beiden Kaffees serviert und sich wortlos wieder entfernt. Er spürte wohl, dass er die beiden jetzt nicht unterbrechen sollte.

Nach dem Motto, am besten nur Fragen zu stellen, auf die man die Antwort bereits wusste, bohrte Erik nach. „Was geschah dann?“

„Er hat wortlos seine Brieftasche gezückt, 20 Euro auf den Tisch gelegt, ist aufgestanden und gegangen. Sein Gesicht strahlte eine so große Enttäuschung aus, die ich nie zuvor bei ihm gesehen hatte. Verstehen Sie? An diesem Abend habe ich Sie, ohne Sie je getroffen zu haben, gehasst, weil Sie mir meinen Paul für einen lächerlichen Tag weggenommen haben. Kurz danach verließ auch ich das Lokal und fuhr in seine Wohnung, um ihn um Verzeihung zu bitten, doch er war nicht da. Ich habe ein paar Mal versucht, ihn telefonisch zu erreichen. Das erste Mal hat er den Anruf abgelehnt, danach kam ich immer auf die Mailbox. Ich habe ihn tatsächlich so weit gebracht, sein Telefon auszuschalten. Dann konnte ich nicht anders: Ich habe mir eine Flasche Wein geholt und sie innerhalb von zehn Minuten ausgetrunken. Mit jedem Schluck habe ich mich mehr gehasst. Ich weiß nicht, warum ich es so weit habe kommen lassen. Jedenfalls werde ich den Rest meines Lebens dafür büßen."

„Ich verstehe sehr gut, dass Sie sich damals deswegen schlecht gefühlt haben. Im Detail wusste ich nicht, was zwischen Ihnen vorgefallen ist, aber Paul hat etwas bei der Wanderung erwähnt, und ich hatte den Eindruck, dass er Ihnen verziehen hat."

„Warum hat er dann nicht zurückgerufen?"

„Als Sie ihn anriefen, wusste er ja nicht, dass Sie sich bei ihm entschuldigen wollten. Und am nächsten Tag ist er wahrscheinlich auf Nummer sicher gegangen, um einer weiteren Diskussion aus dem Weg zu gehen. Er hätte Sie sicher am Abend oder am Sonntag angerufen."

„Glauben Sie das wirklich?" Tamara hob ihren Blick. Trotz ihres verheulten Gesichtsausdrucks war sie noch immer wunderschön. „Sie sagen das nicht nur, um mich zu beruhigen?"

„Selbstverständlich sage ich das, um Sie zu beruhigen. Ich bin aber auch davon überzeugt, dass es die Wahrheit ist." Erik musste mit allen Mitteln versuchen, ihre Stimmung wieder zu heben. Bis vor zehn Minuten hatten sie einen aus seiner Sicht perfekten Tag erlebt, und er wollte nicht, dass er so endete.

„Sie sind ein guter Mensch, Erik, wissen Sie das? Sie geben einem das Gefühl, etwas wert zu sein."

„Bei Ihnen fällt mir das nicht schwer."

„Sehen Sie mich doch an! Ich bin nur ein Häufchen Elend.“

Erik nahm ihre Hand. „Sie haben einfach nur menschlich reagiert, das ist doch nicht verwerflich. Und Sie sind mit Abstand der interessanteste Mensch, den ich in Wien kenne.“ Erik versuchte, mit ein wenig Witz die Situation aufzulockern, denn wie er wusste auch Tamara, dass er so gut wie niemanden hier kannte.

Sie lächelte ein wenig gequält, legte ihre zweite Hand auf Eriks und sah ihm tief in die Augen. „Ich danke Ihnen, Erik. Wie schaffen Sie das nur?“

„Was meinen Sie?“

„Sie haben mich wieder zurückgeholt aus meinem Tal der Tränen.“

„Wenn mir jemand etwas bedeutet, tue ich halt mein Bestes.“ Tamara hatte dieses Kompliment zwar registriert und geschätzt, sie wollte aber zu diesem Zeitpunkt nicht darauf antworten, sondern quittierte es mit einem Lächeln, um ihm zu zeigen, dass sich ihre Stimmung bereits gebessert hatte.

„Lassen Sie uns gehen!“, forderte Tamara Erik entschieden auf. „Ich mag dieses Lokal sehr, aber ich habe die Erinnerungen, die ich damit verknüpfe, unterschätzt. Es ist besser, eine Weile nicht hierher zu kommen.“ Erik nickte und legte 10 Euro auf den Tisch.

Das sollte auch bei den heutigen Kaffeepreisen reichen, dachte er. Sie erhoben sich von ihren Stühlen und verließen das Café.

Ihr Aufenthalt dort hatte nicht lange gedauert. Dennoch war der Himmel mittlerweile dunkel, zumindest so dunkel, wie er in einer Stadt wie Wien nachts sein konnte. Es hatte auch abgekühlt, doch die frische Luft schien beiden gut zu tun.

„Lassen Sie uns noch ein paar Schritte gehen!“, schlug Tamara vor, nahm seine Hand und zog ihn sanft hinter sich her. Sie schien ihren Elan wieder gefunden zu haben, und Erik folgte ihr ohne Widerrede. Nicht nur in dieser Situation hätte er dieser Frau ohnehin nichts abschlagen können. So ließ er sich wieder von Tamara durch die Häuserschluchten des 1. Bezirkes jener Stadt führen, die ihm zwar fremd war, aber in der er sich mit ihr an seiner Seite irgendwie zuhause fühlte.

„Ob es eine Chance gibt, in dieser Stadt auch mal die Sterne zu sehen?“, brach Erik nach ein paar Minuten das Schweigen. „Der Himmel ist zwar praktisch wolkenlos, aber mir kommt es vor, als wäre es wegen der Beleuchtung nicht möglich, den Sternenhimmel zu genießen. Das ist schade, ich liebe diesen Anblick.“

„Man muss schon ein paar Kilometer weit rausfahren, um in den Genuss zu kommen“, stimmte Tamara zu. „Früher, als ich noch auf dem Land wohnte, habe ich es geliebt, mich nachts auf eine Wiese zu legen, in den hell erleuchteten Nachthimmel zu blicken und das Wunder und die Weiten des Universums zu betrachten. Ganz gleich, wie oft man diesen Anblick genießt, es ist irgendwie immer gleich und doch anders, denn man entdeckt stets etwas Neues. Es erfüllt einen mit Ruhe, Frieden und auch Demut, denn man fühlt sich angesichts dieser unvorstellbaren Weiten des Alls so winzig und unbedeutend, nicht im Sinn von minderwertig, sondern man erkennt einfach die Tatsache an, dass es da draußen noch so viel mehr gibt. Ich finde, es existiert nichts Vergleichbares.“

Erik hielt einen Moment inne. „Das war sehr poetisch und ergreifend.“ In diesem Moment bemerkte er ein Taxi, das sich näherte. Er hob seinen rechten Arm und winkte das Taxi herbei. „Ich habe eine Idee. Lassen Sie sich überraschen!“ Eriks Spontanität verblüffte Tamara. Sie kam nicht mal mehr dazu nachzufragen, da hatte er schon die hintere Beifahrertür geöffnet. „Steigen Sie ein und vertrauen Sie mir!“ Tamara gefiel Eriks Vorgehen, ihre Neugier war geweckt. Sie rutschte auf den Sitz hinter dem Fahrer, sodass auch Erik Platz nehmen konnte. Noch bevor sie etwas fragen konnte, fügte er hinzu: „Mir ist eingefallen, dass ich mich doch noch an eine Besonderheit in

Wien erinnere. Das ist zwar lange her, aber ich weiß es noch, als ob es gestern gewesen wäre."

„Und?"

„Und da fahren wir jetzt hin." Erik wendete sich dem Taxifahrer zu. „Zum Prater, bitte!" Tamara blickte zu Erik und lächelte ihn an.

„Ich denke, ich weiß, was Sie vorhaben, und wenn ich richtig liege, sind Sie genial."

„Es sind nicht die abstrusesten Gedanken, denen die genialsten Einfälle entspringen, sondern die einfachsten und naheliegenden", lächelte Erik triumphierend zurück.

„Sie sind dabei, meinen Tag zu retten", fügte Tamara lächelnd hinzu und nahm Eriks Hand.

Die nur wenige Minuten dauernde Fahrt verbrachten die beiden schweigend, was nicht daran lag, dass sie einander nichts mehr zu sagen gehabt hätten. Die Verbindung ihrer Hände und die Vorfreude auf das kommende Erlebnis, das bei beiden fast kindlich ausgeprägt zu sein schien, war Kommunikation genug.

Das Taxi hielt beim Prater am Taxistand. Erik bezahlte, öffnete die Wagentür, stieg aus, ging um das Taxi herum und öffnete Tamara die Tür. Sie quittierte diese Geste wiederum mit einem Lächeln, das nun nicht mehr so schüchtern wirkte wie noch wenige Stunden zuvor. Erik nahm ihre Hand und half ihr beim Aussteigen.

„Vielen Dank, wie aufmerksam von Ihnen", war Tamara angetan.

„Es ist kühl geworden, folgen Sie mir!". Tamara ahnte bereits, wohin Erik sie bringen wollte, zumindest wäre sie sehr überrascht gewesen, wenn sie sich getäuscht hätte.

Ihr kurzer Spaziergang quer durch den Park endete bei einem im Vergleich zu den vielen Wiener Sehenswürdigkeiten nicht besonders eindrucksvollen Bauwerk. Es war trotzdem unverkennbar, denn aus dem ansonsten vieleckigen Gebäude erhob sich eine Kuppel in den Wiener Nachthimmel.

„Ich weiß, von außen macht es nicht viel her, aber es zählen wie so oft die inneren Werte, finden Sie nicht?“, setzte Erik das Gespräch fort.

„Hier trifft das auf jeden Fall zu“, entgegnete Tamara. „Freut mich sehr, dass ich richtig vermutet habe, wohin Sie mich bringen. Ich bin dennoch überrascht von Ihrer Spontanität, noch dazu, weil sie den Nagel auf den Kopf getroffen haben. Das Planetarium ist einer meiner Lieblingsorte in Wien.“

„Dann lassen Sie uns nicht länger warten!“ Erik zog Tamara sanft zum Eingang, öffnete ihr die Tür, und sie traten ein.

Auch der Eingangsbereich wirkte nicht besonders überwältigend, das war auch gar nicht nötig. Ohne weitere Zeit zu verlieren, begaben sie sich zum einzigen geöffneten Schalter. Dahinter saß eine etwa 25-jährige Frau mit braunem glattem Haar, das sie zu einem Mittelscheitel gekämmt hatte. Eriks Blick fiel auf ihr eher blasses Gesicht, wodurch ihre strahlenden dunkelbraunen, dezent geschminkten Augen und ihr ungeschminkter, doch aufgrund der vollen Lippen sehr verführerischer Mund hervorstachen. Unter ihrem dünnen dunkelblauen Baumwollpullover zeichnete sich ein schön geformter Busen ab, nicht zu klein und nicht zu groß. Erik ertappte sich dabei, wie er sie beinahe zu lange musterte und hoffte, Tamara würde es nicht bemerken. Er konnte eben nicht anders. Nur zu gern betrachtete er andere Menschen, vor allem Frauen, und besonders jene, die ihm gefielen.

„Wie kann ich Ihnen helfen?“, fragte die junge Dame in perfektem Hochdeutsch ohne die typisch österreichische Sprachfärbung.

„Wann beginnt die nächste Vorstellung, und worum geht es dabei?“, stellte Erik eine Gegenfrage.

„Die Veranstaltung heißt ‚5 Sternbilder in einer Stunde‘, hier erfahren Sie vor allem, wie sie aussehen und zu welcher Jahreszeit sie bei uns sichtbar sind. Sie haben Glück, die nächste

Vorführung beginnt in zehn Minuten." Erik drehte sich zu Tamara um, sie nickte.

„Gut, zwei Karten bitte!", orderte er die Tickets. Ein paar Mausklicks und wenige Sekunden später warf der Drucker die beiden Eintrittskarten aus. Die Dame überreichte Erik die Tickets, und er bezahlte. Dann begaben sie sich zum Eingang des Saales, wo sie ein großer, schlanker und gut gekleideter Mann erwartete.

Nach einem kurzen Blick auf die Karten, die ihm Erik vorzeigte, hob er seinen rechten Arm und zeigte in die linke Seite des Raumes. „Ihre Plätze 9 und 10 in Reihe 3 sind dort drüben", ergänzte er in unverkennbarem Wiener Dialekt.

„Danke sehr", entgegnete Erik höflich. Er ließ Tamara den Vortritt, sie gingen zu ihren Plätzen und setzten sich.

„Wir haben wirklich Glück, dass wir nicht einmal warten müssen", ergriff nun Tamara wieder das Wort.

„Finde ich auch. Welche Sternbilder kennen Sie?", versuchte Erik die kurze Wartezeit zu überbrücken.

„Ich habe mir nie viele Gedanken darüber gemacht, welche Sternbilder es gibt, wie sie aussehen und wo sie zu finden sind. Mir ging es immer nur darum, die Sterne zu genießen, wie ich sie wahrgenommen habe. Allerdings muss ich zugeben, dass ich sehr gespannt bin, denn ich weiß, dass ich heute auf jeden Fall etwas dazulerne."

„Ich habe früher auch einfach nur den Blick genossen. Irgendwann fing ich an, mich für die Sternbilder zu interessieren. Jetzt kenne ich schon sehr viele beim Namen, muss allerdings zugeben, dass es auch nach einigen Jahren immer noch schwierig ist, sie zu finden. Schließlich sehen sie nicht immer so aus, wie man es vermuten würde."

„Wir haben noch Zeit. Verblüffen Sie mich doch mit Ihrem Wissen!", war Tamara neugierig geworden.

Erik schloss die Augen und überlegte einen Moment. „Wie wäre es mit *Orion*?", fuhr er fort.

„Davon habe ich schon gehört", antwortete Tamara.

„Es ist eines der bekannteren Sternbilder. Wie viele andere geht es auf Beobachtungen des *Claudius Ptolemäus* zurück. Durch seine vielen hellen Sterne ist es wahrscheinlich das Sternbild, das am meisten auffällt. Es gibt verschiedene Deutungen, was es darstellen soll, meistens wird von einem mythischen Jäger gesprochen. Zu dieser Jahreszeit sollte man *Orion* auch bei uns sehen. Das Einzigartige daran ist die gerade Linie aus drei Sternen, die den Gürtel des Jägers bilden. Vielleicht sehen wir ihn ja gleich, ansonsten würde ich ihn das Sternbild gerne einmal in Wirklichkeit zeigen." Tamara war geschmeichelt von seiner letzten Bemerkung, doch sie entschloss sich, nicht darauf einzugehen.

Doch sie musste irgendetwas erwidern. „Das war sehr interessant. Wissen Sie über jedes Sternbild so viel?"

„Nein, bei weitem nicht. Ich weiß, dass es insgesamt 88 anerkannte Sternbilder gibt, von denen mehr als die Hälfte auf *Ptolemäus*, der sie schon im zweiten Jahrhundert nach Christus beobachtet und beschrieben hatte, zurückgehen. Oft kenne ich nur die Namen, nicht aber die Gestalt geschweige denn noch mehr Details."

„Ich bin dennoch sehr beeindruckt von Ihrem Detailwissen." Tamara wollte dieses Kompliment loswerden, um ihm indirekt zu zeigen, dass sie seine Bemerkung von vorhin durchaus registriert hatte.

„Ich habe mich schon als kleiner Junge für das Weltall interessiert und vor allem die bahnbrechenden und mit einfachsten Mitteln erreichten Leistungen der alten Griechen bewundert. Mit den heutigen technischen Möglichkeiten erscheint vieles nur Formsache. Vor über zweitausend Jahren war das anders. Wussten Sie, dass der Erdumfang damals von einem gewissen *Eratosthenes* ziemlich genau berechnet werden konnte? Er wusste, dass die Entfernung zwischen den Städten *Alexandria* und *Syene*, dem heutigen *Assuan*, 770 Kilometer betrug. Gegen Mittag beobachtete er die Sonne in Syene, die sich im Wasser einer tiefen Zisterne spiegelte, und zog daraus den

Schluss, dass die Sonne senkrecht über der Stadt stand. Zur gleichen Zeit wurde in Alexandria nicht das gleiche Phänomen beobachtet, sondern eine Abweichung von 7,2 Grad berechnet, was einem Fünfzigstel des Umfanges eines Kreises entspricht. *Eratosthenes* hatte damit den Nachweis erbracht, dass die Erde keine Scheibe, sondern eine Kugel war, und er berechnete daraus einen Erdumfang von 38.500 Kilometern, was dem heutigen Stand von etwas mehr als 40.000 Kilometern ziemlich nahekommt. Das ist eine dieser Geschichten, die mich vor vielen Jahren sehr beeindruckt hat."

Tamara war sprachlos. „Sie haben wirklich interessante Geschichten auf Lager. Wie können Sie sich nur so viele Details merken?"

„Es kommt nur darauf an, dass Sie sich wirklich für eine Sache interessieren, dann können Sie sich alles merken.

„Genau das denke ich auch", pflichtete ihm Tamara bei.

Mit diesen Worten, fast wie aufs Stichwort, verdunkelte sich langsam der Raum. Es folgte eine einstündige Reise, die sie sich auch in der Natur nicht schöner hätten vorstellen können. Der Nachthimmel wurde auf eine Art zum Leben erweckt, wie man es nicht für möglich gehalten hätte. Als erstes wurde ihnen *Aquila*, der Adler, mit seinem auffallend hellen Hauptstern *Altair* präsentiert. Auch dieses Sternbild hatte bereits *Claudius Ptolemäus* in seinem *Almagest* beschrieben, und das sollte auch für die folgenden gelten. Danach konnten sie den nächsten majestätischen Vogel bewundern. Das Sternbild *Cygnus* soll einen fliegenden Schwan darstellen. Es besteht aus zwei hellen Sternreihen, die ein eindrucksvolles Kreuz am Himmel ergeben und trägt daher auch den Namen *Kreuz des Nordens*. In der griechischen Mythologie wurde es als Göttervater Zeus interpretiert, der den Frauen in der Gestalt des Schwans nachstellte. Sozusagen als Gegenstück folgte *Crux*, das *Kreuz des Südens*, das nicht durch seine Größe, sondern durch seine Auffälligkeit besticht. Von Mitteleuropa aus ist es nicht mehr zu sehen, zu Zeiten der alten Griechen war das noch der Fall gewesen. Durch die Präzessionsbewegung der Erde kann das Sternbild jetzt nur noch auf der Südhalbkugel und in der Nähe des Äquators beobachtet werden. Für die Seefahrer stellte es eine wichtige Orientierungshilfe dar, da die senkrechte Achse Richtung südlichen Himmelspol zeigt. Das Pendant auf der nördlichen Halbkugel bildet der Polarstern, mit dem man den geografischen Nordpol bestimmen kann. Auch über *Orion* wurde berichtet. Zum Glück hatte sich Erik die Details darüber gut eingeprägt, sonst hätten seine Ausführungen Tamara nicht beeindruckt, sondern wäre er als unwissender Wichtigtuer dagestanden. Schließlich erfuhren die beiden und die übrigen Besucher noch etwas über *Andromeda*. Dieses Sternbild ist nach einer Prinzessin aus der griechischen Mythologie benannt und besteht aus einer Kette von vier Sternen, ausgehend vom Rechteck eines anderen Sternbildes, des *Pegasus*. Ähnlich wie bei *Orion* liegen die drei hellsten Sterne beinahe auf einer Linie, was besonders auffällig ist. In diesem Bereich des Himmels liegt auch der bekannte Andromedanebel, ein schwach leuchtender Nebelfleck, der jedoch viel weiter entfernt liegt als diese vier Sterne. Erik und Tamara wurden von dieser bildgewaltigen Darbietung völlig in den Bann gezogen, ertappten sich jedoch immer wieder, dass sie den Blick zum anderen suchten.

Während Erik von dem Anblick, der sich ihm nicht nur über, sondern auch neben ihm bot, überwältigt war, kamen auf einmal die Worte *rewrite the stars* leise über seine Lippen.

„Entschuldigen Sie, ich habe Sie nicht verstanden“, entgegnete Tamara.

Erik sprach nun ein wenig lauter. „Ich sagte *rewrite the stars*. Das ist eine Redewendung. Es bedeutet so viel wie ‚das Schicksal ändern‘. Wenn man so wie viele Menschen glaubt, dass unser Schicksal in den Sternen vorgezeichnet und daher vorherbestimmt ist, wäre es doch schön, wenn man durch das Versetzen der Sterne seine Bestimmung ändern und selbst gestalten könnte.“

„Ich glaube nicht daran, dass unser Schicksal vorgegeben ist, auch nicht durch die Sterne, aber das ist ein wunderschöner Gedanke. Sie sind ja ein richtiger Poet“, war Tamara angetan von Eriks Überlegung.

„Ich glaube auch, dass wir es in der Hand haben, unser Schicksal selbst mitzubestimmen, ob es nun durch das Versetzen der Sterne oder auf andere Weise geschieht.“ Erik lächelte Tamara zu, und sie lächelte zurück, nicht mehr ganz so schüchtern wie zuvor. Ihr Lächeln überstrahlte alles in diesem Raum, und ihre Augen glänzten in dem künstlichen Sternenlicht, wie er es nicht in Worte hätte fassen können. Ihr Antlitz wurde von einer magischen, sich ständig ändernden Aura umgeben, die sie noch um ein Vielfaches schöner wirken ließ. Erik musste sich am Riemen reißen, um nicht ständig zu ihr zu blicken. Konnte er sein unbändiges Verlangen noch länger unterdrücken? Er merkte, wie sich sein Kopf langsam zu ihrem neigte, und er konnte fühlen, dass sein Herz immer schneller schlug, je näher er ihr kam. Wenige Zentimeter bevor er ihr Gesicht berührte, drehte auch sie ihren Kopf in seine Richtung. Kurz hielt er inne, um in ihren Augen zu lesen, ob er sich weiter nähern durfte. Ihre Augen leuchteten im kühlen bläulichen Licht des Raumes heller als *Altair*, der wie sämtliche Sternbilder neben ihr ohnehin verblassten. Würde sie zurückweichen oder ihren Kopf wegdrehen? Er spürte, dass auch ihr Herz schneller zu schlagen begann. Ihre Augen signalisierten vielleicht Unsicherheit, aber keine Ablehnung. Konnte er es wagen? Durfte er sich sicher sein, die letzten Zentimeter zu ihren sinnlichen Lippen zu überwinden, ohne von ihnen weggestoßen zu werden? Würden sie die seinen in Empfang nehmen? Er schloss langsam seine Augen, um seine Unsicherheit zu verbergen, und kam ihr noch näher. Obwohl sichtlich überrascht schloss auch sie ihre Augen voller Erwartung. Ihre Lippen berührten sich, zunächst zaghaft, dann immer vertrauter. Seine rechte Hand wanderte über ihren Oberarm, umschloss sanft ihren Nacken und zog sie noch ein wenig näher zu sich. Dadurch wurde der Kuss noch inniger, und sie vergaßen die Welt um sich herum, den Himmel, die Menschen, alles andere schien plötzlich aufzuhören zu existieren. Erik fühlte sich so gut wie ewig nicht mehr. Endlich hatte er es gewagt, sie zu küssen, und sie hatte seinen Kuss erwidert.

Ein lautes Geräusch, das offenbar zur Vorstellung gehörte, unterbrach seine Gedanken. Es versetzte ihm innerlich einen Ruck, und er öffnete seine Augen. Er saß noch immer in dem bequemen Sessel und verfolgte die Darbietung, hatte dabei anscheinend für einen Moment die Augen geschlossen, um sich seinen Wunschträumen hinzugeben. Er warf einen vorsichtigen Blick zu Tamara, die weiterhin gespannt nach oben in den künstlichen Himmel blickte und den Ausführungen des Erzählers lauschte, nun aber bemerkte, dass Erik sie ansah.

„Ist etwas nicht in Ordnung?“, fragte sie, nachdem sie in sein entgeistertes Gesicht geblickt hatte.

„Nein, alles gut. Ich war nur kurz in Gedanken versunken“, beruhigte Erik. Er wollte aus verständlichen Gründen keine Details preisgeben und rang sich ein Lächeln ab. Schon wieder hatte ihm sein Gehirn einen – wenn auch sehr angenehmen – Streich gespielt. Würde er den Mut aufbringen, das in seinem Kopf durchgespielte Szenario auch in die Tat umzusetzen? Es war vielleicht noch nicht der richtige Zeitpunkt gekommen. Eine Zurückweisung hätte er nicht ertragen können. Also atmete er innerlich tief durch und beschloss, auf seine Chance zu warten und versuchte trotz der vielen Gedanken, die in seinem Kopf kreisten, den Rest der faszinierenden Vorstellung über die Sternbilder zu genießen.

„Ich muss Ihnen noch einmal danken, Erik“, resümierte Tamara, als sie am Ende angekommen waren und der Saal wieder hell erleuchtet wurde. „Nichts kann den Ausblick auf den echten Sternenhimmel ersetzen, aber das eben war wirklich nahe dran.“

„Ich bin ganz bei Ihnen, das war halt das Beste, was mir dazu eingefallen ist“, versuchte sich Erik zu rechtfertigen.

„Sie haben es geschafft, dass ich mich wieder gut fühle. Das ist viel mehr, als ich nach den letzten Wochen erhoffen durfte“. Sie nahm Eriks Hand. „Lassen Sie uns noch spazieren gehen!“ Erik setzte ein Lächeln auf. Tamara schien sich wohl bei ihm zu fühlen. Sie verließen das Planetarium und genossen die frische Abendluft des Praters. Tamara blickte hoch. „Ist schon eine Umstellung nach der letzten Stunde“, kommentierte sie den noch immer bewölkten Himmel, „aber ich werde sie fest in meinem Gehirn abspeichern, und dann werden wir den ganzen Abend diesen atemberaubenden Sternenhimmel über uns haben.“

„Das ist ein wundervoller Gedanke“, antwortete Erik, der sich nach dem verwirrenden Erlebnis von vorhin wieder gefangen hatte.

Die übrigen Besucher des Planetariums zerstreuten sich allmählich über das Pratergelände und die Seitenstraßen sowie die U-Bahnstation, sonst waren kaum Menschen zu sehen. Die Hauptsaison im Prater war vorbei und damit auch das bunte Treiben der letzten Monate. Auch die opulente Beleuchtung war dem Herbst zum Opfer gefallen, aber das galt nicht uneingeschränkt: Wenige Meter von ihnen entfernt ragte ein Gebilde hoch in den Wiener Abendhimmel. Es war das ganze Jahr über hell erleuchtet und nicht nur dem durchschnittlichen Österreicher, sondern Menschen auf der ganzen Welt bekannt. Erik und Tamara sahen einander in die Augen.

„Na wie wär's?“, folgte Eriks spontane Aufforderung.

„Sehr gerne“, war Tamaras knappe und doch verheißungsvolle Antwort. Schließlich gibt es kaum einen romantischeren Ort als das berühmte Riesenrad im Wiener Prater. Nun war es Erik, der Tamara in Richtung ihres nächsten Zieles zog. Vielleicht würden dort seine Träume beginnen wahr zu werden.

Der Andrang hielt sich wegen der Jahreszeit in Grenzen, nur ein Mann und eine Frau, beide Mitte vierzig, standen vor ihnen an der Kasse. Als der Mann die zwei Eintrittskarten bezahlte, bemerkte Erik einen Ring an dessen rechten Ringfinger und schloss daraus, dass die beiden miteinander verheiratet waren. Der Mann legte seinen rechten Arm um seine Frau und geleitete sie zum Einstieg. Nach ihrem Benehmen schienen sie noch immer verliebt zu sein, wenngleich sie das nicht mehr wie zwei Teenager auslebten. Erik malte sich aus, dass es bei Tamara und ihm in einigen Jahren genauso sein könnte. Als sie an der Reihe waren, kaufte Erik die zwei Tickets. In diesen Momenten konnte man die Emanzipation getrost vergessen und dem Mann das Zepter in die Hand geben. Wie der Mann zuvor legte Erik seinen Arm um Tamara und forderte sie damit wortlos auf, ihm zu folgen. Nur wenige Schritte später trafen sie auf einen älteren Herrn, dem Erik die Billets überreichte. Der Kontrolleur gab sie nach kurzem prüfendem Blick zurück und wünschte eine gute Fahrt.

Ein paar Minuten und einige Stufen später standen Erik und Tamara vor einer leeren Gondel, die soeben von ihrer Runde zurückkam. Die Tür wurde geöffnet, und ein gut gekleideter Herr mittleren Alters half ihnen beim Einsteigen. Das Pärchen von vorhin war bereits unterwegs. Hinter ihnen befand sich niemand mehr, daher hatten sie einen Waggon von komfortabler Größe für sich allein. Langsam begann er seine wackelige 360-Grad-Reise der Romantik. Würde sie auch für die beiden Insassen diese Wirkung haben?

Nur langsam überwand die Gondel die ersten Höhenmeter und damit die umliegenden Bauwerke. Es würde eine Zeit dauern, bis sie ganz oben wären, um den Ausblick zu genießen. Bei beiden war förmlich eine gewisse Vorfreude zu spüren, aber auch die Unsicherheit, was sie dort erwarten würde. Erik versuchte, sich nicht anmerken zu lassen, wie sehr ihn die Situation beschäftigte. Noch wenige Minuten zuvor hatte er sich ausgemalt, wie es wäre, seine begehrte Tamara im Planetarium zu küssen, nur um festzustellen, dass es sich nur um ein Hirngespinst handelte, wie es ihm bereits bei ihrem Treffen in Linz ergangen war. Er hatte keine Ahnung, wie er weiter vorgehen sollte. Mit schlechtem Timing konnte er alles zerstören, was er während des Tages aufgebaut hatte. Tamara bemerkte von seiner Nervosität nichts, zumindest ließ sie sich nichts anmerken. Erik beobachtete jede ihrer Bewegungen. Zu Beginn der Fahrt hatte sie seine Hand losgelassen, ihm den Rücken zugekehrt, sich auf die Bank in der Mitte des Waggons gesetzt und wortlos nach draußen geblickt. Nach etwa einer Minute hatte sie sich erhoben und war langsam und entspannt wirkend umher gegangen. Dabei warf sie ihm immer wieder Blicke zu, die er nicht deuten konnte, wenngleich sie dabei immer lächelte. Forderte sie ihn damit auf, die Initiative zu ergreifen, oder wollte sie damit nur ihre eigene Unsicherheit und Schüchternheit überspielen? Erik lächelte zurück und versuchte, seine Nervosität abzulegen. Mit jedem Lächeln, das sie ihm zuwarf, gelang es ihm ein wenig mehr, und mit jedem Meter, den die beiden dem Zenit der Fahrt entgegensteuerten, spürte er, wie sein Selbstbewusstsein immer stärker wurde. Die Entscheidung über den weiteren Verlauf des Abends, vielleicht sogar seines Lebens würde fallen, wenn die Gondel an ihrer höchsten Position angekommen war. Er versuchte sich zu konzentrieren und auf das gefasst zu sein, was in den nächsten Minuten geschehen würde. Vermutlich musste er den ersten Schritt wagen, denn auch wenn er aus Tamaras Verhalten keine Zurückweisung schließen konnte, war es doch von Zurückhaltung und Unsicherheit geprägt, was an ihm selbst liegen konnte oder an den letzten Wochen, in denen sie so viel zu verarbeiten hatte. In seinem Kopf versuchte er, verschiedene Szenarien durchzuspielen, wie er die Sache am besten angehen sollte, doch er kam zu keinem eindeutigen Ergebnis. Er hatte dafür einfach keinen Plan.

Der Waggon hatte beinahe den höchsten Punkt erreicht. Beide standen nun nebeneinander. Der Blick über das abendliche Wien war der Lohn für die holprige Fahrt. Von hier oben schien die Stadt so ruhig und friedlich zu sein. Erik fühlte sich trotz der noch nicht völlig gewichenen Nervosität richtig gut. Er hatte einen interessanten Tag mit seiner Traumfrau verbracht. Nun befand er sich mit ihr an einem der romantischsten Orte, die Wien zu bieten hatte. Der Drang, sich Tamara zu nähern, wurde immer stärker, doch er wusste nicht, wie er es anstellen sollte und ob bereits der richtige Zeitpunkt gekommen war.

Während er noch weiter darüber nachdachte und wie schon zuvor zu keinem befriedigenden Ergebnis kam, setzte Tamara das seit ihrem Einstieg in die Gondel unterbrochene Gespräch fort. „Ich muss Ihnen nochmals danken, Erik. Das war heute ein sehr schöner Tag für mich.“ Erik wollte etwas darauf erwidern, aber Tamara wartete nicht auf eine Antwort. „Wissen Sie, ich bin seit Wochen nicht mehr ausgegangen, Sie können sich ja denken, warum. Na ja, das ist nicht ganz richtig, denn wir haben einen gemeinsamen Abend in Linz verbracht, das fand ich auch sehr schön. Ich kann es nicht genau beschreiben, aber ich spüre eine Art der Vertrautheit, wie ich sie auch bei Paul gefühlt habe, in gewisser Weise sind Sie ihm sogar ähnlich, was mich nicht wundert, da Sie ja sein bester Freund sind, ich meine, waren.“ Tamara drehte ihren Kopf nachdenklich zur Seite und senkte ihren Blick.

„Ich kann gut verstehen, was Sie meinen. Mir geht es ebenso. Seit unserem Abendessen spüre ich, dass es eine Verbindung zwischen uns gibt, die über unseren gemeinsamen Freund hinausgeht.“

„Ich bin so verwirrt, verstehen Sie das? Mein Verlobter ist erst seit ein paar Wochen tot, und ich stehe hier mit einem anderen Mann. Mein Verstand signalisiert mir, dass ich nicht mit Ihnen hier sein sollte, aber ein anderes Gefühl sagt mir, dass ich das Richtige tue oder zumindest kein schlechtes Gewissen haben sollte.“

„Vertrauen Sie Ihrem Gefühl! Gestatten Sie sich, trotz Ihres Verlustes weiter zu leben, erlauben Sie es uns beiden!“ Erik streckte seine rechte Hand nach Tamaras linker Hand aus, zog sie zu sich rüber und legte seine linke Hand sanft darauf.

„Sie bringen mich völlig durcheinander, Erik. Sie sind so anders, so einfühlsam, als würden Sie mich schon viele Jahre kennen. Ich weiß nicht, aber...“ Tamara wusste nicht, wie sie den Satz vollenden sollte. So überwältigt war sie von diesem Tag, von der schönen Aussicht, von dem so sensiblen Mann, der vor ihr stand und ihre Hand so zärtlich hielt. Mit dem Gefühl, keine andere Wahl zu haben, ging sie einen Schritt auf Erik zu und küsste ihn ohne weitere Vorwarnung. Erik war überrascht, was ihn aber nicht hinderte, den Kuss zu erwidern und zu genießen. Nach ein paar Sekunden ließ Tamara von Eriks Mund ab. Sie blickte ihm tief in die Augen, und es schien, als wollte sie noch etwas sagen. Stattdessen verzichtete sie darauf, lächelte kurz und küsste ihn erneut, und dieses Mal hörte sie nicht mehr auf, bis die Gondel den tiefsten Punkt erreichte und sie eine Stimme vernahmen.

„Ich weiß, das Riesenrad ist sehr romantisch. Sie können gerne noch eine Runde dranhängen, sonst muss ich Sie bitten auszusteigen!“, meldete sich der Herr, der ihnen zuvor beim Einsteigen geholfen und diese Szene wohl nicht zum ersten Mal erlebt hatte, in typischem Wiener Dialekt und mit einem breiten Grinsen im Gesicht. Erik und Tamara fühlten sich wie zwei Teenager, die man soeben beim unerlaubten Liebespiel ertappt hatte. Sie sahen einander in die Augen und mussten lachen.

„Musst du heute schon ins Burgenland?“, fragte Tamara, nun wieder in etwas schüchternem Ton.

„Ich hatte vor, mir ein Hotel zu nehmen und erst morgen weiter zu fahren.“ Erik hatte seine Geschichte gut vorbereitet: die Trennung von seiner Frau, der Geschäftstermin am Freitag und die Weinreise ab Sonntag, mehr musste Tamara nicht wissen. Sie nahm Eriks Hand und sah ihm wieder tief in die Augen.

„Komm mit zu mir, ich brauche dich heute Nacht“, flüsterte sie zärtlich. Erik konnte darauf nichts entgegnen, so überrascht und glücklich war er, dass und vor allem in welchem Ton sie diese Worte über ihre Lippen gebracht hatte. Er konnte nur ihren hoffnungsvollen Blick erwidern und kurz nicken.

Tamara zog Erik aus dem Waggon, und sie verließen den Prater auf direktem Weg Richtung Taxistand. Was sie vorhatten, konnte nicht eine U-Bahnfahrt warten.

„Hartlgasse 6a!“, war ihre kurze, eindeutige Ansage, nachdem beide auf dem Rücksitz Platz genommen hatten. Der Taxifahrer aktivierte den Taxameter, wiederholte die Adresse und fuhr los. Die beiden fielen sich sofort um den Hals und setzten ihr leidenschaftliches Küssen fort. Am liebsten hätten sie einander sofort die Kleider vom Leib gerissen, doch sie konnten sich noch beherrschen. Erik konnte es kaum fassen. Die Frau, die sich gerade mit voller Leidenschaft an ihn schmiegte, war nicht mehr das zerbrechliche, trauernde, am Boden zerstörte Wesen, das er bei der Beerdigung getroffen hatte und auch nicht mehr die zurückhaltende Frau von ihrem Abendessen und während dieses Tages. Es schien vielmehr so, als hätte sie ihren Verlust überwunden und würde beginnen, ihr Leben wieder zu leben und zu genießen. Dann hätte er auch eine echte Chance, der nächste Mann an ihrer Seite zu sein.

Nach etwa zehn Minuten, in denen sie keine Sekunde voneinander abgelassen hatten, erreichten sie Tamaras Wohnung. Erik beglich die Rechnung und gab wegen der guten Laune noch ordentlich Trinkgeld. Sie verließen fluchtartig das Taxi, denn sie hatten keine Zeit zu verlieren. Tamara hatte in der Zwischenzeit ihren Haustürschlüssel aus ihrer Handtasche gekramt. Sie hasteten zum Eingang des Mehrparteienhauses. Tamara wohnte in einem klassischen vierstöckigen Wiener Altbau. Sie sperrte das alte Schloss der aus massivem dunklem Holz gefertigten Haustür auf. Nur noch eine Treppe und eine

Wohnungstür trennten sie von einer privaten Umgebung, die ihnen erlaubte, alles zu tun, wozu sie Lust hätten.

Sie erklommen die paar Stufen in raschem Tempo, Tamara schloss eilig die Tür auf, und beide betraten die Wohnung. Tamara drehte das Licht an, und Erik warf die Tür hinter sich zu. Sie bewegte sich langsam von ihm weg und entledigte sich ihres Mantels und ihrer Stiefel. Erik beobachtete sie, während er seine Tasche auf den Boden legte, zog ebenfalls seinen Mantel und seine Schuhe aus und folgte ihr. Tamara erreichte eine Tür, die vermutlich zum Schlafzimmer führte, drehte sich um, warf ihm einen verführerischen Blick zu und schlüpfte dabei langsam aus ihren Jeans. An den Türrahmen gelehnt befahl sie ihm mit ihrem Zeigefinger, zu ihr zu kommen. Erik gehorchte nur zu gerne. Tamara öffnete nun die Tür, ließ sie halb offenstehen und ging langsam Richtung Bett. Erik folge ihr ins Schlafzimmer. Durch das Licht im Wohnzimmer konnte er erkennen, dass sich Tamara auf das Bett gelegt hatte und ihn mit hoffnungsvollem Blick ansah. Erik zog nun auch seine Hose und seinen Pullover aus und näherte sich ihr.

Da lag sie nun vor ihm, diese unglaublich schöne Frau mit ihren endlos wirkenden Beinen, die noch einen sexy schwarzen Tanga und ihre schon zerknitterte Bluse trug, deren obere drei Knöpfe sie bereits geöffnet hatte. Er beugte sich zu ihr, knöpfte so langsam er es noch ertrug die restlichen Knöpfe auf und richtete sich wieder auf. Der Anblick raubte ihm fast den Atem: Sein Blick streifte über ihre schlanken und doch weiblichen Hüften, ihren Oberkörper, den schwarzen BH, der zwar erahnen ließ, was sich darunter befand, aber es immer noch verbarg, bis zu ihrem langen Hals und ihrem wunderschönen Gesicht, das er mittlerweile blind erkennen und aus dem Gedächtnis malen konnte.

„Gefällt dir, was du siehst?" Tamara hatte bemerkt, wie Erik sie gemustert hatte. Ihm fiel darauf keine Antwort ein, die seine Gedanken nur annähernd beschrieben hätten. Er beugte sich zu ihr, drehte sie sanft auf den Bauch und öffnete gekonnt den BH.

Er küsste ihre Schulter, dann ihren Hals und drehte sie wieder auf den Rücken, denn er konnte es nicht erwarten, sie ihn ihrer ganzen Schönheit zu erblicken. Auch ihre Brüste waren von einer Perfektion, wie sie ein Bildhauer nicht hätte erreichen können. Erik konnte es kaum glauben: Diese überirdisch schöne Frau räkelte sich erwartungsvoll vor ihm auf dem Bett mit dem schwarzen, geschwungenen Metallrahmen.

„Komm zu mir Erik!" flüsterte sie ihm zu. Darauf hatte Erik den ganzen Tag, ja die letzten Wochen gewartet und gehofft, doch etwas ließ ihn zögern. Was zum Teufel machte er hier? Er musste an seine Frau denken, die dachte, er würde sich in einem Weinkeller befinden und sich durch alle möglichen guten Tropfen durchkosten. Stattdessen stand er kurz davor sie zu betrügen. In all diesen Jahren hatte er das nie getan, auch wenn es immer wieder Verlockungen gab, all diese schönen Frauen, die um ihn herum existierten und die er nur zu gerne vernascht hätte. Am Ende waren es nur Fantasien geblieben, sein Gewissen hatte ihn stets davor bewahrt, diese Dummheit zu begehen, denn bei den Frauen, die ihn sonst umgaben, hatte er immer gespürt, dass es falsch gewesen wäre, seiner Begierde nachzugeben. Aber bei Tamara fühlte es sich richtig an. Sein Verstand richtete zwar einen Appell an ihn, dass er das Schlafzimmer auf schnellstem Weg wieder verlassen und zurück zu Barbara fahren sollte, doch sein Herz hinderte ihn daran, kehrt zu machen. Es befahl ihm geradezu, sich dieser Versuchung hinzugeben. Wie unglaublich schön diese Frau war, die in ihrer ganzen Pracht vor ihm lag und nur darauf wartete, von ihm genommen zu werden.

Langsam beugte er sich zu ihr hinunter und begann sie zärtlich zu küssen. Sie legte ihren Arm um seinen Nacken und drückte ihn noch näher zu sich heran. Das war er, der *point of no return.* Wenn er sich jetzt aus dieser liebevollen Umklammerung nicht löste, würde er nicht mehr umkehren können. Jetzt konnte er noch einen Rückzieher machen, im wahrsten Sinne des Wortes den Schwanz einziehen. Aber wehe, wenn er diesen Kuss nicht sofort beenden würde. Er wäre ihr hoffnungslos ausgeliefert und für immer verfallen. Tamara schien von seinem inneren Konflikt nichts zu bemerken, ihre Küsse wurden immer leidenschaftlicher, sie zog ihn zu sich auf das Bett und konnte seine starke Erektion spüren.

„Berühre mich Erik!“, hauchte sie ihm ins Ohr. Erik blickte ihr tief in die Augen, die sehnsüchtig auf seinen nächsten Schritt warteten. Nein, er konnte jetzt nicht mehr zurück, vor allem wollte er das nicht, jetzt nicht mehr. Er begann, ihren Hals zu küssen. Sie quittierte es mit einem leisen Stöhnen. Er küsste sie weiter, vorbei an ihrem rechten Schlüsselbein zu ihrer Brust, zog sanft an ihrer Brustwarze, sie stöhnte kurz auf. Mit der linken Hand streichelte er ihre linke Brust. Wie gut sich das anfühlte, es waren wahrhaftig die schönsten, die er je gesehen, geschweige denn berührt hatte. Seine Erregung stieg, und er arbeitete sich nun langsam nach unten, massierte mit beiden Händen sanft ihre Brüste und konnte ihr leises Stöhnen vernehmen. Er war bei ihrem Tanga angelangt und hielt kurz inne, als ob er noch auf ihre Erlaubnis wartete, noch weiter gehen zu dürfen. Sie streichelte sein Haar und machte keine Anstalten, ihn daran zu hindern. Vorsichtig fasste er den Slip mit beiden Händen an den Seiten und zog ihn sanft an ihren Beinen hinunter. Sein Blick fiel auf ihren perfekt rasierten Schritt. Erik musste sich zusammenreißen, um sich nicht auf der Stelle seiner Boxershorts zu entledigen und sich auf sie zu stürzen. Er beherrschte sich und zog ihr den Slip vollständig aus. Tamara öffnete ihre Beine und signalisierte ihm unmissverständlich, was sie wollte. Erik zögerte nun nicht mehr, er legte seinen Kopf zwischen ihre Beine und begann sie dort zu liebkosen, zunächst ganz sanft nur mit seinen Lippen, dann auch mit seiner Zunge, zuerst ganz langsam. Sie schien es zu mögen, denn er vernahm wieder dieses leise Stöhnen. Erik wagte es, seine Augen zu öffnen, um sie zu beobachten. Tamara hatte ihre Augen geschlossen und hörte nicht auf, dieses leise genüssliche Stöhnen von sich zu geben, was Erik fast wahnsinnig vor Lust werden ließ. Er schloss seine

Augen wieder und machte weiter. Je schneller die Bewegungen seiner Zunge wurden, desto intensiver wurde ihr Stöhnen, und ihr Becken begann ihn bei seinen Bewegungen zu begleiten. Erik nahm zwei Finger seiner linken Hand und drang damit langsam in sie ein, um sie zusätzlich zu stimulieren. Barbara mochte das besonders, würde es auch bei Tamara wirken? Diese Frage wurde schnell beantwortet: Tamara zuckte kurz zusammen. Mit jeder Bewegung wurde ihr Stöhnen immer lauter und lusterfüllter. Erik erhöhte das Tempo, und auch ihre Beckenbewegungen wurden immer heftiger, bis ihr Stöhnen in einem lauten Schrei gipfelte, der beinahe die Fensterscheiben der gesamten Wohnung zerbarsten ließ. Ihr ganzer Körper war angespannt, zitterte und entspannte sich wieder. Sie blieb regungslos auf dem Laken liegen, nur ein zufriedenes leises Stöhnen war noch zu vernehmen. Erik wurde von ihrem Orgasmus dermaßen erregt, dass er beinahe selbst gekommen wäre. Tamara streckte ihren rechten Arm aus und ertastete Eriks Kopf.

„Ich möchte dich in mir spüren, jetzt gleich“, flüsterte sie leise. Darum ließ er sich nicht nochmal bitten. Er streifte seine Boxershorts ab und legte sich zu ihr. Sie küsste ihn leidenschaftlich und flüsterte ihm ins Ohr. „Besorg es mir! Besorg es mir noch einmal!“ Sie stöhnte laut auf, als er in sie eindrang, umfasste sein Hinterteil mit beiden Händen, als ob sie Erik daran hindern wollte, ihn je wieder rauszuziehen. Es fühlte sich unbeschreiblich an. Erik konnte sich kaum noch beherrschen, so erregt war er. Doch er wollte diesen Moment voll auskosten.

Tamara begann wieder leise zu stöhnen, ihr Griff um seinen Hintern wurde fester. „Komm Erik, gib‘s mir!“ Erik gehorchte nur zu gerne und versetzte ihr immer härtere Stöße. Ihr Stöhnen wurde wieder lauter. „Ja, noch fester!“ Erik gab nun alles, was er konnte und begann ebenfalls zu stöhnen. Tamaras Stöhnen wurde immer lustvoller. War es der Mond oder die Straßenbeleuchtung? Licht fiel durch die halb geöffneten

Jalousien ins Schlafzimmer und ließ ihre Körper förmlich glühen. Sie verschmolzen immer mehr miteinander und stöhnten um die Wette, so sehr gaben sie sich ihrer Lust hin. Tamaras Körper bebte förmlich unter Eriks Stößen. Er fühlte, jeden Moment zu kommen, da packte ihn Tamara und warf ihn von sich runter, sodass er auf seinem Rücken landete.

„Was ist los?“, fragte Erik verdutzt. „Habe ich etwas falsch gemacht?“

Tamara legte ihren linken Zeigefinger auf seinen Mund. „Pst! Nicht reden!“ Sie richtete sich auf und setzte sich langsam auf ihn. Erik war völlig hilflos, aber er genoss es, dass sie sich holte, was sie wollte. Sie begann, sich langsam und rhythmisch auf ihm zu bewegen und stützte sich mit ihren Händen auf seiner Brust ab. Ihren Kopf neigte sie nach vorne, sodass ihr Gesicht völlig von ihrem langen Haar verdeckt wurde. Sie genoss es sichtlich, die Zügel in der Hand zu halten. Jeder ihrer Stöße wurde von einem zufriedenen leisen Stöhnen begleitet. Erik genoss es ihr zuzusehen. Er hatte noch keine Frau erlebt, die sich beim Sex dermaßen gehen lassen konnte. Ihr schwitzender makelloser Körper bewegte sich auf ihm und schien nicht genug davon zu bekommen. Sie hob ihren Kopf wieder, sodass er ihr Gesicht in voller Schönheit betrachten konnte, lehnte ihren Oberkörper ein wenig zurück, stützte sich mit ihren Händen an seinen Unterschenkeln ab und drückte auch ihr Becken nach vorne, sodass er noch tiefer in sie eindrang. Mit jeder ihrer immer heftiger werdenden Bewegungen wurde Tamaras Stöhnen lauter und war noch lusterfüllter als zuvor. Erik hatte das Gefühl, jeden Moment die Besinnung zu verlieren, da gab ihm Tamara mit ein paar schnellen Beckenbewegungen den Rest, sodass er dermaßen intensiv kam wie nie zuvor in seinem Leben, und er schrie sich diesen Hyperorgasmus aus dem Leib. Tamara spürte die Intensität seines Höhepunktes, was sie nur noch mehr erregte. Erik war völlig hinüber und orientierungslos, was sie aber nicht daran hinderte, sich den Ritt noch so lange zu gönnen, bis auch sie genug hatte. Nach einigen ultimativen Bewegungen ihres Beckens kam sie schließlich, noch intensiver als zuvor. Völlig fertig und mit einem tiefen Seufzer der Lust ließ sie sich auf ihn fallen und schmiegte ihren ausgelaugten Körper an seinen.

Erik strich mit seiner rechten Hand durch Tamaras Haar und sanft über ihren Rücken. Auch das schien sie sehr zu genießen. Dann ließ sie sich auf das durchgeschwitzte Laken sinken und kuschelte sich an ihn. Durch das Fenster fiel das Licht auf ihren Körper, der wegen des Schweißes glänzte und dadurch noch anziehender wirkte.

L

Erik schreckte hoch. Er war eingeschlafen und brauchte einen Moment, um sich zu orientieren. Wo befand er sich? Hatte er die Erlebnisse der letzten Stunden nur geträumt? Er sah sich um. Im Zimmer war es nicht völlig dunkel, es war ihm unbekannt, oder doch nicht? Er erblickte Tamara, die neben ihm unbedeckt schlief, beinahe wie ein Baby zusammengerollt und nackt wie Gott sie schuf. Sie atmete ruhig und ihre weiblichen Kurven zeichneten sich in diesem schwachen Licht gut genug ab, um diesen Anblick zu genießen. Wie wunderschön sie war. Neben ihm lag zwar die Frau seiner Träume, dennoch hatte er nicht geträumt. Wie lange er geschlafen hatte, wusste er nicht. Es war ihm auch egal, hatte er doch die aufregendste Nacht seines Lebens hinter sich. Auch wenn er noch ziemlich schlaftrunken war, hatte er doch das Gefühl, Bäume ausreißen zu können, so viel Energie hatte ihm diese Nacht gegeben. Er legte sich wieder neben Tamara und musterte ihr Gesicht: ihre vollen Lippen, die hohen Wangenknochen, ihre langen Wimpern. Die ganze restliche Nacht hätte er damit verbringen können, sie einfach nur anzusehen, auch wenn ihm durchaus noch Anderes in den Sinn gekommen wäre, was er mit ihr gerne gemacht hätte. Ein kurzer Blick auf ihren Körper verriet ihm, dass sie ein wenig fröstelte. Also suchte er die Bettdecke, die er auf dem Boden fand, und legte sie über Tamara. Das hatte sie zumindest unterbewusst gespürt, denn sie bewegte sich und gab ein leises Stöhnen von sich. Erik legte sich wieder neben sie und bewachte ihren Schlaf.

„O sel'ge, sel'ge Nacht! Nur fürcht' ich, weil mich Nacht umgibt, dies alles sei nur Traum, zu schmeichelnd süß, um wirklich zu bestehn.“ Dieses Zitat aus *William Shakespeares Romeo und Julia*, das Romeo zu sich selbst spricht, kam ihm in dieser Situation in den Sinn. Er sprach es sehr leise, um Tamara nicht zu wecken. Es musste fast zwanzig Jahre her gewesen sein, dass er diese Zeilen gelesen hatte, und doch hatte er sie behalten, wahrscheinlich um sie genau in diesem dafür passendsten Moment aus seinem Gedächtnis abzurufen.

Nach einigen Minuten bewegte sich Tamara erneut und rollte sich auf den Rücken. Die Bettdecke verrutschte und gab ihre Brüste frei. Erik genoss diesen Anblick. Noch nie zuvor hatte er eine solche Schönheit bei einer Frau gesehen, die nicht von dieser Welt zu sein schien, geschweige denn mit einer solchen Frau geschlafen. Nun lag sie vor ihm, erschöpft von ihrem intensiven Liebesspiel. Er war dieser Frau völlig verfallen und hoffte, dass auch sie sich in ihn verliebt hatte. Das war nicht nur Sex gewesen, nicht nur dieses fast animalische Bedürfnis, dieser Urinstinkt des Menschen. Er fühlte, dass diese Vereinigung ihrer beiden Körper auch von viel Gefühl geprägt war. Es musste Liebe sein. Tamara drehte ihren Kopf in seine Richtung und schlug langsam die Augen auf. Trotz des schwachen Lichts glänzten sie wie ein Bergsee, doch diese Aussicht war atemberaubender als das schönste Bergpanorama.

„Guten Morgen“, flüsterte sie in noch verschlafenem Ton.

„Guten Morgen, Tamara“, erwiderte Erik leise – er liebte es, ihren Namen auszusprechen – und schwieg dann, denn er wollte diesen Moment nicht mit Gerede zerstören. Am liebsten hätte er sich an sie gekuschelt oder sie sofort wieder geküsst und mit ihr geschlafen, aber das erschien ihm nicht angebracht. Tamara sah das offensichtlich anders. Sie setzte jenen Gesichtsausdruck auf, den er am Abend zuvor bereits gesehen hatte. Er war voller Begierde, und noch ehe er es sich versah, hatte sich Tamara an ihn geschmiegt und begann ihn leidenschaftlich zu küssen, was er, so verdutzt er auch war, nur zu gern erwiderte.

Doch sie hielt sich nicht lange damit auf. Sie küsste sich schnell von seinem Mund über den Hals zu seiner Brust und dem Bauch in die untere Region seines Körpers durch, umschloss sein bestes Stück ganz sanft mit ihren Lippen und begann, ihn so zu liebkosen, wie es noch keine Frau vor ihr getan hatte. Ihre Lippen fühlten sich fast noch besser an als ihre Vagina. Ein solches Gefühl hatte er noch nie bei einem Blow Job gehabt. Jeden Moment würde er explodieren, so unglaublich war es. Das schien auch Tamara zu spüren, und so verlor sie keine Zeit, sie hatte sein Teil nicht nur ihm zuliebe hart gemacht. Als sie sich auf ihn setzte, stöhnte sie kurz auf, denn sie spürte Erik nun richtig gut in ihr. Tamara begann auf ihm zu reiten und wurde immer schneller, begleitet von einem immer lauter werdenden Stöhnen. Erik wusste gar nicht, wie ihm geschah, genoss es aber sehr zuzusehen, wie sie sich ihrer Lust hingab. Die Stöße ihres Beckens wurden immer heftiger und sie schien völlig die Kontrolle zu verlieren. Sie versetzte ihm noch ein paar letzte Stöße, um dann mit einem lauten, langen Stöhnen auf ihn herabzusinken und sich an ihn zu schmiegen.

Ihre Hand glitt zwischen seine Beine und umfasste sein bestes Stück. „Ich habe immer noch nicht genug", flüsterte sie ihm ins Ohr. „Nimm mich Erik! Nimm mich richtig hart ran!" Erik war noch immer völlig perplex angesichts der Ereignisse der letzten Minuten und traute seinen Ohren nicht. Tamara schien unersättlich zu sein und hatte die Kontrolle über ihn übernommen, er war nur noch das Werkzeug ihrer Lust. Wie sehr hatte er es genossen, als sie auf ihm gekommen war. Er hatte sich gerade noch zurückhalten können, also würde er tun, was sie ihm befohlen hatte. Erik nahm die beiden Kissen und schob sie unter Tamaras Becken, kniete sich vor sie und drang in sie ein, was sie wieder mit einem kurzen lustvollen Stöhnen quittierte. Wie gut sich das anfühlte. Er nahm ihre Beine, legte sie auf seine Schultern und begann, Tamara langsam zu penetrieren. Sie schloss die Augen und gab sich dieses Mal Erik hin.

„So mag ich es. Jetzt gib's mir richtig!" Tamara brauchte heute keinen zärtlichen Liebhaber, sondern jemanden, der es ihr ordentlich und hart besorgte. Erik würde ihr den besten Orgasmus ihres Lebens verpassen. Seine Stöße wurden härter, und mit jedem Stoß wollte er Paul mehr und mehr aus ihr herausvögeln, bis er endgültig aus ihr verschwunden wäre. Das Bett begann zu knarren. Eriks Bewegungen wurden immer schneller, sodass ihm beinahe Hören und Sehen verging, und Tamaras Stöhnen wurde immer intensiver und lusterfüllter. Um sie herum schienen sich Zeit und Raum zu verändern. Sie verschmolzen miteinander zu einem einzigen stöhnenden keuchenden Etwas, nur um wenige Sekunden später in einer Supernova zu explodieren. Vollkommen entkräftet ließ sich Erik auf Tamara fallen und rang nach Luft. Auch sie schien vollkommen erledigt zu sein, ihr Stöhnen wich einer ruhigen Atmung. Er legte sich neben sie und fühlte noch ihre Hand, die sanft über seinen Rücken strich. Dann schloss Erik seine Augen und fand in der Erschöpfung Ruhe.

Erik öffnete die Augen, ein Geräusch hatte ihn geweckt. Die Erinnerung an letzte Nacht und den frühen Morgen ließ ihn zufrieden lächeln. Er drehte den Kopf und blickte auf die andere Seite des Bettes. Sie war leer. Neben dem Bett stand Tamara, ihm den Rücken zugewandt. Vermutlich hatte ihn das leise Knarren des Bettes geweckt, als sie aufgestanden war. Gott, wie schön sie war. Ihr makelloser Körper erstrahlte im Sonnenlicht, das sich seinen Weg durch die nicht völlig geschlossenen Jalousien bahnte. Ihr wunderschönes, wenn auch zerzaustes Haar bedeckte einen Teil ihres Rückens. Sie ging, ja sie schien beinahe zu schweben, Richtung Kleiderschrank und öffnete ihn. Nun konnte er ihren Wahnsinnskörper von der Seite betrachten: ihr unvergleichbares Profil, ihren schlanken Hals, ihre straffen

Brüste. Tamara streifte ein weißes T-Shirt über, zog einen Tanga an und bemerkte, dass Erik sie ansah.

„Nochmals einen guten Morgen“, sagte sie sichtlich gut gelaunt.

„Wünsche ich dir auch“, erwiderte Erik. Er wollte auch in dem Moment nicht mehr sagen, sondern nur den Augenblick genießen.

„Lust auf Frühstück?“

„Mir wäre lieber, du kämst nochmal zurück ins Bett.“

„Hast du immer noch nicht genug? Du bist ja schlimmer als ich.“

Erik lachte. „Scheint so.“ Tamara war in der Zwischenzeit in dunkelblaue Jeans und einen schwarzen Kapuzenpullover geschlüpft. Sie sah auch in dieser Kleidung noch immer äußerst scharf aus.

„Ich hole uns was vom Bäcker um die Ecke, bin gleich wieder da.“ Mit diesen Worten schloss sich die Tür hinter ihr. Auch Erik stand nun auf und suchte seine Kleidung. Sie lag in der ganzen Wohnung verstreut. Was war nur letzte Nacht passiert? Er schien gestorben und wiedergeboren worden zu sein. Tamara hatte etwas mit ihm angestellt, ihn verzaubert, verhext oder was auch immer. Er fühlte sich jedenfalls großartig, ja unbesiegbar. Keinen Gedanken verschwendete er an Barbara, sie war ihm nicht nur letzte Nacht gleichgültig gewesen, sonst hätte er es nie so weit kommen lassen, sondern sie war es auch jetzt noch. Sie hatte aufgehört zu existieren, es gab nur noch Tamara. Er konnte es nicht fassen, dass ihn diese Frau letzte Nacht in ihr Bett gelassen hatte. Wie würde es nun weitergehen? Er musste sie wiedersehen. Das durfte keine einmalige Geschichte bleiben. Er wollte kein One-Night-Stand sein, schon gar nicht bei ihr.

Eine Viertelstunde später saßen sie am Tisch. Tamara hatte sich ordentlich ins Zeug gelegt: frisches Gebäck, weiche Eier, Prosciuto, Pomodori secchi und noch ein paar andere Leckereien. Sie genossen ihr Frühstück anfangs wortlos.

„Ich fliege morgen für ein paar Tage nach Dubai", eröffnete Tamara nach ein paar Minuten das Gespräch. Es schien, als wollte sie ein Gesprächsthema über den vergangenen Tag und vor allem die Nacht vermeiden. „Wir treffen einen wichtigen Geldgeber, mein Chef möchte mich unbedingt dabeihaben. Ich werde nur schwer erreichbar sein."

Erik warf einen Blick auf Tamaras Mobiltelefon, ein älteres silberfarbenes Motorola V3. „Apropos ‚erreichbar': In deiner Branche bekommt man doch sicher vom Brötchengeber immer das neueste Handymodell. Was hat es mit dem V3 auf sich?"

„An dir ist ja ein Detektiv verloren gegangen."

„Entschuldige, ich wollte nicht neugierig sein, es geht mich auch gar nichts an."

„Nein, ist schon gut, ist ja kein Geheimnis: Ich liebe zwar meinen Job, aber wenn ich nicht in der Arbeit bin, möchte ich nicht ständig erreichbar sein. Also schalte ich mein Firmenhandy aus und benutze mein altes V3, auch für meine Privatgespräche, die gehen nämlich meinen Arbeitgeber wirklich nichts an."

Erik war verlegen, er hatte vermutet, dass mehr dahinter steckte. Also wechselte er das Thema. „Sind ja interessante Orte, an die du reisen darfst."

„Ja, Dubai ist einzigartig."

„Kann ich dich anrufen, wenn du wieder zurück bist? Ich würde dich gerne wiedersehen." Das musste sich nicht besonders einfallsreich angehört haben, aber es war ihm nichts anderes eingefallen, und er musste das einfach loswerden.

„Du warst gestern wirklich fantastisch, Erik." Tamara musste lächeln, ihr war die Zweideutigkeit ihrer Aussage bewusst geworden. „Ich meine, den ganzen Tag über. Du warst so nett und einfühlsam. So wohl habe ich mich lange nicht mehr gefühlt."

„Oh, ich dachte, du meinst..." Erik wollte den Satz nicht vollenden.

„Das war auch ziemlich gut." Tamara drehte den Kopf schüchtern zur Seite. „Ich möchte dich auch wiedersehen. Lass mir bitte Zeit. Ich werde über einiges nachdenken müssen."

„Das verstehe ich", bestärkte Erik sie, obwohl er lieber etwas anderes gehört hätte. Aber was erwartete er? Schließlich war Pauls Tod gerade fünf Wochen her. „Nimm dir so viel Zeit, wie du brauchst!" Erik nahm ihre Hand.

„Danke für dein Verständnis", entgegnete sie.

Wenig später an diesem Tag setzte er sich in sein Auto und verließ Wien in Richtung Linz. Die Geschichte mit der Reise ins Burgenland war ja nur ein Ablenkungsmanöver seiner Frau und Tamara gegenüber gewesen. Sicher war es nicht klug, seine Angebetete zu belügen, aber er konnte ihr zu diesem Zeitpunkt nicht die Wahrheit sagen. Er konnte mit dieser Lüge sehr gut leben. Seiner Frau würde er einfach erzählen, dass er Samstag genug Wein verkostet hatte. Wie auch immer, er verließ Wien mit einem unbeschreiblich guten Gefühl und der Gewissheit, nun genau zu wissen, was er wollte, vor allem *wen* er wollte. Er würde ein völlig neues Leben beginnen, und das so schnell wie möglich.

Doch da fiel ihm dieser Anruf wieder ein. Der mysteriöse Mann, der sich Egon nannte, hatte sich bei ihm gemeldet. Diese Angelegenheit musste er noch aus der Welt schaffen. Was immer dieser Egon vorhatte, er durfte seine Zukunftspläne nicht durchkreuzen.

M

Die Uhr zeigte 15:30 Uhr. Erik hätte übers Wochenende genug Zeit gehabt, sich Gedanken über den seltsamen Anruf des Mannes, der sich Egon nannte, zu machen und sich auf das Treffen, das in einer halben Stunde stattfinden würde, vorzubereiten, aber seine ganze Energie und Aufmerksamkeit hatte er seiner Reise nach Wien und Tamara gewidmet. Ein Lächeln kam über seine Lippen, da er nun wieder an sie dachte, an ihren gemeinsamen Tag und vor allem die Nacht, ihren betörenden Duft, den er noch immer in der Nase hatte, ihre Lippen, die er noch immer spüren konnte, genau wie ihre Blicke, die sie ihm zugeworfen hatte. Besonders hatte er sich über die SMS gefreut, die er am Morgen bekommen hatte.

„Hi Erik, mein Flug geht gleich, danke für das schöne Wochenende und dass du für mich da warst. Tamara“ Sie schien tatsächlich etwas für ihn zu empfinden, vielleicht hatte sie sich sogar in ihn verliebt. Am liebsten hätte er sie sofort angerufen, aber sie war bereits nach Dubai abgereist und nicht erreichbar. Erik hatte bis zu diesem Zeitpunkt abgewartet, doch nun nahm er sein Smartphone zur Hand. Wenigstens eine Nachricht wollte er ihr schicken, nur irgendetwas Nettes, nicht zu aufdringlich.

Er überlegte kurz und begann zu diktieren. „Hi, für mich war es auch ein sehr schönes Wochenende. Hoffe, du hattest einen guten Flug. Kuss Erik“ Er las den Text nochmals durch und löschte das Wort „Kuss“ wieder, denn er wollte nach außen zurückhaltend bleiben. „Ach was soll's“, sagte er zu sich selbst, tippte das Wort wieder dazu und drückte auf „Senden“. Die

SMS war eine gewaltige Untertreibung. Er wollte ihr tausende Küsse schicken, und das Wochenende war nicht nur sehr schön, sondern wahnsinnig aufregend, geradezu atemberaubend gewesen.

Jetzt musste er sich aber auf eine neue Aufgabe konzentrieren. Das größte Problem war, dass er noch nicht genau wusste, was der Mann von ihm wollte. Seine Anspielungen hatten Erik beunruhigt, obwohl oder vielleicht gerade deshalb, weil sie kryptisch waren. Der Mann verfolgte ein bestimmtes Ziel, aber welches? Erik konnte sich keinen Reim darauf machen. Also musste er abwarten und würde improvisieren müssen. Daher wollte er zumindest die Umgebung nach seinen Vorstellungen gestalten. Dafür hatte er noch Zeit, sofern Egon nicht überpünktlich war.

Erik verließ sein Büro und machte sich auf den Weg in den Volksgarten. Dazu musste er zunächst durch den Busterminal. In Gedanken an das bevorstehende Treffen versunken überquerte er den Zebrastreifen am Ende des Terminals. Plötzlich ließ ihn ein Quietschen zusammenzucken. Ein Bus war nur wenige Zentimeter neben ihm zum Stehen gekommen. Erik atmete tief durch und musste an das 15-jährige Mädchen denken, das wenige Wochen zuvor nicht so viel Glück gehabt hatte und genau an dieser Stelle von einem Bus überrollt worden war. Damals war Erik wenige Minuten nach dem Unfall an dieser Stelle vorbeigekommen und hatte mitansehen müssen, wie die Notärzte verzweifelt um das Leben des Mädchens gekämpft hatten. Wie er am folgenden Tag in der Zeitung lesen musste, hatten sie diesen Kampf am Ende verloren. Damals war ihm ein kalter Schauer über den Rücken gelaufen, und dieses Mal verhielt es sich ähnlich: Ihn überkam ein Gefühl der Machtlosigkeit dem Schicksal gegenüber und der Ungewissheit, wann man an der Reihe ist, die Himmelspforte zu durchschreiten. Das war ein gutes Stichwort: Auch der Anrufer hatte die Himmelspforte erwähnt. Erik versuchte, den Schock zu verdauen, um sich wieder auf das Treffen zu konzentrieren.

Etwa zwei Minuten und ebenso viele Fußgängerampeln später betrat er den Volksgarten. Zu dieser Jahreszeit gab es keine Spur mehr von den zahlreichen Blumenbeeten, auch der Springbrunnen war seit einer Woche knochentrocken. Geblieben waren die riesigen alten Bäume, darunter einige Platanen, ein paar Statuen und die Büste von *Sebastian Kneipp*. In wenigen Wochen würde diese Ruhe der vorweihnachtlichen Stimmung in Form des Weihnachtsmarktes weichen, bis dahin konnte man den Park noch in seinem üblichen Zustand genießen. Erik suchte nach einer freien Parkbank. Trotz der spätherbstlichen Temperaturen waren doch etwa vierzig Menschen im Volksgarten unterwegs. Die Grünflächen luden nicht mehr zum Rasten oder Picknicken ein, also erwies es sich als schwierig, einen Platz auf einer der Parkbänke zu finden. Doch er hatte Glück: Ein etwa achtzig Jahre alter Mann erhob sich mit einiger Mühe und der Hilfe seines Gehstocks direkt vor ihm von einer Bank und hinkte davon. Erik packte die sich gebotene Gelegenheit beim Schopf und nahm Platz. Von hier konnte er den Park gut überblicken. Es vermittelte ihm ein Gefühl der Kontrolle über die Situation, die auf ihn zukam, und das stärkte sein Selbstbewusstsein. Nun hieß es beobachten und vor allem warten. Er zog sein Smartphone aus der linken Innentasche seines Mantels. Es war nun 15:43 Uhr. Er schob das Telefon zurück in die Tasche und wartete. In erster Linie sollte er Egon an einer blauen Baseballkappe erkennen. Erik überlegte, was er sonst über Egon wusste, viel war es nicht. Seine Sprache war akzentfrei und klang noch jung, also erwartete Erik einen österreichischen Mann zwischen dreißig und fünfzig Jahren. Er versuchte, die nicht in Frage kommenden Personen gedanklich und visuell auszuschließen. Blaues Basecap sah er noch keines, das konnte der Mann auch mitbringen und erst im letzten Moment aufsetzen, also achtete er nur am Rande darauf. Die Kinder hatte er schon zuvor ausgeblendet. Erik schloss zunächst die Frauen aus, dann die zumindest nach ihrem Äußeren als Ausländer einzustufenden Personen, schließlich alle unter zwanzig und über fünfzig. Es blieben sechs Personen übrig, die seiner Meinung nach in Frage kamen, allerdings waren sie in Begleitung. Daraus schlussfolgerte er, dass Egon noch nicht anwesend war. Erik konzentrierte sich nun auf Männer, die den Park betraten. Er erblickte einen jungen Mann, etwa dreißig Meter entfernt, der zwar eine Kappe trug, die aber rot war. Ein Kontrollblick auf sein Smartphone verriet ihm die Uhrzeit: 15:52 Uhr. In ein paar Minuten würde Egon eintreffen, zumindest hatte er auf seine Pünktlichkeit hingewiesen. Erik war sicher, dass er ihn nicht übersehen hatte. Möglicherweise hatte Egon dieselbe Taktik gewählt, ihn aus sicherer Position und Entfernung zu beobachten, denkbar wäre es. Erik sah sich nochmals um und achtete besonders auf mögliche Verstecke. Seine Verunsicherung stieg. Er bemerkte nun einen Mann, der vom Bahnhof kommend den Park betrat. Das Alter passte, er trug jedoch keine Kappe und machte auch nicht den Eindruck, als ob er nach jemandem Ausschau hielt. Es schien, als wollte er wie viele andere einfach den Park auf dem schnellsten Weg zur Landstraße durchqueren. Erik beobachtete ihn und versuchte dabei nicht aufzufallen. Der Mann näherte sich, ging an ihm vorbei, ohne ihn eines Blickes zu würdigen und weiter Richtung Goethekreuzung. Sein erster Eindruck hatte sich bestätigt. Wer von diesen Männern im Park war Egon? Oder wo blieb er?

Die Zeit verging, es war nun 15:59 Uhr. Erik verlor langsam die Geduld. Vermutlich doch ein Akademiker, mutmaßte er in Gedanken, die kommen immer eine Viertelstunde zu spät. Er selbst war stets pünktlich, also ging ihm dieses *cum tempore* gehörig auf die Nerven, egal, ob es sich um geschäftliche oder private Angelegenheiten handelte. Diese Unart, ständig zu spät zu kommen, wollte er nicht akzeptieren. Er betrachtete es als Geringschätzung der anderen Person, vor allem wenn der andere noch ausdrücklich auf seine Pünktlichkeit hinwies und dies auch von ihm verlangte. Heute war er nicht nur sauer, sondern es brachte ihn fast um, auf jemanden warten zu müssen. Er spürte, wie die Anspannung in ihm wuchs. Die Sekunden schienen plötzlich wie Minuten zu vergehen. Ein erneuter, immer nervöserer Blick auf sein Telefon verriet ihm, dass sich Egon um zwei Minuten verspätet hatte. Erik war mit seiner Geduld, eher noch mit seinen Nerven, am Ende. Seine Gedanken kreisten nun darum, dass sich jemand nur einen Spaß mit ihm erlaubt hatte, vielleicht ein Arbeitskollege, der sich für besonders witzig hielt. Dieser Gedanke reifte rasch zu einer Überzeugung, und Erik beschloss, diesem Schabernack ein Ende zu bereiten. Er erhob sich von seinem ohnehin nicht allzu gemütlichen Plätzchen und schickte sich an, zurück zum Bahnhof zu gehen.

Da fiel ihm plötzlich ein Mann auf, der von der Goethekreuzung kam und den Park betrat. Er war etwa 185 Zentimeter groß, schlank, hatte braunes, im Nacken kurzes, sonst mittellanges, nicht allzu gepflegtes Haar, trug einen Drei- oder eher Siebentagebart und war mit nicht mehr ganz neuen blauen Jeans und einem ebenso abgetragenen kurzen schwarzen Mantel bekleidet, mit anderen Worten ein richtiger Durchschnittstyp. Etwas unsicher und ohne erkennbares Ziel wirkend schlenderte der Mann durch den Park. Er musste es sein, nur von der Baseballkappe war nichts zu sehen. Erik nahm wieder Platz und versuchte, ihn zu beobachten, ohne ihn anzustarren. Der Mann schien wie er selbst vorhin eine freie Bank zu suchen, aber das war derzeit unmöglich. Mittlerweile befanden sich einige Personen mehr im Park als vor zwanzig Minuten. Der Mann erkannte die Sinnlosigkeit seines Unterfangens und entschied sich, vorerst an eine der großen Platanen gelehnt zu warten. Erik konnte den Mann aus gut 25 Metern Entfernung ganz gut beobachten. Zwei Minuten vergingen. Der Mann griff an die rechte Außentasche seines Mantels. Erik hielt den Atem an. Als die Hand die Tasche verließ, hielt sie eine blaue Baseballkappe mit dem Buchstaben „H“ in weißer Farbe auf der Vorderseite. Damit waren Eriks letzte Zweifel beseitigt. Bei diesem Mann musste es sich um Egon handeln. Er zögerte kurz, indem er mit der Kappe ein paar Mal auf seine linke Hand klopfte, und setzte sie dann auf. Erik überlegte, aus welchem Grund Egon nicht die Initiative ergriff. Hatte er Erik noch nicht entdeckt oder erkannt? Sollte Erik auf ihn zugehen oder abwarten? Er beschloss, Egon noch eine Weile zu beobachten. Der schien ebenfalls nervös zu sein, nicht so selbstsicher und abgebrüht, wie er am Telefon gewirkt hatte. Wie würde dieses Spiel nun weiter gehen, und wie würde es enden? Die Situation glich einem Boxkampf über fünfzehn Runden. Beide Boxer waren bereits schwer gezeichnet und belauerten einander. Keiner wagte, seine Deckung aus Angst vor dem alles entscheidenden Wirkungstreffer aufzugeben. Man konnte sie auch mit einer Partie Schach vergleichen, in der sich beide Spieler eine sichere, mühsam aufgebaute Stellung geschaffen hatten und nun jeder falsche Zug den sicheren Verlust der Partie bedeuten konnte. Wer würde den ersten Zug wagen?

Wieder vergingen ein paar Minuten. Egon hatte Erik offenbar noch immer nicht erblickt, obwohl er sich ständig umsah. Erik beschloss, nicht länger zu warten und sich bemerkbar zu machen. Er hob seine rechte Hand bis zur Schulter und hoffte, dass Egon ihn nun beachten würde, und tatsächlich: Sein Blick blieb an Erik hängen. Der hob kurz den Kopf. Der Mann erwiderte die Geste. Erik winkte ihn dezent mit zwei Fingern heran. Egon entfernte sich von der Platane und ging langsam auf ihn zu. Eriks Herz schlug nun bis zum Hals, doch er versuchte, sich das nicht anmerken zu lassen. Der Mann erreichte Erik und stellte sich vor ihn. Er musste so Mitte fünfzig sein, sein Gesicht war zerfurcht und seine leichte Alkoholfahne ließ erahnen, dass er regelmäßig zum Glas griff.

„Ich denke, wir haben vor kurzem telefoniert", eröffnete Erik das Gespräch.

„Möglich", war die knappe Antwort.

„Soll ich Sie weiterhin Egon nennen?“, ging Erik weiter in die Offensive, um sich zu vergewissern, dass auch der richtige Mann vor ihm stand.

„Ja, belassen wir es dabei.“

„Nehmen Sie Platz! Sieht doch eigenartig aus, wenn Sie stehen bleiben“, forderte Erik ihn auf. Der Mann setzte sich rechts neben Erik. „Kommen wir doch gleich zur Sache“, versuchte Erik die Kontrolle zu behalten. „Sie haben also eine Geschichte über die Himmelspforte zu erzählen?“

„So ist es“, gab Egon eine wiederum kurze Antwort. Es schien, als hätte ihn die Nervosität in seiner Artikulationsfähigkeit eingeschränkt. Das konnte Erik nur recht sein, so behielt er die Oberhand.

„Aus welchem Grund wollen Sie mir diese Geschichte erzählen?“

„Wie ich sagte: Ich werde Ihnen helfen, sich von einer Last zu befreien.“

„Das sagten Sie bereits. Es stimmt, dass mein bester Freund in der Nähe der Himmelspforte sein Leben verloren hat, und diese Bilder werde ich so schnell nicht vergessen können, wahrscheinlich werden sie mich bis an mein Lebensende verfolgen. Ich verstehe nur nicht, wie Sie mir dabei helfen können.“

„Ich denke, Sie haben da etwas missverstanden.“ Offenbar hatte Egon seine Sprache wiederentdeckt. „Es geht nicht darum, Ihnen Ihre Trauer, Ihre Schuld oder was immer Sie wegen des Todes Ihres Freundes fühlen, zu erleichtern oder zu nehmen. Dafür sollten Sie sich schon an einen Priester wenden oder an eine weltliche Instanz, wenn Ihnen das eher zusagt.“

Erik war verwundert. „Worum geht es Ihnen dann? Ich dachte, auch Sie haben dort jemanden verloren.“

„Das stimmt. Wir haben beide am selben Ort unseren besten Freund verloren. Ich erwarte deshalb kein Mitgefühl von Ihnen, und ich werde auch nicht mit Ihnen trauern, möchte auch nicht Ihr Leid lindern oder Ihnen Ihr Seelenheil zurückbringen.“

Eriks Erstaunen spiegelte sich in seinem Gesichtsausdruck für Egon erkennbar wider. „Was wollen Sie dann von mir?"

„Lassen Sie es mich so ausdrücken: Ich werde Ihnen Sicherheit geben."

„Weshalb sollte ich von Ihnen Sicherheit benötigen? Mir wäre nicht bewusst, dass ich in Gefahr wäre."

„Ich will damit sagen, dass Ihr Geheimnis gut bei mir aufgehoben sein wird."

„Welches Geheimnis soll das sein?" Erik wurde nicht schlau aus Egons Andeutungen.

„Kommen Sie Erik, Sie sind nicht dumm, also tun Sie nicht so, als ob Sie nicht genau wüssten, wovon ich spreche."

„Ich habe nicht die geringste Ahnung, was Sie meinen." Erik wurde langsam ungeduldig wegen der kryptischen Aussagen seines Gegenübers, die seiner Meinung nach zu nichts führten und nur seine Zeit vergeudeten.

Da begann Egon zu erklären: „Ich werde Ihrem Gedächtnis auf die Sprünge helfen: Als ich am 26. September auf dem Schafberg in der Nähe der Himmelspforte stand und meinem Freund gedachte, habe ich etwas beobachtet. Gelangt der Inhalt dieser Beobachtungen in die falschen Hände, würde das viele Fragen aufwerfen, aber auch einige beantworten. Ich denke, Sie haben großes Interesse daran, dass diese Informationen in den Händen, vielmehr im Kopf der richtigen Person bleiben, denn das verschafft Ihnen die Sicherheit, die Sie brauchen. Sie müssen nur tun, was ich sage. Habe ich mich jetzt klar genug ausgedrückt?"

„Ich denke, jetzt verstehe ich", entgegnete ein aufgebrachter Erik. „Sie sehen mein Foto in der Zeitung und dass ich einen guten Job habe und denken sich, der hat doch sicher ein schönes Haus, ein teures Auto und ein dickes Bankkonto. Also wollen Sie von diesem Kuchen ein großes Stück abhaben. Sie basteln sich eine nette Geschichte zusammen, machen ein paar Andeutungen und wollen auf diese Weise ein schönes

Sümmchen für sich rausschlagen. Das läuft bei mir nicht. Suchen Sie sich jemand anderen!"

„Wie Sie wollen, Erik. Aber es ist eine gute Geschichte, und ich kann und ich werde sie auch jemand anderem erzählen. Sie werden dann viele Fragen beantworten müssen, und das Leben, wie Sie es bisher kannten, wird für immer vorbei sein."

„Ich habe genug von Ihren vagen Anspielungen. Reden Sie Klartext, und erzählen Sie mir genau, was Sie glauben zu wissen, oder ich gehe." Erik war jetzt richtig wütend. Egon hingegen wirkte nach wie vor sehr ruhig und beherrscht, seine Nervosität schien verflogen zu sein. Es hatte sogar den Anschein, als ob er mit erhöhtem Druck immer entspannter wurde. Doch er gab keine Antwort, sondern starrte Erik mit ernster Miene an.

Erik wartete ein paar Sekunden. „Das dachte ich mir", sagte er in bestimmtem Ton und stand auf.

„Setzen Sie sich!", entgegnete Egon ruhig, aber nicht weniger bestimmt.

„Wieso sollte ich? Sie hatten Ihre Chance."

„Sie sollen sich setzen!", wiederholte der Mann in beunruhigendem Ton. Erik gehorchte widerwillig. „Es ist ganz einfach: Ich weiß, dass Sie Ihren Freund umgebracht haben." Erik war fassungslos und konnte in einer ersten Reaktion keine Antwort darauf geben.

Wenige Sekunden später hatte er sich so weit gefasst, dass er auf diese Anschuldigung reagieren konnte. „Sind Sie völlig übergeschnappt? Wie kommen Sie auf diese absurde Idee? Jetzt hören Sie mir mal zu: Ich habe zwei, vielleicht drei gute Freunde. Paul war mit Abstand mein bester Freund. Aus welchem Grund sollte ich ausgerechnet ihn umbringen?"

„Es ist nicht meine Aufgabe, ein Motiv zu finden. Ich weiß nur, was ich gesehen habe."

„Ach ja, und was glauben Sie gesehen zu haben?"

„Sie haben ihn in den Abgrund gestoßen."

„Das ist doch völliger Unsinn. Sie haben keine Ahnung, was Sie von sich geben. Wahrscheinlich waren Sie nicht einmal dort und haben sich aus den Zeitungsberichten irgendetwas zusammengesponnen."

„Doch, ich war an diesem Tag auf dem Schafberg, und ich kann es beweisen."

„Und wie?"

„Ich kann Ihnen Details nennen."

„Dann raten Sie mal weiter!" Erik war außer sich, während er versuchte, ein letztes Maß an Ruhe zu bewahren.

„Sie werden sehen, wie gut ich raten kann", entgegnete Egon selbstbewusst. „Ihr Freund und Sie posierten beim Gipfelkreuz für ein Foto. Als er in einem unbedachten Moment seine Hand vom Kreuz wegnahm, haben Sie ihn gestoßen, und er stürzte ab."

„Ich kann nicht glauben, dass Sie mich hierhergelockt haben und ich mir diesen ausgemachten Schwachsinn anhören muss, der jeder Grundlage entbehrt", echauffierte sich Erik. Ich denke eher, Ihre eigene Geschichte hat Sie dermaßen traumatisiert, dass Sie das Offensichtliche nicht erkennen."

„Und das wäre?"

„Mein Freund ist aus eigener Schuld und reiner Unachtsamkeit abgestürzt und gestorben. Und wenn ich es in unserem Telefonat richtig verstanden habe, ist es Ihrem Freund genauso ergangen. Wahrscheinlich fühlen Sie sich dafür verantwortlich. Nun suchen Sie in mir einen Schuldigen, um sich von Ihrer eigenen Schuld zu befreien."

„Ich kann Ihnen versichern, dass dem nicht so ist."

„Was auch immer, Sie reimen sich da aus nichts etwas zusammen."

„Würden Sie Ihr Leben darauf verwetten? Oder zumindest Ihre Freiheit? Darum geht es nämlich, wenn ich mit meinem Wissen zur Polizei gehe." Erik überlegte kurz. Wenn Egon diese Story, so abstrus sie auch war, der Polizei auftischen würde, wäre das unangenehm für ihn. Auch wenn man ihn nicht für Pauls Tod verantwortlich machen konnte, gäbe es vermutlich jemanden, der Egon glauben würde. Und wenn erst die Medien eine Story wittern würden, könnte das sein Leben zerstören. Seine Frau würde ihm wahrscheinlich glauben, vielleicht auch seine Freunde und Arbeitskollegen, aber würde das auch für Tamara gelten? Es ging ihm nur um sie. Würde Sie mit ihm zusammen sein wollen, wenn sie es für möglich hielt, dass er Paul ermordet hatte? Er musste etwas unternehmen. Vielleicht konnte er den Mann von seiner Unschuld überzeugen.

„Also gut, ich werde Ihnen erzählen, wie es war", lenkte Erik ein. „Es ist nicht so, wie Sie glauben."

„Überzeugen Sie mich!"

„Nachdem Sie mir diese Einzelheiten erzählt haben, glaube ich Ihnen, wenn Sie sagen, dass Sie dort waren. Das mit den Fotos stimmt soweit. Ich habe ihm die Kamera gegeben, und deswegen hat er das Gipfelkreuz losgelassen. Wir hatten ein paar Biere getrunken. Wahrscheinlich hat er dadurch das Gleichgewicht verloren oder ist auf dem Felsen ausgerutscht. Was auch immer der Grund war, er fiel nach hinten. Ich konnte ihn gerade noch festhalten, sonst wäre er sofort abgestürzt. Dabei habe ich sogar riskiert, dass er mich mit in die Tiefe reißt. Warum hätte ich das tun sollen, wenn ich ihn umbringen hätte wollen?"

Egon zögerte mit seiner Antwort, er schien nochmals darüber nachzudenken, was genau er beobachtet hatte. „Meine Position war tiefer als Ihre, ich hatte Sie nur im Blickfeld, während Sie beide standen. Von dem Zeitpunkt, als Sie ihn stießen..."

„Sie meinen, als er stolperte", korrigierte ihn Erik. Er wollte das nicht so stehen lassen.

„Einigen wir uns vorerst darauf, dass er nach hinten fiel", gestand Egon zu.

„Warum sind Sie uns dann nicht sofort zu Hilfe geeilt? Wir hätten ihn gemeinsam hochziehen können."

„Das wollte ich ja. Als ich den Ernst der Lage erfasst hatte, eilte ich zum Gipfelkreuz. Aber ich kam zu spät."

„Ach so, Sie waren zu weit weg, um uns zu helfen, aber nah genug, um genau zu erkennen, dass ich ihn gestoßen habe", fasste Erik zusammen und schüttelte den Kopf. „Sie müssen mir glauben, dass ich mit all meinen Kräften versucht habe, ihn wieder hinauf zu ziehen, aber ich war zu schwach." Erik senkte seinen Blick und schüttelte den Kopf. „Wäre ich doch nur stärker gewesen. Ich habe es bis zuletzt versucht, aber irgendwann musste ich ihn loslassen und zusehen, wie er in diesem endlosen Abgrund verschwand. Ich weiß nicht, wie lange ich ihm nachgeblickt habe."

„Sie haben Ihrem Freund also nachgeblickt ... in den Abgrund?"

„Ich war wahrscheinlich so paralysiert, dass ich meine Augen nicht abwenden konnte."

„Und? Hat der Abgrund zurückgeblickt?"

„Wie war das bitte?" Erik glaubte, sich verhört zu haben.

„Es gibt ein Zitat von *Friedrich Nietzsche*: ‚*Wenn du lange in einen Abgrund blickst, blickt der Abgrund auch in dich hinein.*' Was auch immer in dieser Minute geschehen ist, ich weiß, was ich davor beobachtet habe: Sie haben Ihren Freund geschubst. Und als er abstürzte und Sie Ihr Werk vollendet hatten, haben Sie dabei zugesehen. Sie konnten gar nicht anders, um ihm zu folgen, aber nicht nur mit Ihrem Blick, sondern auch direkt in den eigenen Abgrund Ihrer Seele."

Diese Worte beunruhigten Erik, doch er beschloss, sich das nicht anmerken zu lassen und schüttelte den Kopf. „Was soll dieses wirre Gerede? Es ist absolut absurd, was Sie da von sich geben. Ich denke, Sie haben genug meiner Zeit verschwendet."

Egon lehnte sich zurück. „Ganz wie Sie meinen. Dann werde ich jemand anderen finden, der sich meine Geschichte anhört."

„Ich fasse die Geschichte nochmal für Sie zusammen, sozusagen zum Mitschreiben: Mein Freund ist gestolpert, ich habe versucht ihn hochzuziehen. Hätten Sie schneller reagiert, hätten auch Sie gesehen, was tatsächlich passiert ist. Sie hätten mich niemals verdächtigt, ihn umgebracht zu haben. Und was noch viel wichtiger ist: Sie hätten mir helfen und ihn retten können." Mit diesen Worten erhob sich Erik. „Wir werden uns nicht wiedersehen", stellte er fest.

„20.000 Euro“, antwortete Egon ruhig und bestimmt.

„Ich habe Sie wohl nicht richtig verstanden.“

„Ich sagte: 20.000 Euro.“

„Wofür wollen Sie denn jetzt noch Geld haben?“, war Erik entrüstet. „Ihre Geschichte ist nicht mal einen Cent wert, außer Sie machen es wie *Jim Marrs* und schreiben ein Buch über das Schafberg-Attentat, vielleicht schaffen Sie es sogar, eine Verschwörung zu konstruieren. Übrigens: Als Kennedy erschossen wurde, war ich noch nicht geboren. Auch die Morde von *Jack Unterweger* können Sie mir nicht anhängen, da war ich nämlich noch ein Teenager.“

„Lenken Sie ab, mit welch absurden Vergleichen Sie wollen. Ich weiß, was ich beobachtet habe, und ich denke, die Polizei wird sich dafür interessieren.“

„Die Polizei hat aber eine Untersuchung durchgeführt und kam zu dem Schluss, dass es ein Unfall war. Warum sollte sie Ihnen jetzt glauben?“

„Selbstverständlich konnten sich unsere Freunde und Helfer schnell mit dieser Version anfreunden, sonst wären weitere Ermittlungen notwendig gewesen, und das hätte schließlich Arbeit bedeutet. Ich denke, da wollte nur jemand zeitig zum Abendessen zuhause sein. Aber ich finde schon jemanden, der seine Arbeit ordentlich macht. Oder würden Sie Ihre Freiheit auf die mangelnde Arbeitswut unserer Gesetzeshüter verwetten?“

Erik hielt inne, er hatte Egon nicht überzeugen können. Die Folgen hatte er sich zuvor schon ausgemalt. Er beschloss also, vorerst Zeit zu gewinnen. „Geben Sie mir zwei Tage Zeit, um darüber nachzudenken!“

„Ich gebe Ihnen zwei Tage, um das Geld zu beschaffen“, entgegnete Egon bestimmt. „Wir treffen uns in zwei Tagen wieder hier, zur gleichen Zeit.“

„Ich denke darüber nach.“

„Tun Sie das! Und seien Sie wieder pünktlich! Sonst werde ich zur Polizei gehen.“

Erik spürte, dass Egon es ernst meinte. Er schien davon überzeugt zu sein, was er gesehen hatte. Oder er war einfach auf schnelles Geld aus. Wie auch immer, das Problem musste aus der Welt geschafft werden, sonst wäre seine Zukunft mit Tamara gefährdet.

„Ich werde hier sein.“ Mit diesen Worten kehrte Erik Egon den Rücken zu, setzte eine besorgte Miene auf, verließ den Volksgarten und hinterließ einen zufrieden wirkenden Mann, der noch eine Zeit auf der Parkbank verweilte.

Erik ging zurück in sein Büro, begrüßte kurz seine Sekretärin und schloss die Tür. Mit einem lauten Seufzer ließ er sich in seinen Drehsessel fallen. Wie sollte er mit dieser Situation umgehen, wie auf diese Erpressung reagieren? Das Geld hatte er, sogar noch mehr. Es befand sich auf einem Sparbuch seiner Hausbank und war als Notgroschen gedacht. Aber sollte er diesem miesen Erpresser so viel Geld in den Rachen schmeißen? Seine Anschuldigungen hatten weder Hand noch Fuß. Kein Polizist würde ihm diese Geschichte abkaufen. Nach der sogenannten heiligen Dreifaltigkeit der amerikanischen Kriminologie hatte er die Mittel und die Gelegenheit gehabt, aber was wäre denn sein Motiv gewesen, Paul zu töten? Beweise gab es auch keine, es stünde also Aussage gegen Aussage. Die rechtlichen Folgen machten Erik weniger Sorgen als das neue Leben, das er sich mit Tamara aufbauen wollte. Nur *ein* übereifriger Polizist, lediglich *eine* negative Berichterstattung in den Medien konnte ausreichen, um seinem Glück im Weg zu stehen. Erik musste das Problem lösen und sah im Moment keine andere Möglichkeit, als die 20.000 Euro zu besorgen. Die Uhr zeigte 16:45 Uhr. Zur Bank würde er es heute nicht mehr rechtzeitig schaffen, also musste er bis morgen warten.

N

Am nächsten Morgen machte sich Erik auf den Weg in den Ort, in dem er aufgewachsen war. Nach ihrem Umzug kam er nur noch selten hierher, wenn er seine Eltern besuchte oder eben vor ein paar Wochen, als er Paul zu Grabe getragen hatte. Als Erik seinen Wagen auf dem Marktplatz abstellte, dachte er an seine erste Begegnung mit Tamara, die hier stattgefunden hatte. Nur für sie nahm er das alles auf sich und ging auf Egons Forderung ein.

Pünktlich zur Öffnungszeit um 7:30 Uhr betrat er die Bank. Normalerweise wickelte er seine Bankgeschäfte über das Internet ab, doch diese große Summe konnte er in der kurzen Zeit, die ihm zur Verfügung stand, nur von seinem Sparbuch beschaffen, und die Barabhebung konnte er nur persönlich vornehmen.

Die erste von zwei automatischen Türen öffnete sich, gerade noch rechtzeitig, bevor er mit der Stirn dagegen stieß. Er bemerkte, dass er viel zu hektisch agierte und zwang sich, ruhig und damit unauffällig zu bleiben. Eine solche Transaktion war schließlich nichts Ungewöhnliches, auch nicht in dieser Höhe, aber wenn er sich eigenartig verhalten würde, würde er sich womöglich verdächtig machen. Also atmete er zwei Mal tief durch und wartete, bis sein Puls keine lebensbedrohliche Höhe mehr hatte. Dann ging er auf die zweite automatische Tür zu, die sich ebenfalls öffnete, und betrat den Schalterraum mit einer Gelassenheit nach außen, die ihn selbst überraschte, auch wenn er innerlich noch immer angespannt war.

Er war der einzige Kunde, im Schalterraum befand sich lediglich eine Bankangestellte, die er aus einer Zeit kannte, als die Geschäfte noch nicht vom Computer aus erledigt werden konnten. Sie musste schon gut dreißig Jahre hier arbeiten und mittlerweile über fünfzig sein. Dafür sah sie noch passabel aus. Er fragte sich, warum es manchen scheinbar mühelos gelingt, den Alterungsprozess zu verlangsamen, ihn zum Stillstand zu bringen oder sogar umzukehren, während bei anderen der Zahn der Zeit heißhungrig nagte. Er selbst fand, dass er sich auch ganz gut gehalten hatte, aber er tat ja auch einiges dafür: halbwegs gesundes Essen, Alkohol in Maßen, auch wenn es manchmal schwerfiel, und ein gesundes Maß an Sport, vor allem als Ausgleich zur bewegungsarmen Arbeit in seinem Büro. Während er noch überlegte, wie denn die Dame hinter dem Schalter hieß, wurde er äußerst höflich mit seinem Vornamen begrüßt. Trotz der vielen vergangenen Jahre hatte sie ihn erkannt, wahrscheinlich, weil er als Kind gleich nebenan gewohnt hatte und nicht nur zum Weltspartag vorbeigekommen war, um einen Lutscher, Luftballon oder sonstige wertvolle Dinge abzustauben. Sie mochte ihn sichtlich, und daher fiel ihm sein Vorhaben gleich viel leichter.

„Guten Morgen, Frau Oberlehner“, begrüßte er die Dame, deren Name ihm nun angesichts der ganzen Erinnerungen wieder eingefallen war. „Lang ist es her, doch Sie haben sich kein bisschen verändert. Wie geht es Ihnen?“ Es fröstelte ihm bei dem Gedanken, welchen belanglosen Mull er von sich gab, aber es half ihm, seine Nervosität noch besser zu verbergen. Wer weiß, vielleicht fühlte sie sich geschmeichelt, dass ihr gar nicht auffallen würde, dass er gleich etwas für ihn Ungewöhnliches verlangen würde.

„Danke, mir geht es sehr gut. Dich habe ich ja schon lange nicht mehr gesehen.“

„Ich hätte gerne 20.000 Euro von meinem Sparbuch“, kam Erik gleich zum Punkt, ohne unhöflich sein zu wollen, er hatte jedoch genug vom Smalltalk. Er sagte das mit einer

Selbstverständlichkeit, als würde er jeden Tag solche Summen abheben, und übergab ihr das Sparbuch. Es wurde bereits zu seinem sechsten Geburtstag eröffnet. Schon ein Wahnsinn, wie die Zeit vergeht, dachte er. Damals wurden noch richtige Bücher und nicht das Scheckkartenformat verwendet. Er hatte dieses Sparbuch schon so lange, dass auch seine Frau nichts von dessen Existenz wusste. Es war sein kleines Geheimnis, ein Notgroschen sozusagen, der seinem Namen nun jede Ehre machte und den er jetzt mehr denn je benötigte.

„Ein schöner Batzen Geld", kommentierte Frau Oberlehner die Abhebung. Es stand ihr zwar nicht zu, diese Transaktion zu bewerten, aber so ist das halt auf dem Lande, dachte Erik. Er hatte das Gefühl, als müsste er sich dafür rechtfertigen, warum er sein Geld von der Bank wiederhaben wollte. Oder war sie einfach nur neugierig, wofür er es benötigte. Die ganze übertriebene Freundlichkeit hatte nichts genützt. Erik erinnerte sich, dass sie schon früher diese Art hatte, zum Beispiel, als sie wissen wollte, bei welcher Gelegenheit er sich das Knie aufgeschlagen oder sich den Pullover zerrissen hatte.

Wenn man in so einem Kaff wohnt und arbeitet und selbst kein aufregendes Leben hat, interessiert man sich für noch so jede Kleinigkeit, obwohl es einen überhaupt nichts angeht, dachte er. Er hatte es geschafft, nach außen hin ruhig zu wirken, doch eine Antwort auf diese Frage hatte er sich dummerweise nicht überlegt. Was sollte er also sagen, was wäre möglichst unverfänglich? Eine solche Summe würde man eher überweisen, also wofür benötigt man heute noch so viel Bargeld, wenn nicht für etwas Illegales?

„Ich werde mir ein neues Auto kaufen", gab er spontan von sich und dachte, dass er ihr damit den Wind aus den Segeln genommen hatte und weiteren Fragen nicht mehr ausgesetzt war.

„Das hätte man doch auch per Überweisung bezahlen können. Dann hättest du gleich einen Nachweis, dass du es auch bezahlt hast“, belehrte sie ihn, was ihm nun gar nicht passte, denn soweit wusste auch er Bescheid. Er musste seinen Ärger unterdrücken.

„Ach wissen Sie, ich kaufe den Wagen von einem Privatmann, und der besteht auf Barzahlung“, improvisierte er weiter. Bevor sie noch sagen hätte können, wie unvernünftig oder riskant das trotzdem sei, ergänzte er: „Keine Sorge, wir haben bereits einen Vertrag aufgesetzt, und er wird mir unterschreiben, dass er das Geld bei Übergabe erhalten hat.“

„Aber dein Auto ist doch noch so gut wie neu“, hakte sie nach. Sie hatte einen Wirkungstreffer gelandet. Sein BMW war tatsächlich noch nicht so alt, dass er sich mit dem Kauf eines neuen Wagens beschäftigen würde. Woher wusste sie das nun wieder, wenn er doch viele Jahre nicht hier gewesen war und auch sonst keinen Kontakt zu ihr hatte? Was den Menschen alles auffiel. Andererseits ging sie das nun wirklich einen feuchten Kehricht an, wann es sich um den richtigen Zeitpunkt für ein neues Auto handelte oder was er mit dem Geld sonst vorhatte. Dennoch hatte er das Gefühl, ihr eine Erklärung geben zu müssen, und das war ihm sehr unangenehm. Er wusste, sie würde immer weiter nachhaken, bis sie eine zufriedenstellende Antwort erhalten hatte. Am liebsten hätte er ihr wegen ihrer Penetranz die Meinung gegeigt, aber er wollte um keinen Preis verdächtig wirken, und so beschloss er, dieses Frage-und-Antwort-Spiel noch eine Weile mitzuspielen, selbst wenn es ihn innerlich fast platzen ließ.

„Der BMW ist älter als er aussieht, aber viel wichtiger ist, dass die Limousine einfach zu wenig Stauraum hat. Ich habe schon länger nach einem größeren Auto gesucht, und jetzt habe ich endlich den idealen Wagen gefunden“, versuchte er sich aus der Affäre zu ziehen. Sie lächelte.

„Da wird doch nicht etwa Nachwuchs ins Haus stehen?“, mutmaßte sie. Das war zwar wieder ein heikles Thema, aber damit hatte sie ihm auch die Tür geöffnet, um aus dieser Konversation aussteigen zu können.

„Wer weiß, wer weiß", ließ er die Antwort geschickt offen. Es funktionierte. Zu seinem Glück wollte sie nicht noch mehr aus ihm rauskitzeln. Sie drehte sich um, öffnete den Tresor und holte das Geld. Ihm fiel ein Stein vom Herzen, dass er diesen Spießrutenlauf hinter sich gebracht hatte.

Fein säuberlich – wie sie es gelernt hatte – zählte sie es zuerst selbst und dann noch einmal laut vor dem Kunden. „Ich habe nicht so viele 500 Euro-Scheine, ist dir doch egal, oder?"

„Danke, spielt keine Rolle."

„Ich gebe es in einen Umschlag, wen es dir recht ist."

„Vielen Dank." Sie zückte ein braunes DIN C6/5-Kuvert ohne Sichtfenster, legte das Geld hinein und verschloss es mit dem Selbstklebestreifen. Er steckte das Kuvert in die linke Innentasche seines Mantels, bedankte sich und nahm sein geplündertes Sparbuch wieder an sich. Dann verabschiedete er sich höflich, machte kehrt und bemühte sich, ohne zu hektisch zu wirken, rasch das Gebäude zu verlassen.

O

Erik saß in seinem Büro und starrte auf die Wanduhr. Sie zeigte 15:25 Uhr, noch 35 unerträglich lange Minuten bis zum Treffen mit Egon. Er hasste es, auf jemanden zu warten, und heute war es noch schlimmer als zwei Tage zuvor. Nachdenklich betrachtete er den Umschlag, der vor ihm auf dem Tisch lag. Sollte er Egon diesen Batzen Geld einfach so in den Rachen schmeißen? War die Bedrohung durch diese absurde Story tatsächlich so groß, um sich mit dieser stolzen Summe davon freikaufen zu müssen? Konnte er darauf vertrauen, dass der Mann ihn dann auch in Ruhe lassen würde? Er wollte schließlich mit Tamara ein neues Leben aufbauen. Erik hatte darauf keine Antwort, zumindest jetzt noch nicht. Er würde versuchen, Egon in diese Richtung auszuhorchen, denn er musste darüber Gewissheit haben.

Ach ja, Tamara. Ob sie schon aus Dubai zurück war? Er hatte die letzten Tage ständig an sie denken müssen. Auf seine SMS hatte sie nicht geantwortet, daher beschloss er, noch eine zu senden in der Hoffnung, sie wäre bereits zurück und würde sich daraufhin melden.

„Hi Tamara, bist du wieder zurück? Wie war Dubai? Erik" diktierte er in sein Smartphone und sendete die Nachricht. Dieses Mal verzichtete er bewusst auf jede Art von Liebesbekundung. Er nahm sich vor, ihr bis zum Wochenende Zeit zu geben. Erst dann würde er sie anrufen, auch wenn er sich kaum zurückhalten konnte, so sehr wollte er wieder ihre wundervolle Stimme hören. Doch nun musste er sich auf Egon konzentrieren. Er nahm das Kuvert vom Tisch und schob es in die Innentasche seines Sakkos, erhob sich von seinem Drehsessel und verließ sein Büro.

„Sabrina, ich muss etwas Dringendes erledigen, ich bin in einer halben Stunde zurück", meldete er sich bei seiner Sekretärin ab.

„Gut, Erik", war ihre kurze Antwort. Er verließ das Vorzimmer, ging zum nächsten Aufzug und fuhr in die Tiefgarage, wo sein Wagen stand. Ein kurzer Druck auf die Fernbedienung, und sein Wagen meldete optisch und akustisch das Entsperren der Türen. Erik öffnete die Fahrertür und stieg ein. Auf dem Beifahrersitz hatte er eine schwarze Sporttasche deponiert. Er öffnete den Reißverschluss und entnahm eine unauffällige schwarze Baseballkappe mit den weißen Buchstaben „NY". Diese Kappen gab es haufenweise, also würde er damit nicht auffallen. Er hatte auch alte Blue Jeans, einen ausgewaschenen schwarzen Pullover und eine alte khakifarbene Jacke in der Tasche verstaut. In seinem alten Faschingskarton hatte er noch einen falschen Vollbart gefunden, der täuschend echt aussah und ihm helfen sollte, sein Aussehen zu verändern. Das sollte an Maskerade genug sein. Er hatte wenig Platz im Wagen um sich umzuziehen, aber er wollte nicht riskieren, dass ihn jemand dabei beobachtete. Den Umschlag mit dem wertvollen Inhalt zog er aus der Sakkotasche und steckte es in die linke Innentasche der Jacke. Als zusätzliche Tarnung dachte er an eine Zeitung im Großformat. Er hatte vor einiger Zeit in einem uralten Spionagefilm gesehen, dass sich jemand ein Loch in die Zeitung geschnitten hatte und so unbemerkt die Umgebung beobachten konnte. Natürlich wusste er, dass das in Wirklichkeit nicht funktionierte, außer das Loch wäre so groß, dass es jedem, der vorbeiging, sofort auffallen würde. Aber ein Leser einer Tageszeitung fällt im Park weniger auf als jemand, der ohne Beschäftigung dasitzt und auf jemanden wartet. Erik sah sich um und vergewisserte sich, dass ihn niemand beobachtet hatte, stieg aus seinem Wagen aus und versperrte ihn.

Dann ging er in den Zeitschriftenhandel am Hauptbahnhof und besorgte sich eine Ausgabe der *Oberösterreichischen Nachrichten*, nicht etwa, weil es sich um seine Lieblingszeitung handelte, sondern weil sie wegen ihres großen Papierformats am meisten Deckung bot.

Wenige Minuten später hatte Erik den Volksgarten erreicht. Die Uhr zeigte 15:43 Uhr. Er ging davon aus, dass Egon nicht so überpünktlich wie er selbst sein würde, also hatte er noch genug Zeit, die Lage zu prüfen. Während er durch den Park spazierte, konzentrierte er sich auf die Menschen, die auf den Parkbänken saßen. In den letzten beiden Tagen hatte es ein paar Grade abgekühlt, dadurch waren weniger Personen im Park, vor allem auf den Bänken, was es einfacher machte, dort einen Platz zu finden. Er wählte eine abgelegenere Bank, setzte sich und begann so zu tun, als würde er die Zeitung lesen. In Wahrheit blickte er über den Papierrand hinaus und beobachtete die Umgebung. Er wusste ja nun, wie Egon aussah. Ein Blick auf sein Smartphone verriet ihm, dass es 15:54 Uhr war, bisher keine Spur von dem Erpresser. Erik war sicher, ihn nicht übersehen zu haben. Angespannt senkte und hob er den Blick immer wieder. Wo blieb er? Hatte Egon ihn trotz seiner Verkleidung erkannt und nun dieselbe Idee, ihn aus sicherer Entfernung zu beobachten? Erik war verunsichert. Er hatte einige Überlegungen angestellt, ein paar Szenarien gedanklich durchgespielt und gewisse Vorkehrungen getroffen, aber einen ausgeklügelten Plan, eine durchdachte Strategie, das hatte er nicht. Wie sollte er sich verhalten, wenn Egon auftauchte? Die Zeit, Pläne zu schmieden, war abgelaufen, denn in diesem Moment näherte sich Egon vom Hauptbahnhof her. Er trug dieselbe Kleidung wie zwei Tage zuvor, jedoch ohne Kappe. Erik wollte abwarten, ob Egon seine Verkleidung durchschaute. Falls ja, würde er Erik ansprechen, immerhin wollte Egon etwas von ihm. Also verharrte er auf der Bank, weiterhin scheinbar in seine Zeitung vertieft. Er beobachtete Egon ein paar Minuten, wie er sich nach allen Seiten umsah. Doch er entdeckte Erik nicht, nicht einmal, als er nur drei Meter an der Parkbank, auf der Erik saß, vorbeiging. Seine Verkleidung hatte ihre Wirkung nicht verfehlt. Er blickte unauffällig auf sein Smartphone, es war 16:07 Uhr. Egon wirkte genervt. Er nahm auf einer der freien Parkbänke Platz, etwa dreißig Meter von Erik entfernt. Bei dieser Entfernung würde Erik unerkannt bleiben, er hatte es also nun in der Hand, auf den Erpresser zuzugehen oder weiter abzuwarten. Egon blickte sich weiter um, nahm sein Mobiltelefon aus seiner Manteltasche und warf einen kurzen Blick darauf. Erik vermutete, dass auch Egon die Uhrzeit überprüfte. Er hatte auf Pünktlichkeit bestanden, also war es verständlich, dass er unruhig wurde. Welche Schlüsse würde er ziehen? Dass sich Erik nur verspätete oder ihn absichtlich versetzte, weil er nicht bereit war, der Erpressung nachzugeben?

Zwei weitere Minuten vergingen. Egon blickte wieder auf das Mobiltelefon und schüttelte den Kopf. Er schien die Geduld verloren zu haben, denn er steckte es ein, stand auf und ging wieder Richtung Hauptbahnhof. Das war Eriks letzte Chance, ihm zu folgen und anzusprechen, sonst würde er zur Polizei gehen. Erik überlegte, was er tun sollte. Womöglich ging Egon gar nicht zur Polizei, vielleicht hatte er geblufft? Erik musste sich vergewissern. Er faltete hastig die Zeitung zusammen, klemmte sie unter seinen linken Oberarm und folgte Egon in sicherer Entfernung. Der ging zum Zebrastreifen Richtung Hauptbahnhof. Die Fußgängerampel stand auf Rot. Erik benutzte schnell den anderen Zebrastreifen und wartete wieder in sicherer Entfernung auf der anderen Straßenseite. Er ließ Egon nicht aus den Augen. Als die Ampel umschaltete, querte Egon die Straße. Erik tat dasselbe auf dem parallelen Zebrastreifen und achtete darauf, den Mann nicht zu sehr anzustarren. Denn sollte Egon unvermittelt nach rechts blicken, würde er Erik sehen und vielleicht doch erkennen. Erik verhielt sich also unauffällig und ging weiter Richtung Busterminal. Dort setzte er sich in das nächste Wartehäuschen. Kaum hatte er Platz genommen, kam Egon um die Ecke. Er wirkte schlecht gelaunt, überquerte wieder die Straße und ging Richtung Bahngleise. Um nicht die Fährte zu verlieren, stand Erik auf und folgte Egon. Der nahm wie erwartet die Rolltreppe und fuhr in den Bahnhofsbereich. Erik wählte die Treppe, das erlaubte ihm, jederzeit stehen zu bleiben oder sogar umzudrehen, wenn es notwendig sein sollte. Egon ließ die öffentlichen Toiletten links liegen und betrat die Bahnhofshalle. Es gab nun viele Möglichkeiten, wohin er als nächstes gehen konnte: in eines der zahlreichen Geschäfte, Restaurants oder Cafés. Er konnte auch die Straßenbahn oder einen der Züge nehmen. Ein kurzer Blick auf die Anzeigetafel verriet Erik, dass in den nächsten Minuten Züge Richtung Salzburg und Tschechien abfahren würden. Ohne zu zögern nahm Egon die Rolltreppe Richtung Straßenbahn, die stadtauswärts fuhr. Erik folgte ihm, benutzte aber wieder die Treppe. Er fasste von außen an die rechte Innentasche seiner Jacke und prüfte, ob er nicht seine Geldbörse im Sakko vergessen hatte. Als er sie fühlte, atmete er erleichtert auf. In dieser Situation wollte er nicht riskieren, beim Schwarzfahren erwischt zu werden. Egon hatte den Bahnsteig erreicht und wartete. Erik ging zu einem Ticketautomaten, um eine Tageskarte zu lösen, denn er wusste nicht, wie weit die Reise gehen würde, und er würde auch wieder zurückfahren müssen. Während er die Fahrkarte kaufte, sah er sich immer wieder nach Egon um. Der ging unruhig am Bahnsteig auf und ab und hatte kein Ticket gelöst, er musste das bereits vor der Fahrt zum Bahnhof getan haben. Erik entnahm Ticket und Wechselgeld und wartete mit Respektabstand von den Gleisen und Egon. Die Straßenbahn der Linie 3 fuhr in die Haltestelle ein. Laut Anzeigetafel würde in zwei Minuten eine weitere der Linie 1 eintreffen. Die Straßenbahn hielt, die Türen wurden geöffnet. Unzählige Menschen stiegen aus und erschwerten den Blick auf Egon. Erik musste sich konzentrieren, um ihn nicht völlig aus den Augen zu verlieren. Egon blieb stehen, auch als alle Menschen ausgestiegen waren, das war also nicht die richtige

Linie gewesen. Immer mehr Menschen strömten auf den Bahnsteig. Die Minuten vergingen, und die nächste Straßenbahn fuhr ein. Wieder öffneten sich die Türen, noch mehr Menschen als zuvor verließen den *City Runner*, wie die neuen Straßenbahngarnituren hießen. Wieder war es Erik kaum möglich, Egon im Blickfeld zu behalten. Als der aussteigende Menschenstrom abgerissen war, näherte sich auch Egon der Straßenbahn und stieg ein. Erik folgte ihm, nahm aber die übernächste Tür. Die Garnitur setzte sich in Bewegung und verschwand im Dunkel des Tunnels. Aus dem Lautsprecher und auf dem Infoscreen wurde die nächste Haltestelle *Unionkreuzung* angekündigt. Erik ließ Egon nicht aus den Augen. Dank der noch immer zahlreichen Fahrgäste hatte Erik eine gute Deckung. Als er wortwörtlich Licht am Ende des Tunnels erblickte, sah er Egon, wie er den Knopf drückte. Erik überlegte, ob es in der Nähe der Unionkreuzung ein Wachzimmer der Polizei gab. Oder der Erpresser wohnte dort. Vielleicht würde er auch in eine der Buslinien umsteigen. Die Straßenbahn fuhr in die taghell erleuchtete unterirdische Haltestelle ein. Die Türen öffneten sich, und Egon stieg aus. Erik folgte ihm mit kurzer Verzögerung. Egon nahm dieses Mal nicht den Aufzug, sondern die Treppe. Erik hielt Abstand, immerhin waren neben Egon und ihm vielleicht noch fünf andere Fahrgäste ausgestiegen. Seine Deckung war nicht mehr vorhanden, also musste er das durch ausreichenden Abstand ausgleichen. Egon nahm den Ausgang Richtung Unionstraße stadtauswärts, ging zur Bushaltestelle und wartete. Erik blieb einige Meter entfernt stehen und beobachtete weiter. Er konnte die Anzeigetafel aus dieser Entfernung nicht erkennen.

Etwa drei Minuten vergingen. Sowohl Egon als auch Erik hatten sich nicht vom Fleck bewegt. Ein Bus der Linie 43 näherte sich und blieb stehen. Der öffentliche Berufsverkehr hatte bereits eingesetzt, also war der Bus gut gefüllt. Dieses Mal stiegen nur wenige Menschen aus. Je voller desto besser, dachte Erik. Egon stieg ein. Jetzt hieß es dranbleiben. Erik war noch einige Meter vom Bus entfernt. Er erhöhte sein Tempo, begann zu laufen und schaffte es gerade noch einzusteigen, bevor sich die automatischen Türen schlossen. Zum Glück durfte man in Österreich auch hinten einsteigen. In Barcelona war er vom Chauffeur freundlich, aber bestimmt wieder aus dem Bus geworfen worden, als er bei der hinteren Tür einsteigen wollte. Dort hat jeder vorne einzusteigen und seine Karte bei einem Automaten zu entwerten. Je nachdem, welcher Ton erklang, wusste man, ob sein Ticket noch Gültigkeit besaß oder nicht. An einem gut hörbaren Druckergeräusch erkannte man, dass man entweder sein Ticket soeben entwertet hatte oder eine neue Fahrt abgebucht worden war. Es stellte auch eine Art Kontrollsystem dar, denn wer würde sich trauen, den Bus zu besteigen, ohne sein Ticket kontrollieren zu lassen oder bei einem ablehnenden Geräusch weiterzufahren? Erik fand dieses System gut, doch heute war er froh, dass er einen Bus besteigen konnte, ohne eine Kontrolle über sich ergehen zu lassen, denn Aufmerksamkeit wollte er auf keinen Fall erregen. Wie zuvor in der Straßenbahn kümmerte sich auch im Bus niemand um den anderen, es handelte sich einfach um eine Ansammlung von gesichtslosen Unbekannten, die nur die Fahrtrichtung gemeinsam hatten. Das konnte ihm nur recht sein. Egon blieb in der Mitte des Busses bei der Tür stehen. Erik verharrte ebenfalls stehend im hinteren Bereich. Wieder achtete er darauf, den Mann nicht zu sehr anzustarren. Der Bus setzte sich in Bewegung. Drei Haltestellen lang machte Egon keine Anstalten, den Bus zu verlassen, er wirkte in sich gekehrt. Als jedoch aus dem Lautsprecher die Ansage „Nächster Halt: Hatschekstraße" zu hören war, reagierte er darauf und drückte den Halteknopf. Das bedeutete auch für Erik, sich auf das Aussteigen vorzubereiten. Der Bus erreichte die Haltestelle, und die Türen wurden geöffnet. In welche Richtung würde Egon gehen? Erik stieg als erster aus, wandte Egon den Rücken zu und begann von ihm wegzugehen. Keinesfalls durfte er Egon verlieren, entdeckt werden wollte Erik allerdings auch nicht. Er wagte nicht sich umzudrehen, ging rasch in den angrenzenden kleinen Park, den *Hummelhofwald*, und versteckte sich hinter einem Strauch. Zögerlich wagte er hervorzublicken. Wo war Egon abgeblieben? Erik wurde nervös. Hatte er die Spur verloren? Hektisch sah er sich um. Er erblickte Egon, der die Straße überquert hatte und zu einem der Wohnblöcke gegangen war. Die Eingangstür war nicht abgeschlossen, Egon drückte sie einfach mit der Hand auf, ging hinein und die Tür schloss sich selbsttätig hinter ihm. Erik konnte erkennen, dass der Wohnblock drei Etagen hatte, das mussten mindestens neun Wohnungen sein. Wie sollte er Egon dort finden? Es musste ja nicht sein richtiger Vorname sein. Selbst wenn, meistens stehen nur die Nachnamen auf den Briefkästen und an den Wohnungstüren. Erik überlegte seinen nächsten Schritt. Sollte er Egon in das Haus folgen? Und wenn er die richtige Wohnung fand, was würde er tun, was zu ihm sagen? Zweifel kamen in ihm hoch.

„Was mache ich hier überhaupt?“, hörte er sich leise sagen und schüttelte dabei den Kopf. „Ich sollte gar nicht hier sein, sondern in meinem Büro oder bei Tamara.“ Genau, im Grunde drehte sich alles nur um sie. Seine innere Stimme gab ihm zu verstehen, dass er zuerst dieses Problem lösen musste, erst dann würde er mit ihr zusammen sein können. Also schob er seine Selbstzweifel zur Seite, atmete tief durch, entsorgte die Zeitung im Müllbehälter an der Haltestelle, überquerte die Straße und betrat das Gebäude mit der Hausnummer 7.

Dieses Haus hatte schon bessere Tage gesehen. Nach seinem Äußeren handelte es sich vermutlich um einen dieser in Linz wenig liebevoll *Hitlerbauten* genannten Wohnblöcke aus den dreißiger Jahren des vorigen Jahrhunderts. Zwar musste es vor nicht allzu langer Zeit mit einem neuen Anstrich versehen worden sein, aber der Zahn der Zeit hatte seine Spuren hinterlassen: Die Eingangstür knarrte und klemmte, stammte wahrscheinlich noch original aus der Zwischenkriegszeit und ging nach innen auf, bei einem Brand eine echte Todesfalle. Im Eingangsbereich befanden sich uralte Briefkästen, die zwar mit

Schlössern versehen waren, die aber ein Zehnjähriger mit seinem Taschenmesser hätte knacken können. Lift war keiner vorhanden, nicht einmal einer dieser hässlichen Außenaufzüge, die an so manchen älteren Gebäuden in den letzten Jahren angebracht worden waren. Egon musste also die Treppe genommen haben, von stapfenden Füßen war jedoch nichts mehr zu hören. Erik blieb stehen und achtete auf jedes Geräusch, das ihm weiterhelfen konnte. Nichts. Egon war wahrscheinlich schon in seiner Wohnung. Wie sollte Erik ihn finden? Auf den Briefkästen waren nicht einmal die Familiennamen, sondern nur die Wohnungsnummern zu lesen. Erik begann, leise die Stufen hinauf zu steigen, da vernahm er ein lautes Geräusch: eine Tür, die ins Schloss fiel, vielmehr geschmettert wurde. Da war anscheinend jemand ziemlich wütend. Er vermutete das Geräusch im obersten Stock. Vorsichtig und dennoch zielstrebig erklomm er die alten Steinstufen. Wie in den beiden unteren Geschossen befanden sich auch im zweiten Stock drei Wohnungen. Er betrachtete die Türschilder. Helga Stadler konnte es nicht sein, außer er wohnte noch bei seiner Mutter oder seiner Freundin. Familie Huber war möglich. Vorsichtig näherte er sich der dritten Tür, an deren Schild der Name *Schiele* geschrieben stand. Erik schmunzelte und verstand nun den vom Erpresser gewählten Namen, offenbar schien er eine Schwäche für Malerei zu haben. Erik vergewisserte sich, dass ihn auch niemand gesehen hatte, näherte sich der Tür und klopfte leise. Es befand sich zwar auch eine Klingel neben der Tür, doch er wollte nicht riskieren, dass sie einen schrillen Ton von sich gab, der die Nachbarn erst recht auf ihn aufmerksam machte. Als niemand öffnete, drehte er sich kurz um, klopfte dann ein wenig lauter, immer noch darauf bedacht, nicht aufzufallen, und legte sein rechtes Ohr an die Tür. Er vernahm Schritte, die immer lauter wurden und sich zur Tür zu bewegen schienen. Daher trat er einen Schritt zurück. Die Tür wurde langsam geöffnet.

Erik starrte in ein überraschtes Gesicht. Er wollte keine Diskussion im Stiegenhaus riskieren, das würden die Nachbarn bemerken. „Ich habe etwas für Sie, ich darf doch reinkommen?", eröffnete Erik das Gespräch in verbindlichem Ton, noch bevor Egon ein Wort erwidern konnte. Und mit diesen Worten schob er sich an Egon vorbei in die Wohnung und schloss die Tür. Er schien allein zu leben, zumindest war es schon eine Zeit her gewesen, dass eine Frau oder sonst jemand mit ein wenig Sinn für Ordnung und Hygiene diese Wohnung betreten hatte. Die Tapeten waren vergilbt, und die Einrichtung schien noch aus der Zeit der Errichtung des Hauses zu stammen. Erik fühlte sich an die Wohnung seiner Großmutter erinnert, die auch in so einem Bau gewohnt hatte, bevor sie in ein Altersheim umgezogen war und dort noch einige ruhige Jahre erlebt hatte. Er selbst war auch kein Sauberkeitsfanatiker, aber der Anblick des Vorraumes und des Wohnzimmers, in dem sie sich nun befanden, der Geruch von kaltem Zigarettenrauch, der Gestank von abgestandenem Bier und vergammeltem Essen, der aus der Küche zu kommen schien, rief in ihm ein tiefes Gefühl von Ekel hervor. Auf dem Tisch standen drei leere Bierflaschen und ein voller Aschenbecher, daneben lag eine zerknüllte Schachtel *Marlboro*. Er befürchtete, sich jeden Moment übergeben zu müssen. Aber das musste warten, immerhin hatte er noch etwas Wichtiges zu erledigen.

„Echt jetzt? Egon Schiele? Sollte wohl ein Scherz sein."

„Sie waren nicht da", knurrte Egon ihn an.

„Ich korrigiere", belehrte ihn Erik, „ich kam nur ein paar Minuten zu spät, Sie hätten auch warten können."

„Dann waren Sie eben nicht rechtzeitig da, wo ist der Unterschied? Ich sagte doch, Sie sollen pünktlich sein!" Erik würdigte diesen Vorwurf keines Kommentars. Wer seine Wohnung so verkommen ließ, hatte kein Recht, sich über die Unpünktlichkeit eines anderen derart aufzuregen.

Also kam er auf seine erste Frage zurück. „Soll das wirklich Ihr richtiger Name sein?"

„Natürlich nicht, mir gefiel nur die Wortspielerei."

„Wie soll ich Sie jetzt nennen?"

„Da Sie jetzt wissen, wo ich wohne, können Sie mich bei meinem richtigen Namen Klaus ansprechen."

„Ich denke, wir bleiben bei Schiele", hatte Erik keine Lust auf eine derart familiäre Anrede.

„Wie haben Sie mich gefunden?", war Schiele verwundert. Erik musste sich rasch etwas überlegen. Er konnte nicht zugeben, dass er Schiele minutenlang beobachtet und verfolgt hatte.

„Spielt das eine Rolle?", wich Erik aus.

„Rücken Sie sofort raus mit der Sprache, sonst rufe ich gleich jetzt und hier die Polizei."

„Das glaube ich nicht, sonst wären Sie vorhin direkt zu denen gegangen."

„Vorher wollte ich noch genau darüber nachdenken, was ich dort erzähle. Ich hätte nicht gedacht, dass Sie mich versetzen."

„Ich glaube Ihnen nicht. Sie haben geblufft, und ich wollte sehen. So sieht es doch aus. Sie haben keine Geschichte zu erzählen, die für die Polizei interessant wäre. Deshalb sind Sie auch so wütend. Ihr ganzer Aufwand hat Sie nur in eine Sackgasse geführt."

„Sie lenken doch nur ab. Sagen Sie mir, wie Sie mich gefunden haben. Und was soll übrigens diese komische Verkleidung?" Erik fühlte sich in die Enge getrieben.

Es gab keine Ausrede, zumindest keine brauchbare. „Also schön, ich wollte unser Geschäft nicht in der Öffentlichkeit abwickeln. Wie hätte es denn ausgesehen, wenn ich Ihnen mitten im Volksgarten einen dicken Umschlag in die Hand drücke? Und wenn mich jemand erkannt hätte?"

„Warum haben Sie mich im Park nicht angesprochen? Wir hätten gemeinsam an einen anderen Ort fahren können?"

„Ich war mir nicht sicher, wie ich mich verhalten sollte. Jetzt bin ich ja hier, und wir können zum Geschäft kommen. Das wollen Sie doch, oder?"

„Nur darum geht es mir."

„Ich habe nur ein Problem."

„Und das wäre?"

„Wie ich vorhin sagte: Ich denke, Sie wollten gar nicht zur Polizei gehen, sonst wären Sie auf direktem Weg dorthin. Sie wissen so gut wie ich, dass Sie nichts in der Hand haben. Mit Ihrer Geschichte werden Sie keinen Polizisten dazu bringen, seine Leberkäsesemmeljause zu unterbrechen und sich von seinem Sessel zu erheben. Dafür soll ich Ihnen so viel Geld geben?"

„Auch wenn es das Leben nicht immer gut mit mir gemeint hat, glaube ich immer noch daran, dass unser System funktioniert und sich jeder für seine Taten rechtfertigen muss. So wird es auch Ihnen ergehen. Wenn Sie mir jedoch geben, was ich verlangt habe, haben Sie von mir nichts mehr zu befürchten und können Ihr Leben weiterleben."

„Woher weiß ich, dass Sie mich nicht in einer Woche, einem Monat oder in einem Jahr wieder aufsuchen und noch mehr wollen?"

„Ich gebe Ihnen mein Wort. Verstehen Sie mich richtig: Ich bin kein schlechter Mensch und auch nicht habgierig. Mit dem Geld möchte ich wieder auf die Beine kommen. Sehen Sie mich doch an: Meine Frau hat mich verlassen, deshalb habe ich begonnen zu trinken. Dann habe ich auch noch meinen Job als Filialleiter einer Bank verloren. Ich brauche doch nur etwas Geld, um wieder zurück in ein normales Leben zu finden." Der Mann setzte sich an seinen Tisch und senkte seinen Kopf. Erik vermeinte, eine gewisse Traurigkeit in seiner Stimme und einen Ausdruck der Scham auf seinem Gesicht entdeckt zu haben. Es schien ihm tatsächlich nicht besonders gut zu gehen. Dabei war er doch einigermaßen gebildet und hatte früher ein anderes Leben geführt, ein Leben, nach dem er sich vermutlich wieder sehnte, das jedoch unwiederbringlich verloren war. Es schien ihm unangenehm zu sein, diese Erpressung durchzuziehen. Aber er schien mit dem Rücken zur Wand zu stehen und keinen anderen Ausweg gesehen zu haben. Erik bezweifelte, dass Schiele die 20.000 Euro wirklich zurück in ein besseres Leben führen würden. Aber zumindest Schiele selbst schien daran zu glauben. Erik war hin- und hergerissen. Auf der einen Seite konnte er Schiele gut verstehen, denn auch Erik wollte sein Leben ändern und war auf dem besten Weg dazu. Er war auch überzeugt davon, es aus eigener Kraft zu schaffen, wenn er nur die richtigen Schritte setzen würde. Schiele hingegen schien an einem Punkt angekommen zu sein, der ihn verzweifeln hatte lassen, vermutlich würde er es ohne Unterstützung nicht schaffen, sein Leben wieder in den Griff zu bekommen. Andererseits hatte er gedroht, Erik bei der Polizei anzuzeigen, wenn er ihm das Geld nicht gäbe.

„Wenn ich mir Ihre Lebensumstände und vor allem Ihre Wohnung so ansehe, empfinde ich Mitleid mit Ihnen“, setzte Erik das Gespräch nach einer gefühlten Ewigkeit fort. „In *William Shakespeares Romeo und Julia* heißt es: ‚Nicht deinem Willen, deiner Armut zahl′ ich‘. Lassen Sie uns so tun, ich sei Romeo und Sie der Apotheker. Ich werde Ihnen helfen und Ihnen einen Teil des Geldes geben. Sehen Sie es einfach als eine milde Gabe an jemanden an, mit dem es das Schicksal nicht so gut gemeint hat wie mit mir.“ Erik konnte selbst kaum glauben, welche Worte über seine Lippen gekommen waren und dass er bereit war, einem völlig Fremden so viel Geld in den Rachen zu werfen. Er blickte auf einen verdutzten Klaus Schiele, der feuchte Augen hatte, wenn er auch nicht jedes Wort verstanden zu haben schien. Zumindest hatte er mitbekommen, dass ihm Erik tatsächlich einen Teil des verlangten Geldes geben wollte, und das ließ seine Gesichtszüge erhellen. Erik seufzte und öffnete seine Jacke, fasste in die linke Innentasche, zog das Kuvert heraus und öffnete es. Mit prüfendem Blick und Fingerfertigkeit zog er ein Bündel Scheine heraus und steckte das Kuvert wieder ein. Mit gemischten Gefühlen streckte er Schiele das Bündel entgegen.

„Das sind ungefähr 5.000 Euro. Nehmen Sie sie!“ Schiele griff zögernd danach. Erik schien es sich wieder anders überlegt zu haben, denn plötzlich zog er seine Hand zurück. „Und ich kann mich darauf verlassen, dass ich nie wieder von Ihnen hören werde?“, fragte er in bestimmtem Ton.

„Ganz sicher, ich verspreche es“, beteuerte Schiele. Erik zögerte und hielt ihm dann das Geld erneut entgegen. Mit immer noch feuchten Augen und einem Blick der Dankbarkeit nahm es Schiele wortlos an sich.

P

Freitagmorgen kam Erik später als üblich ins Büro, die Wanduhr zeigte 8:57 Uhr an. Er hatte äußerst schlecht geschlafen wie auch die Nacht zuvor. Die Ereignisse am Mittwoch hatten ihre Spuren hinterlassen, auch Barbaras gestriger Nörgel-Abend unter Verwendung von beinahe unaussprechlichen Ausdrücken in schlimmstem Mühlviertler Dialekt, der einem Hufschmied die Schamesröte ins Gesicht getrieben hätte, hatten nicht gerade zu guter Stimmung beigetragen. Und Tamaras Antwort auf seine SMS, die er so sehnlich erhofft hatte, war ausgeblieben. Das endlose Grübeln brachte ihn jedoch nicht weiter, und so war es besser, sich in die Arbeit zu stürzen und auf diese Weise abzulenken. Kaum hatte er es sich auf seinem Drehstuhl bequem gemacht, klopfte es an der Tür. Sabrina, die ihn zuvor im Vorzimmer auffällig angestarrt hatte, betrat sein Büro. Sie hatte eine Ausgabe der *Oberösterreichischen Nachrichten* bei sich und überreichte sie Erik.

„Nochmals einen guten Morgen“, begann sie das Gespräch, „kann ich kurz mit dir sprechen?“ Erik verdrehte innerlich die Augen. Wenn eine Frau fragt, ob sie *kurz* mit einem reden könne, handelt es sich immer um ein unangenehmes Thema und dauert vor allem länger, als einem lieb ist. Aber er wollte sie nicht abweisen, immerhin konnte er sie gut leiden.

„Klar, worum geht's?“, hielt er sich kurz.

„Ich möchte gleich zum Punkt kommen, weil ich weiß, dass du das sinnlose Um-den-heißen-Brei-Reden nicht ausstehen kannst.“ Sie machte dennoch eine kurze Sprechpause. Erik sah ihr an, dass sie sich unwohl fühlte, die folgende Frage zu stellen. „Was ist in letzter Zeit los mit dir?" Erik legte den Kopf nach links und blickte sie fragend an. Es folgte wiederum eine kurze Pause. Dann formulierte Sabrina ihre Frage konkreter. „Hast du irgendwelche Probleme?" Erik kannte Sabrina nun schon ein paar Jahre und wusste, dass er ihr grundsätzlich vertrauen konnte, doch galt das auch für diese Angelegenheit? Wie kam sie auf diese Vermutung? War es einfach ins Blaue hineingeraten oder die viel zitierte weibliche Intuition? Er beschloss, ihr vorerst keinen reinen Wein einzuschenken, sondern herauszufinden, was sie wusste oder glaubte zu wissen.

„Welche Probleme sollten das denn sein?", fragte er und bemühte sich, besonders verwundert und dennoch nicht zu empört zu wirken.

„Na ja, du benimmst dich seit ein paar Wochen seltsam. Du schließt die Tür, wenn du Telefonate auf deinem Handy annimmst. Dennoch konnte ich ein paar Gesprächsfetzen wahrnehmen. Ich denke, du hast mit einer Frau telefoniert, mit einer Frau, die dir nähersteht, als sie sollte."

„Warum belauschst du meine Telefonate?", reagierte Erik entrüstet.

„Tut mir leid, ich wollte nicht lauschen, es geht mir um etwas anderes: Aus eigener Erfahrung weiß ich, dass eine Affäre nichts Gutes hervorbringt."

„Was soll der Blödsinn? Ich habe keine Affäre!" Erik war außer sich. Selbstverständlich war das glatt gelogen, das konnte er ihr gegenüber jedoch auf keinen Fall zugeben.

Sabrina wirkte etwas verunsichert, gab sich aber noch nicht geschlagen. „Na gut, lassen wir das mal. Vor etwa einer Woche hast du deine Tür einen Spalt offen gelassen. Da konnte ich hören, dass du dich am Telefon für Montag um 16 Uhr verabredet hast, dabei hast du sehr geheimnisvoll geklungen, also dachte ich, du hast etwas zu verheimlichen. Auf meinem Weg in die Stadt habe ich dich zufällig mit diesem komischen Typen im Volksgarten gesehen. Dann sah ich gestern eine

Auszahlungsbestätigung über 20.000 Euro auf deinem Schreibtisch liegen, und da dachte ich mir...“ Sabrina unterbrach an dieser Stelle. Erik war überrascht. Das hätte er seiner Sekretärin nicht zugetraut. Er durfte sich jedoch nichts anmerken lassen.

„Du liest zu viele Krimis“, versuchte er es zunächst mit einer abgedroschenen Phrase. „Selbst wenn mein Verhalten für dich eigenartig erscheinen mag und ich die Bürotür für ein Telefonat mit einer anderen Frau schließe, heißt das noch lange nicht, dass ich eine Affäre habe. Auch für das Treffen letzten Montag gibt es eine einfache Erklärung: Ich habe das Geld für ein neues Auto abgehoben und mit dem Verkäufer einen Termin vereinbart.“

„Die Auszahlungsbestätigung ist doch erst von Dienstag.“

Erik musste nun vorsichtig sein, Sabrina war nicht auf den Kopf gefallen. „Das war nur ein erstes Treffen, um ein paar Dinge wie den Kaufpreis zu besprechen. Ich wollte das Geld erst am nächsten Tag abheben, wenn ich wusste, wieviel ich brauche.“

„Wer trifft sich denn im Volksgarten, wenn er ein Auto kaufen oder verkaufen will? Wie soll man denn das Auto besichtigen oder Probe fahren?“

„Ich denke, du solltest es schon mir überlassen, wie ich meine Verhandlungen führe.“ Eriks Ton hatte sich verschärft. Es gefiel ihm nicht, dass sich Sabrina in seine Angelegenheiten einmischte.

Sie ließ aber nicht locker. „Was sollte übrigens diese eigenartige Verkleidung, mit der ich dich vorgestern um viertel nach vier im Busterminal gesehen habe? Du hast ein Basecap und einen falschen Bart getragen, und ich hatte den Eindruck, dass du jemandem Richtung Hauptbahnhof gefolgt bist. Ich denke, es war derselbe Mann. Du konntest mich nicht sehen, weil ich im Bus saß, trotzdem habe ich dich genau erkannt. Es war nicht nur dein Äußeres, sondern auch die Art, wie du gehst, ich kenne dich inzwischen gut genug. Und dann hast du seit gestern auch noch diesen Kratzer auf deiner rechten Wange, und in der Zeitung ist auch ein interessanter Artikel."

Erik fühlte sich in die Ecke gedrängt. Die Ausrede mit dem neuen Auto hatte auf der Bank funktioniert, allerdings nicht bei seiner scharfsinnigen Sekretärin. Also blieb ihm vorerst nichts anderes übrig, als alles zu leugnen. „Ich bin sicher, du meinst es nur gut, aber du hast dich geirrt. Den Kratzer habe ich mir bei der Gartenarbeit zugezogen. Außerdem trage ich keine Basecaps oder einen Vollbart, weder einen falschen noch einen echten."

„Bei der Gartenarbeit, von wegen", konterte Sabrina rasch. Erik fühlte sich zunehmend unbehaglich. Sein Vertrauen zu ihr reichte nicht aus, um ihr alles zu erzählen. Sie ließ sich aber auch keinen Bären aufbinden. Also musste er dieses Gespräch irgendwie beenden.

„Sag mal, soll das ein Verhör werden?", begann er streng. „Ich komme mir vor wie bei der Spanischen Inquisition. Aus welchem Grund ich am Montag im Volksgarten war, habe ich dir bereits gesagt. Und was immer du glaubst, am Mittwoch im Busterminal gesehen zu haben, du hast dich geirrt, denn da war ich um diese Zeit ganz woanders, nämlich in Ansfelden. Was ich dort gemacht habe, geht dich übrigens nichts an. Stellt irgendetwas davon ein Problem für dich dar? Denk daran: Du bist meine Sekretärin, nichts weiter." Erik klang zunehmend verärgert. Nur auf diese Art konnte er Sabrina in die Defensive drängen.

„Nein, natürlich nicht", antwortete Sabrina kleinlaut, „entschuldige, ich habe es nur gut gemeint. Ich werde wieder gehen und dich in Ruhe lassen." Sie war es nicht gewohnt, dass Erik so mit ihr sprach. Nun hatte sie erkannt, dass sie ihn verärgert hatte. Sie senkte den Kopf und machte kehrt, um den Raum zu verlassen. Bei Erik meldete sich sein schlechtes Gewissen. Das war nicht nett von ihm gewesen. Auch ohne ihre Erklärung wusste er, dass sie wie immer gute Absichten hatte, nur konnte er ihr das in diesem Moment nicht zeigen. Sie einfach so gehen zu lassen, brachte er aber auch nicht übers Herz. Etwas musste er noch sagen, ohne das Thema von vorhin wieder anzuschneiden. Da half nur ein Ablenkungsmanöver. Er stand auf, ging ihr nach, berührte sie sanft an der linken Schulter und drehte sie zu sich.

„Ich muss mich entschuldigen", begann er mit ruhiger Stimme zu sprechen. Sabrina hatte ihren Kopf noch immer gesenkt. Er hatte sie mit seinen Worten sichtlich verletzt. „Selbstverständlich bist du nicht nur eine Sekretärin für mich." Sabrina hob langsam ihren Kopf und sah Erik mit traurigem Blick an. Er konnte sehen, dass sie feuchte Augen hatte und kurz davor war, zu weinen zu beginnen. „Ich wollte dich nicht verletzen. Du bist meine beste Freundin. Ich schätze dich wirklich sehr, mehr als du dir vorstellen kannst." Sabrinas Blick hellte sich auf. Es tat ihr gut, Erik diese Worte sprechen zu hören.

„Du bedeutest mir auch sehr viel, Erik", begann Sabrina zögerlich zu erwidern. „Wie du weißt, hatte ich es die letzten Jahre auch nicht immer leicht. Wenn ich sehe, dass jemand, den ich sehr mag, Probleme hat, möchte ich halt helfen."

„Das ist lieb von dir. Ich versichere dir, es gibt nichts, worüber du dir meinetwegen Sorgen machen müsstest."

„Na gut, doch ich kenne dich und weiß mehr über dich, als dir bewusst ist." Diese Andeutung gefiel Erik nicht. Selbstverständlich hatte er Sabrina viel von sich erzählt, aber wusste oder erahnte sie auch jene Dinge, die er ihr ganz bewusst verschwiegen hatte?

„Wie meinst du das?"

„Lassen wir mal die Geschichte mit diesem fremden Mann beiseite. Ich weiß nicht, warum du mich deswegen belügst, es geht mich auch nichts an. Aber ob du nun eine Affäre hast oder nicht, eines weiß ich ganz sicher: Auch du bist in deiner Ehe nicht mehr glücklich. Ich sehe es dir seit einiger Zeit an, dass ihr euch entfremdet habt. Jeder führt sein eigenes Leben, beide stürzt ihr euch in eure Arbeit und vergesst dabei, dass ihr auch ein gemeinsames Leben habt. Das geht auf Dauer nicht gut.

Auch bei dir wird der Wunsch nach jemand anderem immer größer werden. Irgendwann wirst du diesem Drang nachgeben. So war es auch bei mir, und es hat meine Ehe für immer zerstört. Das wäre auch nicht das schlimmste gewesen, wenn ich mich nicht für den falschen Mann entschieden hätte. Ich hatte am Ende nicht den Mut, meinen Ehemann zu verlassen. Du weißt ja, wohin das geführt hat." Sabrina senkte den Blick und schob den linken Ärmel ihrer Bluse hoch. Erik blickte auf die Narbe an ihrem Handgelenk.

„Ich wollte mich deswegen umbringen." Sabrina begann zu weinen. „Und anstatt zu sterben, bin ich in einer unglücklichen Ehe gefangen."

„Das tut mir sehr leid für dich", versuchte Erik sie zu trösten und nahm sie in den Arm. „Wenn ich nur geahnt hätte, dass es um eure Ehe so schlecht steht. Ich dachte, ihr hättet euch wieder versöhnt."

„Das dachte ich auch, allerdings hielt das nicht lange. Martin hat sich völlig verändert. Er ist nun ständig eifersüchtig, misstrauisch, und ... er hat das Interesse an mir verloren. Ich bin mir sicher, dass er eine andere hat."

„Nein, sicher nicht. Wie könnte er nur das Interesse an dir verlieren oder eine andere Frau nur ansehen?" Erik nahm Sabrina an der Hand und stellte sie vor den großen Wandspiegel in seinem Büro. „Sieh dir diese Frau an! Sie ist intelligent, humorvoll und sieht vor allem jeden Tag besser aus."

„Ach, das sagst du nur, um mich aufzumuntern."

„Jedes Wort davon meine ich ernst. Du bist eine sehr attraktive Frau. Jeder Mann wäre froh, dich an seiner Seite zu haben."

„Ich hatte ja keine Ahnung."

„Was meinst du?"

„Dass du so viel von mir hältst."

„Wieso sollte ich nicht? Ich sehe dich seit drei Jahren fünf Mal die Woche und habe gesehen, wie gewissenhaft du arbeitest und wie du mit den Leuten umgehst. Das hebt dich von allen anderen hier ab. Eine Frau wie dich kann man nur mögen." Sabrina fühlte sich geschmeichelt. Seine Worte taten ihr gut, aber sie stimmten sie auch nachdenklich.

„Mögen schon, aber auch lieben?" Sie blickte ihm wieder tief in die Augen.

Erik zögerte. „Natürlich auch lieben." Sabrina reagierte darauf nicht mit Worten, sondern intensivierte ihren Blick, legte ihre rechte Hand in Eriks Nacken, zog ihn zu sich heran und begann ihn zu küssen. Ein völlig verdutzter Erik benahm sich zunächst wie ein zwölfjähriger Bub, der noch nie geküsst worden war. Nachdem er sich vom ersten Schreck erholt hatte, erwiderte er ihren Kuss. Aber was tat er da? Natürlich war sie eine begehrenswerte Frau, und er hatte das eine oder andere Mal davon geträumt, sie zu küssen. Auch seine Worte von vorhin waren ehrlich gemeint. Aber erstens war er verheiratet und wusste, dass ihn seine Frau noch immer liebte, und zweitens war er bis über beide Ohren in Tamara verliebt. Jetzt würde er auch noch eine Affäre mit seiner Sekretärin beginnen? In letzter Zeit hatte er sich wahrlich nicht sehr moralisch verhalten, doch das schlug dem Fass den Boden aus. Er riss die Augen auf, als wenn er aus einem Albtraum erwacht wäre, nahm Sabrina mit beiden Händen und schob sie sanft von sich weg.

„Entschuldige, ich kann das nicht", stammelte er.

„Hat es dir nicht gefallen?"

„Doch, aber darum geht es nicht. Ich bin nun mal verheiratet und liebe meine Frau. Es darf einfach nicht sein. Du hast vorhin selbst gesagt, dass eine Affäre nichts Gutes bringt." Glaubte er wirklich, was er da sagte? Egal, unter diesen Umständen musste es nur für Sabrina glaubhaft wirken. „Wenn wir uns unter anderen Vorzeichen kennen gelernt hätten, oder wenn die Umstände zumindest jetzt anders wären..." Erik musste kurz unterbrechen, er wusste nicht, wie er den Satz vollenden sollte, also verzichtete er darauf. „Wie auch immer: So leid es mir tut, ich kann deine Gefühle nicht erwidern." Erik machte eine Pause. Es wäre ihm angenehmer gewesen, wenn Sabrina etwas darauf geantwortet hätte, da er nicht wusste, was er noch hinzufügen hätte sollen. Sabrina sah ihn jedoch nur wortlos an. Er konnte den Ausdruck nicht eindeutig zuordnen, doch er glaubte, überwiegend die Enttäuschung in ihren Augen gesehen zu haben, bevor sie sich umdrehte und das Büro verließ.

Die Ereignisse der letzten Minuten waren Erik zu viel für einen Morgen gewesen. In diesen wenigen Augenblicken hatte sich Einiges verändert. Er konnte die zahlreichen Gedanken in seinem Kopf nicht ordnen. Mit dieser überraschenden Liebesbekundung, die er nicht erwidern durfte, wenn auch aus einem anderen Grund als Sabrina erfahren sollte, hatte er nicht gerechnet. Er hatte auch den scharfen Verstand und die Beobachtungsgabe seiner Sekretärin unterschätzt. Wie sollte er nun mit diesen neuen Erkenntnissen umgehen? Sabrina durfte nicht die ganze Wahrheit erfahren. Wenn sie weiter nachforschen würde, würde sie die Hintergründe um die Angelegenheit mit Klaus Schiele enthüllen. Und sie hatte bereits den richtigen Riecher, was die Beziehung zu Tamara betraf. Erik hatte es zwar geschafft, bei Sabrina Zweifel zu säen. Aber sie würde hartnäckig bleiben, die Affäre am Ende aufdecken und dann vielleicht Barbara davon erzählen. Die beiden hatten sich im Dezember des Vorjahres auf der Firmenweihnachtsfeier kennen gelernt und gut verstanden. Vielleicht hatten die beiden auch danach Kontakt gehabt und ihm das verschwiegen. Würde Sabrina bei einem solchen Thema loyal gegenüber Erik sein? Oder würde sie sich eher mit Barbara verbünden, sei es, dass Frauen in einer solchen Situation zusammenhalten oder nur als Retourkutsche für Eriks Zurückweisung? Wie auch immer, Erik durfte nicht zulassen, dass Barbara von Tamara erfuhr, bevor er nicht Gewissheit darüber hatte, ob Tamara etwas für ihn empfand. Sie würde noch Zeit benötigen, bis sie über Paul hinwegkam und in ihrem Herz wieder Platz für einen anderen Mann war. Dann würde es keine Rolle mehr spielen. Bis dahin musste er jedoch verhindern, dass Sabrina sich weiter mit dem

Mann aus dem Volksgarten und der Frau am Telefon beschäftigte. Erik überlegte fieberhaft, welche Taktik er wählen sollte. Er konnte sich eine durchdachte harmlose Geschichte einfallen lassen, die Sabrina auch glauben konnte. Oder er konnte sich auf ihre Annäherungsversuche einlassen. Nichts würde von Tamara besser ablenken, als mit Sabrina eine Beziehung zu beginnen oder zumindest Interesse an ihr zu zeigen. Dann würde sie wahrscheinlich auch nicht mehr an den Unbekannten denken. Beide Strategien würden hier im Büro nicht funktionieren, denn hier hatten die Wände Ohren. Vielleicht hatte jemand schon ihr Gespräch von vorhin belauscht. Er wollte sich auch nicht privat mit ihr treffen, also musste er auf eine andere Gelegenheit warten. Während Erik angestrengt nachdachte, fiel sein Blick auf den Monitor und den geöffneten elektronischen Kalender. Sein Gesichtsausdruck hellte sich auf. Nächste Woche stand eine Dienstreise nach Graz auf dem Programm, auf der ihn Sabrina begleiten würde. Welchen Plan auch immer er verfolgen würde, es war die ideale Chance, und er würde sie zu nützen wissen. Aber zunächst musste er sich über seine Zukunft mit Tamara Klarheit verschaffen, davon hing immerhin alles ab.

Q

Erik öffnete langsam seine Augen. Er lag zuhause in seinem Bett. Sein Blick richtete sich nach links auf seinen Wecker. Es war schon 10:24 Uhr. Warum hatte er ihn nicht geweckt? Richtig, es war ja Samstag. Diese Nacht hatte er mal wieder gut und vor allem lang geschlafen. Wahrscheinlich hatte auch die Flasche *Sonnensteig* vom Weingut *Wellanschitz* am Vorabend geholfen. Er gönnte sich einen derart besonderen Wein normalerweise nicht ohne entsprechenden Anlass, doch die Woche war lang und anstrengend gewesen. Einiges war passiert und musste verarbeitet werden. Viel wichtiger war ihm jedoch, endlich wieder mit Tamara in Kontakt zu treten. Er richtete sich auf, öffnete die Schublade seiner Nachtkommode, nahm sein Smartphone heraus und prüfte, ob er Nachrichten erhalten hatte.

Seine Frau hatte ihm eine SMS gesendet. „Guten Morgen, Schatz. Wollte dich nicht aufwecken, bin mit Karin nach Linz einkaufen gefahren. Bussi Barbara!" Das war zwar nicht die Nachricht, auf die er gehofft hatte, aber zumindest wusste er, dass er ungestört telefonieren konnte. Bevor er seine nächsten Schachzüge planen und umsetzen konnte, musste er in Erfahrung bringen, wie seine Chancen bei Tamara standen. Obwohl er die ganze Woche auf Nadeln gesessen war, hatte er sich vornehm zurückgehalten. Doch jetzt, wo er ungestört war, wollte er nicht länger warten. Er wischte sich den letzten Schlaf aus den Augen, suchte Tamaras Nummer und wählte sie.

Er hielt das Telefon an sein Ohr. Auf der anderen Seite klingelte, vibrierte es oder was auch immer, einmal, ein zweites und ein drittes Mal. Eriks Zuversicht begann zu schwinden. Doch dann wurde der Anruf beantwortet.

„Hallo Erik, was für eine nette Überraschung." Erik atmete erleichtert auf. Es schien eine Ewigkeit vergangen zu sein, seit er diese engelsgleiche Stimme gehört hatte. Und jetzt brachte er kaum ein Wort heraus, um ihr zu antworten.

„Hallo Tamara." Zu mehr brachte er es vorläufig nicht.

„Das ist ja Gedankenübertragung, ich wollte dich auch heute anrufen", fuhr Tamara fort.

„Wie war dein Trip nach Dubai?"

„Erfolgreich, wir haben den Deal unter Dach und Fach gebracht. Ich musste zwar ein wenig nachhelfen, aber das Ergebnis zählt."

„Das sind ja gute Neuigkeiten, gratuliere!"

„Danke. Wie war deine Woche?" Erik schluckte. Einzelheiten konnte er ihr nicht erzählen, belügen wollte er sie auch nicht, nicht schon wieder.

„Lang und anstrengend", antwortete er daher allgemein, „letzte Nacht habe ich mich ordentlich ausgeschlafen, jetzt höre ich deine Stimme, und schon gehts mir wieder gut." Er wollte zwar nicht so vorpreschen, doch die Worte sprudelten jetzt nur so aus ihm heraus.

„Das ist lieb von dir, ich finde es auch schön, dich zu hören."

„Du klingst bestens gelaunt, dir scheint es ja richtig gut zu gehen."

„Es geht mir ganz gut. Ich habe mich die letzten Wochen mit Arbeit abgelenkt, und du hast auch viel dazu beigetragen, dass ich auf andere Gedanken komme. Du warst für mich da und hast mir gegeben, was ich gebraucht habe. Es war ein vollkommener Tag und ... auch eine großartige Nacht."

„Finde ich auch."

„Vielleicht sollten wir das mal wiederholen." Erik war baff. Mit so einer direkten Ansage hatte er nicht gerechnet. Am liebsten wäre er sofort ins Auto gesprungen und mit durchgetretenem Gaspedal bis zu Tamaras Wohnung gerast, nur um sie sofort in den Arm zu nehmen, zu küssen, ihr die Kleider vom Leib zu reißen und dort weiter zu machen, wo er vor einer Woche aufgehört hatte, doch er wollte vorerst zurückhaltend bleiben.

„Ich denke, das wäre eine Überlegung wert“, versuchte er cool zu bleiben.

„Sorry, dass ich mich auf deine beiden SMS nicht gemeldet habe, ich hatte die ganze Woche mein privates Handy ausgeschaltet.“ Jetzt verstand Erik. Sie hatte seine Nachrichten erst nach ihrer Rückkehr erhalten. Er hatte schon gedacht, sie hätte kein Interesse daran gehabt ihm zu antworten.

Die Erleichterung darüber machte ihn mutig. „Kein Problem, ich wusste ja, dass du schwer erreichbar bist. Können wir uns dieses Wochenende noch treffen?“

„Würde ich gern, dieses und nächstes Wochenende bin ich aber schon verplant. Sei nicht böse deswegen!“ Erik war enttäuscht. Er musste wohl oder übel akzeptieren, dass sie noch ein eigenes Leben ohne ihn hatte, zumindest jetzt noch.

„Nein, bin ich nicht. Wie sieht es eine Woche später aus?“

„Kann ich heute noch nicht sagen. Ich muss jetzt los, am besten wir telefonieren.“

„Ist gut. Viel Spaß, was immer du vorhast.“

„Wünsche ich dir auch.“ Mit diesen Worten beendete Tamara das Gespräch.

Erik ließ sich zurück in sein Bett fallen. Auch wenn er enttäuscht war, dass er sie so bald nicht wiedersehen würde, überwog die Erleichterung, dass er sich zu Unrecht Sorgen gemacht hatte. Tamara hatte letzte Woche nur keine Gelegenheit gehabt, ihn zu kontaktieren. Nicht nur er hatte sich über beide Ohren verliebt, auch sie schien Gefühle für ihn zu haben und wollte ihn wiedersehen. War sie auch bereit für eine gemeinsame Zukunft? Erik war davon überzeugt, er würde alles dafür geben. Für Tamara wäre er bereit, seine Frau, seinen Job, sein Haus, einfach alles hinter sich zu lassen und nach Wien zu ziehen, nur um in ihrer Nähe zu sein. Der Preis, den er zu zahlen hätte, wäre zwar hoch, aber angemessen, so sehr wünschte er sich, dass dieser Traum wahr werden würde.

R

Die ganze Woche hatte Erik beste Laune, immerhin war er nun voller Zuversicht, dass Tamara seine Gefühle erwiderte. Es konnte allerdings noch eine Weile dauern, bis sie zusammenkamen. Bis dahin durften weder Barbara noch Sabrina oder sonst jemand von der Affäre erfahren. Seit dem Gespräch mit Sabrina war ihm klar, dass er verhindern musste, dass sie weiter über Schiele und Tamara nachforschte. Er hätte schon einen Plan gehabt, der jedoch zunichte gemacht wurde, weil er auf die Dienstreise auch seinen nervigen Kollegen Stefan mitnehmen musste, mit dem er sich zu allem Übel ein Zimmer teilen musste, weil sich das Unternehmen keine drei Einzelzimmer leisten wollte. Erik hatte gehofft, dass er ihn nach dem gemeinsamen abendlichen Geschäftstermin rasch loswerden und mit Sabrina allein sein würde. Doch die Dinge hatten sich anders entwickelt: Sabrina hatte nach dem Termin müde gewirkt und sich gleich verabschiedet. Und Stefan hatte Erik zu ein paar Drinks an der Hotelbar überredet. Ein für Donnerstagvormittag vereinbartes Treffen mit Geschäftspartnern war aber abgesagt worden, also hatte Erik noch eine Chance, bevor sie am Nachmittag zurückreisten. Er musste nur seinen Kollegen abschütteln, der wie eine Klette an ihm hing.

An diesem Morgen nahmen Sabrina, Stefan und Erik ihr Frühstück im Hotel ein. Stefan war nicht sehr gesprächig, er hatte am Abend davor nach den drei Bieren an der Hotelbar noch die Minibar im Zimmer geplündert und schien nur körperlich anwesend zu sein. Auch Erik und Sabrina schwiegen sich an. Die ganze letzte Woche hatten sie nicht viele Worte gewechselt, ihr Gespräch letzten Freitag hatte Spuren hinterlassen.

„Ich muss mal schiffen", brach Stefan wenig stilvoll das *dunkle Schweigen an den Tischen*, wie es wahrscheinlich in *Les Misérables* am passendsten zum Ausdruck gebracht wurde, wenn auch in einem anderen Zusammenhang. Er konnte durch die nicht besonders gewählte Ausdrucksweise und sein Benehmen seine einfache Herkunft nicht verbergen.

„Danke für diese plakative Information", entgegnete Erik. Stefan verließ den Tisch, und Erik beschloss, diese neu gewonnene Zweisamkeit mit Sabrina zu nützen. „Ich weiß, dass du wütend auf mich bist", begann er das Gespräch.

„Nein, das ist es gar nicht."

„Was bedrückt dich dann?"

„Na ja, ich war in meinem Beruf stets professionell und habe immer eine gewisse Distanz zu meinen Vorgesetzten eingehalten. Das hatte ich auch bei dir vor, aber über die Jahre ist mir das immer schwerer gefallen. Du bist zu einem guten Freund geworden, und irgendwann habe ich begonnen, mehr zu empfinden. Jetzt habe ich das Gefühl, dass du mir etwas verschweigst, obwohl du weißt, dass du mir alles sagen kannst, und das habe ich nicht ausgehalten. Es ist mir bewusst, dass es allein mein Problem ist. Ich habe meine Grenzen überschritten, weil ich zuließ, dass ich mich in dich verliebe und mich in deine Privatangelegenheiten einmische. Jetzt verstehe ich, dass mir das nicht zustand. Also hast *du* jedes Recht der Welt, auf *mich* wütend zu sein." Erik war erstaunt, dass Sabrina diese enorme Einsichtsfähigkeit besaß. War damit alles erledigt? Konnte er ihr diesen Sinneswandel abkaufen und sicher sein, dass sie die Angelegenheit auf sich beruhen lassen würde? Oder war es sogar an der Zeit, ihr die Wahrheit zu sagen oder zumindest eine Version davon, die sie zufriedenstellen würde?

Es würde nicht mehr lange dauern, bis Stefan zurückkam, also musste er sie beruhigen und Zeit gewinnen. „Du bist wirklich einzigartig, Sabrina. Ich danke dir für deine ehrlichen Worte. Du siehst ja, dass wir jetzt nicht viel Zeit haben, Stefan wird gleich wieder hier sein. Wir werden später darüber reden."

Sabrina nickte. „Danke Erik."

„Tust du mir noch einen Gefallen?"

„Sicher doch."

Erik nahm einen Zettel aus der Innentasche seines Sakkos und gab ihn Sabrina. „Ich habe in diesem Geschäft ein Geschenk bestellt. Sei so lieb und hole es für mich ab!"

„Ich werde das gleich nachher erledigen."

Wenige Augenblicke später erschien Stefan wieder im Saal. Erik blieben nur noch wenige ungestörte Sekunden mit Sabrina, mehr benötigte er auch nicht.

„Ich danke dir, Sabrina", sagte er abschließend und warf ihr einen freundlichen, fast liebevollen Blick zu, den sie nur zu gern erwiderte.

Wenig später schlenderten die beiden Männer durch den Park auf dem Schlossberg. Das Wetter war nach wie vor blendend, beinahe kitschig schön. Wäre Erik nicht mit Stefan unterwegs gewesen, hätte es sogar eine richtig romantische Situation abgegeben. Erik betrachtete Stefan. Sein Äußeres war schon irgendwie skurril: Bei einer Größe von vielleicht 165 cm brachte er es auf geschätzt 120 Kilo, dagegen waren seine Beine fast so dürr wie die eines Huhnes. Sein kugelrunder Kopf, der nur mit einem traurigen Rest an Haaren bedeckt war, schien direkt auf seinem Oberkörper zu sitzen. Er erinnerte Erik an die Figur des *Finis Everglot* in *Tim Burtons Corpse Bride*. Bei dem Gedanken musste Erik schmunzeln, was auch Stefan mitbekam.

„Was ist denn so komisch, Erik?"

Erik fühlte sich ertappt: „Ach nichts, ich dachte nur gerade an eine Szene aus *Corpse Bride*."

„Ach so."

Du weißt doch gar nicht, was das für ein Film ist, dachte Erik und grinste, diesmal nur innerlich.

„Entschuldigst du mich mal kurz, ich muss einen wichtigen Anruf machen“, setzte Erik das Gespräch fort, nachdem sie ein paar weitere Schritte gegangen waren. Er fasste in die linke Brusttasche seines Sakkos, zog sein Smartphone heraus und warf einen Blick darauf.

„Verdammt!“ ärgerte er sich.

„Was ist passiert?“, fragte ein sichtlich erschrockener Stefan.

„Diese blöden Smartphones, ständig ist der Akku leer“, klärte Erik ihn auf.

„Davon kann ich ein Lied singen. Ich habe mein Telefon jetzt etwa ein Jahr und schon den dritten Akku, die werden einfach zu schnell kaputt. Du solltest dir auch mal einen neuen zulegen!“

„Ja, sollte ich, oder gleich ein neues Gerät. Aber das bringt mir jetzt nichts, ich muss dringend telefonieren.“

„Wenn du die Nummer auswendig weißt, nimm doch meins!“ Stefan zog sein Handy aus der rechten Innentasche seiner Jacke und reichte es Erik.

„Danke Stefan, dauert auch nicht lange.“

„Kein Problem, ich habe eine Flatrate. Lass dir Zeit!“

„Bis gleich.“ Erik entfernte sich ein paar Schritte. Stefan beobachtete Erik, wie er offenbar versuchte, seinem Gehirn die zu wählende Telefonnummer zu entlocken.

Seit es diese Dinger gibt, merkt sich eben keiner mehr die Nummern, dachte Stefan. Doch Erik schien es nach wenigen Sekunden geschafft zu haben, denn Stefan konnte sehen, dass Erik das Telefon an sein Ohr hielt. Aufgrund der Entfernung konnte er aber weder Schlüsse auf den Inhalt des Gesprächs noch auf die Identität des Gesprächspartners ziehen, es schien ein eher ruhiges Gesprächsklima zu herrschen, denn Erik sprach leise, sonst hätte Stefan das eine oder andere Wort aufgeschnappt. Außerdem verzichtete Erik auf sein wildes Gestikulieren, das Stefan von der Arbeit kannte, wenn Erik seinen Worten durch seine berüchtigten Arm- und Handbewegungen Nachdruck verlieh oder ihn etwas aufregte.

Kurz darauf hatte Erik das Gespräch beendet und ging wieder auf Stefan zu.

„Vielen Dank", sagte Erik und gab Stefan sein Smartphone zurück, „das war meine Frau. Den Anruf habe ich übrigens gelöscht, für den Fall, dass du mal auf dumme Gedanken kommst und sie anrufst."

„Wie kommst du denn darauf?"

„Lass dich nicht aufziehen! Aber du musst schon zugeben, dass sie ganz gut aussieht."

„Stimmt, von der Bettkante würde ich sie nicht stoßen."

„Eben", schloss Erik das Thema ab und dachte sich ein *quod erat demonstrandum* dazu. „Zum Glück habe ich sie angerufen, sonst hätte ich etwas Wichtiges vergessen", setzte Erik das Gespräch nach ein paar Sekunden fort.

„Was denn?", war Stefan neugierig geworden.

„Ich muss noch ein Geschenk für meine Frau besorgen, und das bekomme ich nur hier in einem speziellen Geschäft, das allerdings mittags geschlossen ist."

„Wo ist denn der Laden?"

„Ach, das ist nicht weit von hier, das schaffe ich noch. Macht es dir was aus, wenn ich es jetzt hole und wir uns in etwa einer halben Stunde wieder hier treffen?"

„Nein, gar nicht. Ich gehe noch ein wenig im Park spazieren."

„Danach gehst du am besten ins *Aiola*. Die haben dort ausgezeichneten Kaffee und eine sehr hübsche junge Bedienung, zumindest das letzte Mal, als ich dort war."

„Na dann", meinte Stefan, „für guten Kaffee gehe ich gern ein paar Schritte, und für eine gutaussehende Kellnerin würde ich sogar viele Kilometer laufen. Das könnte ich jetzt gut gebrauchen."

„Den Kaffee oder die Bedienung?", reagierte Erik schlagfertig.

Stefan grinste. „Das überlass ich deiner Vorstellungskraft. Geh und besorg deiner Frau was Schönes! Dann darfst du vielleicht mal wieder ran."

„Im Gegenteil", korrigierte ihn Erik, „damit erkaufe ich mir ein paar Tage Ruhe." Er zwinkerte, und beide mussten lachen. „Bis später", verabschiedete sich Erik.

Stefan glaubte wirklich alles, was man ihm erzählte. Er war zu einfach gestrickt, um auch nur den leisesten Zweifel an Eriks Geschichte zu haben. Es schien ihn auch nicht besonders zu interessieren, was Erik vorhatte und welches Geschenk er für wen auch immer besorgen wollte. Ihr Kontakt im Büro beschränkte sich auf ein Minimum. Das war auch gut so, denn Erik konnte ihn nicht besonders gut leiden, was vermutlich auf Gegenseitigkeit beruhte. Er hatte ihn loswerden müssen, um mit Sabrina ungestört sein zu können. Nur wenn er sicher sein konnte, dass sie nicht mehr über Tamara und Schiele nachdachte oder zumindest nicht weiter nachforschte, konnte er die gemeinsame Zukunft mit Tamara ungestört planen. Das allein war jetzt von Bedeutung.

Sobald Erik aus Stefans Blickfeld verschwunden war, änderte er seine Richtung und ging nicht die Stufen hinab, sondern die steile Straße, die auf die Herrengasse führte. Dort angekommen ging er in die Richtung des Hotels, in dem sie abgestiegen waren. Es lag nur fünf Gehminuten entfernt, also verzichtete er darauf, die Straßenbahn zu nehmen. Außerdem mochte er diese Straße besonders, obwohl er in diesem Augenblick keinen Sinn für ihre Schönheiten hatte, sondern nur auf das konzentriert war, was er vorhatte. Erik betrat das Hotel über den Hintereingang und benutzte die Nebentreppe, das ging wesentlich schneller, als noch eine Querstraße hinauf zu gehen, den Haupteingang und den veralteten störungsanfälligen Fahrstuhl zu benutzen. Mit raschen Schritten erklomm er Stockwerk um Stockwerk. Er betrat den Flur der vierten Etage und ging ihn entlang zu seinem Zimmer Nummer 421. Mit seiner rechten Hand zog er einen

Schlüssel aus seiner Hosentasche, auf dessen Anhänger dieselbe Nummer eingraviert war, steckte den Schlüssel ins Schloss, öffnete die Tür und betrat das Zimmer. Etwa eine Minute später verließ er es wieder und sperrte die Tür ab. Dann ging er ein paar Türen zurück zu Zimmer Nummer 413. Er sah sich um und vergewisserte sich, dass ihn auch niemand beobachtete, hob seine linke Hand und klopfte drei Mal leise an die Tür. Er wartete. Ein paar Sekunden lang war kein Laut zu hören. Dann vernahm er leise Schritte. Licht fiel durch den Türspion. Die Schritte näherten sich der Tür und das Licht erlosch, also musste jemand gerade durchblicken und ihn sehen. Würde ihm der Bewohner des Zimmers die Tür öffnen? Erik vernahm ein metallisches Geräusch. Es stammte vermutlich von der Türkette, die ihm entweder den Zugang ermöglichen oder versperren würde. Die Klinke senkte sich und die Tür wurde langsam geöffnet.

Eine sichtlich überraschte Sabrina stand vor ihm. „Ach du bist es, Erik. Was machst du denn hier? Ich dachte, du wärst mit Stefan unterwegs."

„Das war ich auch", entgegnete Erik, „aber ich hatte das Gefühl, dass wir unser Gespräch von heute Morgen fortsetzen sollten. Deshalb bin ich so schnell wie möglich zu dir gekommen."

„Komm doch rein!", lud Sabrina ihn ein. Das war Erik nur recht, denn er wollte diese Konversation nicht zwischen Tür und Angel fortsetzen. Er betrat das Zimmer und schloss die Tür hinter sich. „Ich habe vorhin bei der Rezeption nachgefragt, aber es wurde keine Nachricht für dich abgegeben", fügte sie hinzu.

„War nicht so wichtig", beendete Erik das Thema, denn bei seinem Besuch ging es ihm um etwas anderes.

Sabrina trug einen weißen Bademantel, dessen Gurt sich gelöst hatte und ihm gewisse Einblicke ermöglichte. „Ich wollte gerade duschen gehen. Worüber möchtest du noch mit mir sprechen?"

„Warst du in dem Geschäft?", lenkte Erik ab.

„Ja, ich habe das, äh, was immer es ist abgeholt. Es ist in der weißen Papiertasche, gleich neben der Zimmertür."

Erik warf einen Blick zur Tür. „Danke. Jetzt zu uns beiden." Sabrina setzte einen erwartungsvollen Blick auf, ohne zu antworten. Erik wusste zwar genau, aus welchem Grund er gekommen war, nicht aber, wie er fortfahren sollte. Hätte sie doch nur etwas darauf erwidert, aber sie starrte ihn nur schweigend an. Er überlegte einen Moment, während ihr Blick fragend wurde. Erik fiel immer noch nicht ein, was er sagen sollte, also beschloss er, Taten sprechen zu lassen. Er ging einen Schritt auf sie zu, legte seinen rechten Arm um ihre Hüfte und zog sie zu sich heran. Dann blickte er ihr tief in die Augen, schloss seine und küsste sie zärtlich. Wie würde Sabrina darauf reagieren? Würde sie ihn wegstoßen oder zumindest sanft wegdrücken? Doch sie tat keines von beiden. Schließlich hatte sie diesen Augenblick schon lange herbeigesehnt. Sie legte ihre Arme um ihn und erwiderte seine Küsse.

Wenig später verließ Erik das Zimmer mit der weißen Papiertasche und sah zu, dass er zu Stefan zurückkehrte, bevor er ungeduldig wurde. Schließlich wusste Stefan nicht, welcher Art Eriks zwischenzeitige Besorgungen gewesen waren. Erik benutzte wieder die Nebentreppe, verließ das Hotel über den Hinterausgang und stieß etwa zehn Minuten später – etwas außer Atem – wieder zu Stefan, der es sich inzwischen im *Aiola* bequem gemacht hatte und sich einen Cappuccino genehmigte. Stefan blickte auf sein Smartphone, das 11:45 Uhr anzeigte.

„War anscheinend ein längeres Unterfangen", stellte er ungeduldig fest.

„Ich war doch nur eine halbe Stunde weg", entgegnete Erik.

„Hast du bekommen, was du wolltest?", fragte Stefan nach.

„Das habe ich", entgegnete Erik und hob die Tasche in seiner Hand kurz hoch. „Wir haben noch genügend Zeit. Ich gönne mir auch noch einen Kaffee, bevor wir unseren Zug erwischen müssen."

„Das geht sich locker aus“, pflichtete Stefan bei.

„Ach ja, bevor ich es vergesse: Sabrina wird noch ein paar Tage hierbleiben, sie trifft sich mit ihrem Mann, und sie machen Urlaub in Gamlitz. Ich denke, die beiden müssen mal wieder ihre Ehe auffrischen.“

„Ich kann es mir bildlich vorstellen“, grinste Stefan.

„Weißt du was? Wenn Sabrina in den nächsten Tagen Wein trinkt, vergesse ich auch den Kaffee und gönne mir dafür ein gutes Achterl.“

„Da bin ich dabei“, entgegnete Stefan, der nach seinem Kater wieder Durst bekommen hatte. Erik winkte die Kellnerin heran, tatsächlich noch immer das hübsche blonde, knapp 20-jährige Mädchen, das er schon bei seinem letzten Besuch gesehen hatte, und bestellte den Wein.

S

Erik vernahm ein leises Klopfen an seiner Bürotür. Sie wurde geöffnet, und eine Dame steckte zaghaft ihren Kopf durch den Spalt.

„Kommen Sie nur rein, Ingrid!", ermunterte er sie, „was möchten Sie?"

„Guten Morgen, Erik", antwortete Ingrid, während sie eintrat, „zwei Herren von der Polizei möchten mit Ihnen sprechen. Ich denke, es geht um Sabrina."

„Sagen Sie ihnen, sie können eintreten!"

„Ist gut, Erik." Mit diesen Worten verließ Ingrid wieder das Büro. Erik war an diesem Tag alles andere als in der Stimmung, jemanden zu sprechen, aber er musste es wohl oder übel hinter sich bringen. Er seufzte, erhob sich von seinem Drehstuhl, knöpfte das Sakko zu und ging zur Tür.

„Treten Sie ein, meine Herren!", begrüßte er die beiden Polizisten beinahe übertrieben höflich, jedoch mit einem traurigen Unterton. Sie betraten das Büro und nahmen ihre Kappen ab. Der eine war Mitte fünfzig, 165 Zentimeter groß, untersetzt, hatte eine Halbglatze, im Nacken längeres Haar und einen Schnurrbart, und seine Uniform schien ihm ein wenig zu eng zu sein, mit anderen Worten das Klischee des in seinen Sessel furzenden Polizisten schlechthin, wahrscheinlich hatte er auch einen Doppler Wein in seinem Büroschrank versteckt. Erik schmunzelte bei dem Gedanken. Der andere Polizist war jünger, das krasse Gegenteil des ersten, zumindest in optischer Hinsicht: etwa 30 Jahre alt, schlank, 185 Zentimeter groß, glattrasiert, seine Uniform war makellos, und er trug eine Aktentasche bei sich.

„Guten Tag, Revierinspektor Weber, und das ist Inspektor Stöger", stellte der ältere der beiden Polizisten seinen Kollegen und sich vor.

„Nehmen Sie Platz!", bot ihnen Erik zwei Stühle an seinem Besprechungstisch an.

„Danke", antwortete Weber auch in Vertretung des eher zurückhaltend wirkenden Stöger, und sie setzten sich.

„Wie kann ich Ihnen helfen, meine Herren?", begann Erik, obwohl er die Antwort auf die Frage bereits erahnte, und das nicht nur, weil seine Sekretärin das vorhin bereits vermutet hatte.

„Die Kollegen in Graz haben uns um Amtshilfe bei der Klärung des Todes Ihrer Sekretärin Sabrina Wessely ersucht." Mit diesen Worten zückte Weber seinen Notizblock, klappte den Deckel zurück und nahm einen Kugelschreiber aus seiner Hemdtasche.

„Ich werde Ihnen helfen, so gut ich kann", bot Erik seine Hilfe an und seufzte.

„Frau Wessely wurde am späten Vormittag des 13. November von einem Zimmermädchen leblos in ihrem Hotelzimmer aufgefunden. Ist es korrekt, dass auch Sie in dem Hotel abgestiegen sind?"

„Das ist korrekt", entgegnete Erik. „Stefan Holzer, ein Kollege, Frau Wessely und ich waren auf einer Dienstreise in Graz. Wir fuhren am Mittwochmorgen, das war der..." Erik zögerte kurz, um auf seinen Tischkalender zu blicken. „...11. November, mit dem Zug nach Graz, bezogen gegen Mittag unsere Hotelzimmer, die wir bis Freitag gebucht hatten. Nachmittags und abends hatten wir jeweils einen Geschäftstermin. Danach nahmen wir noch einen Drink an der Hotelbar. Frau Wessely verließ uns gegen 22 Uhr. Mein Kollege und ich blieben noch eine Weile, so bis Mitternacht. Dann gingen wir auf unser gemeinsames Zimmer. Am Donnerstagmorgen trafen wir uns gegen 7:30 Uhr zum

Frühstück. Dort sah ich Frau Wessely zum letzten Mal." Das war natürlich gelogen, doch Erik wollte um jeden Preis vermeiden, dass die Polizisten erfuhren, dass er Sabrina ein paar Stunden später noch in ihrem Hotelzimmer aufgesucht hatte, denn er befürchtete, sonst mit ihrem Tod in Verbindung gebracht zu werden. Er hatte auch nicht vor, von Sabrinas Liebesgeständnis zu berichten, auch das hätte die beiden zu allen möglichen Vermutungen inspiriert. Er hielt es für besser, alle Einzelheiten, die ihn in Verlegenheit bringen konnten, zu verschweigen.

„Fiel Ihnen an Frau Wessely irgendetwas Ungewöhnliches auf?"

„Könnten Sie das konkretisieren?"

„Erschien sie Ihnen irgendwie anders? War sie bedrückt oder besorgt?"

„Aufgefallen ist mir nichts. Ich habe ihr für Freitag frei gegeben, weil sie übers Wochenende in der Steiermark bleiben wollte, um mit ihrem Mann ein paar Tage Urlaub zu machen. Mein Kollege und ich nutzten noch das schöne Wetter und spazierten durch die Stadt und auf den Schlossberg. Soweit ich weiß, wollte Frau Wessely in ihrem Hotelzimmer bleiben. Jedenfalls verzichtete sie darauf uns zu begleiten. Um etwa 15 Uhr nahmen Herr Holzer und ich den Zug nach Linz."

„Sie gaben vorhin an, die Zimmer bis Freitag gebucht zu haben. Aus welchem Grund reisten Sie bereits am Donnerstag wieder ab?", hakte Weber nach.

„Unsere geschäftlichen Termine am Mittwoch hatten wir erledigt, ein weiterer Termin mit anderen Geschäftspartnern, der bis zum Abend dauern hätte können, hätte am Donnerstag stattfinden sollen, wurde aber kurzfristig abgesagt. Daher hatten wir zwei Nächte in dem Hotel gebucht."

„Waren Sie am 12. November die ganze Zeit über mit Ihrem Kollegen zusammen?"

„Ja, bis wir uns am Bahnhof in Linz getrennt haben." Erik zögerte kurz, da er befürchtete, die Polizisten könnten auch

Stefan befragen, der Erik als Lügner entlarven würde. „Einen Moment, ich war etwa eine halbe Stunde weg, um ein Geschenk für meine Frau zu besorgen."

„Um welche Uhrzeit verließen Sie Ihren Kollegen?"

„Das kann ich Ihnen nicht genau sagen. Ich trage keine Uhr, und der Akku meines Handys war leer. Es muss vor Mittag gewesen sein, weil der Laden um 12 Uhr zusperrt."

„Wir haben mit Herrn Holzer gesprochen. Er meinte, dass Sie ihn ein paar Minuten nach 11 Uhr verließen und um etwa 11:45 Uhr wieder zurückkehrten."

„Das könnte hinkommen." Glücklicherweise hatte Erik das erwähnt, sonst hätte er sich noch verdächtig gemacht.

„Dann haben Sie sogar ein Alibi", ergänzte Stöger.

Erik legte den Kopf zur Seite und setzte einen ernsten Gesichtsausdruck auf. „Wofür sollte ich ein Alibi brauchen? Verdächtigen Sie mich etwa, für den Tod meiner Sekretärin verantwortlich zu sein?"

„Natürlich nicht", beruhigte ihn Weber und blickte kurz zu Stöger, „das sollte nur eine Feststellung meines Kollegen sein. Sie wissen doch, dass wir alles überprüfen müssen. Wir können derzeit Fremdeinwirkung nicht ausschließen und müssen daher in alle Richtungen ermitteln."

„Ich bin zwar froh, dass Sie mich nicht verdächtigen, aber woher wissen Sie, dass Frau Wessely um diese Zeit noch lebte?"

„Sie erschien exakt um 11:47 Uhr bei der Rezeption und fragte nach, ob eine Nachricht hinterlegt worden war."

„Die Rezeptionistin hat die Uhrzeit notiert?", fragte Erik verwundert.

„Nein, hat sie nicht. In der Empfangshalle gibt es eine Überwachungskamera, die alles aufgezeichnet hat, und zwar mit Datum und Uhrzeit."

„Ich verstehe."

„Das bedeutet, dass Frau Wessely noch lebte, als Sie bereits wieder mit Ihrem Kollegen zusammen waren. Sie muss kurze

Zeit danach gestorben sein, laut Gerichtsmediziner zwischen 12 und 14 Uhr."

„Aus welchem Grund wurde sie so lange nicht entdeckt?"

„Sie hatte das ‚Bitte nicht stören'-Schild an die Türschnalle gehängt. Hätte sie nicht am nächsten Tag auschecken sollen, wäre sie vermutlich noch ein bis zwei Tage nicht gefunden worden."

Erik senkte kurz seinen Blick und wandte sich dann wieder den Polizeibeamten zu: „Kann ich Ihnen sonst noch irgendwie helfen?"

„Wir benötigen ein paar allgemeine Informationen aus dem Umfeld der Verstorbenen." Erik wunderte sich, dass sie sich diese Informationen nicht von ihrem Mann hatten geben lassen, beschloss aber, darüber kein Wort zu verlieren.

„Stellen Sie Ihre Fragen! Ich werde Ihnen helfen, so gut ich kann."

„Wie lange kannten Sie Frau Wessely?"

„Ich kannte sie seit etwa drei Jahren."

„Kennen Sie auch ihren Mann?"

„Nicht persönlich, ich denke, er heißt Manfred."

„Martin", korrigierte ihn Stöger. Er schien sehr penibel zu sein.

„Wie haben Sie einander kennen gelernt?", fragte Weber weiter.

„Frau Wessely wurde mir von der Personalabteilung zugeteilt, nachdem meine vorige Sekretärin in die Babypause gegangen war. Sie erwies sich als echter Glücksfall. Glauben Sie mir, gute Sekretärinnen sind schwer zu finden, und sie ist, ich meine, sie war nicht nur eine absolut fähige Sekretärin, sondern auch ein sehr netter Mensch. Wir haben uns ganz gut verstanden und fanden auch das eine oder andere Mal Zeit, über persönliche Dinge zu sprechen."

„Worüber haben Sie sich unterhalten?"

„Das waren meist nur ganz allgemeine Dinge: wo wir aufgewachsen sind, Hobbies, Filme, Musik, manchmal auch über unsere Beziehungen.“ Weber zog die Augenbrauen hoch.

„Sie meinen Ihre Beziehung zueinander?“

„Sie haben mich missverstanden, ich sprach von den Beziehungen zu unseren Ehepartnern“, korrigierte Erik, „eine so persönliche Beziehung hatten wir dann doch nicht.“ Das war zwar wieder erstunken und erlogen, doch diese Informationen wollte er nicht preisgeben. „Ich wollte damit sagen, dass wir uns manchmal über unsere Partner unterhielten“, ergänzte Erik.

„Zum Beispiel?“

„Ich holte mir manchmal Rat, Sie wissen schon, aus dem Blickwinkel einer Frau.“

„Mich interessiert die Ehe von Frau Wessely mehr als Ihre.“

„Darüber kann ich Ihnen nichts sagen.“

„Wenn Sie sich auch über Ihre Partner unterhalten haben, können Sie mir nicht weismachen, dass Sie nach drei Jahren nichts über Frau Wesselys Verhältnis zu ihrem Mann wissen.“

Erik überlegte einen Moment. „Wissen Sie, ich möchte nicht als Tratschtante erscheinen, geschweige denn schlecht über Tote reden.“

„Sie haben doch Interesse daran, uns bei unseren Ermittlungen zu unterstützen, um diesen Todesfall aufzuklären.“

„Selbstverständlich.“

„Dann müssen Sie uns alles sagen, was Ihnen einfällt! Jedes Detail kann wichtig sein.“

„Gut, was möchten Sie wissen?“

„Ich wiederhole mich nicht gerne, antworten Sie auf meine letzte Frage!“ Dieser Ton gefiel Erik nicht, aber was sollte er tun? Anlegen wollte er sich mit diesen beiden Typen nicht, vor allem nicht mit dem älteren, der nur so nach Machtgeilheit stank und gerne seinen Status genoss und auch gebrauchte, um andere abwertend zu behandeln.

„Entschuldigen Sie!“, schleimte Erik und musste sich bemühen, dabei nicht zu lachen zu beginnen. „Ich weiß nicht, ob Ihnen das weiterhilft: Frau Wessely hatte vor ein paar Jahren eine Affäre mit einem jüngeren Mann. Sie schien nicht besonders geschickt darin gewesen zu sein, sie geheim zu halten, denn ihr Mann hatte bald etwas geahnt und ihr nachspioniert. Als er genug Indizien gesammelt hatte, konfrontierte er sie damit. Soweit ich weiß, gab sie die Affäre sofort zu. Und nachdem ihr Mann versprochen hatte, dass wieder alles gut werden würde, entschied sie sich, bei ihm zu bleiben. Allerdings hatte es den Anschein, dass er ihr doch nicht verziehen hatte und ließ sie das immer wieder spüren.“

„Inwiefern?“

„Frau Wessely merkte einmal an, dass er sie kaum noch anfassen wollte, und wenn doch, dann...“ Erik schwieg, er wollte diesen Satz nicht beenden.

„Sprechen Sie ruhig weiter!“

„Ich möchte hier niemanden belasten, vor allem, da ich nicht weiß, ob es der Wahrheit entspricht.“

„Überlassen Sie das uns! Sagen Sie uns einfach, was Ihnen Frau Wessely erzählt hat!“

„Ich kann mich nicht mehr an den Wortlaut erinnern. Sie hat es wohl so empfunden, als wollte er sie für ihre Untreue bestrafen.“

„Was genau meinen Sie damit?“

„Na ja, wenn es doch zum Geschlechtsverkehr kam, ging es anscheinend ein wenig härter zur Sache.“

Weber wurde ungeduldig. „Reden Sie doch endlich Klartext!“

„Also gut. Sie hat es nie wirklich ausgesprochen, aber ich hatte den Eindruck, der Sex fand gegen ihren Willen statt.“

„Ach kommen Sie, nur weil er sie ein paar Mal etwas härter gebumst hat, ist das noch lange keine Vergewaltigung.“ Erik war verstört über diese Ausdrucksweise. Er biss sich innerlich auf die Zunge. Ein derart beschränktes Arschloch war ihm schon lange nicht mehr untergekommen. So jemand war Polizist. Konnte er ihm das sagen? Eher nicht. Er konnte nur gute Miene zum bösen Spiel machen und so tun, als ob ihn diese Aussage nicht berührte. Ansonsten kämen die beiden Herren noch auf ganz andere Gedanken, zum Beispiel, dass er Sabrina um einiges besser gekannt hatte als er zugab.

„Hören Sie, ich versuche Ihnen zu helfen, indem ich Ihnen alles sage, was mir einfällt. Ich möchte nichts interpretieren."

„Stimmt, das können Sie getrost uns überlassen. Erzählen Sie weiter!"

„Ich denke, sie hatte sich damals in diesen jüngeren Mann wirklich verliebt und hat ihre Entscheidung, bei ihrem Mann zu bleiben, im Nachhinein bereut. Ihr Verstand hat es ihr wohl nicht erlaubt, eine Herzensentscheidung zu treffen und ihren Mann zu verlassen. Ich denke, sie hat diesen Fehler nie ganz überwunden, und deshalb schien sie unglücklich in ihrer Ehe zu sein."

„Und ich denke, Sie wissen noch mehr über diese Affäre, als Sie uns erzählen."

„Ich habe nie nach Einzelheiten gefragt. Und Frau Wessely war diskret genug, dass sie mir keine Details verraten hat. Ich kenne weder den Namen des Mannes oder die Dauer der Affäre noch die Orte, an denen sie einander getroffen haben oder sonst was. Ich denke, diese Einzelheiten haben auch keine Bedeutung, jedenfalls jetzt nicht mehr."

„Die Beurteilung, was eine Rolle spielt, sollten Sie auch uns überlassen. Wissen Sie, was ich glaube?"

Dass es Zeit für ein Bier und eine Leberkäsesemmel wäre? Zum Glück dachte Erik diesen Satz nur. „Nein, verraten Sie es mir!", war seine mit Worten ausgedrückte Antwort.

„Ich denke, *Sie* waren dieser Mann."

Erik lachte. „Ach darauf läuft ihre Fragerei hinaus. Ich muss Sie enttäuschen, meine Herren. Ich kannte Frau Wessely damals noch gar nicht. Außerdem bin ich glücklich verheiratet." Etwas Übertreibung musste schon sein. „Und sie war auch nicht mein Typ." Schon wieder eine Lüge, Erik bekam langsam Übung darin. „Ich fand sie sympathisch und dass sie eine äußerst fähige Sekretärin war, aber das ist schon alles."

Weber schien eingesehen zu haben, dass er sich verrannt hatte. „Lassen wir das mal beiseite. Sie glauben zu wissen, dass Frau Wessely in ihrer Ehe nicht mehr glücklich war. Könnte es sein, dass sie jetzt so weit war, ihren Mann zu verlassen?"

„Ausgesprochen hat sie es nie, aber es wäre plausibel, wenn sie darüber nachdachte oder es sogar vorhatte. Denken Sie etwa, ihr Mann ist für ihren Tod verantwortlich?"

„Zumindest ist es eine Möglichkeit. Sollte sie tatsächlich vorgehabt haben, sich scheiden zu lassen, hätte er ein Motiv. Sie sagten, die beiden wollten ein paar Tage Urlaub machen. Gut möglich, dass er sie in ihrem Hotelzimmer aufsuchte, es zum Streit kam und sie tötete. Aber das ist reine Spekulation."

„Haben Sie ihn noch nicht befragt?"

„Das war noch nicht möglich. Martin Wessely wurde am Abend des 12. November in Linz beim Überqueren der Straße von einem Auto angefahren, lag drei Tage im künstlichen Tiefschlaf und wird erst in ein paar Tagen, vielleicht auch erst in einer Woche oder zwei, vernehmungsfähig sein. Er hätte aber genug Zeit gehabt, seine Frau zu töten und wieder rechtzeitig in Linz zu sein."

Um sich von einem Auto überfahren zu lassen, dachte Erik den Satz weiter. Weber notierte etwas auf seinem Block und seufzte. Stöger hatte das Gespräch, abgesehen von den paar Einwürfen, scheinbar teilnahmslos verfolgt. Dennoch war er nicht zu unterschätzen, mit Sicherheit beobachtete er Eriks Gestik, Mimik und Äußerungen genau.

„Wissen Sie sonst noch etwas über das Leben von Frau Wessely, bevor sie Ihre Sekretärin wurde?", fuhr Weber nach einer kurzen Pause fort.

„Als sie mir zugeteilt wurde, erhielt ich Einsicht in ihre Personalakte. Soweit ich mich erinnere stand da nichts Spezielles drin, eben ihr Familienstand und ihr beruflicher Werdegang, nichts, das Ihnen noch weiterhelfen könnte."

„In so einer Ermittlung kann alles von Bedeutung sein. Es ist also wichtig, dass Sie uns alles erzählen, was Sie über Frau Wessely wissen."

Erik hielt seinen Zeigefinger an sein Kinn und überlegte. „Wissen Sie, es gab da so ein Gerücht im Büro, als Frau Wessely bei mir anfing."

„Ach ja, und welches?"

„Ich habe zuerst nicht viel darauf gegeben. Dann fiel mir eines Tages eine Narbe an ihrem linken Handgelenk auf, und ich war mir nicht mehr so sicher." Erik wusste selbstverständlich, was es mit der Narbe auf sich hatte. Sabrina hatte es ihm im Vertrauen erzählt. Doch die beiden Gesetzeshüter mussten nicht wissen, wie eng Eriks und Sabrinas Beziehung wirklich war, sie hätten sonst wie schon zuvor eine Affäre vermutet.

„Rücken Sie schon raus mit der Sprache!"

„Man erzählte sich, Frau Wessely hätte sich die Pulsadern aufgeschnitten und versucht, sich das Leben zu nehmen. Ihr Mann fand sie damals noch rechtzeitig, sonst..." Erik wollte diesen Satz nicht vollenden.

„Was Sie nicht sagen. Das fällt Ihnen erst jetzt ein?"

„Halten Sie das für relevant?"

Weber schüttelte den Kopf und gab seinem Kollegen ein Zeichen. Stöger nahm seine Aktentasche, die er zuvor auf dem Boden abgestellt hatte. Er öffnete sie, entnahm eine Mappe und übergab sie Weber, der sie öffnete und etwas darin suchte. Nach ein paar Sekunden schien er es gefunden zu haben.

„Sehen Sie sich das an!" Mit diesen Worten knallte Weber drei Fotos auf den Tisch. Erik konnte nur mit Mühe verhindern, dass er sich übergab. Auf den Fotos war Sabrina zu erkennen, so wie sie das Zimmermädchen gefunden haben musste. Sie lag in einer mit Wasser gefüllten Badewanne, die so aussah wie jene in Eriks Hotelzimmer. Ihr Kopf ragte aus dem Wasser. Sie war so schön wie immer, doch ihre Augen wirkten leer, aus ihnen war jedes Leben entwichen. Und das Blut hatte das Wasser rot gefärbt.

„In der Badewanne fanden die Grazer Kollegen eine dünne Nagelschere“, ergänzte Stöger.

„Es scheint, als hätte sie dieses Mal ihr Werk vollendet“, resümierte Weber.

Erik kotzte dieser Typ richtig an, seine respekt- und pietätlose Art, wie er über Sabrina sprach, hielt Erik nur schwer davon ab, aufzustehen und ihm ordentlich eine zu scheuern. „Sie glauben also, es war Selbstmord?“, fragte er mit zitternder Stimme.

„Wir können zwar Fremdverschulden nicht mit Sicherheit ausschließen, es gibt aber auch keine konkreten Hinweise darauf. Durch die Informationen, die Sie uns gegeben haben, ist uns jetzt auch das Motiv klar. Sie haben uns sozusagen das letzte Puzzleteil geliefert. Wie Sie sehen bringt es immer etwas, mit jemandem zu sprechen, der sie besser kannte“, brachte sich Stöger erneut ein. Erik wollte darauf nichts erwidern.

„Danke für Ihre Zeit“, ergänzte Weber, klappte seinen Notizblock zu, steckte seinen Kugelschreiber wieder in die Hemdtasche und erhob sich wie sein Kollege, „noch einen schönen Tag.“ Stöger nickte Erik zu.

„Ihnen auch“, brachte Erik nur zögerlich über seine Lippen. Die Polizisten setzten ihre Kappen wieder auf und verließen das Büro. Erik ging langsam zu seinem Schreibtisch und sank in seinen Drehstuhl.

Später an diesem Tag kreisten seine Gedanken wie so oft um Tamara. Bisher schien alles gut, um nicht zu sagen, beinahe optimal gelaufen zu sein. Sie hatten einen ersten gemütlichen vielversprechenden Abend in Linz verbracht, ihr gemeinsamer Tag in Wien, der Abend und vor allem die Nacht waren atemberaubend gewesen, der Morgen danach noch das Sahnehäubchen. Seitdem hatten sie nur wenig Kontakt gehabt. Gut, sie hatte diese Geschäftsreise ins Ausland, auf der sie nicht erreichbar war. Sie musste auch sicher noch oft an Paul denken. Vermutlich versuchte sie derzeit, sich an diese neue Situation zu gewöhnen, dass ihr Leben auch ohne ihn weiter gehen musste, womöglich mit einem neuen Mann an ihrer Seite. Erik wusste, dass er sich noch ein wenig in Geduld üben musste, aber das war nicht gerade eine seiner größten Tugenden, also warum sollte sich das gerade bei Tamara ändern, wo er sie doch so begehrte? Er musste sie auf der Stelle anrufen.

Wie üblich benötigte der Rufaufbau ein paar Sekunden, die ihm wie eine Ewigkeit vorkamen. Erik atmete tief durch und ersehnte das Tuten in seinem Ohr. Endlich vernahm er es. Würde sie auch abheben? Die Sekunden des Wartens, bis sie den Anruf entgegennehmen würde, schienen sich wie Stunden hinzuziehen.

„Ja bitte?“, antwortete endlich eine leise zögerliche Stimme.

„Hallo Tamara, hier spricht Erik“, erwiderte er erleichtert.

„Oh, hallo Erik.“ Tamara schien überrascht zu sein. „Entschuldige, ich habe geschlafen, ich fühle mich nicht besonders gut.“

„*Ich* muss mich entschuldigen, dass ich dich geweckt habe. Hoffentlich ist es nichts Ernstes.“

„Das wird schon wieder. Ich muss ohnehin aufstehen und noch in die Arbeit. Was gibt es denn?“

„Nichts Besonderes, ich wollte nur deine Stimme hören.“

„Ist auch nett, deine Stimme zu hören.“

„Und ich möchte dich bald wiedersehen.“

„Ich dich auch. Sorry, dass ich mich nicht gemeldet habe, ich musste viel arbeiten und über einiges nachdenken.“

Erik hatte genau das vermutet. Sollte er sich Sorgen machen? Nein, er blieb positiv gestimmt. „Möchtest du mit mir darüber reden? Du weißt doch, dass ich für dich da bin.“

„Danke Erik, aber ich muss das mit mir selbst klären.“

Erik beschloss nicht locker zu lassen und in die Offensive zu gehen. „Was immer es ist, du musst das nicht allein durchstehen. Ich komme zu dir.“ Für sie wäre er auf der Stelle losgefahren.

„Lieb von dir, heute geht es aber nicht.“

„Dann in ein paar Tagen, wie sieht es mit Samstag aus?“

Es folgte eine kurze Pause. Tamara schien nachzudenken. „Samstag wäre ideal."

„Ich kann zu dir in die Wohnung kommen. Oder wir gehen was essen, trinken eine Flasche Wein, und du erzählst mir, was dich beschäftigt. Wie hört sich das an?"

„Hört sich gut an." Tamara hatte zwar kurz gezögert, entscheidend war jedoch, dass sie eingewilligt hatte.

„Wann würde es dir passen?"

„Ich habe tagsüber noch paar Dinge zu erledigen. Komm doch am späten Nachmittag!"

„Gut, ich komme zu dir in die Wohnung", gab sich Erik zufrieden. „Ich freue mich schon darauf, dich wieder zu sehen", ergänzte er.

„Ich freue mich auch", erwiderte eine noch immer ein wenig schlaftrunken wirkende Tamara, und sie beendete das Telefonat.

T

Am Freitag saß Erik geistesabwesend hinter seinem Schreibtisch. So war es ihm seit dem Besuch der beiden Polizisten am Dienstag immer wieder gegangen. Die Ereignisse der letzten Wochen waren auf ihn niedergeprasselt wie der Regen am Amazonas. Sie hätten für ein ganzes Jahrzehnt gereicht: Pauls Tod, die Erpressung durch Klaus Schiele, Sabrinas Tod, die fortschreitende Entfremdung von Barbara, und mittendrin, sozusagen als einziger Lichtblick: Tamara. Nur diese Frau allein ergab in diesen Tagen und Wochen noch Sinn. Sie war es, an die er unentwegt denken musste und die ihm ein Lächeln ins Gesicht zauberte, wenn sie nur in seinen Gedanken auftauchte. Alles drehte sich nur um sie. Es erinnerte ihn an so manche jugendliche Schwärmerei, die wie ein Strohfeuer ebenso rasch erlosch, wie es entfacht worden war. Bei ihr fühlte er definitiv mehr. Er hatte sich über beide Ohren verliebt und war ihr völlig verfallen. Aber würde er auch bereit für den letzten Schritt sein? War er imstande, Barbara für diese Frau zu verlassen, sein altes Leben aufzugeben und mit Tamara ein neues zu beginnen? Sein Verstand ließ ihn noch zweifeln, ob er tatsächlich alle Brücken hinter sich abbrechen sollte, um mit einer anderen Frau den Schritt in einen neuen Lebensabschnitt zu wagen. Sein Herz hingegen wusste genau, was es wollte, und zwar mit allen Konsequenzen. Er glaubte fest daran, dass Tamara auch Gefühle für ihn hegte. Nur die letzte Gewissheit fehlte ihm noch.

Erik fühlte sich in diesem Moment nicht als der selbstbewusste Erwachsene, zu dem er geworden war. Er sah sich wieder in seine Jugendzeit zurückversetzt, die von Unsicherheit und Selbstzweifel geprägt war, vor allem wenn es um das andere Geschlecht ging. Es musste ihm gelingen, sie zu überwinden und begann zu überlegen: Warum hätte sich Tamara auf ihn einlassen sollen, wenn sie nicht auch etwas für ihn empfand? Er hatte sie schließlich nicht zufällig in einer Bar getroffen, ihr ein paar Getränke spendiert und war mit ihr mit 1,5 Promille Alkohol im Blut in der Kiste gelandet. Bei ihr fühlte es sich richtig an, und es konnte von Dauer, vielleicht sogar für den Rest ihres Lebens sein. Etwas schien sie jedoch zu beschäftigen, das hatte er beim Telefonat am Dienstag deutlich bemerkt. Das musste nichts mit ihm zu tun haben. Was auch immer es war, er hoffte, es bei ihrem Wiedersehen am nächsten Tag klären zu können, damit dieser Rest des Lebens so rasch wie möglich beginnen konnte. Diese eine Nacht in Wien hatte für ihn alles verändert. Sie hatte seine Perspektive erneuert, ihm den Schlüssel für die ersehnte Veränderung in seinem Leben gegeben. Seit ihrem gemeinsamen Wochenende war er aber auch völlig verwirrt. Viele Jahre waren vergangen, seit er diese komplizierte Gefühlswelt durchlebt hatte. Selbstverständlich liebte er Barbara noch, doch die Zeit hatte ihre Spuren hinterlassen, die Gefühle waren nicht erloschen, sondern abgebröckelt, der Lack abgesplittert, und nur noch ein Sockel von dem, was einst ein vollendetes Kunstwerk darstellte, war übriggeblieben. Auf der anderen Seite begann etwas Neues zu entstehen: schöner als die Venus von Milo, anmutiger als die edlen Lipizzaner der Spanischen Hofreitschule in Wien, aufregender als der Tandemsprung, den er vor drei Jahren absolviert hatte. Nie hätte er es für möglich gehalten, wieder derart intensiv für eine Frau zu empfinden. Jede Minute, die er mit Tamara verbrachte, führte sie näher zueinander. Sie schienen seelenverwandt zu sein, die Chemie, wie man sagt, stimmte einfach. So eine Frau, die nicht nur wunderschön und eine

Granate beim Sex war, sondern auch intelligent, dabei auch sensibel und einfühlsam war und die trotz ihres herben Verlustes weiterhin lebenslustig blieb, hatte er noch nie getroffen. Mit jedem Moment, in dem er ihr nahe sein durfte, wuchs seine Zuneigung. Und die Ereignisse dieser einen Nacht brachten seine Gefühlswelt nicht nur endgültig aus dem Gleichgewicht, sondern steigerten sein Verlangen nach dieser Frau ins Unermessliche. Schon allein die Art, wie sie ihn verwöhnt hatte, löste bei ihm nicht nur in den unteren Regionen seines Körpers heftige Reaktionen aus. Er fühlte sich, als ob die Erde unter ihm nicht mehr stillstehen wollte. In ihren Gesprächen hatten sie eine derartige Vertrautheit geschaffen, die dazu führte, dass sie auch körperlich perfekt harmonierten, als sie sich ihrer Lust hingaben. Es schien, als wären sie miteinander verschmolzen, wie ein einziger Körper, der sich endlos auf dem anfangs noch glatt gestrichenen Bettlaken lustvoll räkelte, bis es schließlich völlig zerknittert und von Schweiß durchtränkt war. Es handelte sich nicht nur um ein mechanisches Auf und Ab, wie er es von mancher Live-Vorführung in einem einschlägigen Linzer Etablissement kannte. Ihre Vereinigung hatte etwas Mystisches und Vollkommenes, nichts daran war schmutzig oder anstößig, sondern wie das Laken blütenweiß und heilig. Nie zuvor hatte er bei einer Frau eine derartige Hingabe erlebt, die sich zu einer unglaublichen Ekstase steigerte und auch seine Lust in ein unbeschreibliches Maß erhob, und er konnte sich nicht erinnern, jemals so intensiv gekommen zu sein. Für ihn stand fest, dass die Ereignisse der letzten Wochen, vor allem dieses magische Wochenende in Wien, einen Wendepunkt in seinem Leben bedeuteten. Keinen Tag länger würde er so weiter machen und dieses doppelte Spiel spielen können. Wie es seine australische Lieblingssängerin *Missy Higgins* in ihrem Song *Steer* treffend beschrieb, wollte er die Kontrolle über sein Leben übernehmen, das Steuer selbst in die Hand nehmen, es herumreißen und auf diesem Weg die Sterne, die sein Schicksal vorgezeichnet zu haben schienen, bildlich gesprochen versetzen.

Natürlich würde er Barbara tief verletzen, in diesem Moment bedeutete ihm jedoch sein Glück mehr. Auch wenn er seine Verfehlungen nicht abwerten wollte, wusste er nicht, ob ihn Barbara bei ihren vielen mehrtägigen geschäftlichen Veranstaltungen je betrogen und möglicherweise auch schon daran gedacht hatte, ihn zu verlassen. Doch sollte das tatsächlich seine Rechtfertigung dafür sein, was er vorhatte? Immerhin war sie seit ihrer Jugend stets für ihn da gewesen, auch wenn sie anfangs nicht mehr für ihn empfunden hatte. Sie hatte sich zu noch älteren Burschen hingezogen gefühlt, die schon einen fahrbaren Untersatz ihr Eigen nannten. Das hatte ihr Erik nicht bieten können.

Paul hatte Erik nicht nur einmal mit seiner einfachen Herkunft aufgezogen und ihn als *Junge aus der Gosse* bezeichnet. Das war zwar nicht besonders nett von Paul gewesen, aber auch nicht so weit weg von der Wahrheit. Eriks Eltern waren einfache Arbeiter und mussten sich ihr Geld sauer verdienen, dennoch reichte es an allen Ecken und Enden nicht. Daher herrschte zu Hause nicht immer die beste Stimmung und blieben auch die Liebe und Zuneigung der Eltern auf der Strecke. Erik musste also von klein auf lernen, mit gewissen, nicht nur materiellen Entbehrungen zu leben. Auch für einen gemeinsamen Familienurlaub langte das Geld nicht, auch nicht in den Sommerferien. Während andere im Herbst davon schwärmten, blieben Erik nur die Erinnerungen an die Wochen, die seine beiden kleinen Schwestern und er bei den Großeltern verbrachten, weil die Eltern zu beschäftigt waren, um sich in den Ferien um die Kinder zu kümmern. So verging Sommer für Sommer, immer von den gleichen langweiligen Menschen umgeben, und die Sehnsucht nach einer Änderung dieses Lebens wuchs mit jedem Jahr. Er sehnte auch den Tag herbei, an dem er nicht mehr als Babysitter für die beiden Gören herhalten musste, wenn seine Eltern arbeiteten oder die drei Kinder zuhause ließen. Wie viele Wochenenden musste er mit seinen Schwestern verbringen, eingesperrt in der kleinen Wohnung. Es kam ihm wie eine Ewigkeit vor. Doch er lernte, sich damit zu arrangieren, es blieb ihm auch nichts anders übrig. Das änderte sich erst, als er zwölf Jahre alt war. Seine Mutter verlor ihre Arbeit. Zwar musste der Gürtel noch enger geschnallt werden, dafür hatte sie mehr Zeit für die Kinder, und seine Tage als Babysitter waren gezählt. Mit der neu gewonnenen Freiheit und Freizeit änderte sich sein Sozialleben von Grund auf. Es war auf einmal möglich, Paul und andere Kinder außerhalb der Schule zu treffen. Er konnte endlich immer öfter seiner großen Leidenschaft, dem Sport, nachgehen und fand dort neben Freunden auch Anerkennung. Und in der Schule lief es plötzlich hervorragend. Von den Lehrern war er zwar immer als intelligent eingestuft worden, in den ersten Schuljahren hatte er aber mit seiner Legasthenie zu kämpfen gehabt und hinkte daher immer hinter seinen Klassenkameraden hinterher, die ihn deswegen auch das eine oder andere Mal aufzogen. Kinder können, nicht nur was das angeht, ganz schön grausam sein. Doch Erik schaffte es mit viel Fleiß, den Rückstand aufzuholen. Da er sich schon als Kind für Chemie interessierte, wollte er nach der Hauptschule ursprünglich eine Höhere Technische Lehranstalt mit diesem Schwerpunkt besuchen, aber er entschied sich dann doch für die Handelsakademie und maturierte mit ausgezeichnetem Erfolg. Er ließ sich auch nicht unterkriegen, als er während seines Sprachstudiums für seinen Lebensunterhalt selbst aufkommen musste, denn von seinen Eltern hatte er finanziell nach wie vor nichts zu erwarten. Also jobbte er abends und an Wochenenden in Bars, was er mit Paul gemeinsam hatte. Schließlich schaffte er auch diese Hürde. Das verdankte er seinem unbändigen Ehrgeiz, der ihn seit seiner Jugend nicht nur im Sport ausgezeichnete. Denn mit 19 Jahren konnte er neben seinem Schulabschluss auch einige Turniersiege im Tennis vorweisen. Er konnte stolz auf seine Leistungen sein, die noch wenige Jahre zuvor völlig außer Reichweite gewesen waren. Obwohl oder vielleicht gerade deshalb, weil es ihm das

Leben nie so leicht gemacht hatte, hatte er alles aus eigener Kraft geschafft. Na ja, vielleicht nicht alles, denn Barbara hatte er nicht für sich gewinnen können. Das sollte sich erst Jahre später mit dem Wiedersehen im *Café de Paris* ändern.

Doch so romantisch Eriks und Barbaras Liebesbeziehung damals begonnen hatte, so trist und leidenschaftslos wurde sie im Lauf der Zeit. Es ist an sich nichts Besonderes, wenn die Beziehung mit der Zeit abflaut. Wie alle frisch verliebten Liebespaare waren sie überzeugt davon, dass ihnen das nicht widerfahren würde. Dazu liebten sie einander zu sehr. Aber nach all diesen Jahren wurde ihnen bewusst, dass sie keine Ausnahme darstellten. Der Beziehungskiller Alltag schlug auch bei ihnen zu. Sie hatten sich nie dazu durchgerungen, eine Familie zu gründen, sondern sich auf ihre beruflichen Karrieren konzentriert. Ihre anfangs ausgedehnten Urlaube quer durch Nordamerika oder Skandinavien schrumpften zu einer Woche Italien oder Spanien. Vor allem der seit einer gefühlten Ewigkeit geplante Neuseelandurlaub rückte in weite Ferne. Selbst die jährlichen Kurztrips in die Südsteiermark verkamen zu einem gemeinsamen Abend auf der Couch mit einer Flasche Sauvignon Blanc. Und der Sex, so leidenschaftlich und prickelnd er zu Beginn ihrer Beziehung gewesen war, wandelte sich immer mehr zu Gewohnheitssex und war irgendwann kaum noch vorhanden. Ihre Beziehung hatte sich zwar weiterentwickelt, aber in die verkehrte Richtung. Es schien, als wären sie irgendwann falsch abgebogen und hätten sich hoffnungslos verfahren.

Nach ihrem Aufeinandertreffen im *Café de Paris* hatte Erik gedacht, auch in Herzensangelegenheiten endlich das erreicht zu haben, was er sich immer erträumt hatte. Doch nun stand er an einem Wendepunkt in seinem Leben.

Erik versuchte, diese Gedanken, die ihn die vergangenen Tage beschäftigt hatten, noch einmal zu ordnen und sich auf das Wesentliche zu konzentrieren. Nach einer kurzen Pause seufzte er tief, öffnete die linke obere Schublade seines Schreibtisches und nahm ein weißes unliniertes Blatt Papier heraus. Er hatte auch Briefpapier mit Briefkopf darauf, doch das schien ihm für diesen Anlass nicht angemessen zu sein. Es war zwar auch nicht passend, die elegante Füllfeder, die er zum fünften Hochzeitstag geschenkt bekommen hatte, für das Verfassen der folgenden Worte zu benützen, aber er verwendete sie für sämtliche Schreibarbeiten, und so verzichtete er darauf, weiter darüber nachzudenken. Barbara würde es entweder ohnehin nicht bemerken oder dem zumindest keine Bedeutung beimessen. Sie würde auf den Inhalt des Briefes reagieren, der für sie ohne Frage sehr schmerzlich sein würde, ganz egal, welche Worte er finden würde. Erik überlegte, wie er es am besten anstellte, in Worte zu fassen, was ihm auf der Seele lag. Er bemühte sich, das teure Schreibgerät nicht in den Mund zu nehmen und darauf herum zu kauen, wie er es früher zu tun pflegte, wenn er nervös war oder nachdachte.

Nachdem er tief durchgeatmet hatte, begann er zu schreiben: „Geliebte Barbara! Ich weiß nicht, wie ich es dir..." Er hielt inne. Geliebte Barbara? So ein Blödsinn, dachte er. Du schreibst deiner Frau, dass du sie verlässt und beginnst mit „Geliebte Barbara"? Du hast sie doch nicht mehr alle. Er brauchte einen anderen, passenderen Beginn. Den Zettel zerknüllte er und warf ihn in den hölzernen Papierkorb, der links neben dem Schreibtisch stand. Dann öffnete er erneut die linke obere Schublade und nahm gleich mehrere Blätter Papier heraus in der Gewissheit, diesen Brief noch einige Male neu beginnen zu müssen. Er konzentrierte sich und wagte sich an den nächsten Versuch: „Hallo Barbara! Es gibt in einem Leben..." Er stoppte und schüttelte den Kopf. „Schreibst du das einem Schulfreund, den du seit Jahren nicht gesehen hast?", schimpfte er nun laut mit sich selbst. „Reiß dich zusammen! So schwierig kann das doch nicht sein." Er zerriss das Blatt und versenkte es ebenfalls im Papierkorb. Bevor er sich dem nächsten Blatt zuwandte, fiel sein Blick nochmals auf den liebevoll Rundordner genannten Behälter, genauer gesagt auf das zerknüllte und das zerrissene

Stück Papier darin. Er konnte nicht riskieren, dass eine neugierige Sekretärin, Reinigungskraft oder sonst jemand diese Versuche in die Hände bekam. Derjenige konnte sie lesen und die falschen oder noch schlimmer die richtigen Schlüsse daraus ziehen. Er nahm also die Überreste der ersten beiden Entwürfe aus dem Papierkorb und steckte sie in seine Hosentasche. Er würde sie später an einem sicheren Ort entsorgen. Dann neigte er seinen Kopf leicht nach rechts, sein Blick wanderte nach links oben, für einen geschulten Beobachter ein untrügliches Zeichen, dass er nachdachte. Wenige Sekunden verharrte er in dieser Position, seufzte schließlich, senkte seinen Blick, nahm seine Füllfeder und begann die für ihn so wichtigen Zeilen, die sein Leben verändern sollten:

„Liebe Barbara! Seit unserem Wiedersehen im *Café de Paris* vor all diesen Jahren habe ich mir geschworen, ich würde nie wieder eine andere Frau ansehen, geschweige denn begehren. Die Zeit ist verflogen, und wie das Leben so spielt, ändern sich Dinge. Vermutlich trägt niemand daran die Schuld, oder vielleicht tragen wir sie beide. Wenn du willst, kannst du mir auch die alleinige geben, es spielt keine Rolle. Bei vielen Menschen wird die Verbindung zwischen ihnen immer intensiver, das Gefühl der Zusammengehörigkeit immer stärker. Ich wünschte, ich könnte das auch über unsere Beziehung sagen. Während uns anfangs nichts hätte trennen können, ist die Distanz zwischen uns in den letzten Jahren immer größer geworden. Wir haben uns beide weiterentwickelt, ich hatte geglaubt und gehofft, in dieselbe Richtung. Doch je mehr Zeit verging, desto weiter haben sich unsere Wege voneinander entfernt. Es scheint mir, als seien die Raten für den Kredit unseres Hauses das einzige, das wir noch gemeinsam haben. Wir haben es eine Weile gut verstanden, das zu ignorieren. Aber jetzt bin ich an einem Punkt angelangt, an dem ich so nicht weitermachen kann. Es ist Zeit für mich, das nächste Stück des Weges ohne dich zu gehen. Ich tue das in der Überzeugung, dass dieser Schritt für uns beide der richtige ist und hoffe, du kannst mir eines Tages verzeihen. Wir wollten beide so sehr, dass unsere Ehe funktioniert, nur um am Ende zu erkennen, dass es doch nicht so ist. Für mich ist das schon eine gefühlte Ewigkeit so, auch wenn ich mich immer bemüht habe, dich das nicht erkennen zu lassen. Ich denke, auch du hast es schon seit einer Weile gefühlt und wolltest es dir nur nicht eingestehen, deshalb hast du es immer weiter versucht. Mir ist auch bewusst, dass du dich stets mehr um unsere Beziehung bemüht hast als ich, doch am Ende hat auch das nicht gereicht. Es ist nun Zeit für mich, ein neues Kapitel im Buch meines Lebens aufzuschlagen, und das ist etwas, das ich nur allein tun kann."

Erik überlegte noch, ob er mit „In Liebe" abschließen sollte, doch das wäre völlig unpassend gewesen. Also verzichtete er auf eine derartige Formel und unterzeichnete mit seinem Vornamen. Er öffnete die rechte obere Schublade, nahm ein weißes Kuvert im Format A6 heraus, faltete den Brief zwei Mal, sodass er ins Kuvert passte, und steckte ihn hinein. Es handelte sich noch um eines dieser altmodischen Kuverts mit Gummierung, die noch zu befeuchten und nicht selbstklebend waren. Er hasste diese Tätigkeit, da er den unangenehmen Geschmack noch für den Rest des Tages im Mund haben würde. Es ärgerte ihn, dass das Unternehmen nicht schon längst die neuen Umschläge angeschafft hatte, und es schauderte ihn bei dem Gedanken, welch unangenehme Aufgabe ihm noch bevorstand. Aber er hatte das Bett nun schon mal gemacht, also musste er auch drin schlafen. Mit wenig erfreulichem Gesichtsausdruck befeuchtete er die Ränder des Kuverts, klebte es zu und ließ es in der linken Innentasche seines Sakkos verschwinden. Jetzt musste er nur noch eine passende Gelegenheit, wenn es so etwas in dieser Situation überhaupt gab, finden, Barbara den Brief zukommen zu lassen. Außerdem musste er einen Weg finden, das Haus ohne viel Aufsehen zu verlassen.

Barbara erleichterte Eriks Vorhaben, denn sie war am nächsten Tag bereits früh morgens zu einem Seminar aufgebrochen und würde vor dem Abend nicht zurück sein. Er legte den Brief auf ihr Kopfkissen. Wenn sie ihn lesen würde, wäre er schon weit weg. Er hatte ihn in dieser Nacht im Handschuhfach seines Wagens versteckt. Nicht auszudenken, hätte sie ihn vor diesem Morgen entdeckt und Erik mit dem Inhalt konfrontiert, er hätte es nicht geschafft, ihr bei seinem verzweifelten und sinnlosen Versuch der Rechtfertigung in die Augen zu blicken. Dieser Situation wollte er um jeden Preis aus dem Weg gehen, was ihm gelungen war. Als Barbara das Haus verließ, war sie völlig ahnungslos. Sie hatte nicht die geringste Vorstellung, was er in den letzten Wochen getan hatte, was er an diesem Tag vorhatte und dass sie ihn vielleicht nie wiedersehen würde. Hätte sie es geahnt, wäre sie nicht so gut wie selten so früh am Morgen gelaunt in ihre Kleidung und Stiefel geschlüpft und hätte ihn vor allem nicht noch so zärtlich geküsst, ebenfalls wie selten zuvor.

In diesem Moment meldete sich Eriks Gewissen, ein ehemals treuer Gefährte, den er die letzten Wochen geschickt und erfolgreich ignoriert hatte. Vom moralischen Standpunkt war es nicht zu vertreten, wie er sich verhalten hatte und dass er nun vorhatte, Barbara wegen einer anderen Frau zu verlassen. Aber auch in diesem Bewusstsein schien es ihm, als hätte er keine Kontrolle über diese Entscheidung. Es zog ihn beinahe magisch zu Tamara hin wie die viel zitierte Motte zum Licht, er konnte nichts dagegen tun und wollte es auch nicht. Also packte er seinen kleinen Koffer mit dem Nötigsten und schnappte auch seine geliebte Umhängetasche.

Es war gegen Mittag, als Erik sich in seinen Wagen setzte, um sein Haus für immer zu verlassen. Früher war es sein Traumhaus gewesen, seine Insel der Zuflucht und Quelle seiner Energie, doch in den vergangenen Jahren erschien es ihm immer mehr wie ein Gefängnis, sein ganz persönliches *Alcatraz*, aus dem es kein Entkommen zu geben schien. Würde man es versuchen, würde man entweder von einem der Wachen erschossen oder nach wenigen Metern im Meer von Haien zerfleischt werden. Beide Alternativen waren ihm nicht sonderlich sympathisch gewesen, also hatte er es vorgezogen, jahrelang sein Schicksal zu erdulden und seine Strafe abzusitzen. Doch nun, nach so langer Zeit, bot sich ihm die Möglichkeit, auf Bewährung entlassen zu werden, er hatte sozusagen eine Befreiungskarte aus dem Arrest, wie sie in manchem Brettspiel zu finden ist, gezogen. Und diese Bewährung hatte einen Namen, ein Gesicht und die wunderschönsten blau-grün-grauen Augen, die er je gesehen hatte. Also worauf wartete er noch? Er atmete tief durch, drückte den Startknopf seines Wagens und fuhr los Richtung Osten, Richtung Zukunft.

U

Als Erik und Tamara spät abends die Wohnung betraten, dachte er daran, wie der Abend beim letzten Mal verlaufen war. Sie hatten einander leidenschaftlich geküsst, und er hatte daraufhin die aufregendste Nacht seines Lebens verbracht. Er sehnte den Augenblick herbei, dass sich diese Stunden der Leidenschaft wiederholen würden. Allerdings war es noch nicht so weit, etwas brannte ihm unter seinen Fingernägeln. Was er ihr zu sagen hatte, war so bedeutend, dass es ihre beiden Leben für immer verändern würde. Wenn er es doch nur schaffen würde, seine Nervosität und Unsicherheit abzulegen und das so wichtige Gespräch zu beginnen, dann würde sein Mut zurückkehren. Für eine solche Situation fehlte ihm aber die Erfahrung. Während der Fahrt nach Wien hatte er sich ausgemalt, dass er Tamara zu einem romantischen mehrgängigen Dinner in ein schickes Lokal ausführen würde, und beim Dessert würde er ihr seine Liebe gestehen. Aber Erik hatte sich dazu nicht durchringen können, er war sich ihrer Zuneigung noch nicht sicher genug. Sie hatten zwar in einem netten Restaurant zu Abend gegessen und danach in einer Bar noch einen Drink genommen. Aber sie hatten sich vor allem über ihre Erlebnisse der letzten Wochen unterhalten. Erik musste einen Weg finden, um Gewissheit über Tamaras Gefühle zu erlangen. Denn sein altes Leben hatte er hinter sich gelassen. Er erinnerte sich an die Zeilen aus dem Musical *Das Phantom der Oper*, die seine Situation treffend beschrieben: „*The bridge is crossed, so stand and watch it burn! We've passed the point of no return.*“ Erik wusste, dass er nicht mehr zurückehren konnte, selbst wenn er es gewollt hätte. Er hatte nun noch diesen einen Schritt zu gehen, ihr seine Liebe zu gestehen in der Hoffnung, sie würde diese erwidern. Würde er nun, in privater Umgebung, endlich den Mut dazu finden? Auch wenn er zuversichtlich war, dass sie dasselbe für ihn empfand, ließ ihn dieses Quäntchen Unsicherheit zögern. Während er weiter überlegte, legten sie ihre Mäntel ab, zogen ihre Schuhe aus und betraten das Wohnzimmer.

„Mach es dir doch bequem!“, lud ihn Tamara ein. „Ich hole uns eine Flasche Wein. Möchtest du Weiß- oder Rotwein?“ Erik war das in diesem Moment völlig gleichgültig, denn seine grauen Zellen beschäftigten sich ausnahmsweise nicht mit Wein.

Aber wenn sie ihn schon fragte, wollte er auch antworten. „Für mich Weißwein, bitte.“

„Ich habe einen Grünen Veltliner Smaragd *Wachstum Bodenstein* vom Weingut *Prager*. Ist der in Ordnung?“ Erik war überrascht, dass sie ausgerechnet diesen Wein nicht nur kannte, sondern auch zufällig zuhause hatte. Vielleicht war es auch kein Zufall. Möglicherweise hatte er in ihren Gesprächen erwähnt, dass er diesen Winzer und vor allem diesen Wein besonders mochte, und deshalb hatte sie ihn für diesen besonderen Moment vorsorglich ausgewählt und kaltgestellt.

„Der ist mehr als in Ordnung, sogar ausgezeichnet“, antwortete er, nahm seine Umhängetasche ab, legte sie auf die Couch und setzte sich an den Tisch. Sein Sakko hängte er über den Stuhl neben sich. Wenig später erschien Tamara mit der Flasche Smaragd und zwei blitzblank polierten Weißweingläsern der Marke *Zalto*. Die Frau hatte Stil, keine billigen Weingläser aus dem Diskonthandel, sondern Kelche, von denen einer mehr als 20 Euro kostete. Daraus schmeckte der ohnehin schon exzellente Wein noch besser, allerdings konnte man sich das auch einbilden. Sie stellte die Gläser auf den Tisch, entfernte gekonnt die Kapsel mit dem beim Korkenzieher integrierten Kapselschneider, öffnete die Flasche und goss Erik einen Schluck zum Kosten ein.

„Du brauchst mir den Wein nicht so vornehm zu servieren. Im privaten Rahmen verzichte ich gerne darauf. Deine Gesellschaft bedeutet mir mehr", versuchte er, die Situation mit einem Kompliment aufzulockern. Sie schenkte daraufhin etwa ein Achtel Wein in beide Gläser ein und nahm Platz. Erik wusste nicht, wie er das Gespräch fortsetzen sollte. Also erhoben sie zunächst die Gläser und tranken einen Schluck. Nachdem beide ihr Glas abgestellt hatten, erfüllte wieder nur betretenes Schweigen den Raum.

Schließlich nahm Tamara Eriks Hand. „Komm schon Erik, du bist schon den ganzen Abend so still. Was liegt dir denn auf der Seele?"

„Eigentlich ist es nichts", versuchte Erik abzulenken und den Spieß umzudrehen, „bei unserem letzten Telefonat hatte ich das Gefühl, dass *dich* etwas beschäftigt."

„Ich sagte dir schon, dass es mein Problem ist, ich möchte dich damit nicht belasten."

„Wenn du Sorgen oder ein Problem hast, bin ich für dich da, das weißt du doch."

„Ja, aber du bist hier bei mir, und meine Sorgen spielen jetzt keine Rolle."

„Es bedeutet mir viel, wenn du so etwas sagst." Erik war erfreut über diese Worte. Er lächelte, und seine Zuversicht stieg.

Tamara ließ nicht locker. „Ich weiß, so gut kennen wir uns noch nicht, aber ich merke, dass dich etwas beunruhigt. Jedenfalls kommst du mir heute nervöser vor als letztes Mal." Sie hatte recht, er hatte seine Nervosität dieses Mal nicht verbergen können. „Erzähl es mir, dann geht es dir sicher gleich besser", ermutigte sie ihn. Auch damit lag sie richtig, es würde eine Last von seinen Schultern fallen, wenn er ihr sein Herz öffnen würde.

Die Art, wie Tamara seine Hand hielt und die sanfte Stimme, mit der sie zu ihm sprach, ließen ihn seine Unsicherheit vergessen. „Es stimmt, mich beschäftigt etwas, und das schon seit einiger Zeit."

„Sag es doch einfach!"

„Es geht um dich."

„Um mich?" Tamara war sichtlich überrascht. „Du musst dir um mich keine Sorgen machen, es geht mir gut."

„Das hoffe ich doch. Mir geht es auch sehr gut, seit du in mein Leben getreten bist."

Tamara setzte ein Lächeln auf. „Das ist nett von dir. Wir hatten ein echt schönes Wochenende."

Erik traute sich nun endlich zur Sache zu kommen. „Tamara, du bist die unglaublichste Frau, die mir je begegnet ist. Du bist wunderschön, intelligent, hast Sinn für Humor und bist wahnsinnig leidenschaftlich. Seit ich dich getroffen habe, ist nicht ein Tag vergangen, an dem ich nicht an dich denken musste. Dich die letzten Wochen nicht gesehen zu haben, hat mich fast wahnsinnig werden lassen. Ich habe mich in dich verliebt, und ich wünsche mir nichts mehr, als mit dir zusammen zu sein." Erik atmete tief durch. Er hatte sich vorgestellt, seine Liebeserklärung romantischer und eloquenter zu gestalten, doch die Worte waren nur so aus ihm herausgesprudelt. Nun, da er sie gesprochen hatte, war er erleichtert und gespannt zugleich, denn er erwartete die Reaktion seiner Angebeteten. Er sah ihr voller Hoffnung tief in die Augen, und Tamara erwiderte seinen Blick. Er konnte nicht einschätzen, ob sie über seine Liebeserklärung erfreut, überrascht oder verwundert war. Es folgte kurzes betretenes Schweigen.

„Wow!" Mehr brachte sie nicht über die Lippen. Nach wenigen Sekunden hatte sie sich gesammelt. „Um ehrlich zu sein, ich wollte dir heute auch etwas sagen, vielmehr gestehen." Eriks hoffnungsvoller Blick wurde fragend. Was bedeutete diese Aussage? Empfand sie tatsächlich dasselbe wie er, oder hatte er sich zu viel erhofft? „Ich finde auch, dass du ein außergewöhnlicher Mensch bist. Du bist intelligent, sehr verständnisvoll und zuvorkommend, hast mir in dieser schweren Zeit beigestanden und mich getröstet. Ich kann es mir nicht erklären: Was es auch war, du hast mir immer genau im richtigen

Moment gegeben, was ich gebraucht habe, ob es der einfühlsame Mensch war, der mir meinen Kummer gelindert und mich wieder zum Lachen gebracht hat oder der leidenschaftliche Liebhaber, der es mir so gut besorgt hat wie kaum ein anderer." Erik hörte das nur zu gern. Tamara blickte ihm in die Augen, und Erik fühlte ein großes dickes „Aber" auf ihn zukommen. „Aber..." Eriks Herz schlug ihm bis zum Hals. „Ich kann nicht mit dir zusammen sein." Erik traute seinen Ohren nicht. Zunächst klang das nach einer der größten Lobeshymnen, die eine Frau auf einen Mann singen konnte. Was hielt sie davon ab, die Frau an seiner Seite zu werden?

„Ich verstehe das nicht: Du findest mich großartig und möchtest mich trotzdem nicht haben?"

„Ich will damit sagen, dass es nicht an dir liegt, sondern an mir – und an Paul." Es folgte eine Pause. Erik hatte angesichts der Ereignisse der letzten Wochen gehofft, dass Paul keine Rolle mehr in Tamaras Leben spielte, zumindest keine, die ihnen im Weg stehen konnte. „Du musst das verstehen: Ich habe erst vor kurzem die Liebe meines Lebens verloren. Ja, das war Paul für mich, auch wenn wir nur relativ kurze Zeit zusammen waren. Ich liebe ihn, das wird auch immer so bleiben. Auch wenn wir beide ein schönes Wochenende hatten, werde ich für dich nie dasselbe empfinden können wie für ihn." Es schien, als ob es Tamara wirklich schwer fiel, diese Worte auszusprechen. Erik hatte in den letzten Wochen eine Lücke in ihrem Leben gefüllt, dennoch war es ihm trotz aller Bemühungen nicht gelungen, die Leere in ihrem Herzen zu füllen. Seine Träume, sein Hoffen, seine Sehnsüchte, alles fiel in diesem Moment in sich zusammen wie ein Kartenhaus. Er war geknickt, am Boden zerstört und konnte diesen Zustand auch nicht verbergen. Mit seiner freien Hand, die leicht zitterte, griff er nach dem Weinglas und nahm einen kräftigen Schluck, um sich zu beruhigen. Tamara schien auf eine Antwort zu warten, doch Erik fühlte sich noch nicht in der Lage, auch nur ein Wort darauf zu erwidern. „Ich hatte bereits vermutet, dass du dir mehr erhofft hast, daher wollte ich es dir heute Abend sagen, bevor du dich in etwas hineinsteigerst."

Erik hatte sich nun wieder gesammelt. „Unsere gemeinsame Zeit muss dir doch mehr bedeutet haben. Alles war doch so vollkommen. Du erwartest, dass ich glaube, dass du nach all dem nichts für mich empfindest?"

„Es tut mir leid, Erik. Ich mag dich, aber ich empfinde nun mal nicht dasselbe für dich wie du für mich. Der Weg zum Herzen einer Frau führt nicht über ein einziges Wochenende."

„Ich kann das nicht glauben. Du verschweigst mir doch etwas." Tamara blickte nun ernster und löste den Griff von Eriks Hand. Sie hatte versucht, ihm die Sache schonend beizubringen.

Bei allem Verständnis für ihn wurde es ihr unangenehm, dass er dermaßen nachbohrte. „Glaube mir, da ist nichts weiter. Es hat einfach nicht gefunkt bei mir. Auch wenn du mich nicht verstehen kannst, akzeptiere es bitte!"

Erik schüttelte den Kopf. Er verstand es nicht, also konnte er es auch nicht hinnehmen. „Nein, ich kann das nicht akzeptieren. Vor allem glaube ich dir nicht, dass diese Nacht für dich nichts verändert hat."

„Tut mir leid, es ist aber so."

„Und es liegt nur daran, dass du Paul immer noch liebst?"

„Auch das ist wahr."

„Aber wenn das so ist, warum hast du dann mit mir geschlafen?"

Tamara war nun leicht angesäuert. „Komm schon Erik, wir sind erwachsen. Jeden Tag treffen wir Menschen. Einige können wir nicht ausstehen, andere mögen wir aus dem einen oder anderen Grund und finden manche davon auch anziehend. Den einen trifft man nie wieder, und dem anderen begegnet man ein zweites Mal, geht etwas essen oder trinken, und auch wenn man sich das manchmal nicht erklären kann, landet man im Bett und hat seinen Spaß. Das ist doch gerade der Sinn eines One-Night-Stands. Jeder bekommt das, was er braucht, und am nächsten

Tag geht jeder seiner Wege und denkt hoffentlich positiv an diese Nacht zurück. Deshalb hat man noch nicht die Liebe seines Lebens gefunden. Das gibt es eben nur einmal, und bei mir ist und bleibt das Paul. Daran kannst auch du nichts ändern.“ Erik fühlte, wie sein Mund offenstand. Er konnte nicht glauben, was Tamara soeben von sich gegeben hatte. Was war nur aus dieser sensiblen und verletzlichen Frau geworden? Erik erkannte sie in diesem Moment nicht wieder. Sein Herz fühlte sich an wie jenes des *Mr. Ratchett* in *Agatha Christies* Roman *Mord im Orient-Express*, der von zwölf Personen mit ebenso vielen Messerstichen im Schlaf hingerichtet wird. Tamaras Worte trafen Erik wie zielsichere Dolchhiebe. Mit jedem weiteren Wort trieb sie das spitze Metall erneut und noch tiefer in sein Fleisch. Er fühlte sich verletzt, ausgenutzt und weggeworfen wie irgendein Objekt. Als bloße Bettgeschichte zu enden, das wollte er nicht hinnehmen. Erschwerend kam hinzu, dass sie immer wieder Paul erwähnen musste, diesen perfekten Paul, dem er nicht das Wasser reichen konnte, und das nicht einmal nach dessen Tod.

Erik war völlig niedergeschlagen, aber noch wollte er diese Frau nicht aufgeben. „Für mich wärst du niemals nur ein One-Night-Stand gewesen. Ich versuche auch nicht, Paul zu ersetzen. Er wird immer einen Platz in deinem Herzen haben, genau wie in meinem, aber er ist nun mal nicht mehr hier, und nun möchte ich ein Teil deines Lebens sein. Gib uns doch eine Chance!“

„Du lebst in einer Traumwelt. So etwas wie Liebe auf den ersten Blick gibt es doch nur in billigen Liebesromanen. Du verliebst dich doch nicht in jemanden, mit dem du dich nur kurz unterhältst oder mit dem du mal Essen gehst. Wach auf Erik! Sogar bei Paul und mir war es am Anfang rein körperlich, und es hat eine Weile gedauert, bis wir uns ineinander verliebt haben.“

„Du siehst das völlig falsch. Das war doch keine Liebe auf den ersten Blick. Auch ich weiß nur zu gut, dass man sich nicht in eine leere Hülle, und sei sie noch so schön, verliebt. Bei mir war es umgekehrt: Ich musste dich nicht sehen, um mich in dich zu verlieben. Paul hat so oft von dir erzählt. Durch jede kleine Geschichte hat meine Vorstellung von dir immer konkretere Formen angenommen, bis es schließlich so war, als hätte ich dich schon viele Wochen und Monate gekannt. Nach Pauls Tod dachte ich oft daran, wie schön es wäre, dich endlich persönlich kennenzulernen. Als ich dich dann bei der Beerdigung sah, hat sich mein Bild von dir noch verstärkt. Da wusste ich, dass wir für einander bestimmt sind."

Tamara war erstaunt, damit hatte sie nicht gerechnet. „Freut mich, wenn Paul nur nett über mich gesprochen hat. Aber du glaubst doch nicht ernsthaft, dass du mich wegen ein paar Erzählungen so gut kennst."

„Ich werde es dir beweisen: Deine Familie stammt aus dem flämischen Teil Belgiens, aus einem Dorf in der Nähe von Antwerpen. Als du vier warst, seid ihr nach Österreich gekommen. Dein Vater starb vor drei Jahren. Du hast nicht besonders um ihn getrauert, sondern warst eher erleichtert. Als du zwölf Jahre alt warst, verursachte er nämlich in betrunkenem Zustand einen Autounfall, bei dem deine Mutter und dein siebenjähriger Bruder ums Leben kamen. Er musste dafür zwei Jahre ins Gefängnis, und du hast ihn dort kein einziges Mal besucht. Du hast ihn einfach zu sehr dafür gehasst, weil du deine Mutter und deinen Bruder so sehr geliebt hast und er sie dir genommen hat. Während seiner Haftstrafe kamst du zu einer Pflegefamilie. Dein Pflegevater hat dich sehr geliebt, deswegen hat er dich auch zwei bis drei Mal pro Woche in der Nacht besucht. Mit dreizehn hattest du eine Abtreibung, weil dich dieses Schwein sogar geschwängert hat. Er hat dich damals als Flittchen bloßgestellt, ihm konnte man im Nachhinein nichts mehr nachweisen, und du warst zu verängstigt, um die Wahrheit zu sagen. Selbst wenn, hätte dir wohl niemand geglaubt. Bei seinem nächsten nächtlichen Besuch hast du dich auf deine Art gerächt und ihm heftig in die Hoden getreten. Er hat dich zwar grün und blau geschlagen, aber du hattest damit erreicht, dass er dich nie wieder angefasst hat, wer weiß, vielleicht konnte er danach gar nicht mehr. Weil du bei deinem Vater auch nach seiner Entlassung nicht leben wolltest, bist du dann zu einer anderen Pflegefamilie gekommen. Dort hast du dich wohl gefühlt und es geschafft, eine höhere Schule zu besuchen und mit Auszeichnung zu maturieren. Du bist nach Wien gezogen und hast hier auch dein Studium mit Bravour gemeistert, was ich sehr bewundere, wenn man deine schwierige Jugendzeit bedenkt. Dein Kleiderschrank ist akribisch in Business- und Freizeitklamotten unterteilt und nach Farben geordnet. Dein Schuhschrank ist größer als dein Bad und würde *Sarah Jessica Parker* vor Neid erblassen lassen. Deine Schmuckkollektion ist beeindruckend, auch wenn ein Großteil davon Modeschmuck ist. Eigentlich bist du schon zu alt dafür, doch du liebst noch immer Stofftiere und sammelst alles, was mit *Hello Kitty* zu tun hat, angefangen von Bettwäsche bis hin zu Überzügen für Taschentuchspender. Das ist schräg und liebenswürdig zugleich. Wie auch ich liebst du Wein, vor allem Grüne Veltliner aus der Wachau und kräftige Cuvées aus dem Mittelburgenland, dazu gutes, oft ausgefallenes Essen, wovon ich mich auch schon überzeugen konnte. Dein Lieblingsfilm ist *Harry und Sally*, auch wenn du Charakterdarsteller wie *Tom Hanks* und *Robert de Niro* lieber magst. Am liebsten hörst du Musik von Frauen, die ihre Songs selbst schreiben, wie *Amy MacDonald* und interessanterweise auch *Missy Higgins*, die bei uns kaum jemand kennt und die ich übrigens auch recht gerne höre."

Tamara war verblüfft, wie viele Details Paul von ihr erzählt hatte und beeindruckt, dass sich Erik diese ganzen Einzelheiten gemerkt hatte. Sie war dennoch traurig, weil Erik sie an Dinge erinnert hatte, die sie lieber vergessen hätte. „Du kannst jetzt damit aufhören", unterbrach sie ihn und war den Tränen nahe.

„Jetzt verstehst du, warum ich mich in dich verliebt habe. Wie auch ich hattest du es nicht leicht in deinem Leben, aber du hast etwas aus dir gemacht. Ich liebe deine Eigenheiten und Macken.

Wir mögen auch dieselben Dinge und sind bei vielen Themen einer Meinung."

„Hör bitte auf Erik!", unterbrach Tamara ihn erneut und überlegte, wie sie fortsetzen sollte. „Dein flammendes Plädoyer imponiert mir, aber ich denke, du weißt nicht genug über mich. Du hast eine völlig falsche Vorstellung von mir und der Welt, in der ich lebe. Es gibt eine klare Rangordnung: Zuerst komme ich, dann meine Arbeit, die mir auch sehr wichtig ist, und erst danach mein Partner. Das klingt vielleicht hart in deinen Ohren, doch es ist nun mal so. Paul hat das verstanden, auch wenn ich manchmal meine Prioritäten ihm zuliebe verschoben habe. Das schaffte eben nur er." Erik sah seine Felle davonschwimmen, wollte sich aber noch immer nicht geschlagen geben.

Daher versuchte er, das Gespräch in eine andere Richtung zu lenken. „Ich verstehe das nicht. Du hast mich doch damals angerufen und wolltest mich treffen."

„Einen Moment", unterbrach ihn Tamara, „wer hat mich denn am Tag der Beerdigung angesprochen und mir seine Karte aufgedrängt? Das warst du, sonst hätte ich doch gar nicht gewusst, wer du bist und wie ich dich erreiche. Als ich beruflich nach Linz musste, dachte ich mir, es wäre nichts dabei und interessant, sich mal mit Pauls bestem Freund zu unterhalten. Ich hatte sonst keine Hintergedanken."

„Du hast diesen Abend also für eine Art Gesprächstherapie benutzt? Und da kam ich dir gerade recht. Du zerdrückst ein paar Tränen, erweckst ein wenig Mitleid, und schon hattest du mich in der Rolle, dich wieder aufzubauen." Erik machte eine kurze Pause und dachte nach. „Du hast mich von Anfang an nur benutzt, um dein Leben wieder auf die Reihe zu bekommen."

„Das ist doch absurd. Wie ich dir damals schon sagte, kenne ich niemand anderen in Linz und ich dachte, ein wenig Gesellschaft wäre nett. Falls wir sonst keinen Gesprächsstoff gehabt hätten, hätten wir halt über Paul gesprochen. Wenn du meinst, das ist egoistisch, von mir aus. Dafür hast du mich benutzt, um einen Tag in Wien totzuschlagen, also sind wir quitt."

„Das kannst du nicht vergleichen. Ich hatte mich zu diesem Zeitpunkt bereits in dich verliebt und wollte diesen Tag bewusst mir dir verbringen. Wenn du es genau wissen willst: Ich hatte am Tag davor keinen Geschäftstermin und bin am nächsten Tag auch nicht ins Burgenland gefahren."

„Du hast mich also angelogen", entgegnete Tamara entrüstet. „Das hatte ich nicht nötig. Ich habe dich nie belogen, dir niemals irgendwelche Hoffnungen gemacht. Wobei hast du sonst noch gelogen? Vielleicht lebst du von deiner Frau gar nicht getrennt. Wahrscheinlich wartet sie daheim auf dich, und du hast ihr gesagt, du fährst auf eine deiner Weinverkostungen. Sie wird denken, dass du morgen wieder ankommst, zwar ein bisschen verkatert, aber immer noch als der sie liebende Ehemann. Doch du fährst lieber nach Wien und fickst eine andere." Erik zuckte zusammen. Zum einen war es der immer rauer werdende Ton Tamaras, zum anderen der Schuss ins Blaue hinsichtlich seiner Frau, der voll ins Schwarze getroffen hatte. Zumindest bis zum Fund des Briefes würde Barbara genau das erwarten, was Tamara beinahe wie *Pythia* orakelhaft vorausgesagt hatte.

„Lass meine Frau aus dem Spiel!", hielt Erik dagegen. „Als wir uns trafen, war meine Ehe schon lange am Ende." Und er versuchte, Tamara nochmals zu beschwören. „Aber unsere Beziehung ist gerade erst am Anfang, und wir haben eine gemeinsame Zukunft."

„Nein, Erik. Ich denke, ich habe mich klar ausgedrückt." Erik bemerkte, wie ihm die Optionen ausgingen. Reflexartig packte er mit seiner linken Hand Tamaras rechten Unterarm.

„Bitte Tamara, ich flehe dich an!"

„Erik, du tust mir weh. Lass mich los! Sofort!" Erik entsprach wortlos dem Wunsch, lehnte sich zurück und nahm eine Abwehrhaltung ein. Tamara war sichtlich schockiert über seine Handgreiflichkeit. Das bestärkte sie nur noch in ihrer Entscheidung. „Ich möchte, dass du gehst. Jetzt gleich!"

Erik schüttelte ungläubig den Kopf. „Ich kann einfach nicht glauben, dass dir diese Nacht nicht mehr bedeutet hat."

„Noch einmal langsam zum Mitschreiben: Das war doch nur Sex."

„Das kaufe ich dir nicht ab. Wir waren uns doch so nah, du musst es auch gefühlt haben." Eriks Unnachgiebigkeit ging Tamara auf die Nerven. Sie hatte höflich versucht, ihm verständlich zu machen, dass sie nicht dieselben Gefühle für ihn hegte.

Nun hatte er ihre Geduld lange genug auf die Probe gestellt. „So? Dann hör mal gut zu! Wie glaubst du habe ich den Deal in Dubai unter Dach und Fach gebracht?"

„Wie du gesagt hast: Du liebst deinen Job, also wirst du auch gut darin und sehr überzeugend sein."

„Ja, aber ich kann etwas anderes noch besser." Erik starrte sie fragend an und wagte nicht, etwas darauf zu erwidern. „Ich bin noch viel überzeugender im Bett. Du bist der Beweis." Sein Blick wurde immer fragender. „Komm schon, sei nicht so naiv! Wie glaubst du werden solche Deals abgeschlossen? Durch knallharte Verhandlungen? Manchmal. Durch Einladungen zum Essen? Ja, auch. Durch Saufgelage? Na sicher! So machen es die Männer. Aber eine Frau überzeugt einen Mann noch immer am besten, wenn sie es ihm ordentlich besorgt." Erik war fassungslos und brauchte einen Moment, um das soeben Gehörte zu verarbeiten.

„Du willst mir doch nicht sagen, dass..." Erik konnte und wollte den Satz nicht vollenden, zu viel Abscheu hatte er davor.

„Sprich es doch aus! Dass ich den Typen in Dubai ordentlich gefickt habe! Na und, ist doch nichts dabei. Es tut ja nicht weh, sondern macht sogar Spaß und bringt Erfolg."

„Das behauptest du doch nur, um mich zu schockieren und zu verletzen."

„Soll ich ins Detail gehen?" Tamara machte eine kurze Pause, um Eriks Reaktion abzuwarten, doch der starrte sie nur wortlos an. „Zuerst habe ich ihm seinen dunklen mittelmäßigen

Schwanz gelutscht, bis er richtig hart war, habe mich dann auf ihn gesetzt und ihn ordentlich geritten. Er war aber schon so geil, dass er nach ein paar Sekunden abgespritzt hat. Rein sexuell eine echte Enttäuschung, aber darum ging es mir ja auch gar nicht. Und am Ende haben wir alle bekommen, was uns wichtig war. Ach ja, wenn es für dich ein Trost ist, du warst wenigstens ein richtig guter Fick."

Erik stand buchstäblich der Mund offen, so perplex war er und konnte nur mit Mühe etwas erwidern. „Ich erkenne dich nicht wieder. Was ist bloß los mit dir?"

„Was ist mit *dir* los, Erik? Du lebst in einer Scheinwelt und sitzt in deinem Büro, während da draußen eine ganz andere Welt existiert."

„Ich sehe die Welt auch nicht so wie du. Vor allem würde ich niemals irgendwelche Leute nur für den Erfolg oder aus Berechnung vögeln."

„So läuft es nun mal. Werde erwachsen Erik! Akzeptiere endlich meine Entscheidung wie ein Mann, und benimm dich nicht wie ein kleines Kind!"

„Wie war das bitte?", fragte Erik in ernstem Ton, den Tamara nicht bemerkte.

„Du sollst dich wie ein Mann und nicht wie ein Kind benehmen!" Sie hatte mit der Wiederholung ihrer Aussage etwas in Erik ausgelöst. Sein Blick verfinsterte sich. Was nahm sie sich heraus, so mit ihm zu sprechen? Er hatte sich das oder ähnliches schon von anderen anhören müssen, die ihn verletzen oder einfach nur von oben herab behandeln wollten. Auch seine Freundin hatte damals vergleichbare Worte zu ihm gesagt, nachdem sie mit ihm Schluss gemacht hatte und er das nicht akzeptieren wollte. Tamara hatte, ohne es zu wissen, einen wunden Punkt getroffen.

„Wie kannst du es wagen, über mich zu urteilen? Du weißt doch gar nichts von mir und meinem Leben. Gut, ich bin verheiratet und habe mich in eine andere Frau verliebt, darauf bin ich nicht stolz. Ich bin aber nicht der erste, dem das passiert ist, und ich werde auch nicht der letzte gewesen sein. Was mich aber von vielen anderen unterscheidet ist, dass ich den Mut hatte, mein Schicksal selbst in die Hand zu nehmen, mein Leben zu ändern und nicht meine unglückliche Ehe weiter zu führen. Ich war bereit, alles dafür zu riskieren, nur um mit dir zusammen sein zu können."

„Spar dir das für deinen Psychiater! Und jetzt geh endlich!"

„Ich soll also gehen?"

„Ja, immerhin ist das meine Wohnung, also verschwinde!" Tamara hatte nun endgültig genug von diesem Gespräch.

Erik stand auf und starrte Tamara an. „Also gut, ich werde gehen." Sie atmete erleichtert auf. „Aber erst, wenn wir beide fertig miteinander sind."

Tamara fühlte sich bedroht, wollte aber nicht in die Defensive gehen. „Aber *ich* bin fertig mit *dir*. Hau jetzt ab, oder ich rufe die Polizei!" Mit diesen Worten zückte Tamara ihr Handy.

„Das wirst du schön bleiben lassen!"

„Willst du mich etwa daran hindern?"

„Wenn es sein muss."

„Das traust du dich nicht."

„Ach glaubst du?"

„Du bist nicht Manns genug dafür. Paul hätte es gekonnt, er hatte so eine Ader. Aber nicht du. Du konntest ihm noch nie das Wasser reichen, ist es nicht so? Nicht einmal nach seinem Tod schaffst du es, aus seinem Schatten zu treten." Erik senkte den Kopf. Tamaras Worte trafen ihn erneut wie Messerstiche. „Du bist echt erbärmlich!", setzte sie noch einen drauf. In Erik stieg nun unbändige Wut auf.

In diesem Moment hörten die beiden ein lautes Reifenquietschen. Tamara blickte instinktiv in die Richtung, aus der das Geräusch gekommen zu sein schien und war einen Moment abgelenkt. Erik, der sich nicht mehr beherrschen konnte, beugte sich über den Tisch und versetzte ihr mit seiner linken Hand eine kräftige Ohrfeige. Tamara war darauf nicht vorbereitet gewesen. Sie fiel nach links vorne und schlug mit dem Kopf auf dem Tisch auf. Der Stuhl kippte, Tamara fiel auf den Boden und blieb regungslos auf dem Rücken liegen. Ihr Mobiltelefon fiel ebenfalls zu Boden. Erik fasste sich mit beiden Händen an den Kopf. Was hatte er nun angerichtet? Der Abend sollte doch ganz anders verlaufen. Nachdem er ihr seine Liebe gestanden hatte, hätten sie einander in die Arme fallen, im Bett landen und die ganze Nacht dort verbringen sollen. Doch nun war die Situation völlig aus dem Ruder gelaufen.

V

Erik kniete neben Tamara nieder und prüfte an ihrer Halsschlagader, ob sie noch Puls hatte. „Gott sei Dank!“, kam es über seine Lippen. Er war zwar nicht religiös, doch unter diesen Umständen war ein kleines Dankeschön nach oben angebracht. Was sollte er nun tun? Er hätte gehen und sie liegen lassen können, sie würde schon wieder von allein zu Bewusstsein kommen. Etwas hielt ihn davon ab. Tamara hatte ihn mit ihren Verbalattacken verletzt und gedemütigt. Wenn er sich jetzt wie ein Feigling davon machte, würde ihr das nur Genugtuung verschaffen und ihre Meinung von ihm bestätigen, und das wollte er unter keinen Umständen. „Nein, meine Liebe, wie ich vorhin sagte: Wir zwei sind noch nicht fertig miteinander“, sagte er in bedrohlichem Ton, auch wenn ihm bewusst war, dass sie ihn nicht hören konnte.

Erik ging in die Küche. Er öffnete und durchwühlte eine Schublade nach der anderen, aber er fand nichts Brauchbares. Unter der Spüle wurde er fündig. Zurück im Wohnzimmer stellte den Stuhl wieder auf, hob Tamara vorsichtig hoch und setzte sie darauf. Er nahm sein Fundstück, eine Wäscheleine, und fesselte die noch immer bewusstlose Tamara an Händen und Füßen an den Stuhl. Es konnte noch einige Zeit dauern, bis sie zu sich kommen würde. So lange wollte er nicht warten. *Er* würde bestimmen, wann sie ihr Bewusstsein wiedererlangte. Also ging er nochmals in die Küche, holte sich das am stärksten riechende Gewürz, das er finden konnte, und hielt es Tamara unter die Nase. Nach ein paar Sekunden bewegte sie ihren Kopf vom aufsteigenden Geruch weg und öffnete die Augen.

Ihr Blick fiel auf einen scheinbar völlig ruhigen Erik, der es sich ihr gegenüber auf einem Stuhl bequem gemacht hatte. „Wie ich vorhin bereits sagte: Ich werde gehen, aber erst, wenn *ich* sage, dass wir miteinander fertig sind.“ Erik hatte seinen autoritären Ton aufgesetzt, der bei seiner Frau aus Sicherheitsgründen nur in Ausnahmefällen zur Anwendung kam. „Ist das jetzt klar?“

Tamara nickte zögernd. Erik hatte sie überrascht. Sie hatte es ihm nicht zugetraut, sie zu schlagen, auch wenn er sie ein paar Minuten zuvor am Arm gepackt hatte. Ihre Situation hatte sich nicht gerade verbessert. Sie überlegte, welche Optionen sie hatte: Erik hatte sie nicht geknebelt, also konnte sie um Hilfe rufen. Sie hatte jedoch Angst davor, wie Erik darauf reagieren würde. In ihrem Zustand hätte sie keine Möglichkeit gehabt, sich gegen ihn zu verteidigen. Sie hatte daher keine Wahl und konnte vorerst nur seiner Forderung nachkommen und hören, was er noch zu sagen hatte.

„Entschuldige, wir wurden unterbrochen. Wo waren wir stehen geblieben? Ach ja, du dachtest, ich wäre schwach und nicht fähig, mich wie ein Mann zu benehmen.“

„Hör zu, Erik! Mein Kopf schmerzt und...“

„Nein, jetzt wirst du *mir* zuhören! Es ist kein Zeichen von Schwäche, wenn man bereit ist, die Sterne neu zu ordnen und sein Schicksal zu ändern. Ich war dazu bereit, und Paul hat mir dabei geholfen.“

„Wie meinst du das?“

„Ich sagte dir doch vorhin, dass ich mich wegen Pauls Geschichten bereits in dich verliebt hatte, bevor ich dich das erste Mal sah.“

„Und weiter?“

„Das ist nur die halbe Wahrheit.“ Tamaras Blick wurde fragend. Erik fuhr fort. „Hast du dich nie gefragt, warum du dich bei mir so wohl gefühlt hast, aus welchem Grund du diese Vertrautheit gespürt hast?“

„Ich weiß nicht, es war halt dieses Gefühl, dass du mir in jedem Moment das gegeben hast, was ich brauchte. Das hat mir schon imponiert, sonst wäre es ja auch nicht so weit gekommen.“

„Du meinst, du hättest nicht mit mir geschlafen. Nach deiner Dubai-Story weiß ich nicht, ob ich dir das abkaufen soll. Aber ich schweife ab. Genau darum ging es: dir zu geben, was du brauchtest.“

Tamara war erstaunt. „Was willst du mir damit sagen?“

„Der gute Paul war einfach zu verliebt in den Klang seiner Stimme, und ich bin ein ausgezeichneter Zuhörer. Ich habe mir jedes noch so kleine Detail eingeprägt, es förmlich aufgesaugt, unlöschbar in meinem Gehirn abgespeichert. Zum Beispiel erwähnte er bei unserem Wellnesstag, dass für dich zu einem echten Mann gehört, dass er auch eine einfühlsame und sensible Seite hat, du aber auch gern den Beschützerinstinkt weckst. Letztes Jahr erzählte er auf unserem Hinflug nach Barcelona, dass ihr auch vor kurzem dorthin gereist seid. Daher habe ich das Gespräch bei unserem Abendessen bewusst in diese Richtung gelenkt. Ich wusste, du würdest emotional reagieren, das war eine gute Gelegenheit für mich, meine einfühlsame Seite zu zeigen und gleichzeitig meine schützende Hand über dich zu halten. Als Paul und ich abends am Meer in der Nähe des *Port Olímpic* den Strand entlang gingen, merkte er an, wie sehr du es liebst, in einer sternenklaren Nacht den Himmel zu betrachten. Weil man wegen der hellen Beleuchtung in der Stadt die Sterne nicht sehen kann, seid ihr deshalb manchmal sogar nur dafür aufs Land gefahren. Im Casino hat es Paul nicht weiter gestört, dass er 430 Euro beim Roulette verlor, weil er meinte, dass du in einem Monat auf dem Flohmarkt mehr Geld ausgibst, um etwas Passendes für deine Altbauwohnung zu finden, zum Beispiel alte Fensterbeschläge. Wahrscheinlich ist diese scheußliche Vase da drüben auch so ein Teil. Er erwähnte auch, dass du dir nach deinem Einkauf noch ein Tässchen Tee am Naschmarkt gönnst oder dort in dein chinesisches Lieblingsrestaurant gehst. Anfang des Jahres hat er mich angerufen und nach dem Wein gefragt, den ich ihm zum Geburtstag geschenkt hatte. Er hatte dir so gut geschmeckt, deshalb wollte er ihn auch für euren Jahrestag besorgen. Du wirst dich vielleicht noch daran erinnern: das war ein *Cablot*. Übrigens: Paul hasst das Riesenrad, so wie ich übrigens auch. Bei unserem Kabarettabend hat er mir jedoch erzählt, dass du es dermaßen romantisch findest, dass du danach nur noch das Eine willst, also haben wir beide dieses Übel in Kauf genommen. Erinnerst du dich noch an dein Gefühl im Riesenradwaggon, als würde ich dich schon lange kennen? Jetzt verstehst du, warum du dieses Gefühl hattest."

Tamara starrte Erik entgeistert an. Was sie da zu hören bekam, sprengte die Grenzen ihrer Vorstellungskraft. Erik hatte sie manipuliert, nicht nur beim Abendessen in Linz, sondern er hatte auch den ganzen Tag in Wien bis ins kleinste Detail geplant: angefangen vom Treffpunkt beim Naschmarkt über die Teestube, das Restaurant und das Planetarium bis zum Riesenrad, und sie war ihm auf den Leim gegangen und hatte sich von ihm flachlegen lassen.

Auch wenn sie selbst Sex bereits als weibliche Waffe eingesetzt hatte, fühlte sie sich hintergangen, betrogen und ausgenutzt, versuchte sich aber zu sammeln. „Wieso tust du mir das an, Erik?"

„Damals ging es mir darum, dich besser kennen zu lernen und dich für mich zu gewinnen. Aber jetzt habe ich erkannt, wie du wirklich bist: Du liebst nur dich selbst und nutzt Männer zu deinem Vorteil aus. Deshalb wollte ich dir zeigen, dass man den Spieß auch umdrehen kann. Ich möchte dich leiden sehen, so wie ich leide."

Tamara versuchte, alles einzuordnen, was er ihr soeben erzählt hatte. Erik kannte so viele Details aus ihrem Leben und hatte ihr

Verhalten beeinflusst. Dennoch beschloss sie, sich weiterhin als starke Frau zu zeigen.

Außerdem ließ ihr ein Detail keine Ruhe. „Ich muss zugeben, auf eine gewisse Art und Weise bin ich beeindruckt. Aber eines verstehe ich noch nicht: Den Tag in Wien zu planen ist eine Sache, und nach unserem gemeinsamen Abend in Linz konntest du davon ausgehen, dass wir uns nochmal wiedersehen und du diese Chance bekommst. Aber wie konntest du planen, dass wir uns auf der Beerdigung treffen? Und vor allem: Woher wusstest du, dass ich dich danach anrufen würde?"

„Anfangs hatte ich nicht mal vor, zu diesem Begräbnis zu gehen. Nur wegen der Verabschiedung von Paul hätte ich es vermutlich auch nicht getan. Ich war vor allem dort, weil ich hoffte dich zu treffen. Wen, wenn nicht eine liebende Verlobte, würde man auf der Trauerfeier ihres verblichenen Verlobten treffen. Zugegeben, ich hatte ziemliches Glück, dass ich die Beerdigung genau im richtigen Moment verließ, um dich auf dem Marktplatz noch zu erwischen. Das war wie ein Wink des Schicksals und der einzige Punkt, den ich nicht beeinflussen konnte."

„Aber wie konntest du vorhersehen, dass ich mich nach dem Begräbnis bei dir melde?"

„Ich war zuversichtlich, dass du nicht widerstehen konntest, mit jemandem zu reden, der Paul so gut kannte. Du selbst hast am Telefon gesagt, dass du das Gefühl hattest, mich anrufen zu müssen. Aber ich denke, dass ich deinen Anruf vor allem *Oscar Wilde* zu verdanken habe."

„Bitte wem?"

Erik dachte kurz nach. „Vielleicht hilft dir das auf die Sprünge: *‚Am Ende wird alles gut, und wenn es noch nicht gut ist, dann ist es noch nicht das Ende.'*"

Tamara fiel es wie Schuppen von den Augen. Sie hatte eine völlig falsche Vorstellung von Erik gehabt und ihn unterschätzt. Er hatte tatsächlich alles geplant. Nun war er wegen ihrer Zurückweisung enttäuscht. Sie befand sich in keiner guten

Position, also musste sie ihn beruhigen. Wer weiß, wozu er sonst noch fähig wäre.

„Hör zu, Erik!", sprach sie mit sanfter Stimme. „Ich verstehe, dass du verletzt bist. Doch glaube mir, auch für dich wird sich alles zum Guten wenden." Eriks Stimmung änderte sich, er wurde nachdenklich.

„Nein, das wird es nicht, ich glaube nicht mehr an diesen Spruch. Ich hatte die beste Frau, die man sich nur wünschen kann, aber ich habe sie verlassen und damit für immer verloren. Das ist auch in Ordnung, denn ich bin ihrer unwürdig. Und vor einer Woche habe ich meine wahrscheinlich beste Freundin, die mich sogar geliebt hat, ebenfalls verloren. Auch sie hätte ich nicht verdient gehabt."

„Es gibt sicher noch einen Weg zurück."

„Nein, diese Brücke habe ich abgebrochen." Erik senkte mutlos den Kopf. „Ich ließ zu, dass ich mich in dich verliebe. Das war ein Fehler und ist allein mein Problem", sagte er kleinlaut. Tamara tat sich schwer, Mitleid für ihn zu empfinden. Erik erhob seinen Kopf und damit seine Stimme. „Aber jetzt, da ich erkannt habe, was du für ein Mensch bist, weiß ich, dass *du mich* nicht verdient hättest. Wenn ich daran denke, was ich alles nur wegen dir getan, aufgegeben und riskiert habe." Erik verstummte, senkte seinen Kopf wieder und begann leise zu schluchzen.

Tamara war überrascht von diesem plötzlichen Stimmungswechsel. War er tatsächlich so geknickt, bloß weil sie ihn abgewiesen hatte? Oder steckte noch mehr dahinter? Sie überlegte, ob sie ihm antworten sollte und dachte darüber nach, was er zuletzt gesagt hatte. Wenn sie ihm gut zuredete, würde er sie vielleicht losbinden und gehen lassen, oder noch besser, er würde endlich aus ihrem Leben verschwinden.

„Ich verstehe: Wegen mir hast du deine Frau verlassen und deinen Job aufgegeben. Aber wenn du wieder zurückgehst, bin ich mir sicher, dass sie dir noch eine Chance gibt, und dein

Arbeitsplatz ist am Montag auch noch da“, versuchte sie ihn aufzumuntern.

Erik hob langsam seinen Kopf. „Um meinen Job geht es gar nicht, den habe ich natürlich noch. Außerdem kenne ich den Chef eines Wiener Energieversorgers. Er wollte mich schon einmal abwerben. Also rief ich ihn vor zwei Tagen an, und er bot mir eine Stelle an. Bei meiner Frau ist es anders. Sie wird mir nie verzeihen, dass ich sie verlassen wollte.“

„Vielleicht weiß deine Frau noch gar nichts davon.“

„Nein, es ist zu spät“, antwortete Erik resignierend mit einem Blick auf die Wanduhr und senkte wieder den Kopf.

Tamara wusste nicht, was sie noch hätte sagen können. Erik wirkte niedergeschlagen. So schön hatte er sich alles vorgestellt, doch nun lag sein Leben in Trümmern.

Nach etwa einer Minute des Schweigens, die Tamara wie eine Stunde vorkam, hatte Erik seine Stimme wiedergefunden. „Es gibt Dinge, die ich nicht mehr ungeschehen machen kann.“

„Man kann alles rückgängig machen“, ermunterte sie ihn erneut.

„Nein, eben nicht alles.“ Er machte eine kurze Pause. „Warum habe ich ihr das nur angetan? Ich vermisse sie.“

„Deine Frau?“

Erik überlegte kurz, richtete sich wieder auf, schmunzelte und schüttelte den Kopf. „Dieser verdammte Egon hatte recht: *Wenn du nur lange genug in einen Abgrund blickst, blickt der Abgrund auch in dich hinein.*“

„Was soll denn das jetzt bedeuten?“

„Ach vergiss es! Du wirst jetzt erfahren, was ich auf mich genommen habe, um meinen Traum von einem gemeinsamen Leben mit dir zu verwirklichen. Danach werde ich gehen, und du wirst mit diesem Wissen leben müssen.“ Tamara konnte sich vor allem auf seine letzte Anmerkung keinen Reim machen. Sein Gerede war für sie wie das *Poble Espanyol* in Barcelona. Ihr Kopf schmerzte noch immer, ebenso ihre Hand- und Fußgelenke. Es war unmöglich für sie, die Fesseln zu lösen, denn Erik hatte die Wäscheleine fest angezogen.

Also hatte sie im Moment keine andere Möglichkeit, als ihm weiter zuzuhören, auch wenn sie langsam die Geduld verlor. „Wovon zum Teufel sprichst du?"

Erik atmete tief durch. „Ich erwähnte doch vorhin, dass ich vor kurzem meine beste Freundin verloren habe. Das war meine Sekretärin Sabrina. Sie hat drei Jahre für mich gearbeitet. Wir haben uns sehr gut verstanden, und vor etwa zwei Wochen hat sie mir gebeichtet, dass sie in mich verliebt ist. Sie war eine attraktive Frau, aber ich hatte mich bereits in dich verliebt, das konnte ich ihr allerdings nicht sagen, sie hätte es in ihrem Schmerz wegen meiner Zurückweisung vielleicht meiner Frau verraten. Trotzdem hat sie etwas von uns geahnt. Sie hat unsere Telefonate im Büro belauscht. Ich denke, sie hat sogar gehört, wie ich die Nachrichten an dich diktiert habe. Daher hatte ich einen Plan: Ich musste sie ablenken. Da kam mir die Dienstreise letzte Woche gerade recht." Tamara blickte Erik fragend an. Sie wusste noch immer nicht, worauf er hinauswollte. Während er weitererzählte, verschwamm er vor ihren Augen.

Sie sah sich plötzlich als Beobachterin einer äußerst romantischen Szene: Es war Tag, ein Hotelzimmer, vermutlich in einer Großstadt, denn durch das gekippte Fenster war Straßenlärm von Autos und einer Straßenbahn zu hören. Ein Mann, es war Erik, drückte eine Frau an sich und küsste sie leidenschaftlich. Sie erwiderte seine Küsse. Seine Hände wanderten über ihren Körper, von der Hüfte über ihren Rücken, bis zu den Schultern.

„Warte, Erik!", unterbrach ihn die Frau plötzlich und wich zurück.

„Was ist los, Sabrina?"

„Warum dieser plötzliche Sinneswandel? Letzte Woche hast du mich noch zurückgewiesen."

„Ich habe viel über dich und das, was du gesagt hast, nachgedacht."

„Und?"

„Ich denke, du hast mit vielem recht, aber eben nicht mit allem."

„Wovon sprichst du?"

„Du hattest damit recht, dass es um meine Ehe nicht zum Besten steht. Es ist auch wahr, dass der Wunsch nach jemand anderem in den letzten Monaten immer größer geworden ist. Wie sagte es *Hannibal Lecter* so treffend? *‚Wir begehren das, was wir täglich sehen'.* Ich begehre dich, und zwar schon seit einiger Zeit. Aber ich empfand es Barbara gegenüber nicht fair, und das ist es auch jetzt nicht, doch ich kann nicht mehr dagegen ankämpfen. Allerdings muss ich dir widersprechen, wenn du glaubst, aus einer Affäre könne nichts Gutes entstehen. Wir beide können einen Neubeginn schaffen und unsere unglücklichen Ehen hinter uns lassen." Erik blickte in ein äußerst überraschtes Gesicht.

„Glaubst du wirklich daran, Erik?", erwiderte Sabrina.

„Das tue ich."

„Was ist mit der anderen Frau?"

„Barbara ist meine Angelegenheit, das muss *ich* regeln, so wie du die Sache mit Martin klären musst. Wir werden das gemeinsam schaffen."

„Das meinte ich nicht, ich sprach von der Frau am Telefon."

„Es gibt keine Frau am Telefon, zumindest nicht so, wie du meinst. Ich habe und hatte keine Affäre mit einer anderen."

„Lüg mich nicht an, Erik! Ich weiß doch, was ich gehört habe."

„Was immer du gehört oder zu hören geglaubt hast, du hast es missverstanden. Es gibt nur dich."

Sabrina zögerte. „Tut mir leid, Erik, das kaufe ich dir nicht ab."

Erik dachte kurz nach. Sabrina würde sich nicht so einfach abspeisen lassen. „Also gut, ich werde dir die Wahrheit sagen. Die Telefonate, die du mit angehört hast, habe ich mit einer Frau namens Tamara geführt. Sie war Pauls Verlobte. Wir haben uns zufällig bei seiner Beerdigung getroffen und haben seitdem gelegentlich telefonischen Kontakt."

Sabrina wirkte verlegen. Hatte sie sich getäuscht? Gab es für diese Telefongespräche tatsächlich eine plausible Erklärung? „Na gut, ich glaube dir. Da ist aber noch die Sache mit dem Mann im Volksgarten und beim Hauptbahnhof."

Eriks Stimmung änderte sich. Er hatte ihr die Wahrheit erzählt, zumindest seine Version davon. Jetzt musste sie das andere Thema erneut aufwärmen. „Willst du jetzt wieder damit anfangen? Das hat doch keine Bedeutung für uns."

„Das sehe ich anders. Wir waren immer ehrlich zueinander, und ich habe dir stets vertraut. Jetzt spüre ich, dass du mir etwas verheimlichst, und das steht zwischen uns. Also nochmal: Erzähl mir die Wahrheit über diesen Mann!"

„Was gibt es da zu erzählen? Ich habe dir bereits alles gesagt, was du wissen musst."

„Die Geschichte mit dem Autokauf kannst du deiner Großmutter erzählen."

„Was ist so schwer daran zu verstehen? Ich traf mich mit ihm das erste Mal unverbindlich im Volksgarten. Er zeigte mir Fotos, und wir verhandelten über den Preis." Sabrina blickte Erik weiterhin ungläubig an. „Am Mittwoch trafen wir uns dann am Bahnhof, wo er mir das Auto zeigen und ich eine Probefahrt machen wollte."

„Ich dachte, da warst du in Ansfelden?" Erik zögerte. Sein Kartenhaus war schon vorher instabil gewesen, aber er hatte sich verplappert, und durch dieses Lüftchen war es eingestürzt.

„Nein, ich war in Linz", gab Erik kleinlaut zu.

„Warum hast du das nicht gleich zugegeben?"

„Keine Ahnung, vielleicht hat es mir nicht gefallen, dass du mir hinterher spioniert hast."

„Das erklärt immer noch nicht den falschen Bart, das Basecap und den Kratzer, den du am nächsten Tag hattest."

„Das mit dem Kratzer habe ich dir doch erklärt", versuchte Erik, von der Verkleidung abzulenken, denn was sie betraf, hatte er keine Antwort parat.

„Dann gab es noch diesen Bericht in den *Oberösterreichischen Nachrichten*."

„Welchen meinst du?"

„Ich spreche von dem Artikel über den ehemaligen Bankmanager, der sich in seiner Wohnung am *Bindermichl* umgebracht hat."

„Was hat das jetzt mit dem Autokauf zu tun?"

„Ach hör endlich mit dieser Geschichte auf! Diese Katze ist aus dem Sack. Es geht um den Typen, den du am Montag im Volksgarten getroffen und dem du zwei Tage später beim Hauptbahnhof gefolgt bist."

„Das hatten wir schon, und weiter?"

„Ein Foto von genau diesem Mann war auch in der Zeitung."

Erik erstarrte. „Das kann nicht sein. Warum sollte er sich umgebracht haben?"

„Genau das wollte ich dich auch fragen."

„Du hast dich sicher getäuscht, das muss jemand anderer gewesen sein."

„Nein, mein Personengedächtnis ist ausgezeichnet. Ich frage dich also, Erik: Warum sollte sich der Mann ausgerechnet nach eurem Treffen am Mittwoch umgebracht haben?"

„Was weiß ich, ich kannte den Mann ja vorher nicht. Er wirkte zwar nicht besonders gut gelaunt, aber als suizidgefährdet hätte ich ihn auch nicht eingestuft. Vielleicht hätte er das Geld vom Autokauf dringend gebraucht, weil er es beim Wetten verloren hatte. Da wir uns nicht einig wurden, muss er die Nerven verloren haben."

„Vielleicht hat er sich ja gar nicht selbst getötet?"

„Was willst du damit sagen?"

„Es könnte jemand nachgeholfen haben."

„Wer sollte so was tun?"

„Sag du es mir, Erik!"

„Was habe ich denn damit zu tun?"

„Zunächst: Die Geschichte vom Autokauf ist Bullshit, also Schluss damit! Davon ausgehend passt alles zusammen: Du triffst dich mit einem dir sonst völlig fremden Mann, hebst 20.000 Euro von deinem Sparbuch ab, verkleidest dich und folgst ihm. Am nächsten Tag wird er tot aufgefunden, das Geld ist angeblich wieder auf deinem Sparbuch, und du hast einen Kratzer an der Wange. Er hat dich erpresst, nicht wahr, Erik? Oder du bist derjenige mit den Wettschulden, und er war dein Buchmacher. Was es auch war, er muss dich provoziert haben, und da hast du..." Sabrina traute sich nicht, den Satz zu vollenden. Erik war sprachlos. Er hatte mit vielem gerechnet, was heute in diesem Hotelzimmer passieren würde, nicht aber damit. Selbstverständlich schätzte er an Sabrina nicht nur ihr Äußeres, sondern auch ihren scharfen Verstand, der ihm in der Arbeit oft genug seinen Allerwertesten gerettet hatte. Doch er konnte nur schwer damit umgehen, was ihm nun an den Kopf geworfen wurde.

Er musste versuchen, ihr eine Geschichte zu erzählen, die sie auch glauben konnte. „Ich habe doch keine Spielschulden, wovon auch? Vielleicht gehe ich alle zwei Jahre mal ins Casino, und Sportwetten schließe ich seit einer gefühlten Ewigkeit nicht mehr ab. Aber ... du hattest recht. Er hat mich tatsächlich erpresst."

„Womit denn?"

„Das tut nichts zur Sache. Wichtig ist nur, dass es ein lächerlicher Vorwurf war. Ich hatte zwar das Geld vorsichtshalber besorgt und erst später erkannt, dass nichts an seiner Geschichte rechtfertigt, dass ich es ihm auch gebe."

„Warum verschweigst du mir, womit er dich erpresst hat?"

„Weil es mit uns beiden nichts zu tun hat. Wie gesagt erwies sich der Vorwurf als völlig aus der Luft gegriffen. Jetzt, da er tot ist, kann er ohnehin niemandem mehr davon erzählen." Besonders Eriks letzte Aussage beunruhigte Sabrina. Es musste einen besonderen Grund geben, warum Erik zu diesem Punkt schwieg. Denn sonst war er immer offen zu ihr gewesen. Dieses Mal benahm er sich anders. Es schien doch mehr dahinter zu stecken.

„Ich fühle mich wirklich zu dir hingezogen und würde gerne mit dir zusammen sein", nahm Sabrina das Gespräch in ruhigem Ton wieder auf, „aber was immer da in der letzten Woche passiert ist, ich denke, an der Geschichte ist mehr dran als du zugibst, und es würde immer zwischen uns stehen, wenn du mir nicht die volle Wahrheit sagst."

„Glaube mir! Du musst wirklich nicht mehr darüber wissen. Es ist nichts und würde dich nur belasten, wenn du es wüsstest."

„Genau darum geht es: Wenn es um nichts Besonderes geht, warum erzählst du es mir nicht einfach? Und aus welchem Grund sollte es mich dann belasten?" Sabrina machte eine kurze Pause: „Ich muss es dir klar und deutlich sagen: Ich werde nicht darüber schweigen, was ich beobachtet habe." Erik biss sich auf die Zunge. Seine Äußerungen waren unbedacht gewesen. Er hatte es nicht geschafft, Sabrina davon zu überzeugen, die Angelegenheit auf sich beruhen zu lassen. Wenn sie sich deshalb nicht auf ihn einließ, was machte es ihm aus? Er wollte sie nur ablenken, indem er zum Schein auf ihre Annäherungsversuche einging. In Wahrheit ging es ihm nur um Tamara, mit ihr wollte er zusammen sein. Doch Sabrinas letzte Bemerkung beunruhigte Erik. Seine Miene verfinsterte sich. Was wollte sie damit andeuten? Sie hatte sich aus diesen lose zusammenhängenden Ereignissen eine Geschichte zusammengereimt und wollte nun jemandem davon erzählen? Etwa seiner Frau? Oder würde sie zur Polizei gehen? Erik dachte an Klaus Schiele, und das Gefühl eines Déjà-vu überkam ihn. Wie würde er dieses Mal damit umgehen? Er blickte in Sabrinas Gesicht. Sie war wunderschön, doch sie hatte einen mit Sorge erfüllten Blick aufgesetzt. Er schüttelte den Kopf und blickte zu Boden.

„Sag doch was!", forderte ihn Sabrina auf.

Erik seufzte. „Weißt du, ich habe dich vom ersten Tag an gemocht, seit du in meinem Büro angefangen hast zu arbeiten. Du bist eine atemberaubende Frau: wunderschön, humorvoll und vor allem intelligent und scharfsinnig, das alles schätze ich sehr an dir. Aber was du dir da zusammengesponnen hast, geht wirklich zu weit."

„Das sind keine Hirngespinste. Ich weiß, was ich gesehen habe, und du hast mich darüber belogen."

„Ich gebe es ja zu, aber ich habe nicht gelogen, weil ich etwas zu verbergen hatte, sondern weil ich es nicht leiden kann, dass jemand in meinem Privatleben herumschnüffelt. Wir haben ein gutes Verhältnis, und ich empfinde mehr für dich als ich sollte. Gewisse Dinge in meinem Leben gehen dich aber einfach nichts an. Es steht dir nicht zu, in meiner Privatsphäre herumzustochern."

„Wenn du wirklich mehr für mich empfindest, steht es mir zu, Antworten auf meine Fragen zu bekommen, vor allem, wenn dein Verhalten nicht nur eigenartig, sondern vor allem verdächtig ist."

Erik wusste keinen Rat mehr, sie ließ einfach nicht locker. „Wieso kannst du es nicht einfach gut sein lassen? Es geht dich doch wirklich nichts an, was ich tue."

„Seit unserem Kuss von vorhin geht es mich sehr wohl etwas an. Ich möchte einfach nicht, dass..." Sie unterbrach den Satz, denn sie hatte plötzlich Angst, ihre Befürchtung auszusprechen.

„Komm schon, rede nur weiter!"

„Ich habe schon einen Mann zu Hause, der ein echtes Ekelpaket ist. Deshalb möchte ich nicht mit jemandem zusammen sein, den ich für einen..." Wieder versagte ihre Stimme den Dienst. Sie bemerkte, dass ihr Herz plötzlich schneller schlug, allerdings nicht wie zuvor bei ihrem innigen Kuss, sondern auf eine andere, beängstigende Art. Erik legte seinen Kopf nach links, sein Blick verfinsterte sich wieder.

„Den du wofür hältst?", half er ihr auf die Sprünge. Sabrina presste ihre Lippen zusammen, schüttelte den Kopf und wagte nicht, ihm zu antworten und den Satz zu beenden. Sie hatte Angst bekommen. Normalerweise konnte sie offen mit Erik sprechen. Noch vor ein paar Minuten hatte sie gedacht, das auch in dieser Situation tun zu können. Anscheinend war sie zu weit gegangen. Nicht, weil sie dachte, dass sie sich irrte, sondern weil ihr bewusst wurde, mit welcher Anschuldigung sie Erik konfrontieren wollte oder es bereits getan hatte, auch wenn sie es noch nicht ausgesprochen hatte.

Sie musste ihn also loswerden. „Nichts, Erik. Gar nichts. Ich denke, es ist besser, wenn du jetzt gehst. Wir müssen nie wieder darüber sprechen." Eine unangenehme Stille durchdrang den Raum.

„Also gut. Wenn es das ist, was du willst, gehe ich eben", brach Erik das Schweigen und schickte sich an zu gehen, hielt aber plötzlich inne. „Wenn ich vorher noch die Toilette benutzen dürfte?"

Sabrina nickte. Erik sah sich kurz um, ging zielstrebig zur Badezimmertür, öffnete sie und verschloss sie hinter sich. Sabrina stand wie angewurzelt da, sie konnte sich nicht bewegen. Nur noch zwei Minuten durchhalten, und Erik würde verschwunden sein. Sie würde sich wahrscheinlich einen neuen Job suchen müssen, denn sie hatte das Gefühl, ihm nicht mehr unter die Augen treten zu können. Das war in diesem Moment allerdings ihre geringste Sorge, denn sie wollte nur, dass er das Zimmer verließ. Sie vernahm das Geräusch der Toilettenspülung, dann jenes von fließendem Wasser aus dem Wasserhahn, danach nur noch Stille.

Erik öffnete die Tür des Badezimmers und ging langsam Richtung Hotelzimmertür. Als er an Sabrina vorbei ging, hielt er kurz inne und sah ihr in die Augen. Sie trat einen Schritt zurück. Er wendete seinen Blick ab und machte einen Schritt in Richtung Zimmertür. Sabrina atmete erleichtert durch. Erik griff mit seiner rechten Hand in die rechte Außentasche seines Sakkos. Er drehte sich blitzschnell nach links, ging einen Schritt auf Sabrina zu, holte ein weißes Stofftaschentuch aus der

Tasche, packte sie mit der linken Hand am Nacken und drückte ihr das Taschentuch an Mund und Nase. Es war mit einer Flüssigkeit getränkt. Sabrina war starr vor Schreck.

„Keine Angst, tut nicht weh, ist nur Chloroform", sagte Erik in verängstigendem Ton. Trichlormethan, besser bekannt als Chloroform, ist ein veraltetes, dennoch hochwirksames, süßlich riechendes, schmerzstillendes Mittel mit narkotisierender Wirkung. Obwohl hierzulande verboten war es für einen Hobbychemiker wie Erik einfach gewesen, es selbst herzustellen, ein Fläschchen damit zu befüllen und sein Taschentuch vorhin im Badezimmer damit zu tränken. Sabrina hob ihre Hände, wollte sich gegen Eriks festen Griff wehren und das Taschentuch aus ihrem Gesicht entfernen, doch das Mittel wirkte schnell, und ihre Hände sanken an ihrem Körper herab.

„Träum was Süßes!", flüsterte Erik, und Sabrina schloss die Augen, auch ihr restlicher Körper erschlaffte. Erik hielt sie fest, damit sie nicht auf den Boden prallte. Durch ihre zierliche Figur hatte er keine Schwierigkeiten, sie auf die Arme zu nehmen. Er trug sie zum Bett und legte sie sanft darauf ab. Dann entnahm er seiner rechten Sakkoaußentasche eine Plastiktüte, in der sich das Fläschchen Chloroform befand, gab das Taschentuch dazu, und steckte die Tüte in seine rechte Hosentasche. Während er sich kurz umsah, zückte er aus der linken Innentasche des Sakkos ein Paar Gummihandschuhe, streifte sie über und ging ins Badezimmer. Dort drehte er den Wasserhahn der Badewanne auf, prüfte kurz die Temperatur des Wassers und kehrte wieder ins Schlafzimmer zurück. Da lag sie, diese wunderschöne Frau. Zu gerne hätte er in diesem Moment seine Fantasien wahr gemacht, vor allem, da sich der Gürtel des Bademantels nun völlig geöffnet hatte und viel von ihrem makellosen Körper preisgab. Kein Mensch würde es erfahren, wenn er diese Situation schamlos ausgenutzt hätte. Doch sein Blick blieb auf das Wesentliche gerichtet. Er entkleidete sie vollständig und hängte den Bademantel über den Lehnstuhl. Wie schön sie war, als sie nun völlig friedlich und unbekleidet vor ihm lag, sich ihm förmlich darbot. Er musste sich erneut zusammenreißen, um nicht in Versuchung zu geraten, denn dieser Frau konnte er schon all die Jahre nur schwer widerstehen, und jetzt erst recht, da sie wie Gott sie schuf vor ihm ruhte. Er zog sein Sakko aus und legte es auf das Bett. Dann krempelte er seine Hemdärmel bis über den Ellbogen hoch und beugte sich über Sabrina. Seine Finger glitten über ihr Gesicht, ihren Hals und ihre wohlgeformten Brüste. Doch dann hielt er inne, seufzte, nahm sie behutsam hoch und trug sie ins Badezimmer. Die Wanne hatte sich inzwischen zur Hälfte mit Wasser gefüllt. Er legte sie sehr vorsichtig darin ab und war darauf bedacht, selbst nicht nass zu werden. Stefan, zu dem er so schnell wie möglich zurückkehren musste, hätte das wahrscheinlich bemerkt. Er war zwar nicht der Klügste, aber ganz dämlich nun auch wieder nicht. Erik blickte sich im Badezimmer um. Sein Blick fiel auf Sabrinas Beauty-Case. Er öffnete es und kramte darin. Nach kurzer Zeit zog er erleichtert das Maniküre-Set heraus, öffnete das Etui und entnahm die Hautschere, eine filigrane, spitz zulaufende Schere, deren Klingenschärfe nicht zu unterschätzen war. Das wusste er, weil seine Frau ein ähnliches Set verwendete. Er öffnete die Schere und drehte sich zu Sabrina um, die immer noch bewusstlos in der Wanne lag. Inzwischen hatte sich die Wanne fast vollständig mit Wasser gefüllt, also drehte er den Wasserhahn zu. Mit seiner rechten Hand ergriff er ihr linkes Handgelenk, in seiner linken Hand befand sich noch immer die geöffnete Schere. Er zögerte, führte dann die Schere langsam Richtung Sabrinas Handgelenk und setzte an der Pulsader an. Wiederum zögerte er kurz. Er wusste, dass er entlang der Arterie schneiden musste, um ganz sicher zu gehen. Nur Anfänger und stumm nach Hilfe Schreiende würden quer schneiden. Auch hatte er gehört, dass Selbstmörder selten sofort den tödlichen tiefen Schnitt setzen. Diese Fehler wollte er nicht begehen. Er ritzte zuerst einen Zentimeter von der Pulsader entfernt eine oberflächliche Wunde in die Hand, dann noch eine weitere, ein paar Millimeter näher an der Arterie. Es würde nun kein Zurück mehr geben. Erik drückte Sabrinas Hand unter Wasser, damit er von dem mit hohem Druck austretenden Blut nichts abbekommen würde, entschied sich für den finalen Schnitt und führte ihn durch. Die Schere ließ er ins Wasser gleiten. Es erschien ihm logisch, dass ein Selbstmörder das Tatwerkzeug einfach fallen ließ. Außerdem würde er damit auch Spuren beseitigen. Er richtete sich auf und betrachtete sein Werk. Ihr Herz pumpte mit jedem Schlag immer mehr Blut aus ihrem Körper und ließ das Wasser langsam zu einem roten Meer werden. Erik hatte keine Zeit, jetzt noch Mitleid oder Trauer für Sabrina zu empfinden, denn er musste zurück zu Stefan. Mit einem Blick auf seine Handschuhe vergewisserte er sich, dass kein Blut daran war. Behutsam zog er die Handschuhe aus und legte sie ins Waschbecken. Er nahm die Plastiktüte aus der Hosentasche, verstaute die Handschuhe darin und trocknete sich die Hände. Mit dem Handtuch wischte er noch den Griff der Toilettenspülung, den Wasserhahn und den Badezimmertürgriff ab, um seine Fingerabdrücke zu verwischen. Nachdem er sich vergewissert hatte, alle Spuren beseitigt zu haben, verließ er das Badezimmer. Er krempelte seine Hemdärmel wieder nach unten, nahm das Sakko vom Bett, zog es an und verstaute die Plastiktüte in der rechten Außentasche. Er nahm die Papiertasche, die neben der Zimmertür stand und in der sich das Geschenk für seine Frau befand, an sich. Dann nahm er ein Taschentuch aus seiner Hosentasche, beseitigte damit seine Fingerabdrücke von der Türschnalle, öffnete die Tür, überprüfte kurz, ob sich auch niemand auf dem Gang befand, hängte das „Bitte nicht stören“-Schild an die Klinke und verließ das Hotel auf demselben Weg, auf dem er gekommen war.

„Ich kann nicht glauben, was ich da höre“, war Tamara völlig perplex. „Sag mir, dass das jetzt nur ein Scherz war!“ Sie versuchte, äußerlich ruhig zu bleiben, denn ihr Herz schlug bis zum Hals.

Erik schüttelte den Kopf. „Nein, kein Scherz, es war notwendig. Schon als sie mich das erste Mal darauf ansprach, hatte sie eine Zeitung mit dem Artikel über den Selbstmord mitgebracht. Also musste ich davon ausgehen, dass sie bereits einen Verdacht hatte. Ich erwiderte ihre Annäherungsversuche um herauszufinden, wieviel sie wusste. Möglicherweise konnte ich sie überzeugen, dass unsere Telefonate und SMS rein freundschaftlich waren, vielleicht auch nicht. Ich schätzte Sabrina zwar als loyal ein, aber sie hätte mich auffliegen lassen können."

„Und wenn schon. Wenn jemand von unserer gemeinsamen Nacht erfahren hätte, wäre die Welt auch nicht untergegangen."

„Du hast vorhin nicht zugehört. Es geht nicht nur um diese Nacht. Trotz all meiner Erklärungsversuche war sie davon überzeugt, dass ich etwas mit dem Tod dieses Mannes zu tun hatte. Sie hätte weiter nachgeforscht und am Ende die ganze Wahrheit erfahren. Außerdem deutete sie an, ihren Verdacht gegenüber der Polizei äußern zu wollen. Das konnte ich nicht zulassen", versuchte sich Erik zu rechtfertigen. Tamara starrte ihn ungläubig an. Sie konnte nicht glauben, was sie soeben erfahren hatte und kein Wort darauf erwidern. „Nebenbei war es das perfekte Verbrechen", fuhr Erik fort, „viele wussten, dass die beiden Eheprobleme hatten und nicht mehr glücklich waren. Sie hatte mir anvertraut, dass sie bereits einmal versucht hatte, sich deswegen auf genau diese Weise das Leben zu nehmen. Nachdem die Polizisten, die mich aufsuchten, so darauf erpicht waren, Einzelheiten über Sabrinas Leben zu erfahren, die nicht in ihrer Akte standen und ich ihnen von ihrem Selbstmordversuch erzählte, hatten sie keine Zweifel mehr, und die Ermittlungen wurden eingestellt. Gegen mich hegten sie keinen Verdacht, weil sie kein Motiv für einen Mord sahen. Und falls ich ihnen doch verdächtig erschienen wäre, hätte mir mein Arbeitskollege Stefan ein felsenfestes Alibi verschafft, zumindest einen Teil davon."

Während Erik weitererzählte, malte Tamara sich aus, wie Erik an diesem Vormittag den leeren Akku seines Handys und den Anruf bei seiner Frau nur vorgetäuscht hatte, um an Stefans Smartphone zu gelangen. Während er vorgab, sich an die Telefonnummer seiner Frau zu erinnern und sie zu tippen, änderte er die Zeit von 11:40 Uhr auf 11:05 Uhr.

„Als ihn die Polizisten später befragten, konnte sich Stefan zum Glück ungefähr daran erinnern, wann ich ihn verließ und zu welcher Zeit ich zurückkehrte. Als wir im Café *Aiola* saßen, ließ er während einer Toilettenpause sein Smartphone auf dem Tisch liegen. Diese Gelegenheit nutzte ich, um die Uhrzeit wieder richtig zu stellen. Ich hatte dieses Café bewusst ausgewählt. Gegen Mittag sind dort viele Gäste, und der Lärmpegel ist ganz schön hoch. Daher konnte Stefan auch die Stundenglocke des Uhrturms nicht hören. Das hätte mich sonst noch verraten." Tamara traute ihren Ohren nicht. Zu verstörend war das, was sie von Erik zu hören bekam. „Mit dem zweiten Teil des Alibis musste mir Sabrina helfen", fuhr Erik fort.

Tamara lauschte gespannt seinen Ausführungen. Sie konnte sich den Frühstücksraum des Hotels vorstellen. Sabrina, Erik und Stefan saßen beim Frühstück. Mit den Worten „Ich muss mal schiffen" hatte Stefan den Tisch verlassen. Nach einem kurzen Gespräch ersuchte Erik seine Sekretärin, für ihn in einem Laden ein Geschenk abzuholen.

„Ich werde das gleich nachher erledigen", war ihre Antwort.

„Da wäre noch eine Kleinigkeit", war von Erik zu hören, „ich erwarte eine schriftliche Nachricht von einem Geschäftspartner. Er wird sie an der Rezeption hinterlegen. Frage bitte kurz vor Mittag so um drei viertel zwölf persönlich bei der Rezeption nach!"

„Wird erledigt." In diesem Moment erschien Stefan wieder auf der Bildfläche.

Mit den Worten „Ich danke dir, Sabrina" warf Erik ihr einen liebevollen Blick zu.

„Auch bei der Wahl der Unterkunft habe ich nichts dem Zufall überlassen. Ich habe Sabrina gebeten, genau dieses Hotel zu buchen, weil ich von früheren Besuchen wusste, dass man es von einer Seitengasse ohne viel Aufsehen betreten und wieder verlassen kann und dass in der Lobby eine Überwachungskamera hängt. Auf Sabrina war schon immer Verlass, so auch dieses Mal. Sie hat pünktlich nachgefragt. Für die Polizei war damit erwiesen, dass ich wieder bei meinem Kollegen im Café saß, als sie nachweislich noch lebte."

„Ich erkenne dich nicht wieder", war Tamara entrüstet, „du hättest sie nicht gleich umbringen müssen. Ich denke, du hattest sie überzeugt, dass du keine Affäre hast. Und was sie sich da wegen des toten Bankmanagers zusammengereimt hat, waren doch nur Hirngespinste. Auch das hast du ihr klargemacht."

„Du hast Sabrina nicht gekannt und unterschätzt sie. Sie hatte sich aus ein paar Indizien eine richtig gute Geschichte gebastelt."

Tamara ging nun gedanklich zurück zur Szenerie im Hotelzimmer, zu Sabrinas Überlegungen zur mysteriösen Verbindung Eriks zu dem großen Unbekannten, die Treffen, der Kratzer an Eriks Wange und zu dem Zeitungsartikel über einen Selbstmörder. Sie versuchte, sich die heruntergekommene Wohnung im Linzer Stadtteil *Bindermichl* vorzustellen, die geöffnete Klappe des Gasofens, den vor dem Ofen knienden Toten mit dem Kopf voran im Backrohr, was für sich allein schon ein abscheulicher Anblick war. Polizisten und Spurensicherer untersuchten die Leiche und die Wohnung. Die nicht gerade übereifrigen Kriminalisten unterhielten sich darüber, dass der Fall klar und Fremdverschulden auszuschließen sei.

„Und? Hast du es dir zusammengereimt?", fragte Erik, der bemerkt hatte, dass Tamara angestrengt nachdachte. „Nein? Ich werde dir auf die Sprünge helfen."

Während Erik erzählte, dachte Tamara nochmal an die Wohnung, ihr geistiges Auge spulte ein paar Stunden zurück. Der Ort war noch derselbe, doch der Mann lebte noch, und es war eine andere Person bei ihm. Die Worte des Unbekannten ließen die Szene lebendig werden, sodass sie sich fühlte, als wäre auch sie in der Wohnung anwesend und könnte die Unterhaltung der beiden Männer mitanhören.

„Sehen Sie mich doch an: Meine Frau hat mich verlassen, deshalb habe ich begonnen zu trinken. Dann habe ich auch noch meinen Job als Filialleiter einer Bank verloren. Ich brauche doch nur etwas Geld, um wieder zurück in ein normales Leben zu finden." Und bei dem Mann, zu dem er diese Worte sprach, handelte es sich um Erik, der nun angestrengt nachdachte. Tamara konnte seine Gedanken lesen: Er schien Verständnis und Mitleid mit dem Mann zu haben, vor allem aber war er skeptisch, ob sich der Mann mit den 20.000 Euro, die er von ihm verlangte, zufriedengeben würde. Womöglich würde er ihn immer wieder kontaktieren, um noch mehr aus ihm rauszupressen. Und jedes Mal würde er sein Druckmittel einsetzen. Erik musste etwas unternehmen. Er würde zum Schein auf seine Forderung eingehen, damit sich der Mann in Sicherheit wog.

Erik antwortete dem Unbekannten. „Wenn ich mir Ihre Lebensumstände und vor allem Ihre Wohnung so ansehe, empfinde ich Mitleid mit Ihnen. In *William Shakespeares Romeo und Julia* heißt es: ‚Nicht deinem Willen, deiner Armut zahl' ich'. Lassen Sie uns so tun, ich sei Romeo und Sie der Apotheker. Ich werde Ihnen helfen und Ihnen einen Teil des Geldes geben. Sehen Sie es einfach als eine milde Gabe an jemanden an, mit dem es das Leben nicht so gut gemeint hat wie mit mir." Erik streckte dem Mann ein Bündel Geldscheine entgegen, das er zuvor dem Kuvert in seiner Innentasche entnommen hatte, zog es jedoch wieder zurück. „Und ich kann mich darauf verlassen, dass ich nie wieder von Ihnen hören werde", war von Erik zu hören.

„Ganz sicher, ich verspreche es“, beteuerte der Mann. Erik übergab ihm daraufhin das Geldbündel, bestehend aus ein paar 500 Euro und einigen 100 Euro-Scheinen. Der Mann setzte sich an seinen Tisch und begann es zu zählen: „500, 1.000, 1.500...“ Erik beobachtete den ins Zählen vertieften Mann und bewegte sich langsam aus dessen peripherem Blickfeld. „...1.900, 2.000, 2.100, 2.200...“ Der Mann achtete nicht mehr auf Erik, der nun hinter ihm stand und etwas aus seiner rechten äußeren Jackentasche zog. „...2.700, 2.800, 2.900, 3.000, 3.100, 3.200, 3.300, 3.400, 3.500, 3.600...“, zählte der Mann weiter und hatte die 4.000-Euro-Marke noch nicht erreicht, da schnellte Eriks rechte Hand vor. Er hatte sich inzwischen ein Paar Gummihandschuhe angezogen, darin hielt er ein mit Chloroform getränktes Stofftaschentuch. Er drückte es dem Mann ins Gesicht und hielt dessen Kopf mit der linken Hand fest. Erik hatte das Taschentuch kurz vor dem Betreten der Wohnung mit dem Mittel getränkt. Doch das Gespräch hatte länger gedauert als erwartet, daher hatte sich das Chloroform bereits teilweise verflüchtigt. Der Mann ließ die Geldscheine fallen, die nun über Tisch und Boden verteilt wurden, und begann, sich gegen Eriks festen Griff zu wehren. Er fuchtelte mit seinen Armen und versuchte, Erik ins Gesicht zu schlagen in der Hoffnung, dass er von ihm ablassen würde. Erik lehnte seinen Kopf zurück, um den Schlägen auszuweichen. Dem Mann, der bereits gegen die Bewusstlosigkeit anzukämpfen begann, war es nicht möglich, einen gezielten Treffer zu landen. Doch für einen Glückstreffer reichte es: Mit dem Mittelfinger der rechten Hand streifte er Eriks rechte Wange und verursachte einen Kratzer, der zu bluten begann. Dann waren die Kräfte des Mannes am Ende. Durch das heftige Atmen während des Kampfes hatte er noch so viel Chloroform eingeatmet, dass es für eine Bewusstlosigkeit reichte. Sein ganzer Körper erschlaffte. Behutsam legte Erik den Kopf des Mannes mit dem Gesicht nach links gerichtet auf den Tisch, um keine sichtbare Verletzung zu hinterlassen. Er zögerte keinen Moment, sammelte das Geld auf, steckte es wieder in den Umschlag und zurück in seine Innentasche. Danach warf er einen prüfenden Blick auf den bewusstlosen Mann, vor allem auf seine Hände. Unter dem Nagel des Mittelfingers der rechten Hand bemerkte er Hautreste. Erik ging ins Badezimmer, warf einen Blick in den Spiegel und betrachtete die blutende Wunde an seiner Wange. Sie war nicht sehr tief und die Blutung schwach, daher würden sich keine Blutspuren von ihm in der Wohnung finden. Er nahm ein sauberes Taschentuch aus seiner linken Hosentasche und tupfte sich das Blut von der Wange, das musste vorerst reichen. Sein Blick fiel auf eine Nagelschere, die neben dem Waschbecken lag. Er nahm sie und kehrte zu dem Bewusstlosen zurück, kniete sich neben ihn und legte dessen rechte Hand auf seinen Oberschenkel. Erik entfernte mit der Nagelschere vorsichtig die Hautreste unter dem Fingernagel, fing sie geschickt mit seiner anderen Hand auf und entsorgte sie in der Toilette. Wieder im Wohnzimmer angelangt, dachte er kurz nach. Möglicherweise hatte er den Finger nicht ausreichend gesäubert, um sämtliche DNA-Spuren zu beseitigen. Er ging in die Küche, fand neben der Spüle einen Topfreiniger und hoffte, unter der Spüle irgendein Reinigungsmittel zu finden. Die Wohnung war zwar ein Saustall, aber Putzmittel sollte auch dieser Mann haben. Erik öffnete den Schrank unter der Spüle und fand Geschirrspül- und Bleichmittel. Er nahm die Bleiche und gab eine kleine Menge davon auf den Topfreiniger. Zurück im Wohnzimmer säuberte er die rechte Hand des Mannes, wobei er darauf achtete, nichts von der Bleiche auf den Boden tropfen zu lassen oder die Finger wund zu scheuern. Das hätte zwar die Spuren beseitigt, wäre aber verdächtig gewesen. Danach ging er zurück in die Küche und verstaute das Bleichmittel wieder unter der Spüle. Den gebrauchten Topfreiniger schob er in die linke Außentasche seiner Jacke. Seine Spuren hatte er nun verwischt, was sollte er nun mit dem Mann anfangen? Er würde nicht ewig bewusstlos bleiben, vor allem nicht bei der geringen Dosis Chloroform. Erik musste schnell handeln. Sein Blick fiel auf den Gasofen. Er dachte an die Wohnung seiner inzwischen verstorbenen Großmutter. Auch sie hatte einen Ofen, diesem hier ganz ähnlich. Erik erinnerte sich an einen Besuch vor einigen Jahren. Die beiden wären um ein Haar in die Luft geflogen, weil der Ofen ein Gasleck hatte. Glücklicherweise ist heutzutage dem geruchlosen Gas ein Zusatz beigemengt, der es ermöglicht, ausgetretenes Gas zu riechen und Todesfälle zu verhindern. „Gasöfen können eben tödliche Fallen sein", sagte Erik zu sich. Er überlegte kurz, öffnete das Backrohr, entzündete das Gas und schaltete auf die höchste Stufe, um sich zu vergewissern, dass der Ofen auch funktionierte. Dann löschte er die Flamme, damit sich das Gas ungehindert ausbreiten konnte und ging zurück ins Wohnzimmer. Er legte seine Arme unter die Achseln des Bewusstlosen und hob ihn hoch. Vorsichtig zog er ihn in die Küche, stets darauf bedacht, ihm keine Wunde oder auch nur eine Druckstelle zuzufügen, und positionierte ihn, wie ihn die Polizei später fand. Zuletzt sah sich Erik nochmals kurz um, rückte den Stuhl im Wohnzimmer zurecht, verließ die Wohnung und ließ die Tür vorsichtig, beinahe lautlos ins Schloss fallen.

Eine völlig entsetzte Tamara starrte Erik an. „Dann ist es also wahr. Du hast diesen Mann tatsächlich getötet, genau wie es deine Sekretärin vermutet hat. Deshalb hast du sie umgebracht."

„Du hast es erfasst", gab ihr Erik recht, „zum Glück kann man sich auf unsere Polizisten verlassen. Sie sind faul genug, um einen Selbstmord gar nicht näher zu untersuchen, vor allem, wenn es sich um einen alleinstehenden Alkoholiker handelt, der in seinem eigenen Müll lebt, auch wenn er früher mal ein wichtiger Mann war. Bei so einem glaubt man sofort, dass er sich umbringt, man braucht sich doch nur sein Leben anzuschauen: keine Frau, arbeitslos und abgesehen von ein paar Saufkumpels keine Freunde. Wer so ein Leben ohne Perspektive führt, hat keine Feinde. Wer sollte den schon umbringen wollen. Wenn so jemand mit dem Kopf voran im Backrohr kniet, schließt das irgendwie einen Unfall aus. Die Polizisten haben dem Gerichtsmediziner wahrscheinlich gesagt, er müsse bei der Autopsie nicht so genau hinsehen. Der arme Kerl tut mir fast leid. Er hat gedacht, endlich wieder Glück zu haben und zu Geld zu kommen, damit er sein Leben wieder in den Griff bekommt. Doch ich hatte meine Zweifel. Er hätte sich nie mit den paar tausend Euro zufriedengegeben. Hätte ich mich mein Leben lang erpressen lassen sollen?“

Tamara war verwirrt. „Ich verstehe das nicht. Gut, deine Sekretärin hätte deiner Frau von mir erzählen können, das Motiv für den Mord an ihr war aber, dass sie herausgefunden hatte, dass du diesen armen Teufel umgebracht hast. Der wiederum hat dich erpresst, das hast du gegenüber deiner Sekretärin schon zugegeben. Aber womit denn?“ Erik zögerte. Sollte er Tamara den Grund für die Erpressung nennen?

Es war an der Zeit, dass sie es erfuhr. „Er hat behauptet, ich hätte Paul getötet und wollte damit zur Polizei.“

„Das ergibt doch keinen Sinn. Die polizeiliche Untersuchung hat dich entlastet. Er hätte erzählen können, was er wollte, niemand hätte ihm Glauben geschenkt. Ihr wart die absolut unzertrennlichsten Freunde, von denen ich je gehört habe, auch wenn ihr nicht mehr so viel Zeit miteinander verbracht habt. Wenn ihr etwas unternommen habt, war es so, als wärt ihr nie voneinander getrennt gewesen. So hat es Paul immer erzählt.“

„Der Mann hatte sich vielleicht seine Gehirnwindungen gerade gesoffen, doch abgesehen von seinem erzählerischen Stil war die Story nicht schlecht, und er hatte nichts zu verlieren. Irgendein übereifriger Bulle hätte ihm schon zugehört, und das konnte ich nicht riskieren.“

„Ohne Motiv hätte dich doch nie jemand ernsthaft verdächtigt, geschweige denn angeklagt oder verurteilt. Ich kannte Paul vielleicht nicht so gut wie du, aber ich habe ihm jedes Wort, das er über euch gesagt hat, geglaubt. Welchen Grund hättest du haben sollen, Paul umzubringen?“

„Stimmt, ich hätte ihm nie etwas angetan, er war schließlich mein bester Freund. Auf unserem Weg zum Gipfel hat er mich aber an jemanden erinnert, den er anscheinend vollkommen vergessen hatte."

„An wen denn?"

„Romana."

„Wer ist denn bitte Romana?"

„Paul meinte, dass wir uns bei Frauen nie in die Quere gekommen wären."

„Und weiter?"

„Es gab da ein Mädchen...", begann Erik zu erzählen.

Tamara konnte sich das Lokal in der Freistädter Altstadt gut vorstellen. Paul und Erik waren noch Teenager gewesen und mit ein paar Freunden an einem Tisch bei einem Bier gesessen. Erik erblickte eine junge Frau an der Bar, die etwas verloren wirkte und sich bei einem „Gespritzten Weiß" langweilte. Er konnte sie von seinem Platz aus gut erkennen. Sie hatte schwarzes, gelocktes Haar, ein rundes, sehr hübsches Gesicht mit dunkelbraunen, beinahe schwarzen, traurigen Augen. Nach ein paar Minuten begab sich Erik an die Bar, um eine weitere Runde Bier zu bestellen. Das war aber nur ein Vorwand, denn er hatte sich ein Herz gefasst und sprach sie an. Das Mädchen, das sich als Romana vorstellte, war froh, nicht mehr einsam an der Bar sitzen zu müssen. Ihre Freundin hatte sie versetzt. Die beiden kamen ins Gespräch, verbrachten die nächsten zwei Stunden an der Bar und unterhielten sich über Gott und die Welt. Romana zog ihn nicht nur mit ihrer Ausstrahlung, sondern vor allem mit ihrer natürlichen und liebenswürdigen Art derart in den Bann, dass er seine Freunde völlig vergaß. Am Ende des Abends tauschten die beiden ihre Telefonnummern aus und waren wenig später ein Paar. Doch das Glück war nicht von Dauer. Romana besuchte mit Erik eine Party. Bei der Gelegenheit lernte sie auch Paul kennen. Obwohl er wusste, dass Romana und Erik zusammen waren, war es am Ende des Abends Paul, der mit

Romana die Party verließ. Nach dieser Nacht hatte Paul kein Interesse mehr an ihr, sie stellte für ihn nur ein weiteres Abenteuer dar. Romana schämte sich damals sehr, sodass sie es nicht mehr wagte, Erik in die Augen zu blicken. Sie wusste, wie sehr sie ihn verletzt hatte. Von Romana war Erik enttäuscht, aber von Paul fühlte er sich verraten und verpasste ihm sogar einen Faustschlag ins Gesicht. Erst nach einigen Wochen hatten sie sich bei einer Kiste Bier ausgesprochen.

Tamara hatte an diesem Abend schon verschiedene Gefühle für Erik gehabt. Nun empfand sie Mitleid für ihn. Sie wusste, dass Paul seit seiner Jugend kein Kostverächter gewesen war, er hatte das auch nie bestritten. Aber sich an die Freundin seines besten Freundes heranzumachen hätte sie sogar ihm nicht zugetraut.

„Es tut mir leid für dich. Ich kann dich sehr gut verstehen, dass du verletzt warst. Aber das ist ewig her, ihr wart damals Teenager."

„Ja, es ist lange her. Ich glaubte auch, dass die Zeit die Wunden geheilt hat. Aber manche sind eben so tief, dass sie Narben hinterlassen, die auch wieder aufbrechen können." Erik senkte den Kopf.

Es tat ihm gut, dass Tamara ihn verstand und ihm nun Mut zusprach. „Du hast immer noch die Chance, dein Leben zu ändern und wieder jemanden zu finden, aber ich bin nicht die richtige Frau für dich."

Erik hob den Kopf und blickte ihr in die Augen. „Das weiß ich jetzt auch. Wie konnte ich nur so dumm sein, mich von Pauls Geschichten so blenden und täuschen zu lassen? Wie konnte ich nur zulassen, dass ich mich in dich verliebe? Ich hatte doch alles: eine wundervolle Frau, ein schönes Heim, einen guten Job. Warum reichte das nicht aus? Wieso wollte ich noch mehr?" Erik schien geradezu in Selbstmitleid zu zerfließen. Er hatte erkannt, dass er sein Leben ruiniert hatte, nur weil er damit nicht zufrieden sein konnte. Tamara war immer noch entsetzt und verstört wegen der Erkenntnisse dieses Abends, der eigentlich harmonisch begonnen hatte. Sie hatten sich gut amüsiert, dann hatte ihr Erik seine Liebe gestanden, und sie hatte ihn abweisen müssen. Daraufhin hatte sie einige Dinge über ihn herausgefunden, die sie am liebsten nie erfahren hätte. Das machte ihr große Angst. Daneben beschäftigte sie aber noch eine Sache. Erik hatte vorhin etwas gesagt. Sie beunruhigte aber nicht, was es war, sondern mehr die Art, wie er es über seine Lippen brachte. Sie dachte nach. Genau, die Verwendung der Konditionalform in Verbindung mit dem, was er danach sagte, ließ sie aufhorchen. Sie war beunruhigt und hatte Angst vor dem, was sie noch erfahren würde, doch sie musste Gewissheit haben.

„Wie hast du das vorhin gemeint?“, formulierte Tamara ihre Frage bewusst allgemein.

„Wovon sprichst du?“, war Eriks Gegenfrage. Er wirkte wieder gefasst und hatte keine Ahnung, was sie ansprechen wollte.

„Du sagtest, du hättest Paul nie etwas antun können, und dann hat er dich an Romana erinnert.“

Erik überlegte kurz. „Wir unterhalten uns schon den ganzen Abend, aber du hast immer noch nicht die geringste Ahnung, aus welchem Grund ich das alles getan habe. Denk doch einfach an *Ockhams Razor*!“

„Was soll das denn bedeuten?“ Tamara hatte diesen Begriff noch nie gehört.

„Kurz gesagt bedeutet es, dass die einfachste Erklärung meist die richtige ist. Du stellst Fragen nach meinem Motiv, aber du übersiehst das Offensichtliche.“

„Und das wäre?“

„Denk nach!“

„Ich habe genug von deinen Spielchen. Sag es einfach!“ „Dass die Antwort...“ Erik machte eine Pause, um Tamara die Gelegenheit zu geben, den Satz selbst zu vollenden, doch sie schaute Erik nur ungläubig an und gab kein Wort von sich, also vervollständigte er den Satz: „... du selbst bist.“

Tamara war völlig perplex, versuchte sich zu sammeln und nachzudenken. Sie ließ alles, was sie heute Abend über Erik in Erfahrung gebracht hatte, Revue passieren: Er hatte ihr seine Liebe gestanden, worauf Sie ihn zurückgewiesen hatte. Dann hatte er ihr erzählt, dass er wegen Pauls Geschichten sehr viel über sie und ihr Leben wusste. Dieses Wissen hatte er genutzt, um ihr Verhalten zu manipulieren und sie ins Bett zu bekommen. Und er hatte sein altes Leben aufgegeben. Gut, all das hatte er nur wegen ihr und für sie getan. Doch aus welchem Grund sollte er ihretwegen seine Sekretärin umgebracht haben? Ihre gemeinsame Nacht war nicht der Grund gewesen, sondern die Erpressung durch diesen ominösen Mann. Der musste auch nicht wegen ihr sterben, sondern weil er Erik erpresst hatte. Sie konnte sich keinen Reim auf Eriks Worte machen. Tamara dachte angestrengt nach. Was übersah sie? Wie konnte sie der Grund, das Motiv für alles sein? Das ergäbe nur dann Sinn, wenn... Sie erstarrte und blickte auf einen wieder ruhig wirkenden Erik, der ihren Blick analysierte. „Hast du es endlich herausgefunden?“ Tamara konnte nichts erwidern. Sie vernahm Eriks Stimme noch klar, aber seine Konturen verschwammen.

Vor ihrem geistigen Auge sah sie nun Paul und Erik auf dem Gipfel des Schafbergs. Beim Gipfelkreuz hatten sie einige Fotos geschossen, auch ein gemeinsames mit Hilfe des Selbstauslösers. Erik hatte die Kamera hochgehoben, sie mit der Schlaufe an seiner rechten Hand gesichert und war zurück zu Paul gegangen, hatte sich neben ihn gestellt und ihn umarmt.

„Willst du das Foto mal sehen?“, war von Erik zu hören.

„Na klar, hast du es auch ordentlich hinbekommen?“, entgegnete Paul. Es war ein Foto sozusagen für die Ewigkeit. Die Zeit schien für einen Moment stillzustehen oder zumindest in Zeitlupe abzulaufen. Sie sahen einander in die Augen. Sämtliche Sorgen in ihren Leben schienen hier und jetzt keine Rolle zu spielen. Aber es war nicht so. Erik beschäftigte etwas, das Paul vorhin gesagt hatte. Er versuchte sich zu erinnern. Ach ja, Paul meinte, dass Tamara eine Nummer zu groß für Erik sei, er sei also nicht gut genug für sie. Und Barbara? Paul sagte, sie wäre nichts für ihn, für Erik schien sie hingegen gut genug zu sein. Was war nur los mit Paul? Brauchte er das Abwerten der Menschen für sein Ego, nur um selbst besser dazustehen? War er etwa schon immer so gewesen, und Erik hatte es nie bemerkt? Je mehr er darüber nachdachte, desto mehr Einzelheiten fielen ihm wieder ein. Immer wieder hatte sich Paul über Eriks Herkunft lustig gemacht und ihn als *Junge aus der Gosse* bezeichnet, während es Paul sein ganzes Leben lang leicht gehabt hatte. Alles hatte er in den Allerwertesten geschoben bekommen, ohne auch nur einen Finger rühren zu müssen, während Erik sich stets alles selbst und hart hatte erarbeiten müssen. Die ganzen Jahre hatte er die Augen davor verschlossen, wie Paul wirklich war: nicht dieser nette und perfekte Typ, für den ihn alle hielten, sondern arrogant und narzisstisch. Daher hatte er auch Romana vergessen gehabt. Warum musste er Erik nur wieder an sie erinnern? Erik hatte gedacht, er hätte Paul vergeben und vergessen können, dass er ihm Romana damals weggenommen hatte. Aber er hatte diese Demütigung nur tief in sich vergraben, und vorhin war alles wieder hochgekommen. Er erkannte, dass er sein ganzes Leben im Schatten von Paul gestanden hatte. Doch damit war jetzt Schluss. Erik würde sein Leben ändern, und er würde heute, hier und jetzt damit beginnen.

„Urteile selbst!" Erik streckte Paul die Kamera entgegen. Der griff mit seiner linken Hand, mit der er sich am Gipfelkreuz festgehalten hatte, nach ihr. Erik versuchte, aus der Sicherheitsschlaufe zu schlüpfen, musste aber mit seiner linken Hand nachhelfen.

„Wie funktioniert denn das Ding?", ärgerte sich Paul, der mit der Bedienung der Kamera nicht vertraut zu sein schien.

„Du kommst schon noch drauf", grinste Erik. Der mittlerweile ungewohnte Bierkonsum und die Konzentration auf das störrische elektronische Gerät hatten Paul vergessen lassen, dass er das Gipfelkreuz losgelassen hatte und ihm auch Erik keinen Halt mehr bot. Und dahinter ging es viele hundert Meter steil, fast senkrecht bergab. Erik trat mit seinem linken Fuß gegen einen lockeren Felsbrocken unter Pauls rechtem Fuß. Paul verlor das Gleichgewicht und taumelte nach hinten. Mit seinen Armen rudernd versuchte er verzweifelt, sich noch am Gipfelkreuz oder an den Felsen festzuhalten, doch es gelang ihm nicht. Die Kamera flog durch die Luft und verschwand lautlos im Abgrund. Erik reagierte blitzschnell, klammerte sich mit der rechten Hand an einen Felsen, streckte seine andere nach Paul aus, konnte ihn gerade noch an dessen linker Hand packen und wurde von Pauls Gewicht zu Boden gedrückt. Paul hing nun mit seinem ganzen Körpergewicht an Eriks linker Hand. Paul starrte ihn mit entsetzten Augen an.

„Bitte Erik, halt mich fest!", flehte ein in Todesangst verfallener Paul, der nicht bemerkt hatte, dass Erik den Stein mit seinem Tritt gelockert hatte.

Eriks Miene verfinsterte sich, aber nicht, weil Pauls Gewicht so schwer auf seinem Arm lastete. „Du wirst mir jetzt genau zuhören, mein Freund! Erst heute habe ich erkannt, was für ein Mensch du bist. Wie du andere Menschen und vor allem mich behandelst, kotzt mich an. Mein ganzes Leben war ich nur dein Laufbursche, dein Fußabtreter und Wasserträger. Ein einziges Mal hatte ich mehr Erfolg bei einem Mädchen, das hat dein Ego nicht vertragen, und du hast sie mir einfach ausgespannt."

„Wovon zum Teufel redest du da, Erik?"

„Ich spreche von Romana, du hast mich heute wieder an sie erinnert."

„Wer soll das sein?"

„Wundert mich gar nicht, dass du nicht einmal mehr ihren Namen weißt. Sie hat dir ja auch nichts bedeutet, sondern war nur eine weitere Trophäe für dich. Aber ich habe sie geliebt, und du hast sie mir weggenommen, einfach so, weil du es konntest. Damals hast du eine Grenze überschritten."

„Komm schon, Erik, das ist doch schon so lange her."

„Aber es hat eine tiefe Narbe auf meiner Seele hinterlassen, die du heute wieder aufgerissen hast. In deiner selbstgefälligen Art hast du es nicht einmal gemerkt, wie sehr du mich vorhin verletzt und gedemütigt hast. Damit ist hier und jetzt Schluss. Ich werde dir zeigen, dass ich gut genug für deine Tamara bin. Wegnehmen werde ich sie dir, so wie du mir meine Romana genommen hast."

„Erik, das ist doch alles nicht wahr. Zieh mich rauf, wir klären das!"

„Du hast genug geredet. Dafür kommst du in den neunten Höllenkreis und wirst bis in alle Ewigkeit im gefrorenen See *Cocytus* gefangen sein."

Dante Alighieris Meisterwerk *Divina Commedia* hatte Erik vor einer gefühlten Ewigkeit gelesen, doch die dort beschriebene Strafen, vor allem für die laut *Dante* schlimmste aller Sünden, waren ihm gut in Erinnerung geblieben. Sie hatte sich unscheinbar, aber tief in sein Gedächtnis eingebrannt, damit er sich genau in diesem Moment daran erinnern konnte, wenn er Paul mit seinem Verrat konfrontierte, einen Verrat, den er vergeben und vergessen glaubte, der aber all die Jahre tief in ihm geschlummert hatte wie ein gelöscht geglaubtes Feuer, das nach dieser langen Zeit wieder entfachte.

Eriks Miene hatte sich in ein diabolisches Grinsen gewandelt. Seine Kräfte begannen zu schwinden, er schwitzte stark, sein Arm begann zu zittern.

„Lass mich nicht fallen!", flehte Paul.

Erik öffnete seine linke Hand, aber Paul klammerte sich mit allerletzter Kraft fest und bohrte seine Fingernägel in Eriks Unterarm. Erik schrie auf vor Schmerz und versuchte, Paul von sich loszuschütteln. Paul verlor den letzten Halt, er stürzte in die Tiefe und stieß einen gellenden, markerschütternden, nicht enden wollenden Schrei aus. Aus Eriks Sicht wurde Paul immer kleiner, bis nur ein winziger farbiger Punkt zu sehen war, der schließlich verschwand. Sein Schrei, der immer leiser geworden war, verstummte. Zurück blieb Erik, der in den Abgrund starrte und ein leises „Tut mir leid, mein Freund" von sich gab.

„Du Wahnsinniger!", schrie Tamara Erik nun an. „Du hast ihn wirklich ermordet, deinen besten Freund und meinen über alles geliebten Verlobten, den einzigen Menschen, den ich je aufrichtig geliebt habe!" Sie begann bitterlich zu weinen.

„Ihr beide hattet euch wirklich verdient, einer oberflächlicher und egoistischer als der andere. Ich weiß nicht, ob ihr beide jemals jemanden aufrichtig geliebt habt. Du hattest vorhin recht, als du vermutet hast, dass ich immer nur die zweite Geige hinter Paul gespielt habe. Das wurde mir auf dem Schafberg bewusst. Früher war ich zu schwach, mich dagegen zu erheben. Doch mit seinem Tod endete auch diese Schwäche. Endlich fühlte ich die Kraft in mir, die Sterne zu versetzen und mein Schicksal dadurch in die eigene Hand zu nehmen und zu ändern. Ich erlaubte mir, meinen Wünschen und Sehnsüchten nachzugeben."

„Aber du hast doch so viel erreicht in deinem Leben."

„Dennoch war es unerfüllt, und deshalb wollte ich es hinter mir lassen. Ich dachte, mit dir an meiner Seite würde ich ein glückliches, erfülltes Leben führen..." Erik machte eine kurze Pause, „...doch ich habe mich geirrt. Du bist nicht die Traumfrau, für die ich dich hielt. Ich habe dich nur durch Pauls oberflächliche rosarote Brille betrachtet. Deine Perfektion war nicht echt, sondern nur Fassade." Erik seufzte und schüttelte seinen Kopf. „Für dich habe ich mein Leben zerstört, weil ich nicht mit dem zufrieden sein konnte, was ich hatte. Und wofür? Jetzt stehe ich mit leeren Händen da und kann nicht wieder zurück." Erik senkte den Kopf. Tamara hatte sich wieder ein wenig beruhigt, konnte aber nichts darauf erwidern. An diesem Abend war zu viel passiert, um es in dieser kurzen Zeitspanne zu verarbeiten.

Es mussten ein oder zwei Minuten vergangen sein.

Erik hatte sich wieder gefangen und stand auf. „So meine liebe Tamara. Jetzt, da ich dir gezeigt habe, was ich auf mich genommen habe, nur um mit dir zusammen sein zu können, sind wir fertig miteinander. Ich werde damit leben müssen, dass du es nicht annähernd wert warst. Und du wirst ohne Paul weiterleben müssen, aber mit dem Wissen, dass *ich* ihn dir genommen habe."

Tamara schrie nun ihre ganze Wut heraus. „Verschwinde einfach und lass mich in Ruhe!"

„Soll ich dich wirklich so sitzen lassen?" entgegnete Erik völlig unbeeindruckt von ihrem Gefühlsausbruch. Tamara war so außer sich, dass sie vergessen hatte, dass sie noch immer gefesselt und Erik damit völlig ausgeliefert war.

Sie musste sich etwas einfallen lassen, um aus der Situation heil rauszukommen. „Glaube mir, Erik! Ich werde niemandem davon erzählen."

„Das glaube ich dir zwar nicht, aber diese absurde Geschichte würde dir ohnehin niemand abkaufen. Sie würden dich in die Klapsmühle stecken."

„Ja genau, niemand wird mir glauben, deshalb werde ich alles für mich behalten."

„Dein Problem ist, dass ich nichts mehr zu verlieren habe. Ich habe schon drei Menschen getötet. Glaubst du, einer mehr oder weniger macht noch einen Unterschied für mich?"

„Bitte Erik, lass mich gehen! Ich werde dich wirklich nicht verraten", flehte nun eine verzweifelte Tamara, während ihr Tränen über die Wange liefen.

Erik ging auf Tamara zu. Sie ließ den Kopf sinken und schloss ihre Augen. Ihr Herz begann schneller zu schlagen. Gleich würde es vorbei sein. Jeden Moment würde er seine Hände um ihren Hals legen und sie erwürgen. Oder er würde sie mit der Wäscheleine erdrosseln. Nichts würde sie dagegen tun können, sie war völlig hilflos. Sie schluchzte und traute sich nicht, ihren Kopf zu erheben. Plötzlich verspürte sie einen kräftigen Ruck an ihrem rechten Fuß, noch einen an ihrem linken und dann an beiden Händen. Erik löste ihre Fesseln.

War das nur ein perverses Vorspiel? Tamara fühlte, wie sie ihre Hände und Füße immer besser bewegen konnte und schließlich völlig frei bekam. Sie wagte jedoch nicht aufzustehen oder sich auch nur zu bewegen. Würde er sie wirklich freilassen? Viel wahrscheinlicher war, dass er sie zuerst in Sicherheit wiegen wollte, um sie dann zu erledigen. Darauf konnte sie nicht warten. Sie musste ihm zuvorkommen. Vorsichtig hob sie ihren Kopf und öffnete die Augen. Ihr Blick fiel auf den Tisch, auf dem noch immer die halbvolle Weinflasche und die beiden Gläser standen. Aus dem Augenwinkel sah sie auch Erik, der ein paar Meter entfernt langsam auf und ab ging. Er fuhr sich mit den Fingern durch sein Haar und wirkte nachdenklich. Die Ereignisse der letzten Minuten, ja der letzten Wochen brachen nun endgültig auf ihn herein. Ihm war bewusst geworden, dass sein Leben völlig aus den Fugen geraten war. So sehr hatte er sich gewünscht, sein Schicksal zum Besseren wenden zu können, und er hatte viel riskiert – und alles verloren. Erik vernahm ein leises Geräusch und drehte seinen Kopf nach rechts, danach gingen die Lichter aus.

Davon überzeugt, dass es ihre einzige Chance war, aus dieser Situation lebend herauszukommen, hatte Tamara mit ihrer rechten Hand den Hals der Weinflasche ergriffen, sich an Erik herangeschlichen, ausgeholt und ihm einen wuchtigen Schlag gegen die linke Stirnseite verpasst. Erik war so in Gedanken versunken gewesen, dass er nicht mehr auf Tamara geachtet und sogar seinen Blick von ihr abgewendet hatte. Zu spät hatte er den Angriff erahnt und musste unmittelbar nach dem Schlag bewusstlos gewesen sein, denn er taumelte und machte keine Anstalten, den drohenden Aufprall auf dem Fußboden mit seinen Händen abzuwehren. Er schlug zuerst mit dem Becken, dann mit der rechten Schulter und schließlich mit seinem Kopf hart auf. Regungslos blieb er auf dem Bauch liegen, den Kopf nach links gedreht. Der untere Teil der Weinflasche zersprang, und der Rest des Inhalts wurde wie die Splitter im Wohnzimmer verteilt.

Tamara starrte den auf dem Boden inmitten der Scherben liegenden Erik an, immer noch die Flasche oder was davon noch übrig war in ihrer Hand, und konnte sich nicht bewegen. Sie entdeckte eine klaffende Wunde über Eriks linkem Auge, aus der er stark blutete. Das Blut begann, quer über seine Stirn zu laufen, auf den Boden zu tropfen und allmählich eine kleine Lache zu bilden. „Oh mein Gott, ich habe ihn umgebracht", sagte sie leise zu sich selbst, sank auf ihre Knie, fing an zu weinen und ließ die zerbrochene Flasche fallen.

Sie wusste nicht, wie lange sie dort gekniet und sich die Augen ausgeheult hatte, es mussten einige Minuten vergangen sein. Ihr Blick richtete sich erneut auf Erik, der nach wie vor, ohne ein Lebenszeichen von sich zu geben, in seinem eigenen Blut lag. Was sollte sie tun? Sie überlegte, was sie der Polizei erzählen konnte. Sie hatte einen Freund zu sich nach Hause eingeladen, der sich als mordlüsterner Psychopath entpuppt hatte. Er hatte ihren Verlobten, seine Sekretärin und einen Erpresser beseitigt, nur um mit ihr zusammen zu sein. Das klang tatsächlich unglaubwürdig, um nicht zu sagen, völlig verrückt. Sie hatte auch nicht den Funken eines Beweises. Der Einzige außer ihr, der die Wahrheit kannte, lag vor ihr auf dem Boden und hatte sein Geheimnis mit ins Grab genommen. Möglicherweise hatte sie Glück, und keiner hatte die beiden beim Betreten der Wohnung gesehen, weder in der Nacht, in der sie miteinander geschlafen hatten, noch an diesem Abend. Vielleicht hatte auch niemand ihren Streit mitbekommen. Sie könnte die Leiche beseitigen, dann würde hoffentlich niemand je etwas von der ganzen Angelegenheit erfahren. Aber was wäre, wenn doch alles ans Licht käme? Sie würde als Mörderin dastehen, denn für Notwehr gäbe es keine Anhaltspunkte. Also war sie darauf angewiesen, dass die Polizei ihr diese Geschichte abkaufte. Aber würde sie das? Die Story war immerhin so wirr, dass sie kein vernünftiger Mensch glauben würde. Sie selbst konnte ja kaum glauben, was sie heute Abend erfahren hatte. So viele Gedanken kreisten in ihrem Kopf, ein ständiges Abwägen von Für und Wider. Es fiel ihr schwer, in dieser Situation einen klaren Kopf zu bekommen und die richtige Entscheidung zu treffen. Nach einigem Zögern blickte sie sich um, entdeckte ihr Mobiltelefon auf dem Fußboden und hob es auf. Sie dachte zunächst an die naheliegende Notrufnummer, erinnerte sich dann jedoch an den netten Polizisten, der ihr vor ein paar Monaten behilflich gewesen war, als sie leicht angetrunken einen Unfall mit Blechschaden verursacht hatte. War es ihre teils gespielte, teils echte Hilflosigkeit, oder war er wie viele andere und auch Erik ihrer unwiderstehlichen Schönheit erlegen? Egal, der Polizist hatte auf einen Alkoholtest verzichtet und ihr dadurch einigen Ärger erspart. Vielleicht konnte sie ihre weiblichen Reize erneut einsetzen, um aus dieser prekären Lage raus zu kommen. Der Polizist hatte ihr damals seine Visitenkarte gegeben, und die musste hier noch irgendwo sein. Tamara überlegte und sah sich um. Sie war immer noch völlig durch den Wind, aber auch überrascht, dass sie den Gedanken vorhin so klar fassen konnte. Nun musste sie dieses Stück Karton im Scheckkartenformat finden. Sie war sicher, dass sie die Visitenkarte nicht weggeworfen hatte. Wo gab sie solche Dinge hin, die sie vielleicht irgendwann brauchen würde und trotzdem nicht ständig mit sich herumtragen wollte? Sie hielt kurz inne. Ihr Blick fiel durch die offene Küchentür auf den Kühlschrank. Das war es: Dessen Tür und linke Seite erfüllten für sie die Funktion einer magnetischen Pinnwand, dort musste sich auch die Visitenkarte befinden. Darauf bedacht, nicht in die Blutlache zu treten, schlich sie an dem auf dem Boden liegenden blutüberströmten Erik vorbei in die Küche. Sie legte das Handy beiseite, durchsuchte hektisch die Außenseite des Kühlschranks und riss dabei alle dort hängenden Zettel und sonstigen Gegenstände herunter, um in diesem Chaos zu finden, wonach sie suchte. „Sag mir, wo du dich versteckt hast!", forderte sie die Visitenkarte auf sich zu zeigen. Ihre Hoffnung schwand immer mehr, sie zu finden, da guckte sie hinter einer Speisekarte eines Lieferservices für chinesisches Essen hervor. Sie nahm die Visitenkarte vom Kühlschrank und las den Namen des Polizisten: Heinrich Hartl.

Tamara nahm das Telefon zur Hand. Zögernd und mit zittrigen Fingern wählte sie die Nummer auf der Karte, drückte auf die grün beleuchtete Taste und hielt das Telefon an ihr rechtes Ohr. Das unverkennbare Tuten verriet ihr, dass ihr Anruf erfolgreich war und es beim Gegenüber klingeln musste. Hoffentlich würde sie am anderen Ende der Leitung die erhoffte Hilfe finden. Doch plötzlich erstarrte sie. Sie drückte auf die rote Taste. Dann atmete sie tief durch und überlegte nochmals. Viele Gedanken rasten ihr völlig ungeordnet durch den Kopf. Auf einmal war sie nicht mehr überzeugt davon, dass ihr der Polizist helfen würde. Ein Blechschaden ist eine Sache, ein Toter auf ihrem Fußboden eine ganz andere. Wie sie sich auch entschied, es würde ihre Zukunft entscheidend beeinflussen. Wenn sie nicht anrief und die Leiche entsorgte, würde sie ihr Leben lang in Angst leben, erwischt zu werden. Und wenn sie den Anruf wagte? Was wäre, wenn ihr die Polizisten nicht glaubten? Sie würde als kaltblütige Mörderin dastehen. Für viele Jahre würde sie ins Gefängnis gehen und würde erst als alte Frau wieder ungesiebte Luft atmen dürfen. Oder man würde sie, wie Erik meinte, für verrückt halten und in eine geschlossene Anstalt einweisen. Wer weiß, ob sie dort jemals wieder rauskommen würde. Konnte sie den Polizisten vertrauen? Sie hatten sie vor ihrem Pflegevater auch nicht beschützt. Möglicherweise bestand ihre einzige Chance darin, sich wie damals selbst zu helfen und die Leiche zu beseitigen. Wie auch immer, diese wichtige Entscheidung musste sie nun ganz allein treffen.

Tamara umklammerte ihr Handy und ging langsam zurück ins Wohnzimmer. Erik lag unverändert regungslos am Boden in seinem Blut. Ihr Blick fiel auf ihren alten Wandspiegel, den sie vor einigen Jahren auf dem Flohmarkt erstanden hatte. Sie sah ihr Gesicht, das zwar immer noch sehr hübsch war, allerdings auch schwer gezeichnet von den Ereignissen dieses Abends. Wegen ihrer Tränen waren Wimperntusche und Kajal verlaufen, ihr Haar war zerzaust. Sie befragte ihr Spiegelbild um Rat, aber es gab ihr keine Antwort. Nach einer gefühlten Ewigkeit des Hin und Her meldete sich ihr Gewissen und riet ihr, das einzig Richtige zu tun. Also atmete sie nochmals tief durch, rief die zuletzt gewählte Telefonnummer auf und betätigte nach kurzem Zögern die grüne Taste.

W

Roland Hoffmann war plötzlich hellwach und reagierte sofort. Die Verbindung war unterbrochen worden, bevor er den Namen und die Adresse der Anruferin in Erfahrung bringen konnte. Es ergab für ihn keinen Sinn, der Polizei einen Mord zu melden und Sekunden später aufzulegen, ohne sich zu identifizieren. Warum hatte sie angerufen, wenn sie sich nicht stellen wollte? Sie musste völlig durcheinander sein und die Tat nicht geplant, sondern im Affekt gehandelt haben. Vielleicht handelte es sich nur um einen Unfall. Oder sie war auf der Straße überfallen worden und hatte sich nur gewehrt. Vielleicht hatte sie dem Angreifer mit der Handtasche eins übergezogen, und er war unglücklich auf die Gehsteigkante gefallen. Oder sie war besonders gerissen und spielte nur die hilflose, völlig aufgelöste Frau. Dabei hatte sie gerade einen perfiden Plan in die Tat umgesetzt und hoffte, mit ihrer Story von der armen und schwachen Frau ungeschoren davon zu kommen. So viele Gedanken schwirrten durch seinen Kopf, aber alles war nur Spekulation.

Hoffmann konzentrierte sich auf den einzigen Anhaltspunkt, den er hatte: ihre Telefonnummer, die auf dem Display seines Telefons angezeigt wurde. Es war zwar schon alt, aber diese nützliche Funktion hatte es bereits. Sie hatte in der Vergangenheit einige Male gute Dienste geleistet. Viele anonyme Anrufer konnten auf diese Weise ausgeforscht und vor allem bei absichtlichen Falschangaben belangt werden.

Er wandte sich seinem Computer zu und öffnete das Programm für die Rückwärtssuche, um über die Telefonnummer den Namen der Frau zu ermitteln. Aus der Vorwahl und den weiteren sieben Stellen konnte er erkennen, dass die Nummer zu einem Mobiltelefon gehörte. Nummern von Firmenhandys hatten meist acht und mehr Stellen nach der Vorwahl, also vermutete er, dass es sich um ein privates Telefon handelte. Er tippte die Nummer ein und betätigte die Eingabetaste, doch auf dem Monitor erschien kein Suchergebnis. „Das kann doch nicht wahr sein", war er verwundert. Er überprüfte die Nummer nochmals. „Du Idiot!", beschimpfte er sich selbst. „Du bist schon zu blöd, um eine Telefonnummer richtig einzugeben." Er hatte die letzten beiden Ziffern vertauscht, also korrigierte er seinen Fehler und drückte die Eingabetaste erneut. Die Meldung auf dem Bildschirm lautete diesmal: „Kein Eintrag im Telefonbuch".

„Verdammt, eine Geheimnummer!" Schweißperlen standen auf seiner Stirn, und an seiner Mimik konnte man seine Frustration erkennen. Mutlos ließ er den Kopf sinken. Konnte er denn gar nichts mehr tun? Eine Mörderin gestand am Telefon, und er war nicht in der Lage, sie ausfindig zu machen? Er zermarterte sich das Gehirn. Es musste doch eine Möglichkeit geben. Selbstverständlich konnte er den offiziellen Weg gehen und einen Gerichtsbeschluss erwirken, aber das würde zu lange dauern. Er starrte wieder auf das Porträt des Bürgermeisters, das ihn unverändert angrinste. „Du bist wie immer keine Hilfe", schnauzte er das Bild an.

Es schien, als hätte Hoffmann sein Mut verlassen, da erhellte sich plötzlich sein Blick. „Warum habe ich nicht gleich daran gedacht?" Er zückte sein Mobiltelefon und durchsuchte seine Kontakte. Als er unter dem Buchstaben K den richtigen Namen gefunden hatte, drückte er die grüne Taste.

Es schien Stunden zu dauern, bis der Rufaufbau erfolgreich war. Hoffmann kreuzte seine Finger. „Hoffentlich hat er sein Handy nicht ausgeschaltet". Endlich war es soweit, er vernahm das vertraute Tuten im Ohr und hoffte, dass es auf der anderen Seite klingelte. Es tutete das zweite Mal, dann ein drittes und noch ein viertes Mal. „Geh schon ran, du Schlafmütze!“ Nach dem sechsten Tuten schwand seine Hoffnung. „Na ja, ein Versuch war es wert“, sagte er entmutigt zu sich und beschloss aufzulegen. Auf einmal vernahm er ein leises Klicken und hörte jemanden atmen.

„Dave, bist du das?“ fragte Hoffmann vorsichtig. Er vernahm nur ein leises Stöhnen. „Wach auf, Dave!“ Wieder keine Antwort. Als Hoffmann schon ins Telefon brüllen wollte, vernahm er eine verschlafene Stimme.

„Ja, hier David Kaiser, wer ist denn da?“

„Hey Dave, hier ist Rollo.“

„Wer?“

„Rollo Hoffmann.“

„Rollo, du Mistkerl! Was soll der Scheiß? Hast du mal auf die Uhr gesehen?“

„Entschuldige, ich weiß, wie spät es ist, ich bin in der Arbeit und brauche deine Hilfe.“

„Zum Teufel noch mal, du bist ein Kieberer, kannst du dir nicht selbst helfen?“

„In dem Fall nicht. Glaub mir, ich hätte nicht angerufen, wenn ich eine andere Möglichkeit gesehen hätte.“

„Hör zu, Rollo! Ich habe keinen Nerv für deinen Blödsinn. Wenn du dein Ding nicht mehr findest, frag deinen Kollegen.“

„Ich verarsche dich doch nicht, Dave. Es geht wirklich um Leben und Tod.“

Kaiser war nun ebenfalls hellwach. „Du meinst es wirklich ernst, oder?“

„Ja, und nur du kannst mir helfen.“ Der Appell an Kaisers Eitelkeit sollte helfen.

„Na gut, aber wehe, wenn du mich nur verscheißerst.“

„Du hast doch von deinem Laptop Zugang zu deinem Firmennetzwerk.“

„Und weiter?“

„Ich möchte, dass du eine Telefonnummer überprüfst."

„Das kannst du doch auch selbst machen."

„Nicht bei einer Geheimnummer, zumindest nicht ohne Gerichtsbeschluss."

„Dann besorge dir einen, und ich suche dir alles raus, was du brauchst."

„Ich habe aber keine Zeit für diesen Bürokratenscheiß. Es ist dringend."

„Du weißt schon, dass ich nicht so ohne weiteres irgendwelche Telefonnummern überprüfen darf."

„Das machst du doch jeden Tag."

„Ja, aber das ist dienstlich und nicht privat."

„Dann berufe dich auf mich, ich meine auf die Polizei."

„Damit wären wir wieder beim Thema Gerichtsbeschluss."

„Ich habe dir doch schon versucht zu erklären, dass es um Leben und Tod geht."

„Das kann mich meinen Job kosten."

„Wenn du mit deinem Gewissen vereinbaren kannst, dass eine Mörderin davonkommt, dann schlaf weiter."

„Dann gute Nacht, Rollo!"

„Warte, Dave! Leg nicht auf! Es ist mir wirklich ernst. Und du bist meine letzte Option." Hoffmann wartete auf eine Antwort, aber er hörte nichts von der anderen Seite der Leitung. „Bist du noch dran, Dave?"

„Ich bin noch da."

„Und? Hilfst du mir?"

„Okay, aber ich habe was gut bei dir."

„Du bekommst meinen 18-jährigen *Macallan*."

„An dem hängst du doch so, dass du ihn seit Jahren ungeöffnet zuhause stehen hast. Warum liegt dir so viel an der Sache?"

„Weiß nicht, ist so ein Gefühl."

„Gut, zuerst holen wir uns das Miststück, und dann besaufen wir uns mal mit richtig gutem Stoff." Kaiser sprang aus dem Bett, setzte sich an seinen Schreibtisch und schaltete den Laptop ein. „Dauert noch einen Moment, bis ich mich ins Netzwerk eingeloggt habe. Du hast also so ein Gefühl. Ist etwa plötzlich der Kriminalist in dir erwacht?"

„Kann sein. Ich denke, ich sitze schon zu lange auf meinem immer fetter werdenden Hintern. Wird Zeit, dass ich mal was verändere."

„Gute Einstellung, vielleicht wird ja doch noch was aus dir. Ich bin jetzt soweit, wie lautet die Nummer?"

„0650/9031974."

„Etwas langsamer, ich bin kein Zauberer."

„0650..."

„So weit war ich schon."

„...903 – 1974."

„Ist eingegeben, einen Moment."

„Wie lange wird das dauern?"

„Ist gleich soweit. Ich habe einen Treffer, ist tatsächlich eine Geheimnummer. Sie ist registriert auf eine gewisse Tamara Mertens, laut Handy-Anmeldung wohnt sie in der Hartlgasse 6a, die liegt im 20. Bezirk."

„Ich weiß, wo das ist."

„Die Anmeldung ist aber schon neun Jahre her. Kann sein, dass sie dort gar nicht mehr wohnt. Ich checke das Melderegister."

„Mach schnell!"

„Hetz mich nicht, ich bin ja schon dran." Hoffmann wurde ungeduldig. Er wusste zwar, dass sein Kumpel tat, was er konnte, aber jede Minute zählte.

„Wir haben Glück, es gibt nur eine Tamara Mertens in Wien, sie ist sogar die einzige in ganz Österreich."

„Und? Wohnt sie noch dort?"

„Laut Register ja."

„Sehr gut, hast du sonst noch Informationen?"

„Bei der Handy-Anmeldung wurde ihr Reisepass eingescannt. Wir haben also ihr Foto, ihre Größe und ihr Geburtsdatum. Ich sende dir den Scan in die Arbeit."

„Schick ihn mir lieber auf mein Handy."

„Verstehe, ist ja keine offizielle Anfrage. Schon erledigt."

„Danke, Dave. Du bist der Beste. Ich muss los."

„Dann bis bald, Rollo. Und vergiss den *Macallan* nicht!"

„Werde ich nicht."

Hoffmann notierte sich die Adresse sicherheitshalber auf einem Blatt Papier, das er sich vorsorglich zurechtgelegt hatte, um nicht in der Aufregung noch das falsche Gebäude zu stürmen. Bei Adressen mit Buchstabenzusätzen konnte es unangenehme Folgen haben, wenn man falsch lag. Genau das war ihm vor etwa einem Jahr passiert: Er hatte sich bei den Buchstaben geirrt und die Tür der falschen Substandardwohnung aufgebrochen. Damals saß ein völlig verdutzter Pensionist vor ihm, der es sich gerade in seiner Wanne gemütlich gemacht hatte und beinahe einen Herzinfarkt erlitt. Doch noch schlimmer war, dass der wahre Täter zwei Türen weiter wohnte. Er war durch den Lärm vorgewarnt worden und konnte durch das Fenster flüchten. Das brachte Hoffmann nicht nur den Hohn und das Gelächter seiner Kollegen, sondern auch eine Standpauke seines Vorgesetzten ein. Er hatte diesen Vorfall verdrängt, zumindest bis zu diesem Zeitpunkt. Aber das war jetzt nebensächlich, er musste schnell handeln.

Er rief seinen Kollegen: „Heinz, komm schnell! Wir haben einen Einsatz und müssen uns beeilen!" Sein Kollege war tatsächlich auf der Toilette gewesen und vermutlich, wie auch Hoffmann, eingeschlafen. Hoffmann fiel sofort auf, dass Hartls Hosenstall offenstand und er das Uniformhemd zum Teil über der Hose trug. Trotz der ernsten Situation kam ein Lächeln über seine Lippen, der Anblick war einfach zu komisch. „Du wirst doch nicht eingeschlafen sein?", grinste er seinen Kollegen an. „Wie kann einem nur so etwas passieren?"

„Lass mich doch in Ruhe!", knurrte Hartl zurück. „Schau dir mal *dein* Hemd und *deine* Hose an!" Bei diesem Anblick mussten beide lachen.

Nachdem sie sich wieder beruhigt hatten, gab Hoffmann seinem Kollegen den Zettel und sein Handy und brachte ihn auf den neuesten Stand. „Vor etwa fünfzehn Minuten hat vermutlich diese Frau, Tamara Mertens, 35, von dieser Nummer angerufen und einen Toten gemeldet. Wir müssen davon ausgehen, dass sie ihn umgebracht hat. Sie klang verwirrt und verzweifelt."

„Die kenne ich doch", stellte Hartl fest, „der habe ich vor ein paar Monaten aus der Klemme geholfen. Ist besoffen wo angefahren. Glaub mir, Roland, die sieht in echt noch viel schärfer aus. Und die soll jemanden umgebracht haben? Von der Alkolenkerin zur Killerin, ganz schön steile Karriere."

Hoffmann achtete nicht auf Hartls dummes Geschwätz. „Sie wohnt in der Hartlgasse 6a. Hoffentlich hat sie von dort angerufen. Mehr haben wir nicht. Wir sollten uns beeilen."

„Ausgerechnet *meine* Gasse", war Hartl alles andere als erfreut, steckte das Hemd ordentlich in seine Hose und zog den Reißverschluss hoch. „Was ist mit dir?"

„Was soll mit mir sein? Ich habe jetzt keine Zeit mich umzuziehen. Lass uns einfach fahren! Ich leite nur schnell das Telefon um, damit die Wache nicht unbesetzt ist." Das war mit wenigen Handgriffen erledigt.

Hartl nahm den Dienstwagenschlüssel vom Schreibtisch, und sie verließen das Wachzimmer fluchtartig. So eine Aufregung waren beide nicht gewohnt. Sonst hatten sie es während ihrer Nachtschicht gemütlich und warm, hatten Zeit zu plaudern oder Karten zu spielen oder auch über ihre Frauen oder was sie sonst beschäftigte zu lästern. Hartl konnte Hoffmann zwar nicht sonderlich leiden, aber sie versahen immerhin seit sechs Jahren regelmäßig gemeinsam Dienst. So etwas verbindet, man spricht über vieles, und oft ist es einfacher, sich mit einem Mann zu unterhalten als mit seiner Frau.

Die beiden erreichten ihren Dienstwagen, einen weißen Golf, der schon bessere Tage gesehen hatte. Die Windschutzscheibe hatte ein paar Steinschläge, und auch die Karosserie wies einige rostige Schrammen auf. Hartl steckte den Schlüssel ins Schloss und öffnete den Wagen auf die altmodische Weise, denn die Zentralverriegelung funktionierte schon seit Jahren nicht mehr. Im Inneren des Wagens sah es nicht viel besser aus: Die Sitzbezüge waren mit Kaffee- und teils undefinierbaren Flecken übersät. Budgetkürzungen hatten dafür gesorgt, dass nur noch die nötigsten Reparaturen durchgeführt wurden, und was schadete denn so ein bisschen Rost und gemusterte Sitze.

Wie alle halbwegs guten Polizisten kannten sie nicht nur ihr Revier wie ihre Westentasche, sondern auch die Nachbarbezirke. Hoffmann hatte früher in der Nähe der Hartlgasse gewohnt, und Hartl ging seit fünfzehn Jahren in diesem Bezirk auf Streife. Deshalb saß meistens er am Steuer. Während sie, mit eingeschaltetem Blaulicht, wegen der fortgeschrittenen Stunde aber ohne Folgetonhorn, wortlos durch die Stadt ihrem Ziel entgegen brausten, dachten sie daran, dass die Hartlgasse in einer ruhigen Wohngegend lag und dort noch nie etwas Nennenswertes passiert war. Aber es gibt für alles ein erstes Mal. Auf den Straßen war um diese Zeit in dieser Gegend, so weit entfernt von der Innenstadt, nichts los. Nur eine Handvoll Autos begegneten ihnen auf ihrem Weg. Nicht ein einziger Mensch oder auch nur ein streunender Hund ließ sich blicken. In dieser pechschwarzen Nacht war auch Nebel aufgezogen. Die Stimmung erinnerte Hoffmann an einen typischen Novemberabend in London, von denen er vor ein paar Jahren während eines Kurzurlaubes gleich mehrere erleben durfte. „Wer fährt schon im November nach London", hatten seine Kollegen damals gelästert. Sie sollten recht behalten. Das Wetter war lausig gewesen, nicht nur in den Nächten hatte man kaum die Hand vor den Augen sehen können. Nun hatte er genug von den schlechten Erinnerungen, die ihm dieser Fall einbrockte. Er würde sich ab jetzt nur noch auf das Wesentliche konzentrieren.

Nach etwa zehn Minuten hatten sie ihr Ziel beinahe erreicht. Sie bogen in die Hartlgasse ein. Schon von weitem sahen sie einen hellen Schein, der nicht von der Straßenbeleuchtung stammte.

„Was zum...?", begann Hartl seine Frage, die ihm sofort im Hals stecken blieb. Hoffmann hatte ihm von einem mutmaßlichen Mord berichtet, doch was sie nun erblickten, hatte weder sein Kollege noch er selbst erwartet. Hartl beschloss, Abstand zu halten und hielt den Dienstwagen vor der Hausnummer 10 an. Sie öffneten die Türen, stiegen aus und starrten fassungslos auf das Bild, das sich ihnen bot: Ein Teil der Fassade der ersten Etage des Hauses Hartlgasse 6a war weggerissen worden. Es schien, als wäre eine gewaltige Detonation die Ursache gewesen. Auf Gehsteig und Straße lagen unzählige, teils brennende Trümmer. Der Brand drohte, auf die anderen Stockwerke überzugreifen. Es musste erst vor wenigen Augenblicken passiert sein, denn es waren noch keine Bewohner oder Nachbarn an den Fenstern oder auf der Straße zu sehen. Hoffmann zückte sein Mobiltelefon und wählte 122.

Kaum hatte es einmal geläutet, meldete sich jemand am anderen Ende kurz und bündig: „Feuerwehrnotruf?"

„Hier Revierinspektor Hoffmann, Dienstnummer 0903. Ich melde einen Brand im 20. Bezirk, Hartlgasse 6a. Es handelt sich um ein vierstöckiges Haus, die erste Etage brennt, ich vermute eine Explosion, dürfte erst vor wenigen Minuten passiert sein."

„Ich leite es weiter, es wird gleich jemand kommen", war die kurze und prägnante Antwort, und die Verbindung wurde unterbrochen.

Währenddessen wagte sich Hartl zum Eingang des Hauses vor. Aufgrund der großen Hitze und starken Rauchentwicklung schützte er seine Augen mit der linken und seinen Mund und die Atemwege mit der rechten Hand. Er merkte rasch, dass es zu gefährlich war, ins Innere vorzudringen. Entmutigt wendete er sich von dem brennenden Haus ab und zog sich zum Dienstwagen zurück. Hier war vorerst nichts zu machen, bis die Feuerwehr den Brand unter Kontrolle gebracht hatte. Sollte hier tatsächlich ein Mord verübt worden sein, würde es nicht einfach werden, das Opfer zu identifizieren.

Hoffmann musste sich also nun auf die Täterin konzentrieren. Ohne zu zögern zückte er sein Funkgerät: „1901 an Zentrale!"

„Hier Zentrale, sprechen Sie, 1901!"

„Erbitte Fahndung nach einer Frau, Tamara Mertens, ich buchstabiere: Martha – Emil – Richard – Theodor – Emil – Nordpol – Siegfried, 35 Jahre alt, 175 Zentimeter groß, blondes Haar, wohnhaft in der Hartlgasse 6a, wegen Mordverdachts. Sie befand sich wahrscheinlich bis vor wenigen Minuten noch hier, sie kann also nicht weit sein. Ich schicke Ihnen ein Foto der Verdächtigen."

„Hier Zentrale, ich gebe die Fahndung raus, sobald ich das Foto habe."

„1901 Ende."

Hoffmann blickte auf sein Handy und betrachtete Tamaras Foto. Sein Kollege hatte sich vorhin gefragt, wie es so weit kommen konnte, dass diese attraktive Frau in eine solche Situation geraten konnte. Auch Hoffmann wusste darauf keine Antwort. Er seufzte und schickte das Foto an die Zentrale. Irgendwann würde er Rede und Antwort stehen müssen, woher er ihr Foto und die Daten hatte, aber das war ihm im Moment egal. Für ihn zählte nur, dass sie so schnell wie möglich dingfest gemacht und ihrer gerechten Strafe zugeführt wurde. Doch jetzt fühlte er sich hilf- und nutzlos. Er konnte nichts unternehmen, bis sie die Wohnung untersuchen konnten, oder doch? Wenn sich die Explosion erst kurz zuvor ereignet hatte, konnte Mertens noch nicht weit sein. Für den Fall, dass sie ihren verwirrten Zustand nicht bloß gespielt hatte, war sie möglicherweise nicht besonders schnell unterwegs und ihr Vorsprung nur gering. Er musste sich in der Nachbarschaft umsehen. Vielleicht würde er sie sogar vor seinen Kollegen finden.

Inzwischen erschienen auch einige Nachbarn, die von dem ohne Zweifel lauten Knall geweckt worden waren, an Fenstern und mit Morgenröcken bekleidet auf der Straße. Auch ihnen schien das Entsetzen ins Gesicht geschrieben. Aber Hartl wusste es besser. Nach seiner Erfahrung gab es unter ihnen genug Schaulustige, die sich einen Dreck um ihre Nachbarn scherten und nur sensationsgeil waren. Dieser Explosion lag vielleicht nur ein Unfall zugrunde. Möglicherweise sollten damit aber Spuren verwischt werden. Auch Mertens konnte sich unter den Schaulustigen befinden und ihr Werk bewundern, also beobachtete er die herumstehenden und gaffenden Personen, ohne Erfolg.

Mittlerweile kündigte sich auch die Feuerwehr durch das unverkennbare Folgetonhorn an. In wenigen Sekunden würden sie hier sein und ihre gefährliche Arbeit wie immer professionell erledigen. Allerdings würde es noch einige Zeit dauern, bis ermittelt sein würde, was genau an diesem Abend in der Hartlgasse 6a geschehen war.

Während Hoffmann die Straßen und Gassen rund um das brennende Gebäude durchkämmte, beschäftigte ihn noch immer, warum die Anruferin Hilfe bei der Polizei gesucht und dann die Verbindung unterbrochen hatte, ohne ihre Identität preiszugeben. Und aus welchem Grund hatte es diese Explosion gegeben und war die Wohnung in Flammen aufgegangen? Diese Fragen ließen ihm keine Ruhe.

X

Tamara erstarrte. Noch vor wenigen Minuten hatte sie es für eine gute und durchdachte Idee gehalten, einen Polizisten zu kontaktieren. Beim Telefonat war sie dann doch verwirrt und nervös. Das mochte an der Ausnahmesituation liegen, vielleicht auch daran, dass ein anderer Polizist als der, den sie erwartet hatte, den Hörer abnahm. Bei der Nummer auf der Visitenkarte handelte es sich anscheinend nicht um seine Privatnummer, die Polizisten zumindest in Filmen auf die Rückseite schrieben und dazu den oft gehörten Satz „Sie können mich rund um die Uhr anrufen" hinzufügten. Es hätte ihr bereits vorher klar sein müssen, dass es sich um die Rufnummer der Polizeiinspektion gehandelt hatte. Dort arbeitete immerhin nicht nur dieser Polizist, daher konnte auch jemand anderer den Anruf beantworten. Wie auch immer: Tamara war während des Telefongesprächs durcheinander und verunsichert gewesen und hatte kaum ein Wort über ihre Lippen gebracht.

Aber das war nicht der Grund für ihr Erstarren und das abrupte Ende des Telefonats gewesen. Sie hatte auch nicht plötzlich wieder Angst bekommen, dass ihr die Polizisten nicht glauben würden und sie ins Gefängnis oder in ein Irrenhaus musste. Das wäre auch ihr geringstes Problem gewesen, denn jetzt war nicht nur ihre Freiheit in Gefahr, sondern etwas noch viel Wertvolleres: Ihr Leben. Vor ihr stand Erik, von den Toten auferstanden und blutüberströmt. In seiner rechten Hand hielt er ihr Handy. Er hatte es ihr vor wenigen Sekunden aus der Hand genommen und das Gespräch beendet. Sie war davon so überrascht gewesen, dass sie nicht darauf reagieren konnte. Nun machten ihr zwei Umstände große Angst: Eriks Gesichtsausdruck und der Gegenstand, den er in seiner linken Hand hielt: die zerbrochene Weinflasche. In den Händen eines Mannes, dessen Gefühlswelt in den letzten Stunden völlig aus den Fugen geraten war, stellte das eine tödliche Waffe dar. Tamara wagte nicht, sich zu bewegen oder auch nur ein Wort zu sagen. Ihr Schock saß so tief, dass sie dazu ohnehin nicht in der Lage gewesen wäre. Also war es an Erik, das Schweigen zu brechen.

„Du wolltest mich umbringen, du Schlampe!“, fauchte er und ließ das Telefon fallen. „Alles habe ich für dich riskiert und aufgegeben. Und obwohl du jetzt mein Geheimnis kennst, hätte ich dich gehen lassen. Aber was machst du? Du drischst einfach mit einer Flasche auf mich ein?“

Drohend erhob er seine linke Hand, die noch immer den Hals der zerbrochenen Flasche hielt. Tamara fielen einige Dinge ein, die sie darauf erwidern konnte, aber die hätten Erik nicht besänftigt, sondern nur noch wütender gemacht, und er war bereits auf 180, also schwieg sie ihn sicherheitshalber erst mal an. Auch Erik starrte sie wortlos an, er schien eine Antwort zu erwarten. Tamara versuchte, einen klaren Gedanken zu fassen, soweit es ihr die Angst, die ihr ins Gesicht geschrieben stand, erlaubte. An seine Vernunft zu appellieren war der falsche Weg, denn er hatte diesen Pfad schon lange verlassen.

Vielleicht war ein untertäniger, flehender Ton in dieser Situation angebracht, es konnte ihr Leben retten. „Ich bitte dich, Erik, beruhige dich! Es tut mir leid, dass ich dich geschlagen habe. Ich dachte, du wolltest mir etwas antun. Aber das würdest du doch nicht, oder? Ich bin es doch, deine Tamara.“ Erik hielt inne. Sein hasserfüllter Gesichtsausdruck wich einem verzweifelten.

Er ließ seine linke Hand sinken. „Ich dachte, ich könnte mein Schicksal ändern und ein glückliches Leben führen, mit der vollkommenen Frau an meiner Seite, sonst wäre ich doch nie so weit gegangen. Aber es war nur eine Illusion."

Tamara ahnte nicht, dass der Polizist, mit dem sie telefoniert hatte, ihre Adresse herausfinden und in nur wenigen Minuten Hilfe hier sein würde. Dennoch versuchte sie instinktiv, auf Zeit zu spielen. Sie überlegte, ob vielleicht ein Nachbar ihren Streit mitangehört und die Polizei verständigt hatte. Wie auch immer, sie hoffte auf Hilfe.

Sie musste erreichen, dass Erik die Waffe aus der Hand legte. „Komm, gib mir die Flasche, setz dich und trink einen Schluck, dann wird es dir besser gehen." Erik reagiert nicht darauf, also versuchte Tamara weiter, ihn zu beruhigen. „Ich wollte dir wirklich nicht wehtun, weder mit meinen Worten noch mit der Flasche. Aber ich hatte Angst. Jetzt habe ich keine Angst mehr."

Das war zwar alles andere als wahr, aber sie musste ihn davon überzeugen, dass sie keine Bedrohung für ihn darstellte. Vielleicht würde er sie dann gehen lassen. Erik senkte seinen Blick. Tamara konnte sein Verhalten nicht deuten. Hatte er resigniert, oder dachte er nach? Wortlos starrte er auf den Boden. Vieles raste durch seinen Kopf, von den höllischen Schmerzen abgesehen. Eine Sache beschäftigte ihn besonders.

„Worüber denkst du nach?", unterbrach Tamara seine Gedanken.

Erik hob seinen Kopf und blickte ihr in die Augen. „Ich habe mich gefragt, wen du vorhin angerufen hast." Tamara erstarrte wieder. Was sollte sie entgegnen? Die Wahrheit konnte sie ihm auf keinen Fall sagen, das wäre ihr Todesurteil. Sollte sie behaupten, sie sei angerufen worden? Wer sollte das um diese Zeit tun? Vielleicht hatte sich der Anrufer verwählt? Sie hatte keine brauchbare Ausrede parat. Erik wurde ungeduldig und sein Ton rauer. „Ich will sofort wissen, mit wem du telefoniert hast." Tamara schüttelte den Kopf und wagte nicht zu antworten. „Wem hast du erzählt, dass ich hier bin und du mich umgebracht hast?" Tamara erschrak innerlich. Erik hatte Teile des Gesprächs mitbekommen. Die Geschichte mit dem

Anrufer, der die falsche Nummer gewählt hatte, war damit vom Tisch. „Vielleicht einer Freundin?", hakte er nach.

Tamara war nun völlig verängstigt. Mehr als ein leises „Nein" brachte sie nicht über ihre Lippen.

„Oder hast du einen deiner Liebhaber angerufen und um Hilfe gebeten?" Wieder schüttelte Tamara den Kopf und antwortete diesmal nicht. Erik dachte kurz nach und blickte ihr tief in die Augen. „Hast du etwa unsere Freunde und Helfer zu Hilfe gerufen?" Tamara wurde nun kreidebleich und begann zu zittern. Erik baute sich bedrohlich vor ihr auf.

„Erik, tu bitte nichts Unüberlegtes!", bat sie ihn und bemerkte, dass er Tränen in den Augen hatte.

„Ich habe dich geliebt", gab er in traurigem Ton von sich und hob wieder seine linke Hand, die immer noch die abgebrochene Flasche hielt.

„Erik, bitte! Tu das nicht!", flehte Tamara erneut, dieses Mal in richtiger Todesangst, und wich einen Schritt zurück. Erik erwiderte nichts darauf, ging einen Schritt auf sie zu, und seine linke Hand schnellte nach vorne.

Tamara erstarrte. Sie spürte, wie die Flasche sie am Hals berührt hatte, dennoch fühlte sie keinen Schmerz. Hatte Erik sie damit nur gestreift, oder war es noch immer der Schock über seine Auferstehung? Tamara fasste mit der linken Hand an ihre Kehle. Sie fühlte, dass das rasiermesserscharfe Glas ihre Haut verletzt hatte, und noch etwas, es war feucht und flüssig. Als sie die Hand wieder wegnahm und vor ihre Augen hielt, war sie blutverschmiert. Tamara sah an sich herab und bemerkte, dass ihre schneeweiße Bluse bereits mit Blut befleckt war. Sie versuchte zu schreien, doch aus ihrer Kehle drang kein Laut. Die tiefe Stichwunde an ihrem Hals hatte ihre Stimmbänder verletzt. Sie versuchte weiter, einen kontrollierten Laut von sich zu geben, doch nur noch ihre angsterfüllten Augen flehten um Hilfe. Sie streckte ihre Arme nach Erik aus, doch er war nach seinem Angriff zwei Schritte zurückgewichen und damit außer Reichweite.

Tamara verließen ihre Kräfte, sie ließ die Arme sinken, verdrehte die Augen, fiel zuerst auf die Knie, dann nach rechts und blieb seitlich liegen. Sie hatte noch Kraft, ihren Kopf ein kleines Stück zu heben und den linken Arm nach Erik auszustrecken in der Hoffnung, er würde ihr doch noch helfen. Ihre Augen waren noch immer weit aufgerissen, ihr Gesicht von blankem Horror und Todesangst gezeichnet. Auf dem Boden hatte sich bereits eine Lache aus ihrem Blut gebildet. Die Versuche zu schreien wurden immer zaghafter, Kopf und Arm sanken wieder zu Boden. Erik beobachtete, wie ihre Atmung immer flacher wurde und wie mit jedem Schlag ihres Herzens immer mehr Blut ihren Körper verließ. Ihre Augen starrten ihn ein letztes Mal angsterfüllt und flehend zugleich an, und mit dem nächsten Atemzug entwich auch das letzte Leben aus ihnen.

Erik hatte Tamaras Todeskampf aus sicherer Entfernung beobachtet. Nun ging er langsam auf den leblosen Körper zu und beugte sich über ihn. Sie war immer noch wunderschön, trotz des starren Gesichtsausdrucks und der blutenden Wunde an ihrem Hals. Erik begriff, was er soeben getan hatte. Die Flasche, oder was davon übrig war, befand sich noch immer in seiner linken Hand. Nun entglitt sie ihm und fiel zu Boden. Er sank auf seine Knie und begann zu weinen. Alles brach nun über ihn herein. Die Tragweite seiner Taten wurde ihm erst in diesem Moment vollständig bewusst. Wie in den letzten Sekunden vor dem Tod liefen diese Ereignisse nochmals vor seinem geistigen Auge ab: Pauls Sturz in den Abgrund, die erste Begegnung mit Tamara nach der Beerdigung, das Abendessen in Linz, ihre gemeinsame Nacht in Wien, die Betäubung des Erpressers und der tödliche Schnitt in die Pulsader seiner Sekretärin. Diese Bilder würden ihn sein Leben lang verfolgen, dessen war er sich bewusst. Er würde dafür nicht nur im siebten Höllenkreis schmoren, sondern auch den Rest seines Lebens hinter schwedischen Gardinen verbringen. Es sei denn... Eriks Blick veränderte sich. Eben war er noch ein weinendes Häufchen

Elend gewesen, doch nun war sein Blick wieder ernst, konzentriert, fokussiert, und zwar darauf, was er zu tun hatte. Er hatte nicht all diese schrecklichen Taten begangen, nur um den Rest seiner Tage allein mit seinem Selbstmitleid in einer Gefängniszelle zu verfaulen. Beinahe alles hatte er verloren, was ihm etwas bedeutete, doch eines blieb ihm noch: sein Verstand. Der sollte ihm helfen, seine Freiheit zu bewahren. Sein Überlebensinstinkt war wieder geweckt und ließ ihn über seinen nächsten Schritt nachdenken. Nachdem Tamara ihn mit der Weinflasche niedergeschlagen hatte, war er kurze Zeit bewusstlos gewesen. Dann war er langsam zu sich gekommen und hatte mitbekommen, dass sie telefoniert hatte. Aus ihrem Verhalten vorhin hatte er geschlossen, dass es nur die Polizei gewesen sein konnte. Hätte Tamara erwähnt, wo sie zu finden waren, wäre selbst der langsamste Sesselfurzer bereits hier, und die Handschellen würden klicken. Eine Handyortung würde einige Zeit dauern, aber die Polizisten am Ende hierherführen. Das verräterische Handy, wo war es? Er hatte es vorhin fallen lassen. Erik sah sich nervös um. Irgendwo hier musste es liegen. Endlich erblickte er das Telefon und hob es auf. Es war noch eingeschaltet. „So ein verdammter Mist, ich hätte es schon vorhin zerstören sollen“, ärgerte er sich und warf das Handy mit voller Wucht gegen die Wand, sodass es in seine Einzelteile zersprang. Die Polizei konnte in wenigen Minuten hier sein. Er musste schnell handeln, sonst würde er bald nur noch gesiebte Luft atmen. Überall in der Wohnung waren Spuren von ihm: unzählige Fingerabdrücke vom heutigen Abend, vielleicht auch noch vom ersten Besuch, falls Tamara nicht ordentlich geputzt hatte, Speichel auf dem Weinglas und Blut auf dem Boden, also massenhaft DNA von ihm. Er würde sie in dieser kurzen Zeit nicht beseitigen können, und das würde ihn überführen, so schlampig konnte die Spurensicherung gar nicht arbeiten. Er brauche einen Plan, und zwar sofort. Die Polizei durfte keine verwertbaren Spuren finden. Er überlegte fieberhaft. Seine Augen schweiften durch die Wohnung, suchend nach einer

Lösung. Sein Blick fiel auf den Tisch, die Gläser, die Stühle, Tamaras Leiche, den Wasserhahn in der Küche. Er konnte die Wohnung unter Wasser setzen. Wasser schaffte Leben und konnte es auch zerstören, doch es würde die Spuren nicht ausreichend beseitigen. Er ging in die Küche und erblickte in einer Vitrine eine fast volle Flasche *Aberlour A'Bunadh*. Er kannte diesen Single Malt Scotch, der in Fassstärke abgefüllt wird. Das konnte für einen Kenner durchaus interessant sein, ohne einen Schluck Wasser oder Eis brannte er jedoch wie Feuer. Das war die Lösung: die reinigende Kraft des Feuers. Der Whisky hatte einen Alkoholgehalt von über 60 Volumsprozent, er würde also bei Zimmertemperatur brennen. Sein Blick richtete sich nun auf den Gasherd, der ihm schon einmal gute Dienste geleistet hatte, und den Mikrowellenherd. Das könnte klappen, dachte er. Er überprüfte, ob alle Wohnungsfenster geschlossen waren. Danach öffnete er sämtliche Gashähne des Ofens, auch jenen des Backrohres. Er nahm die Whiskyflasche aus der Vitrine und ging zum Mikrowellengerät, öffnete dessen Tür und legte die Flasche hinein. Erik stellte auf die höchste Leistungsstufe und gab die Garzeit ein. „Fünf Minuten sollten reichen", überlegte er und betätigte den Schalter. Das setzte das Gerät noch nicht in Betrieb, denn die Tür war noch geöffnet. Er ging seinen Plan in Gedanken noch einmal durch und vergewisserte sich, nichts übersehen zu haben. Dann atmete er einmal tief durch, schloss die Tür der Mikrowelle und setzte dadurch den Countdown in Gang. Er beobachtete kurz, was sich im Inneren des Gerätes abspielte. Vorerst konnte er keine Veränderung bemerken, in wenigen Minuten würde sich jedoch die Flasche mit diesem hochprozentigen Inhalt in einen Molotowcocktail verwandeln und einen idealen Zünder für das Gasgemisch abgeben, das sich gerade in der Wohnung bildete. Erik zweifelte daran, dass die Gaskonzentration für eine Detonation ausreichte. Er musste die Ausbreitung des Gases auf die Küche begrenzen. Also lehnte er die Tür zur Küche an und hoffte, dort würde sich in den nächsten Minuten genug Gas ansammeln, dass es zu einer Explosion kam.

Jetzt musste Erik schleunigst verschwinden. Die Polizisten konnten jede Sekunde eintreffen. Sollten sie die Detonation verhindern, wäre auch sein Plan, seine Spuren zu verwischen, vereitelt. Er konnte auch auf die Polizei oder die Explosion warten, dann hätte er es hinter sich, ob auf die eine oder andere Art. Nein, sein Überlebenstrieb und der Drang nach Freiheit war stärker. Durch die Tür wollte er die Wohnung und das Haus nicht verlassen. Die Gefahr, dass ihn jemand dabei beobachtete oder die Polizei in diesem Moment vorfuhr, war zu groß. Er blickte sich um, nahm sein Sakko, das noch immer über dem Stuhl hing, und ging Richtung Badezimmer. Er wusste von seinem letzten Besuch, dass das Fenster in den Hinterhof führte. Von dort gab es einen Durchgang auf die parallel verlaufende Straße, wo er auch seinen Wagen geparkt hatte, ein idealer Fluchtweg. Zum Glück hatte er an diesem Abend vor dem Haus keinen Platz gefunden, die Parkraumnot in Wien hatte auch ihre Vorteile. Im Badezimmer angekommen schloss er die Tür mit dem Fuß, um keine Fingerabdrücke zu hinterlassen, falls es durch das Feuer nicht zerstört werden würde. Sein Blick fiel auf sein Spiegelbild: ein ramponiertes, blutverschmiertes Gesicht mit einer klaffenden Wunde auf seiner Stirn. Erik nahm ein Handtuch, befeuchtete es und wischte sich das Gesicht ab. Nicht auszudenken, wenn ihn jemand in diesem Zustand gesehen hätte. An seinem schwarzen Hemd würde das Blut nicht so einfach erkennbar sein. Den Rest würde sein Sakko verdecken. Er verdrängte den heftigen Kopfschmerz so gut es ging, denn er musste so schnell wie möglich raus aus dieser Wohnung und aus dieser Stadt. Mit dem sauberen Ende des Handtuchs öffnete er das Fenster, kletterte auf den Sims und überwand mit sportlicher Sicherheit die knapp zwei Meter in den Hinterhof, der zum Glück nicht gut beleuchtet war. Die Dunkelheit dieser sternenlosen nebeligen Nacht schützte ihn davor, von neugierigen Nachbarn, die vielleicht ihren Streit und die sonstigen Ereignisse bemerkt hatten, gesehen zu werden, als er den Hof in Richtung Straße verließ.

Kaum hatte er sie erreicht, vernahm er einen ohrenbetäubenden Knall. Er drehte sich um und sah, dass die pechschwarze Nacht von einem gleißenden Licht erhellt wurde. Der erste Teil seines Plans hatte funktioniert. Wenn nun die Explosion die Küchentür aufstoßen und das Feuer alle Spuren im Wohnzimmer beseitigen würde, hätte er eine Chance, ungeschoren davon zu kommen.

So laut der Knall zuvor gewesen war, so still war es nun geworden. Erik vernahm das Geräusch eines Autos, das sich mit hoher Geschwindigkeit näherte. Wenn es sich um die Polizei handelte, war sein Timing perfekt gewesen. Er würde nicht weiter auf sie warten, sondern so schnell wie möglich das Weite suchen.

Erik durchsuchte seine Hosentaschen nach dem Autoschlüssel und wurde fündig. Als er seinen Wagen erreichte, entriegelte er die Türen und stieg ein. Es war keine Zeit durchzuatmen, er musste auf der Stelle verschwinden. Also startete er den BMW und fuhr langsam los, denn er wollte keine Aufmerksamkeit erregen. An der nächsten Kreuzung bog er links ab, nur weit, weit weg von der Wohnung und der Polizei. Noch eine Straße weiter, und er würde sich ein wenig sicherer fühlen. Bloß nicht auffallen, die Geschwindigkeit einhalten und ordnungsgemäß blinken, dann würde alles gut gehen. Mit jeder Sekunde, die er sich von der Wohnung entfernte, verlangsamte sich sein Puls.

Erik begann sich zu sammeln und nachzudenken. Er ließ die Begegnungen mit Tamara Revue passieren. Wo und vor allem von wem konnte er mit ihr gesehen worden sein? Auf dem Marktplatz nach der Beerdigung vermutlich niemand, und selbst wenn jemand mehr oder wenig zufällig aus seinem Fenster gesehen hatte, was konnte er schon beobachtet haben, das ihn nach Wochen noch daran erinnerte. Im Restaurant in Linz wurden sie von den Kellnern und den anderen Gäste gesehen.

Es war ein normales Abendessen ohne besondere Vorkommnisse. Tamara und Erik hatten sich weder gestritten noch über das Essen oder den Wein beschwert. Wer würde sich also an sie erinnern? Auf dem Naschmarkt waren sie im Getümmel sicher niemandem aufgefallen. Und die Verkäufer würden sich vermutlich nicht an sie erinnern, selbst wenn die Polizisten dort nachfragen würden. Auch im chinesischen Restaurant war nichts vorgefallen, was einem Kellner in Erinnerung geblieben sein dürfte. Vielleicht erinnerte sich François, der Kellner im Café, an sie, denn er kannte Tamara gut. Das war ein Unsicherheitsfaktor, aber die Polizei müsste das Café erst einmal finden. Die junge Dame im Planetarium hatte nicht weiter auf sie geachtet, ebenso der Platzanweiser. Es war auch unwahrscheinlich, dass sich der Kassier beim Riesenrad an sie erinnerte; schon eher der Herr, der ihnen beim Einsteigen geholfen und sie beim Küssen erwischt hatte. Darauf mussten die Polizisten aber erst mal kommen, gerade dort nachzufragen. Dann war da noch das Taxi, das sie zur Wohnung gebracht hatte. Sie hatten sich wie zwei frisch verliebte Teenager benommen, aber das war dem Taxifahrer sicher nicht das erste Mal untergekommen. Jetzt blieben noch Tamaras Nachbarn, die er weder beim ersten Besuch noch diesen Abend gesehen hatte. Wenn sie nicht durch den Türspion gelinst hatten, konnten auch sie ihn nicht identifizieren. Mit etwas Glück war er also fein raus. Seinen Koffer hatte er im Auto gelassen, und seine persönlichen Gegenstände wie seine Brieftasche und sein Mobiltelefon hatte er wie immer bei sich in seiner Umhängetasche, oder?

Erik spürte, wie sein Atem aussetzte und ihm der Mund offen stehen blieb. Wo war die verfluchte Tasche? Gleich bei der nächsten roten Ampel würde er sich im Wagen umsehen. Bei der übernächsten Kreuzung musste er anhalten. Hektisch sah er sich um. Umgehängt hatte er die Tasche nicht. Sie lag auch nicht auf dem Beifahrersitz oder auf dem Rücksitz. Hatte er sie im Kofferraum gelassen? Er blickte in den Innenspiegel.

„Denk nach, denk nach!", forderte er sein Spiegelbild auf zu überlegen, wo er sie zuletzt gesehen oder in Händen gehalten hatte. Er erschrak.

Auf dem Rücksitz sah er Klaus Schiele sitzen, der ihn angrinste. „Jetzt sitzt du ganz schön in der Klemme, nur, weil du mir das Geld nicht geben wolltest."

„Lass mich doch in Ruhe! Du bist auch nicht besser als ich. Für einen Erpresser wie dich hat *Dante* sicher auch einen Höllenkreis reserviert. Hast du wirklich geglaubt, ich würde mir das gefallen lassen?"

„Stell mich nicht mit dir auf eine Stufe. Ich bin nicht stolz auf meine Tat, Mord ist jedoch eine ganz andere Kategorie. Ich wollte nur mein Leben wieder auf die Reihe bekommen. Dafür war es notwendig, etwas von deinem Geld zu nehmen. Aber du hast nicht nur mein Leben, sondern auch dass deines Freundes genommen. Und wofür?"

„Verschwinde einfach aus meinem Leben!", schrie Erik den imaginären Gesprächspartner an. Er schloss die Augen und blickte dann nochmal in den Spiegel. Schiele war verschwunden. Die Ampel schaltete auf Grün, und er fuhr weiter. Erik war angespannt. Er ging den Abend noch einmal durch. Im Restaurant hatte er die Rechnung beglichen, da hatte er die Tasche also noch. In der Bar wurde er von Tamara eingeladen. Vielleicht hatte er sie im Restaurant oder in der Bar liegen lassen. Nein, er erinnerte sich, dass er die Umhängetasche noch bei sich hatte, als er die Wohnung betrat. Er musste sie abgenommen haben, um das Sakko ausziehen zu können. Sie hatte allerdings nicht auf dem Stuhl beim Sakko gelegen. Er musste sie schon vorher abgelegt haben. Nur wo? Erik ging gedanklich einen Schritt zurück und erinnerte sich: Er hatte sie beim Betreten des Wohnzimmers auf der Couch abgelegt. Bevor er die Wohnung verlassen hatte, hatte er an sein Sakko gedacht, jedoch auf die Tasche vergessen. „So ein verdammter Mist!", schimpfte er lautstark mit sich selbst. Er überlegte fieberhaft. Vielleicht war alles nicht so schlimm. Das Feuer würde auch die Tasche und alles, was sich darin befand, vernichten, auch die Kreditkarten und was ihn sonst noch identifizieren konnte. Aber – sein Handy hatte ein Gehäuse aus Aluminium. Das Telefon würde durch das Feuer sicher beschädigt werden, doch die Hülle aus diesem hitzebeständigen Metall würde Teile des Innenlebens, vor allem den robusten Mikrochip der Sim-Karte, schützen. Über die darauf gespeicherten Daten würde man ihn rasch ausfindig machen. Sein Mobiltelefon würde seine Anwesenheit in der Wohnung beweisen und ihn mit dem Mord und der Brandstiftung in Verbindung bringen. Das wäre mindestens eine Leiche zu viel in seinem Umfeld innerhalb so kurzer Zeit. Wahrscheinlich würde auch Pauls vermeintlicher Unfalltod wieder aufgerollt und Erik am Ende als Täter entlarvt werden.

Erik schien nun wirklich alles verloren zu haben: seinen besten Freund, seine beste Freundin und seine Frau, die wahre Liebe seines Lebens. Nun würde er auch seine Freiheit verlieren. Mut- und ziellos fuhr er durch die Straßen von Wien. Seine Kopfwunde schmerzte nach wie vor höllisch, aber seine seelischen Qualen gingen weit darüber hinaus und ließen ihn die körperlichen Schmerzen vergessen. Wie sie rasten viele Ideen durch seinen Kopf. Welche Optionen hatte er, aus dieser Sackgasse zu entkommen? Ein Gedanke war unbrauchbarer als der nächste und noch nutzloser als alle folgenden. Er spielte immer wieder alles durch, suchte eine noch so geringe Chance, doch er landete mit jedem Gedanken in einer Sackgasse. Seine Verzweiflung wuchs mit jeder Sekunde. Er dachte daran, die nächste Polizeiinspektion aufzusuchen und sich zu stellen. Dann hätte zwar seine Flucht ein Ende, aber auch die Qualen sämtlicher Höllenkreise, die er gefühlt litt, wären überstanden. Erik hielt am rechten Fahrbahnrand und legte seinen Kopf auf das Lenkrad. Er wusste nicht mehr weiter. Gab es für ihn keinen Ausweg mehr? Ein Blick auf das Armaturenbrett verriet ihm, dass es 2:24 Uhr war.

„Ich habe dich geliebt, Erik“, vernahm er plötzlich eine weibliche Stimme. Er hob seinen Kopf und erschrak. Neben ihm saß Sabrina, im Gesicht kreidebleich und ohne Leben in ihren Augen. Sie trug denselben Bademantel wie damals im Hotelzimmer. Mit ihrer rechten Hand schob sie den linken Ärmel hoch und gab den Blick auf den tiefen Schnitt am Handgelenk frei: „Sieh genau hin, Erik! Das hast du mir angetan. Warum nur? Wurde ich dir zu gefährlich? Bin ich der Wahrheit zu nahe gekommen? Ich hatte also recht. Du hast diesen Mann getötet. Ich frage mich immer noch, wofür. Hoffentlich war es zwei Menschenleben wert."

„Es tut mir so leid, Sabrina. Du hattest dir fast alles richtig zusammengereimt. Es fehlte dir nur ein Puzzleteil: der Grund, warum er mich erpresst hat. Ich hatte trotzdem Angst, dass du mich verpfeifen würdest. Du hast mir so viel bedeutet. Ich werde mir niemals verzeihen, was ich dir angetan habe."

„Du erwartest doch nicht, dass ich dir vergebe? Immer habe ich nur dein Bestes gewollt, und so hast du es mir gedankt." Mit diesen Worten blickte sie wieder auf ihr linkes Handgelenk. „Es ist besser, wenn du dich gleich der Polizei stellst. Sie werden dich ohnehin erwischen, und du wirst bekommen, was du verdienst." Entmutigt senkte Erik den Kopf. Sie hatte recht. Es würde nicht lange dauern, bis die Polizei ihn ausforschen würde. Dann würde er den Rest seines Lebens hinter Gittern verbringen.

„Glaubst du, ich weiß das nicht? Quäl mich doch nicht so, und lass mich allein!" Erik hob den Kopf und blickte nach rechts, um seiner Forderung Nachdruck zu verleihen, doch Sabrina war bereits fort.

Erik atmete tief durch. Nein, er würde Sabrinas Rat nicht befolgen. Er würde um seine Freiheit kämpfen. Seine Chancen waren gering, aber immer noch intakt. Wohin konnte er jetzt gehen? Barbara war schon längst von ihrem Seminar zurückgekehrt und hatte nicht nur ein leeres Haus vorgefunden, sondern auch den Brief entdeckt. Er würde ihr nie wieder unter die Augen treten können. Oder war es möglich, dass sie ihm vergeben konnte? Erik fasste sich ein Herz und beschloss, seine Frau anzuflehen, ihn wieder bei sich aufzunehmen. Es war der einzige Ort, der ihm jetzt Zuflucht bieten würde. Er war bereit sich zu erniedrigen, um sein altes Leben wieder zurückzubekommen. Bis in alle Ewigkeit würde er in ihrer Schuld stehen, und bei jedem Blick in ihre Augen würde er daran denken müssen, wie sehr er sie verletzt hatte. Erik betätigte den Blinker und fuhr weiter. Während er sein Auto mit Höchstgeschwindigkeit über die Autobahn trieb, ging er immer wieder in Gedanken durch, wie er zu Kreuze kriechen und versuchen würde, Barbara davon zu überzeugen, dass er diesen großen Fehler, den er begangen hatte, zutiefst bereute. Jede Konsequenz würde er akzeptieren, wenn sie ihn nur wieder zurücknahm. Er schaltete das Radio ein. Wie aufs Stichwort lief sein Lieblingssong der australischen Band *AC/DC*, der seine Situation am passendsten beschrieb: *Highway to hell.*

Y

Es war noch Nacht, als Erik in die Einfahrt einbog. Der Nebel hatte sich gelichtet, und der zunehmende Mond erhellte die Umgebung. In der Siedlung schien alles ruhig und friedlich zu sein. Um Lärm und Aufmerksamkeit zu vermeiden, stellte er den Wagen vor der Garage ab und beschloss, das Haus durch die Tür zu betreten. Seinen Hausschlüssel hatte er glücklicherweise in der Mittelkonsole seines Wagens abgelegt und nicht in der Umhängetasche verstaut. Über die eingravierte Seriennummer hätte ihn die Polizei sonst aufgespürt. Er atmete drei Mal tief durch, öffnete die Fahrertür, stieg aus und schloss sie sehr behutsam mit der Hand am Griff, um das Schließgeräusch minimal zu halten.

Während er zur Haustür schlich, überlegte er, ob er wieder umdrehen, einsteigen und das Weite suchen sollte. Sein Herz begann immer schneller und lauter zu schlagen. So nervös war er das letzte Mal vor seiner Abschlussprüfung an der Universität gewesen. Darauf hatte er sich wenigstens mehrere Wochen vorbereiten können. Er hatte auch sonst viele schwierige Situationen in seinem Leben gemeistert. Also nahm er all seinen Mut zusammen, steckte den Schlüssel ins Schloss und öffnete die Tür so leise wie möglich. Was würde ihn dahinter erwarten? Der Flur war dunkel, nur das durch das Fenster im Stiegenhaus leuchtende Mondlicht bot ein wenig Orientierung. Auch im Haus schien es ruhig und friedlich zu sein. Erik öffnete den Garderobenschrank und nahm eine große Plastiktüte heraus. Er entledigte sich des Sakkos und seines Hemdes, die aufgrund der

Blutflecken nicht mal mehr für die Altkleidersammlung taugten, sondern nur noch für ein hübsches Feuerchen im offenen Kamin zu gebrauchen waren. Die anderen Kleidungsstücke konnten ebenfalls Blutspuren aufweisen, also zog er sich bis auf die Unterhose aus, packte alles in die Tüte und verstaute sie im Schrank. Er würde die verräterischen Gegenstände später entsorgen.

Langsam und auf Zehenspitzen schlich er die siebzehn Stufen ins Obergeschoß. Auch dort schien alles ruhig zu sein. Schritt für Schritt näherte er sich der Schlafzimmertür, die einen Spalt offenstand. Außer den leisen Tritten, die seine Fußsohlen auf dem Parkettboden verursachten, war kein Geräusch zu vernehmen, nicht einmal das leise Schnarchen, das seine Frau im Schlaf manchmal von sich gab. Vielleicht war sie bereits wach, voller Wut und Enttäuschung über ihn. Oder der Brief hatte sie in einen derartigen Hasszustand versetzt, dass sie seine Tennispokale zerstört und seine teuren Markenklamotten in Streifen geschnitten hatte. Sie hatte ihn beim Betreten des Hauses sicher gehört und würde ihm nun hinter der Tür auflauern, mit einem Golfschläger oder einem Messer bewaffnet. Zentimeter für Zentimeter öffnete er die Tür. Er erwartete das Schlimmste und wagte nicht mehr, das Beste zu hoffen. Auch das Worst-Case-Szenario erschien ihm zu gnädig für das, was er verdient hatte. Erik wünschte sich nur noch einen schnellen Tod. Sein Blick fiel auf das Bett. In der Dunkelheit konnte er nur erkennen, dass niemand darin lag. Er hielt den Atem an, griff zum Lichtschalter und betätigte ihn. Mit dem letzten Mut betrat er das Zimmer und blickte hinter die Tür. Er fühlte sich in *Edgar Allan Poes Der Rabe* versetzt, als es an der Tür klopft und der Ich-Erzähler den Mut findet, sie zu öffnen mit all den Konsequenzen, die sich daraus ergeben würden: „*Und damit riss weit auf die Tür ich – leer! Dunkel dort – nichts weiter mehr.*“ Er konnte es kaum glauben: keine Spur von Barbara. Warum war sie nicht zuhause? Hatte sie bereits gepackt und das Haus verlassen, weil sie es hier, wo sie schmerzlich an ihre gemeinsame Zeit erinnert wurde, nicht mehr ertragen konnte? Sein Blick schweifte durch den Raum. Die Rollläden waren wie der Kleiderschrank geschlossen, ihre Schminkkommode war genauso unordentlich wie immer. Seine Seite des Bettes war gemacht, wie er es hinterlassen hatte, ihre Seite ... das Kopfkissen ... der Brief. Er lag noch genau an der Stelle, an der er ihn gestern hingelegt hatte. Die Gedanken in seinem Kopf überschlugen sich. Nach einigen Sekunden fasste er gedanklich zusammen: Barbara hat keine Ahnung, dass ich sie verlassen wollte. Er atmete erleichtert durch und seit einer gefühlten Ewigkeit kam wieder ein Lächeln über seine Lippen.

In diesem Moment klingelte das Telefon. Der Ton hörte sich beinahe wie die alten Telefone mit Wählscheibe an. Das konnte aber nicht wahr sein. Im Haus gab es kein Festnetztelefon mehr, schon gar kein uraltes. Der Einzige, der ihm in den Sinn kam, der so einen Rufton bei einem Handy verwendete, war ... er selbst. Sein Handy lag jedoch viele Kilometer entfernt in einer unbewohnbaren Wiener Wohnung, woran er nicht ganz unschuldig war. Es klingelte ein weiteres Mal. Verwirrt ging er dem Klingeln nach. Es führte ihn zur Schublade seiner Nachtkommode. Er öffnete sie und konnte seinen Augen nicht trauen: Darin lag tatsächlich sein Smartphone, und es fiel ihm wie Schuppen von den Augen. Er hatte es den ganzen Samstag nicht verwendet, und doch war er sicher gewesen, dass es sich in seiner Umhängetasche befand. Auf dem Display konnte er einen Namen lesen, über den er sich schon lange nicht mehr so gefreut hatte: Barbara. In diesem Moment war er nicht in der Lage, mit ihr zu sprechen. Zu viele Gedanken rasten ungeordnet durch seinen Kopf. Vor allem war er erleichtert, dass er sein Handy vergessen hatte. Das war ihm schon ewig nicht mehr passiert und hatte ihm dieses Mal wahrscheinlich seinen Allerwertesten gerettet. Erleichtert ließ er sich auf das Bett fallen und starrte an die Decke. Nachdem er sich wieder gesammelt hatte, richtete er sich auf und nahm sein Mobiltelefon aus der Schublade. Barbara hatte inzwischen wieder aufgelegt. Er konnte sehen, dass er mehrere Anrufe verpasst hatte. Auch seine Frau hatte insgesamt drei Mal versucht ihn zu erreichen. Während er noch über den Grund ihrer Anrufe und die unchristliche Zeit, zu der sie ihn soeben erreichen wollte, nachdachte, erhielt er eine SMS. Sie stammte ebenfalls von Barbara. Er öffnete die Nachricht und las sie: „Guten Morgen, mein Schatz. Schläfst wahrscheinlich noch. Waren nach dem Seminar noch was trinken und sind erst jetzt ins Hotel zurückgekommen, habe mir ein Zimmer genommen. Werde noch ein paar Stunden schlafen und komme dann heim. Ich liebe dich! Kuss Barbara“ Erik atmete erleichtert auf. Barbara ging es gut. In wenigen Stunden würde sie wieder bei ihm sein. Was hatte er für ein Glück gehabt; nicht nur wegen seines Telefons, sondern vor allem, dass seine Frau nicht wie geplant schon abends von ihrem Seminar zurückgekehrt war. Er konnte es kaum glauben: Womöglich würde er aus der Sache mit einem blauen Auge, besser gesagt mit einer tiefen Wunde auf seiner Stirn davonkommen.

Erik ließ sein Handy auf das Bett fallen und begab sich ins Badezimmer. Wie dringend er eine Dusche brauchte. Das warme Wasser auf seiner Haut fühlte sich unbeschreiblich an. Ihm war bewusst, dass er seine Taten nicht ungeschehen machen konnte, aber für einen kurzen Moment kam es ihm tatsächlich so vor, als könnte er die letzte Nacht, sogar die letzten acht Wochen von sich abwaschen.

Nachdem Erik sich abgetrocknet hatte, blickte er in den Spiegel. Allerdings sah er statt seines Spiegelbildes ... Paul.

Er hatte starke Abschürfungen und Prellungen im Gesicht und trug dieselbe Kleidung wie damals auf dem Schafberg. „Und? Hast du erreicht, was du wolltest? War es das wert?“

Erik sah beschämt zu Boden. „Ich hätte dir deine Äußerungen nicht übelnehmen sollen, aber ich habe mich so gedemütigt gefühlt, war so wütend und neidisch auf dich und dein perfektes Leben. Dabei hatte ich es doch gut und hätte zufrieden sein sollen. Was würde ich dafür geben, wenn ich die Zeit zurückdrehen könnte? Ich würde anders auf deine Worte reagieren und dich vor allem nicht von diesem verdammten Berg stoßen. Das hat diese Kette der Ereignisse erst in Gang gesetzt."

„Deine Reue kommt zu spät. Davon habe ich jetzt nichts mehr."

„Ich verlange ja auch nicht, dass du mir vergibst." Erik wagte nicht, seinen Kopf zu heben und in den Spiegel zu sehen, er konnte Pauls Anblick nicht ertragen.

„Vielleicht habe ich mich dir gegenüber nicht immer ganz korrekt verhalten. Vor allem verstehe ich, dass du mir die Sache mit Romana nicht vergeben konntest. Das war mies von mir. Ich habe dir dein Mädchen gestohlen. Aber du hast mir mein Leben genommen. Das kann und werde ich dir nie verzeihen. Dafür wirst du bezahlen."

„Ich weiß, dass ich dafür im siebten Höllenkreis landen werde", entgegnete Erik kleinlaut und hob langsam den Kopf, um seinem Freund doch noch einmal in die Augen zu blicken, aber Paul war verschwunden. Stattdessen betrachtete sich Erik nun im Spiegel. Die letzte Nacht hatte ihre Spuren hinterlassen, und das lag nicht nur an der einige Zentimeter langen Schramme auf seiner Stirn, die er mit einem Pflaster versorgte. Zurück im Schlafzimmer legte er sein Handy in die Schublade und ließ sich auf seiner Seite des Bettes nieder. Noch immer konnte er keinen klaren Gedanken fassen, zu viele schwirrten planlos in seinem Kopf umher. Er musste versuchen, wenigstens ein paar Stunden zu schlafen. Wenn er wieder erwachte, würde er darüber nachdenken, wie es weitergehen sollte. Mit dem Wunsch, dass ihn seine immer noch liebende Frau in wenigen Stunden mit einem süßen Kuss wecken würde, fiel er in einen tiefen Schlaf.

Z

Etwas hatte Erik aus seinem Schlaf gerissen. Er war völlig benommen. Das konnte auch an seinem Kopf liegen, in dem es noch immer wie verrückt hämmerte. Was hatte ihn bloß geweckt? Im Schlafzimmer war es noch dunkel, das Tageslicht hatte sich noch keinen Weg durch die Rollläden gebahnt. Dennoch nahm er eine schwache Lichtquelle wahr. Sie kam aus der Schublade seiner Nachtkommode, die einen Spalt offen stand. Die Lichtquelle versiegte. „Verdammt, ich habe den Ton nicht abgestellt", ärgerte er sich. Er fühlte sich um seine wohlverdiente Ruhe, wenn es auch nicht der Schlaf des Gerechten war, betrogen. Wenn er sich einfach umdrehte und weiterschlief? Nein, er war zu neugierig, wer ihn so früh erreichen wollte. Ein kurzer Blick auf die andere Seite des Bettes verriet ihm, dass Barbara noch nicht zurückgekehrt war. Vermutlich hatte *sie* ihn angerufen. Er öffnete die Schublade, nahm das Smartphone heraus und betätigte die Menütaste, um das Display zu aktivieren. Es war kein Anruf, den er verpasst hatte, sondern jemand hatte ihm eine SMS gesendet. Er öffnete sie: „Hallo Schnarchnase, noch 23 Stunden. Keine Flip-Flops, damit schaffst du es nicht da rauf." Erik traute seinen Augen nicht. Sollte das ein schlechter Scherz sein? Es gab nur eine Person, die es wagte, ihn so anzusprechen, aber die konnte es unmöglich sein. Erik las die Nachricht ein zweites Mal und schüttelte den Kopf. Er warf einen Blick auf den Absender, und ein kalter Schauer lief ihm über den Rücken. Was war das für ein Albtraum? War das die wohlverdiente Rache für seine Taten?

Würden ihn seine Opfer von nun an aus dem Grab verfolgen, bis er zusammenbrach und alles gestand? Erik fühlte, wie ihn die Kälte regelrecht umhüllte. Er würde seiner gerechten Strafe nicht entkommen.

Aber halt, noch war es nicht an der Zeit, die Nerven zu verlieren. Vielleicht gab es dafür eine plausible Erklärung. Erik prüfte nochmals den Absender. Es war nicht nur der richtige Name, sondern auch die korrekte Nummer. Hatte jemand Pauls Handy genommen und sich diesen makabren Spaß erlaubt? Eriks Telefon zeigte 6:58 Uhr. Er überprüfte die Zeit, zu der die Nachricht gesendet wurde. Vielleicht handelte es sich um eine alte SMS. „6:56 Uhr", las er laut vor. Das konnte kein Zufall sein, die Nachricht hatte er tatsächlich erst vor zwei Minuten erhalten. Erik warf nun einen Blick auf das Datum und konnte wiederum nicht glauben, was er sah: Es war nicht Sonntag, sondern Freitag. Wir schrieben auch nicht den 22. November, sondern ... den 25. September. Erik erstarrte und versuchte, diese Informationen einzuordnen. Es gab nur eine einzige Möglichkeit, wie all diese Daten einen Sinn ergaben. Aber das war nicht möglich, oder doch? Dann wären die Erlebnisse der letzten acht Wochen ... nur ein Traum gewesen.

Erik war verwirrt, vor allem aber erleichtert. Sein Kopf schmerzte höllisch. Doch die Wunde hatte ihm nicht Tamara zugefügt. Er hatte sie seiner Unachtsamkeit vom Abend davor zu verdanken. Dieser Schlag auf den Kopf musste auch dafür verantwortlich gewesen sein, dass ihm sein Unterbewusstsein diesen Streich in Form eines Horrortrips gespielt hatte, den sich *David Lynch* in seinen kühnsten Träumen nicht vorstellen hätte können. Allerdings hatte er dadurch das Privileg genossen, einen Blick in seine Zukunft zu werfen, zumindest *eine* mögliche Version davon. In dieser hatte er sich wegen seiner unbewältigten Vergangenheit und seinem unzufriedenen Leben dazu hinreißen lassen, seinen unerfüllten Wünschen und Sehnsüchten nachzugeben, was ihn in die tiefen Abgründe seiner Seele hatte blicken lassen und zu diesen schrecklichen Taten getrieben hatte. Er hatte gedacht, dadurch die Sterne versetzen und sein Schicksal ändern zu können, um seine Vision von einem anderen, einem besseren Leben wahr werden zu lassen. Glücklicherweise waren alles nur Produkte seines Unterbewusstseins gewesen. Was Egon im Volksgarten angedeutet hatte, war eingetroffen. Der Abgrund hatte zu Erik zurückgeblickt, in die tief verborgene dunkle Seite seiner Seele, und hatte ihn selbst zu einem Abgrund werden lassen.

In *Die üblichen Verdächtigen* heißt es: *„Der größte Trick, den der Teufel je gebracht hat, war die Welt glauben zu lassen, es gäbe ihn gar nicht.“* Man sagt, dass in den meisten Menschen eine düstere Ader, um nicht zu sagen der Fürst der Finsternis steckt. Erik war nun bewusst, dass diese Schattenseite, dieses Monster, zu dem er in seiner Fantasie geworden war, auch in ihm schlummerte. Dieser Traum hatte ihm jedoch die Augen geöffnet. Niemals würde er zulassen, dass er diesen dunklen Pfad beschritt.

Erik begriff, dass alles, was er jemals wollte und brauchte um glücklich zu sein, bereits sein Eigen nannte. Daher würde er einen anderen Weg wählen, um sein Schicksal mitzubestimmen. Vom heutigen Tag an würde er sein Leben mehr zu schätzen wissen: angefangen mit seinem abwechslungsreichen und gut bezahlten Job, um den ihn viele beneideten. Mit Sabrina hatte er nicht nur eine herausragende Sekretärin, sondern auch eine gute Freundin, die er von nun an nicht mehr als selbstverständlich nehmen würde. Seinem besten Freund Paul würde er nicht nur seine Tamara von Herzen gönnen, sondern ihm auch seine Fehler und Eitelkeiten verzeihen, zu denen er sich das eine oder andere Mal hinreißen ließ. Und schließlich würde Erik von diesem Moment an seine wundervolle Frau, seine Barbara, die Einzige, die immer zu ihm gehalten hatte und das auch immer tun würde, so lieben, wie sie es verdiente. Sie würden wieder mehr Zeit miteinander verbringen und den ausgedehnten Urlaub in Neuseeland nachholen. Und wer weiß, vielleicht würden sie eines Tages sogar eine Familie gründen.

Und sollte Erik eines Tages wieder an seinem Leben zweifeln, würde er sich an *P.T. Barnums* Erkenntnis in *The Greatest Showman* am Ende des Films erinnern: „*It's everything you ever want, it's everything you ever need, and it's here right in front of you.*"

ÜBER DEN AUTOR

Der Autor wurde 1974 in Linz geboren und wuchs im oberösterreichischen Mühlviertel auf.

Nach der Matura absolvierte er das Studium der Rechtswissenschaften. Seitdem ist er als Jurist tätig.

Vor ein paar Jahren entdeckte er seine Leidenschaft für das Erzählen von spannenden Geschichten und schrieb sie nieder. Sie spielen (vorwiegend) in Oberösterreich.

Er lebt mit seiner Frau und den beiden Kindern im Mühlviertel.

Printed in Poland
by Amazon Fulfillment
Poland Sp. z o.o., Wrocław

33391916R00201